韓國史研究叢書 13

朝鮮後期 對淸貿易史 研究

李 哲 成

國學資料院

책머리에

조선후기 對外貿易史는 중세사회의 경제적 변동을 해명할 수 있는 중요한 지표로 인식되어 왔다. 특히 朝鮮과 淸國間의 交易은 무역 규모와 국내에 미친 영향면에서 對外貿易의 역사적 성격 규명에 중요한 과제이다. 그러나 기존 대청무역 연구는 주로 18세기 중반 조선의 仲介貿易 양상에 주목하여, 조선후기 전 시기에 걸친 대청무역과정을 계기적으로 규명하지 못하였다. 또한 상인들의 무역활동과 경쟁 및 조선 정부의 정책 대응도 구체적으로 해명되지 않았다. 조선후기 對淸貿易史와 개항 이후의 그것이 상호 분절적으로 이해되는 이유의 하나는 이러한 연구 경향에서 기인한다. 이에 이 책은 개항이전까지를 연구 대상 시기로 하여, 조선후기 對淸貿易의 실상과 무역에 참여한 상인의 존재 및 경쟁관계 그리고 조선 정부가 취한 무역정책을 종합적으로 밝히려 하였다.

이 책은 본래 저자의 학위 논문을 근간으로 미비점을 보완·수정하고 그 간의 연구 성과를 반영하여, 조선후기 대청무역사 연구 목적에 한발 더 충실히 다가서려 하였다. 천학비재로 언제나 학문적 업적 발표에 두려움을 가져왔기에 학위 논문을 책으로 낸다는 부담은 더욱 클 수밖에 없다. 혹여 아둔한 제자로 인해 늘 엄격한 가르침을 주신 은사와 주변 선후배에게 누를 끼치지 않을까 두렵기도 하다. 그러나 지금까지의 연구성과를 스스로 정리하여 선학제현의 질정을 받고 앞으로 보다 나은 연구를 통해 거듭나겠다는 마음가짐으로 용기를 내었다.

하지만 이 책을 엮기까지 그리고 현재 저자를 있게 해 준 여러분들은 다 헤아릴 수 없다. 柳承宙 선생님은 조선후기 시대적 특성에 눈뜨게 해 주셨고, 대청무역의 경제사적 중요성을 일깨워 주셨다. 지도교수이신 趙珖 선생님은 학문적 열정과 겸허함을 몸소 보여주시고, 항상 부족한 저자를 사랑으로 감싸 안아 주셨다. 해박하고 예리한 이론적 지적과 실증의 중요성을 강조하시며 채찍질 해 주신 姜萬吉 선생님께도 머리 숙여 감사드린다. 본인의 학위 논문에 대한 문제점을 지적하고 바로 잡아 주신 崔完基 선생님과 吳星 선생님께도 감사드린다. 현재의 저자가 있음은 학부부터 지도와 격려를 아끼지 않으셨던 金貞培 선생님, 朴龍雲 선생님, 閔賢九 선생님의 은혜 때문이다. 대학원 생활 내내 물심양면으로 도와주시고 보살펴 주신 尹世英 선생님께 대한 감사의 마음도 잊을 수 없다. 부족한 후배를 위해 아낌없이 베풀어 주신 선배님들과 同苦同樂한 후배들에게도 이 자리를 빌어 감사의 마음을 전하고 싶다.

6.25 이후 반세기 넘게 고향인 개성 땅을 밟지 못한 칠순이 넘으신 아버님과 자식들에게 한없는 애정을 베푸신 어머님께는 늘 감사한 마음뿐이다. 가정일을 등진 가장을 이해해 주는 아내와 건호·소정이에게도 고마움을 전한다.

끝으로 이 책이 나오도록 주선해 주신 吳星 선생님, 출판에 기꺼이 응해 주신 국학자료원의 정찬용 사장님과 두 해를 넘기는 필자의 게으름을 탓하지 않고 예쁘게 책을 만들어 준 편집진 여러분께도 감사드린다.

2000년   5월
저 자

目　次

序 論

1. 硏究目的과 硏究史

朝鮮後期 對淸貿易은 동아시아의 무역 환경 변화에 따라 교역의 형태와 성격을 달리하면서 꾸준히 전개되었다. 이에 조선에서는 무역에 참여하여 자본을 축적하는 상인층이 형성되고, 이들에 의해 國內物貨의 유통구조가 변화하는가 하면, 정부의 무역정책도 바뀌는 등 조선후기 사회에 적지 않은 영향을 끼쳤다. 그리고 이러한 과정속에서 조선의 대청무역도 '朝貢體制 속의 제한된 무역'이란 성격에서 점차 벗어나고 있었다.

이 책은 18세기 이후부터 개항이전까지를 주 연구 대상시기로 하여, 朝鮮의 對淸貿易 전개과정과 무역구조 속에 포함된 상인의 존재 및 경쟁 관계 그리고 대청무역이 조선 정부의 재정구조에 미친 영향 등을 고찰하려 한다. 또한 상인간의 갈등을 조정하고 재원을 마련하려는 조선정부의 무역 정책에도 주목할 것이다. 이러한 작업으로 우리는 우선 18세기 이후 대청교역의 실상과 무역을 이끈 상인의 존재를 구체적으로 파악할 수 있을 것이며, 조선 정부의 무역정책 변화와 그 성격도 밝힐 수 있을 것이다. 또한 對淸貿易이 조선후

기 상업계는 물론 사회 전반을 변동시키는 한 원인이 되었음을 확
인하는 동시에 개항 이후 朝·淸間 交易 및 조선 상인층의 실체를
살피는 단초도 마련할 수 있을 것이다.

조선후기 대외무역사는 국내상업계의 동향 즉 상인, 상품, 운송수
단, 유통체계, 시장권, 상업자본의 성격과 분리해서 이해할 수 없는
주제임과 동시에 중세사회의 경제적 변동을 포착해 내는 중요한 지
표로 이해되어야 한다.[1] 그러나 해방 이후 한동안 우리 학계는 對
淸貿易史를 경제사적 시각보다는 정치·외교사적 측면에서 파악해
왔다. 이러한 경향은 특히 17세기를 다룬 연구에서 두드러졌는데,
이는 兩亂과 명·청 교체를 거치면서 조선이 대내·외체제를 정비
해 가는 시대적 조건에 따른 것이었다.

17세기 국제정세의 변동과 대중국 무역을 다룬 연구로는 김성균,
최근묵, 유완상, 김종원 등의 연구가 있다.[2] 이들의 연구로 邊境地
域의 三市(중강·회령·경원)에 대한 이해가 가능케 되었다 즉 17세
기 초반 조청간 무역은 호란 이전과 이후로 나누어 이해할 수 있는
데, 호란 이전의 무역은 청이 入關前 후환을 제거하는 한편 부족한

---

1) 對淸貿易을 조선후기 사회 변동과 짝지어 이해하기 시작한 논문은 1970년대부
  터 발표되었다. 그 대표적 논문은 다음과 같다.
    柳承宙,「朝鮮後期 對淸貿易의 展開過程 - 17·8世紀 赴燕譯官의 貿易活動을
      中心으로 - 」『白山學報』8, 1970.
    姜萬吉,「開城商人硏究 - 朝鮮後期 商業資本의 成長 - 」『韓國史硏究』8, 1972 ;
      『朝鮮後期 商業資本의 發達』, 高麗大學校 出版部, 1973.
    金鍾圓,「朝鮮後期 對淸貿易에 대한 一考察 - 潛商의 貿易活動을 中心으로」
      『震檀學報』43, 1977
2) 金聲均,「初期의 朝淸經濟關係交涉略考」『史學硏究』5, 1961
    崔槿默,「朝淸貿易小考」『충남대논문집』6, 1967
    柳完相,「朝鮮時代 中江開市에 대한 一考 - 특히 仁祖代를 중심으로 - 」『現代
      史學의 諸問題』, 一潮閣, 1977
    金鐘圓,「朝淸交涉史硏究 - 貿易關係를 中心으로 - 」서강대 박사논문, 1983.

물자를 보충할 생각으로 조선에 강압적으로 요구한 불평등 무역이
었다. 그러나 호란후의 邊境 三市는 만주지방 청인의 생활필수품을
교역하기 위한 것으로 바뀌어 갔으며, 교역 체제와 교역품도 정례화
되어 감으로써 불평등적 요소를 해소해 나갔다.

　　그런데 이 시기를 연구한 논자들은 대개 조청간 교역에서 조선의
수출품은 생필품이었던데 비해 수입품은 소비재 재화였던 까닭에,
조청간 무역은 귀족층의 사치를 조장하는 한편 국내수공업을 침체
케 하는 결과를 가져왔다는데 의견을 같이하고 있다. 물론 17세기
조청간 개시가 18세기 화폐유통의 발전에 영향을 미쳤고 도시상인
(의주, 개성, 서울, 동래)의 활동에 의하여 조선사회의 쇄국적 통제
무역을 흔드는 계기가 되었다는 점을 강조하는 논자도 있다.3) 그러
나 17세기 邊境地域 三市 연구는 대개의 경우 제도사적 검토에 치
우쳐 開市에 참여한 상인의 분석, 개시의 경제사적 의미, 국내 상품
화폐경제와의 관련성 및 後市와의 차별성 등이 종합적으로 규명되
지 못한 한계를 남기고 있다.4) 그런 중에 최근 북관개시(회령·경
원)를 다룬 연구에서는 북관개시의 성립, 운영원칙 및 절차, 함경도
의 개시 부담 등을 구체적으로 다루고 있어 함경도 지역 및 개시에
대한 새로운 이해의 가능성을 열어 놓았다.5)

　　17세기 중반 대청관계가 안정되어감에 따라 사행무역이 조청간
무역에서 큰 비중을 차지하기 시작했다. 그리고 조선의 대청무역은
대일본무역으로 이어져 약 100여년 동안 중개무역의 형태로 활발히
전개되었다. 따라서 그 간 대청무역 연구의 대부분은 17·18세기 사
행무역을 집중적으로 검토하였다.

---

3) 김종원, 위 논문 및 최근묵, 위 논문.
4) 중강후시에 대한 연구는 延正悅,「中江後市와 貿易法規에 關한 硏究」(『漢城大
　　學 論文集』 6, 1982)가 있다.
5) 高丞嬉,「조선 후기 北關開市 연구」『조선시대사학보』 1, 1997.

사행무역을 다룬 연구 시각은 크게 두가지로 나뉜다. 하나는 사행무역을 조공체제의 일환으로 한정지어 보려는 시각이며, 다른 하나는 사행무역을 조선후기 국내 상업과 산업계의 변동과 관련지어 보려는 시각이다. 전자는 朝貢體制에 대한 제도사적 검토를 바탕으로 사행무역의 성격을 밝히려 하였다.[6] 전해종은 사행의 명칭과 임무, 사행의 구성과 임명, 출발 준비와 노정, 북경에서의 公私 활동, 사행의 빈도 등을 종합적으로 살핀 후, 경제적인 측면에서 조공제도에 의한 무역은 명백한 경제적 손실이었음을 주장하였다. 전해종은 종래 막연하게 조공관계를 무역관계라고 규정하는 경향을 비판하고, 조공제도는 근본적으로 제한된 통로로써 조선과 청과의 관계는 정치 외교적 질서의 표현인 조공체제가 본질이며 그 사이에 수반되는 무역관계는 부차적인 것이라고 주장했다.

분명 朝貢體制는 朝·淸間 貿易의 성격 및 규모를 제약하는 기본 틀로 작용하고 있었다. 그럼에도 불구하고 대청무역의 경제적 영향력을 강조하려는 연구자들도 있었다. 김성칠은 사행의 종류, 구성, 路費, 朝貢路 등 연행 과정과 사행의 무역적 기능을 개관한 뒤, '조공사행의 본질적 의의는 무역의 면에 있는 것이다'라고 주장하였다.[7] 그 후 이원순은 부연사행의 경제사적 의미는 조공품의 受給에서 찾을 성질이 아니라, 使行員役에게 공인된 무역과 불법적으로 행해지는 잠무역 그리고 그것이 조선의 상업구조 및 재정구조에 미친 영향 등을 종합적으로 이해해야 한다고 하여, 대청무역의 경제사적

---

6) 全海宗,「淸代 韓中朝貢關係 綜考」『震檀學報』29·30, 1966.

7) 金聖七,「燕行小攷 - 朝中交涉史의 一齣 - 」『歷史學報』12, 1960(6·25 이전 미완고). 사행을 '경제적 욕구의 통로'로 이해한 시각은 金庠基의『東方文化交流史論攷』(乙酉文化社, 1948)로부터 찾을 수 있다. 김상기의 역사학에 대해서는 金容燮,「우리나라 近代歷史學의 發達 2 - 1930·40년대의 實證主義 歷史學」『文學과 知性』1972년 가을호 참조.

의미를 부각시켰다. 그러나 李元淳은 조선의 사무역 활동이 국가재
정에 큰 부담을 주었고, 교역도 소비재 사치품목이 주류를 이루었으
며, 私貿易을 통해 金銀·人蔘·기타 물화가 유출됨으로써, 종국에
는 조선사회 붕괴의 경제적 배경의 일단이 되었다고 평가하였다.8)
다시 말해 대청무역을 조선사회 해체의 순기능적 활동으로 평가한
것이 아니라 역기능적인 측면을 통해 그 의미를 부여한 것이다.

이렇듯 使行貿易에 대한 성격을 두고 이견이 표출되는 가운데
1970년대부터는 대청무역을 조선후기 상품화폐경제 발달과 연관지
어 이해하여, 사행무역을 보다 적극적으로 평가하려는 연구자들이
나타게 되었다. 유승주의 연구는 이런 점에서 주목을 끈다.

柳承宙는 우선 赴燕譯官의 구성과 그들의 商人的 性格을 규명하
고, 이를 토대로 17·18세기 역관이 전개한 조선 仲介貿易의 실태
와, 1720년대 이후 표면화된 譯·商 간의 무역 주도권 쟁탈 양상 등
을 解剖해 내었다.9) 특히 이 연구는 18세기에 접어들면서 대청무역
을 둘러싸고 譯官과 私商 간에 갈등과 대립이 심화되었으며, 종국에
는 사상층이 대청무역을 주도하게 되는 과정을 밝혔다는 점 그리고
이를 조선후기 사회 변동의 한 측면으로 평가하였다는 점에서 의의
가 크다. 또한 사상층이 대청무역을 주도하게 되면서 이전과는 달리
국내의 유통부문과 생산부문을 자극했다는 점을 들어 대외무역의
역기능적 시각을 극복하려는 문제 의식을 표출하였다는 점도 특기
할 만하다.

이후 그는 17세기 조선의 염초와 유황의 밀수입 실태를 밝혀 대

---

8) 李元淳, 「赴燕使行의 經濟史的一考 - 私貿易 活動을 中心으로 - 」『歷史敎育』
　　7, 1963
　　李元淳, 「赴燕使行의 文化史的 意義」『史學硏究』36, 1983.
9) 柳承宙, 「朝鮮後期 對淸貿易의 展開過程 - 17·8世紀 赴燕譯官의 貿易活動을
　　中心으로 - 」, 『白山學報』8, 1970.

외무역사에 대한 이해의 지평을 넓혔으며,[10] 또한 대청무역에 종사한 燕商 자본이 국내의 인삼재배업과 홍삼가공업 및 금·은광업에 투입되고 있음을 밝혀 무역이 국내산업에 미친 영향에 대해서도 고찰하였다.[11] 특히 그는 조선사회가 倭胡 兩亂을 겪었음에도 불구하고 16세기말 17세기 전반기에 신속히 경제성장을 이룩할 수 있었던 계기는 대동법의 확대 실시와 청일과의 중개무역에 그 원인이 있다고 하여 대외무역을 보다 적극적으로 이해하려 하였다.[12]

유승주의 연구는 대청무역이 국내 상업과 광공업 발전 등 조선후기의 경제적 변동과도 유기적 관련을 맺고 있다는 점을 밝힌 연구 업적이라고 평가할 수 있다. 그러나 대청무역을 주도한 사상층(燕商)의 실체 규명과 사상 자본의 재투자에 대한 보다 구체적 검토가 요구되며, 연구대상 시기도 18세기 전반에 한정되는 아쉬움을 남겼다. 18세기 후반 이후 대청무역에 대한 본격적인 연구가 요청된다 하겠다.

姜萬吉은 조선후기 상업자본의 축적을 규명하는 과정에서, 국내상업 뿐 아니라 외국무역을 주도한 開城商人을 주목하였다.[13] 개성상인은 조선초기부터 서울상인과 동등한 지위를 갖고 상업계의 중심에 위치하였다. 그러나 개성상인은 18세기 이후 시전상인과 공인 등 특권상인층의 상업체제에 강력히 저항하면서 사상도고로 성장해 나갔다. 개성상인은 人蔘·布物·涼臺·皮物·紙物 등을 생산지에서 매점하여 국내 유통을 장악한 뒤, 이 중 인삼·피물·지물을 중국에

---

10) 柳承宙,「17世紀 私貿易에 관한 一考察 - 朝·淸·日間의 焰硝·硫黃貿易을 中心으로 - 」,『홍대논총』10, 1978.
11) 柳承宙,「朝鮮後期 對淸貿易이 國內産業에 미친 영향」,『亞細亞研究』37 - 2, 1994.
12) 柳承宙,「朝鮮後期 朝淸貿易 小考」,『國史館論叢』30, 1991.
13) 姜萬吉,「開城商人研究 - 朝鮮後期 商業資本의 成長 - 」,『韓國史研究』8, 1972.

수출하고 다시 중국으로부터 帽子·針子·馬尾 등을 수입하여 판매
하였다. 또한 개성상인은 동래상인과 함께 인삼을 일본에 수출하고
대신 은을 받아 그것을 중국무역에 투자하였다. 즉 그는 개성상인은
국내의 각 상품생산지를 조직적인 상업망을 통하여 장악하는 한편
의주상인과 동래상인을 조종하여 대중국무역과 대일본무역을 주도
하고 있었으며, 이 두 외국무역을 연결시킴으로써 국제간의 중개무
역을 전개시키고 있었다고 하였다.

17세기 중반 이후 조선의 중개무역 양상은 이미 유승주에 의해
언급된 바 있다. 그러나 강민길의 논문은 조선후기 무역을 주도해
갔던 사상의 실체를 개성상인으로 설정하여 분석한 점, 개성상인의
자본이 단순히 상업자본으로 집적되는데 그치지 않고 19세기 인삼
재배업과 홍삼가공업에 투자되고, 또 이들에 의해 홍삼수출이 이루
어졌음을 밝히려 했다는 점에서 의의를 찾을 수 있다.

이러한 강만길의 연구는 경강상인의 造船都賈經營과 함께 조선후
기 토착 자본의 경제적 수준과 그 존재 양상을 실증했다는 점에서
주목받았다. 그렇지만 이 연구는 개성상인의 실체와 성장을 규명하
는 데 초점이 맞추어져 있어, 대외무역의 실상을 종합적으로 이해하
는데에는 어려움이 있다. 또한 18세기 후반 이후 홍삼무역을 검토하
는 성과를 이루었으나, 개항이전 對淸紅蔘貿易의 전체적인 추이와
조선 정부의 무역정책 및 의미 분석까지는 미치지 못했다.

조선의 중개무역을 중점적으로 다룬 연구성과는 김종원에게서도
찾아진다.14) 그는 후금 사회 내부의 정치·사회경제적 변화를 바탕
으로 朝金貿易 및 初期 朝淸貿易을 살핀데 이어, 17세기 중반 이후

---

14) 金鍾圓, 「朝鮮後期 對淸貿易에 관한 一考察 - 潛商의 貿易活動을 中心으로 - 」
『震檀學報』 43, 1977
金鍾圓, 「朝淸交涉史硏究 - 貿易關係를 中心으로 - 」, 서강대 박사논문, 1983.

대청무역을 고찰하였다.

김종원 연구의 특징은 대청무역의 주체를 私商으로 파악하고 그들의 역사적 평가를 시도한 점이다. 즉 그는 청국과 일본을 잇는 중개무역은 물론 19세기 중반까지 대청무역을 이끈 주체세력을 사상=잠상으로 설정하였다. 즉 사상은 폐쇄적인 조선사회가 낳은 산물로서, 그들의 밀무역 활동이 조선후기의 사회경제 변화에 큰 영향을 미쳤음을 대전제로 하여, 대청무역의 전개과정을 논한 것이다. 그러나 김종원의 연구는 사상과 잠상의 개념을 시대에 따라 차별적으로 인식하지 않고 동일한 개념으로 인식한 결과, 대청무역상 역관의 존재와 역할을 간과하였다. 또한 사상에 의한 밀무역만을 강조함으로써 대청무역의 종합적인 이해에도 어려움이 있었다.

한편 중개무역이 활발했던 시기의 대외무역 연구에서는 중요 교역품과 그것을 취급한 상인에 초점을 맞춘 성과도 나타났다. 그 가운데 人蔘과 蔘商의 존재는 조선후기 대외무역은 물론 상업자본 축적의 가능성을 검토하는 가장 큰 주제였다.

인삼무역은 이미 식민지시대 조선총독부 전매국의 『人蔘史』를 통해 밝혀진 바 있으며,[15] 해방후 조기준에 의해서도 다루어졌다.[16] 그러나 『人蔘史』는 방대한 자료의 수집과 정리에도 불구하고 재검토가 불가피하며,[17] 조기준의 연구는 삼국시대부터 일제시기까지의

---

15) 今村鞆, 『人蔘史』, 朝鮮總督府專賣局, 1940.

16) 趙璣濬, 「人蔘貿易과 蔘政策」『社會科學論集』 4, 高麗大學校 政經大學, 1975.

17) 今村鞆의 『人蔘史』(朝鮮總督府專賣局, 1940)는 총7권으로 구성된 巨帙이다. 이는 제1권, 人蔘編年紀・人蔘思想篇 제2권, 人蔘政治篇 제3권, 人蔘經濟篇 제4권, 人蔘栽培篇 제5권, 人蔘醫藥篇 제6권, 人蔘雜記篇 제7권, 蔘名彙攷篇 등 인삼에 대한 다각적인 내용을 담고 있다. 그러나 『人蔘史』는 和田一郎의 『朝鮮の土地制度及地稅制度調査報告書』(朝鮮總督府, 1920)나 麻生武龜의 『朝鮮田制考』(朝鮮總督府中樞院, 1940) 등과 같이, 이 시기 조선총독부 주관의 여타 관찬서의 집필 목적과 동일선상에 놓여 있었다. 따라서 집필의 의도성이 확연히 드러나고 있다는 지적을 피할 수 없다. 조선 정부의 蔘政을 惡政으로

인삼무역 전개과정을 통시대적으로 개관하는 데 그치고 있다.

蔘商과 人蔘貿易에 대한 본격적인 연구는 오성과 차수정에 의해 이루어졌다.[18] 오성은 상업자본의 축적이 가능했던 '상인' 검출이라는 문제의식 하에 삼상의 존재와 국가의 對蔘商政策 및 사상의 인삼매매 활동을 논하였다. 그는 蔘商을 공물체계에 있는 공계인과 사상으로 범주화하여 이해하였다. 그에 의하면 공계인은 다시 중앙으로부터 蔘貢을 청부받아 貢價를 지급받고 인삼을 납품하던 蔘貢契人(稅蔘貢人, 人蔘貢物主人, 斂蔘契貢人, 關東蔘契人, 尾蔘契人)과 지방 감영에서 전문 상납 상인들로 하여금 공물을 구입하여 경각사에 바치는 營貢人으로 구분된다. 그 중 삼계공인은 정부의 貢價 지급이 인삼의 높은 현물 가격에 미치지 못함으로써, 특권을 지니고 있음에도 불구하고 몰락해 갔다. 따라서 지속적인 자본축적은 이룰 수 없었을 것이라고 보았다. 반면 營貢人은 蔘貢契人과 유사한 상인이나 지방관부와 깊이 밀착되어 元定本價 뿐만 아니라 충분한 添價를 받아 인삼의 營貢에서 이익을 누릴 수 있었다고 보았다.

그러나 오성은 인삼매매를 통해 보다 많은 이윤을 확보하고 자본을 축적할 수 있었던 상인은 공물체계와는 관련없는 私商들이었다고 하였다. 사상은 국가의 엄격한 통제와 납세를 전제로 인정된 상인들로서, 공계인을 제외하면 인삼매매의 독점권은 이들이 쥐고 있

규정하면서 정책의 부재를 강조하는가 하면, 경제적 측면의 고찰도 조선 경제의 발전상이 아니라 혼란상으로 설명되고 있는 것이다. 이에 당시로서는 많은 자료의 수집과 정리가 이루어졌으나, 18·19세기 조선의 대청인삼무역 및 무역주체와 국내에 미친 영향력에 대해서는『人蔘史』에 구애받지 않는 전면적인 재검토가 이루어져야 한다.

18) 吳 星,「朝鮮後期 蔘商에 대한 一考察 - 私商의 擡頭와 관련하여 - 」『韓國學報』17, 1979 겨울
吳 星,「人蔘商人과 禁蔘政策」『朝鮮後期 商人研究』, 一潮閣, 1989.
車守正,「朝鮮後期 人蔘貿易의 展開過程 - 18世紀初 蔘商의 成長과 그 영향을 中心으로 - 」『北岳史論』1, 1989

었다. 그러나 이들은 여기서 그치지 않고 잠상으로 전화하여 보다 많은 이윤을 추구하였다. 여기에는 송도 잠상을 비롯하여 강계, 관서, 동래 잠상 및 서울 상인도 포함되어 있었다고 하였다.[19]

오성의 연구는 삼상의 존재를 구체적으로 밝히고 그들의 자본축적 가능성을 논했다는 점에서 의미를 갖는다. 그러나 연구대상 시기가 18세기 전반으로 한정되어, 이후 시기에 더욱 활발해진 사상의 활동과 존재를 구체적으로 살피지 못했다. 이에 오성은 인삼의 대일본수출과 家蔘 재배 및 19세기 대청 홍삼무역 과정을 다룸으로써 연구대상 시기의 한계를 어느 정도 극복하려 했다.[20] 하지만 대청홍삼무역의 실상과 상인의 실체, 조선정부의 홍삼무역 정책 등 19세기 무역 양상 전반에 걸친 연구는 아직 학계의 과제로 남아있다고 생각된다.

한편 차수정은 1700년대 對外貿易의 국제적 환경 변화와 그 이후 海外貿易을 주도한 蔘商의 실체를 규명하였다. 그는 우선 18세기 무역 환경의 변화로 첫째 숙종 34년(1704)부터 청이 만주지방의 인삼을 적극적으로 採取하면서 自國의 인삼공급이 원활해지자 조선의 對淸人蔘輸出이 쇠퇴하고 對日人蔘輸出만이 존속하게 된 사실과 둘째 淸·日 간의 직교역으로 조선의 중개무역이 불가능해지면서 倭銀의 유입이 단절된 상황을 규명하였다. 이에 18세기 대청무역 자금은 대일 인삼무역을 통해 유입되는 倭銀에 절대적으로 의존하게 되면서, 蔘商들의 對日 인삼수출은 이전 보다 더욱 확대되었으며, 이들이 다시 대청무역에서 주도적 역할을 하게 된다고 하였다. 한편 인삼무역을 주도한 이들은 京城·松都·平壤·安州 등지의 상인들로서, 이들은 생산지에 蔘價를 預給하는 방법으로 인삼을 독점적으

---

19) 吳　星,「人蔘商人과 禁蔘政策」『朝鮮後期 商人硏究』, 一潮閣, 1989.
20) 吳　星,「朝鮮後期 人蔘貿易의 展開와 蔘商의 活動」『世宗史學』 1, 1992.

로 구입하여 이를 일본에 수출함으로써 대량의 倭銀을 축적했다고 하였다. 이와 함께 그는 蔘商들에 의한 대외인삼수출 성행이 蔘價의 등귀를 초래하고 결국에는 蔘契貢人이 몰락하게 되는 상황을 규명함으로써, 蔘商의 경제사적 위치를 밝히려 하였다.

차수정의 연구는 상인 규명에서 출발하여 무역에 주목한 것이 아니라 무역에 초점을 두고 蔘商의 실체를 다룬 논문이라는 점에서 의의를 지닌다. 하지만 인삼무역의 변화에 초점을 맞춘 결과 18세기 초엽 대일인삼수출이 성행하던 시기 대청무역은 마치 침체기에 빠진 모습으로 이해되는 등 대청무역과 대일무역을 단선적으로 연결하여 파악하려는 문제가 있다. 대청무역과 대일무역을 종합적으로 이해하려는 노력이 필요할 것으로 생각된다. 연구대상 시기 또한 18세기 초반으로 한정되어 있다.

이렇게 볼때 그 간 대청무역 연구의 가장 큰 한계는 연구대상 시기가 18세기 前半에 편재되어, 조선후기 대청무역의 양상과 성격을 계기적으로 파악할 수 없다는 것으로 요약된다. 이런 점에서 18세기 후반 모자무역을 다룬 두 편의 논문은 주목받을 만하다.

18세기 後半 대청무역은 조선의 모자 수입으로 특징 지워졌다. 왜관무역의 쇠퇴로 倭銀의 유입이 크게 줄자 조선정부의 재정도 타격을 받았다. 이에 부연역관에게 무역자금으로 대출되던 官銀이 제대로 지급되지 못했고, 사행무역을 통해 이익을 얻어왔던 역관들은 경제적으로 큰 어려움에 빠졌다. 이같은 상황에서 조선정부가 역관 무역을 부양함과 동시에 사행시 필요한 公用銀을 마련하려는 의도에서 시행한 것이 모자무역이었다.

조선의 모자수입 무역은 1940년 今村鞆의 『人蔘史』에서 홍삼무역의 전 단계로 지적된 이후 몇 몇 연구자에 의해 언급되어 왔다.[21]

---

21) 今村鞆, 『人蔘史』 제3권 人蔘經濟篇, 朝鮮總督府 專賣局, 1940, 141~146쪽 및

하지만 이에 대한 본격적인 연구는 진행되지 않고 있었다. 그런 가운데 이철성은 18세기 대청무역상 사상층의 성장과 역할이란 상업사적 시각에서 모자무역에 주목하였다.[22] 즉 그는 1758년(영조34) 官帽制가 1777년(정조1) 稅帽法으로 전환되는 과정을 통해, 18세기 후반 대청무역의 주도권이 역관으로부터 사상으로 넘어갔음을 증명하고, 이것이 다시 대청홍삼무역으로 전환되었다고 하였다. 아울러 영·정조대 책문후시의 치폐과정과 비포절목 등 18세기 후반 대청무역의 상황과 거기에 참가한 商人의 존재에도 주목하였다. 그러나 이 논문은 역관·경상 및 개성상인·의주상인의 존재와 상호 관계를 보다 구체적으로 밝힐 필요가 있으며, 19세기 모자무역의 추이도 계속 규명되어야 할 과제를 안고 있다.

金廷美는 조선후기 貿易收稅制의 시행이라는 관점에서 조선후기 대청무역 전반을 서술하는 가운데 모자무역의 존재를 밝히고, 포삼제도 같은 의미에서 언급하였다.[23] 무역수세제라는 관점에서 조선후기 무역사 전반을 논한 시도는 의미가 있다. 그러나 무역수세제의 개념을 보다 분명히 해야할 필요가 있다. 교역품과 상인에게 과세하여, 사행경비를 얻으려는 시도는 이미 오래전부터 있었으며, 모자무

206~208쪽.

劉元東, 『韓國近代經濟史研究』, 一志社, 1977.

李泰鎭, 「國際貿易의 성행」 『韓國史市民講座』 9, 一潮閣, 1991.

22) 李哲成, 「18세기 후반 조선의 對淸貿易 實態와 私商層의 성장 - 帽子貿易을 中心으로 -」 『韓國史硏究』 94, 1996.9. 이 연구는 18·19세기 대청무역을 규명하기 위한 일련의 연구계획 하에 탈고된 논문이다. 그리고 이는 19세기 대청 홍삼무역 분야에 대한 연구와 함께 1996년 12월 고려대학교 대학원 박사학위 논문으로 종합되었다.

李哲成, 『18·19世紀 朝鮮의 對淸貿易 展開過程에 관한 연구 - 帽子·人蔘貿易을 둘러싼 譯·商間의 경쟁을 中心으로 -』, 高麗大 博士論文, 1997.

23) 金廷美, 「朝鮮後期 對淸貿易의 전개와 貿易收稅制의 시행」(서울대 석사논문, 1996.2 ; 『韓國史論』 36, 서울대학교 국사학과, 1996. 12에 公刊).

역도 기본적으로는 사행 경비인 公用銀 마련이란 차원을 넘어서지
않았다. 사상층에게 과세함으로써 조선 정부가 무역이윤체계에 참여
한 형태가 기존의 무역수세 관행과 어떤 점에서 차별성을 지니는지
에 대한 명확한 설명이 필요하다고 본다. 또한 조선후기 대청무역
과정을 하나의 논문에서 다룸으로써, 모자무역의 구조라든가 수입된
모자의 배분 및 판매 과정 등에 대한 구체적 설명이 부족하다. 하지
만 대청무역에 대한 연구가 수적으로 많지 않은 현실에서 비추어
앞으로의 연구 성과가 기대된다.

　모자 무역이 밝혀짐으로 인해 18세기 후반 대청무역의 양상이 어
느 정도 드러나게 되었다. 그러나 모자무역을 다룬 두 논문에는 이
미 지적한 문제 이외에도 해결해야 할 공통의 과제가 있다. 하나는
교역품 자체 즉 모자의 실체와 모자의 수요층을 분명히 밝히는 것
이며, 다른 하나는 모자의 유통이 국내 상업계에 미친 영향을 구체
적으로 규명하는 것이다. 모자무역은 이러한 점에서 계속 연구되어
야 한다고 생각된다.

　모자 수입무역으로 특징지워지던 조선의 대청무역은 인삼의 인공
재배와 가공에 성공하면서 19세기에는 대청홍삼무역이라는 새로운
방향으로 전개되었다. 19세기 대청 홍삼무역은 今村鞆,[24] 강만길,[25]
유승주,[26] 김종원,[27] 오성,[28] 김정미[29] 등에 의해 계속 언급되어 왔
으나, 개항이전까지를 대상시기로 하여 홍삼무역의 운영과 주체 및

24) 今村鞆, 『人蔘史』 제3권 人蔘經濟篇 141~146쪽, 206~208쪽, 1940.
25) 姜萬吉, 「開城商人과 人蔘栽培」 『朝鮮後期 商業資本의 發達』 高麗大學校 出
　　版部, 1973.
26) 柳承宙, 「朝鮮後期 對淸貿易이 國內産業에 미친 영향」 『亞細亞硏究』 1994.
27) 金鍾圓, 「朝鮮後期 對淸貿易에 관한 一考察 - 潛商의 貿易活動을 中心으로 - 」
　　『震檀學報』 43, 1977.
28) 吳 星, 「朝鮮後期 人蔘貿易의 展開와 蔘商의 活動」 『世宗史學』 1, 1992.
29) 金廷美, 위 논문.

무역의 정책적 측면을 본격적으로 다루지는 못했다.

이상의 연구사 검토를 통해 우리는 첫째 최근 대청무역 연구가 시기와 주제를 넓히면서 심화되고 있지만, 아직도 18세기 중반부터 개항까지의 시기는 연구의 공백기로 남아 있음을 확인할 수 있다. 따라서 중개무역이 쇠퇴한 1720년대 이후의 대청무역을 종합적으로 이해하여 조선후기 전시기에 걸친 무역사를 정리할 필요가 제기된다. 특히 1800년~1876년에 이르는 기간의 대청홍삼무역의 실상에 대해서는 보다 실증적인 연구가 요구된다. 둘째는 대청무역에 참여한 상업세력 및 그들의 대립과 성장의 모습을 파악하는 문제이다. 18세기 대청무역상 역관과 사상간의 경쟁은 보다 치열해져, 京商·松商·灣商 간에도 무역 이익을 둘러싸고 경쟁이 벌어졌다. 그리고 이것은 국내 상업구조와 정부의 재정구조에도 일정한 영향을 미치고 있었다. 즉 19세기 대청무역이 조선의 상업계와 재정구조에 어떠한 영향을 미쳤는지에 대한 연구가 필요한 것이다. 셋째는 조선정부의 무역정책을 살피는 일이다. 조선정부의 무역정책은 국내 상인들의 대립과 경쟁을 유발하고 무역 양상을 변화시켰던 바, 이 작업을 통해 우리는 개항이후 상업자본의 향배와 실체를 파악하는 단초를 얻을 수 있을 것이다.

2. 硏究 範疇와 方法

조선의 대청무역은 사행무역과 변경지역 三市(중강·회령·경원)로 구분지어 이해할 수 있다. 사행무역은 사행의 여정 중에 이루어지는 교역으로서, 일단 조선 정부가 공인하는 公貿易 및 私貿易과 불법적 형태의 密貿易으로 구분 할 수 있다. 그러나 사행무역은 동아시아의 정세 변화와 국내 상업세력의 성장 등을 배경으로, 시기마다 교역의 형태와 성격을 달리하기 때문에 무역의 범주를 일률적으로 규정하기 힘들다.

조청간의 規例에 따라 열린 邊境 三市는 開市貿易과 後市貿易으로 대별된다. 하지만 이도 각 시기마다 성격을 달리하여 파악해야 한다. 예컨대 後市貿易은 처음에는 開市貿易을 이용한 불법적 교역이었으나, 조선정부가 후시를 인정하고 무역 물종에 과세하기 시작하면서 후시는 더 이상 불법적 무역이 아니었다. 따라서 조선의 대청무역은 시대를 반영하는 역사적 형태로 종합적인 검토를 필요로 한다.

그러나 대청무역이 조선사회에 미친 영향력에 주목한다면, 대청무역은 역시 사행무역과 그 연변에 위치한 중강·책문교역이 중요한 몫을 차지한다.30) 이에 이 책은 燕行 과정 중에 일어나는 使行貿易과 그와 연관된 對淸貿易을 주연구 대상으로 삼았다.

이 책은 조선후기 대청무역사 중 주로 朝鮮의 중개무역 구조에 변화가 일어난 18세기부터 1876년(고종13) 개항 이전까지를 중점적으로 다룬다. 이는 앞서 살핀 바와 같이 기존의 대청무역 연구가 18세기 중반 이후 시기를 공백으로 남기고 있기 때문이다. 개항을 하한으로 잡은 것은 개항을 기점으로 조선의 전근대 경제구조는 물론 대청무역의 기본 골격도 급속히 변해 갔기 때문이다.31)

한편 대청무역의 실상은 조·청간 중요 교역품을 중심으로 고찰하고자 한다. 18·19세기를 통해 조청간에는 다양한 물품이 교역되

---

30) 조선후기 무역의 제 형태와 양상에 대해서는 이 책의 1장 참조.
31) 물론 朝·淸間의 외교적 질서나 朝·淸貿易의 기본 골격은 1882년까지 지속되었다고 볼 수도 있다. 그러나 개항 이후 조·청 관계는 일본 및 서구 諸國과의 외교·통상관계에 큰 영향 받기 때문에 개항 이후의 시기에 대한 연구는 별도의 연구를 필요로 한다.

었다.[32] 그러나 대청무역의 규모와 성격 그리고 그 영향 등을 파악
하기 위해서는 대표적인 교역품을 중심으로 여타의 물품을 다루는
것이 효과적이라고 판단된다. 이러한 방법을 택한 것은 개개의 물종
에 대한 무역상의 관행 및 규모가 구체적인 자료로 추적되지 않는
현실적 이유도 있지만, 무역 물종 모두를 다룰 경우 자칫 대청무역
상의 큰 흐름을 놓치기 쉽기 때문이다.

18세기 중·후반 교역품 가운데 주목해야 할 물품은 義州府 搜檢
所에서 1隻 當 折銀價 50냥으로 환산하여 수세하던 중국산 帽子이
다. 모자는 公用銀 마련을 위해 수입되었던 關東物貨로, 18세기 후
반 대청무역을 특징지웠던 교역품이었다. 이 때문에 당시 義州府 搜
檢所의 경비도 대부분 이 모자에서 거두는 帽穴價로 충당되었다.[33]
그러나 모자무역은 1790년대에 접어들면서 부진을 면치 못하였다.
이에 조선 정부는 사행시의 公用銀을 마련하고 역관무역을 부양할
목적에서 1797년(정조21) 사행원역의 팔포에 홍삼을 채워 갈 수 있
는 包蔘制를 실시하게 된다. 홍삼이 주요 수출품으로 등장하게 된
것이다. 이러한 변화에 따라 19세기에는 종전 帽穴의 획급을 통해
搜檢所의 경비를 마련하는 규례가 없어지고, 대신 雜包와 의주상인
의 包蔘에 일정량의 稅를 거두어 이를 대치하게 되었다.[34] 帽子와
紅蔘이 각기 18세기 후반과 19세기의 대표적 교역품이었던 것이다.

한편 對淸貿易을 이끌었던 상인층의 역할과 성격을 살피는데에는
선행 연구에서 이미 밝힌 바와 같이 譯官과 私商이란 구분이 유효

---

32) 이 책의 표] 2‒4 및 표] 3‒2 참조. 표에 나타난 무역품이 이 시기 대청무역
   상의 모든 교역품을 망라한 것이라 보기는 어렵다. 그러나 이것이 出柵物貨
   와 回還時 物貨의 調査를 담당했던 義州 搜檢所條의 기록이므로, 무역 물종
   의 대강을 파악하는 데에는 무리가 없을 것으로 생각된다.
33) 『龍灣志』 舘廨 搜檢所條(1768년(영조44)) 참조.
34) 『龍灣志』 舘廨 搜檢所條 (1849년(헌종15)) 참조.

할 것이다. 그러나 18 · 19세기 대청무역에 참가한 사상층은 보다 구체적으로 구분되어 상호 경쟁과 갈등을 노출하기도 하였다. 예컨대 모자무역에는 譯官 · 帽子廛人 · 개성상인 · 의주상인이 그리고 홍삼무역에는 譯官[35] · 서울의 貢市人 및 각급 관아와 연결되어 있는 특권상인으로서의 京商[36] 그리고 개성상인과 의주상인이 각기 활동하였다. 이들은 때에 따라 상호 연대하기도 하고 경쟁하기도 하였다.

하지만 개성상인과 의주상인은 점차 '西商'(西路商人)으로 범주화되면서 역관과 서울지역의 상인들과 갈등관계를 이루는 추세를 보이게 된다.[37] 이 책은 이 점을 고려하면서 대청무역에 관계된 상인층의 세력관계를 면밀히 고찰하고자 한다. 즉 해방 후 조선후기 상업사 연구는 시전체제의 붕괴와 새로운 사상층의 성장, 그리고 이러

---

35) 18세기 후반 역관층은 官으로부터의 무역자금 대출의 길이 봉쇄되고 사상층의 활발한 무역활동으로 인해, 이전처럼 대청무역의 주도적 위치에 설 수 없었다. 그러나 역관은 사행원역이란 특수한 지위에 있음으로 인해 대청무역의 권리를 따낼 수 있는 층이었다. 이에 19세기에도 역관은 자본력을 지닌 京商과 결탁하여 그들의 세력을 유지하였다.

36) 京商은 京中商賈를 이르는 말로(『備邊司謄錄』 57 숙종 32년 8월 초8일 5책 582~583쪽), 17 · 18세기말 인삼수출과 서울의 상권을 장악한 貢市人 및 特權商人層을 포괄하는 용어로 보인다. 하지만 대청무역과 관련하여 史料 곳곳에서 보이는 京商은 '西路 商人'과의 경쟁관계에 선 서울의 貢市人 및 중앙 각급 기관과 연결된 特權商人이었던 것 같다. 예컨대 모자 수입과 관련된 국내상인 중 靑布廛人과 인삼수출과 관계된 包蔘契人 등이 京商의 범주에 드는 것이다.

37) 서상(서로상인)의 범주와 성격에 대해서는 李哲成, 「19세기 前半 包蔘貿易 전개 과정과 西路商人」, 『東西史學』 5, 1999 참조.
「備邊司甘結」 藏 2-3322
「至於皮雜物 乃是西商之散之八路 終歲勤聚之物也 除非西商 則雖積年赴京之 譯官 初未嘗有紙束皮張之八包者 則況彼在京之廛人 從何以辦得許多雜物乎」
『備邊司謄錄』 168 정조 10년 정월 초7일 16책 582쪽
「逮至甲戌 延卜雜物 始定數爻 節行一萬兩 別行五千兩 咨行一千兩 而其所賣 買 不過關東物件 而十數年來 西商輩 詐僞百出 夤緣濫越 殆無限節 而暗藏銀 貨於雜卜之內 符同燕胡 輪致北京物件於柵內 狼藉交易 其數至於四五萬之多」

한 변화에 기초하는 전국적 상품유통권의 성립을 밝히려 노력하였
다.38) 이러한 연구에 힘입어 조선의 상업분야는 정체성 이론의 굴레
를 벗고 발전적이고 역동적인 모습으로 이해되기에 이르렀다.

그러나 조선후기 상업사 연구는 주로 서울을 중심으로 한 상업계
의 동향과 상인 파악에 치우친 감이 없지 않다. 물론 1980년대 후반
이후 공인39)·객주40)·선운업41)·장시42)·포구상업43) 등에 대한 연
구가 이루어짐으로써 상품유통체계와 시장권에 대한 이해가 넓혀진
것은 사실이만, 여전히 상업사는 서울지역에 대한 연구가 중심을 이
루어 왔다. 따라서 상품유통체계의 담당자인 상인에 대한 성격도 서

38) 姜萬吉,『朝鮮後期 商業資本의 發達』, 高麗大學校 出版部, 1973.
　　　安秉珆,『韓國近代經濟史硏究』, 日本評論社 (『韓國近代經濟와 日本帝國主義』,
　　　　　　백산서당 편집부 편역, 1982).
　　　劉元東,『韓國近代經濟史硏究』一志社, 1976.
　　　李炳天,「朝鮮後期 商品流通과 旅客主人」『經濟史學』6, 1983.
　　　韓相權,「18세기말 19세기초의 場市發達에 대한 基礎硏究 - 慶尙道地方을 中
　　　　　　心으로 -」『韓國史論』7, 1981.
　　　李榮昊,「19세기 浦口收稅의 類型과 浦口流通의 性格」『韓國學報』41, 1985.
　　　高東煥,『18·19세기 서울 京江地域의 商業發達』, 서울大 博士論文, 1993.
　　　李　旭,「18세기말 서울商業界의 변화와 政府의 對策」『歷史學報』142, 1994.
39) 金東哲,『朝鮮後期 貢人硏究』, 韓國硏究院, 1993.
　　　鄭亨芝,「朝鮮後期의 貢人權」『梨大史苑』20, 1983.
　　　吳美一,「18·19세기 貢物政策의 變化와 貢人層의 變動」『韓國史論』14,
　　　　　　1986.
　　　吳美一,「18·19세기 새로운 貢人權·廛契創設運動과 亂廛活動」『奎章閣』
　　　　　　10, 1987.
40) 洪淳權,「開港期 客主의 流通支配에 관한 硏究」『韓國學報』39, 1985.
　　　李炳天,「朝鮮後期 商品流通과 旅客主人」『經濟史學』6, 1983.
41) 崔完基,『朝鮮後期 船運業史 硏究』, 一潮閣, 1989.
42) 韓相權,「18세기말 19세기초의 場市發達에 대한 基礎硏究 - 慶尙道地方을 中
　　　　　　心으로 -」『韓國史論』7, 1981.
43) 李榮昊,「19세기 浦口收稅의 類型과 浦口流通의 性格」『韓國學報』41, 1985.
　　　李榮昊,「19세기 恩津 江景浦의 商品流通構造」『韓國史論』15, 1986.
　　　高東煥,『18·19세기 서울 京江地域의 商業發達』, 서울大 博士論文, 1993.

울지역의 특권상인과 私商層을 두고 논의되는 제한적 측면을 보였
다. 이 때문에 조선후기 상인을 官商都賈와 私商都賈[44] 혹은 舊特權
商人과 新特權商人[45]으로 구분·인식하려는 시도가 있었다.

그런데 특권상인으로서의 시전과 자유상인으로서의 사상 간의 갈
등과 대립은 어떻게 보면 각지의 물산이 상품유통망을 통해 서울이
라는 시장권으로 유입되고 판매될 때의 관계를 설명한 것이지, 서울
로 집산된 물품이나 혹은 지방의 특정 물화가 무역을 통해 청으로
넘어갈 때의 대립관계까지를 설명하는 것은 아니라고 생각된다. 즉
국내상업이 아닌 국제무역의 경우 상인 간의 대립관계 및 官과의
밀착관계는 상인층 각자의 이해관계에 따라 충분히 변화할 수 있었
던 것이다.[46]

이러한 의미에서 '西商'(西路商人)이라고 지칭되는 이들은 주목할
만하다.[47] '西商'은 使行路를 따라 開城으로부터 黃州, 平壤, 義州에
이르는 지역의 상인을 범칭하는 것으로 흔히 '三道商賈'라고도 불리
웠다.[48] 그러나 '西商'(西路商人)은 대개의 경우 초피와 잡물을 다루
거나 삼상으로 인식되었다.[49] 따라서 西商의 핵심 세력은 개성상인

---

44) 姜萬吉,『朝鮮後期 商業資本의 發達』, 高麗大學校 出版部, 1973.
45) 李炳天,「朝鮮後期 商品流通과 旅客主人」『經濟史學』6, 1983.
46) 따라서 관상도고·사상도고, 구특권상인·신특권상인의 성격구분은 서울 상
    업계를 중심으로 벌어진 성격적 차이로 이해하는 것이 좋을 듯하다. 전국적
    상품유통체계 및 무역과 연관될 때 이들은 서로 대립하다가도 이해관계에 따
    라서는 서로 연합할 개연성도 충분히 존재하기 때문이다.
47) 李哲成,「19세기 前半 包蔘貿易 전개과정과 西路商人」,『東西史學』5, 1999.
48) 『關西啓錄』壬午 8월 28일 참조.
49) 『備邊司謄錄』52 숙종 28년 4월 22일 5책 27쪽.
    「李畬曰 … 其軍官色吏首土卒等於越採一款 始終發明 而招致西商五人 而貂皮
    二十五領 換銀五十兩云」
    『備邊司謄錄』52 숙종 28년 4월 22일 5책 29쪽.
    「吏曹判書李畬所啓 頃日入侍時 因承旨所達 以蔘商三四十馱 入往三水之說 票
    請査問本道矣 … 五馱與三四十馱 多寡雖殊 西商則一也」

과 의주상인이었던 것으로 생각된다.50)

개성상인과 의주상인이 흔히 '西商'으로 지칭되는 것은 사행무역과 개시무역을 수행하는 과정에서 특수한 임무와 역할을 수행하였기 때문이다. 시대에 따라 이들에게 부여된 구체적인 임무와 역할은 달랐다. 그러나 대체로 의주상인은 사행에 필요한 경비의 일부를 부담하기도 하고, 수출입물품에 대한 수세를 책임지기도 하였다. 개성상인은 그들의 국내 유통망을 통해 대청무역에 필요한 물품과 銀을 조달하고, 수입 물품을 국내에 판매하는 역할을 하고 있었다. 의주상인과 개성상인은 이러한 역할에 대한 반대급부의 형태로 대청무역에 참여할 수 있는 지위를 차지하였던 것이다.51)

따라서 사행일원으로 무역을 주도했던 역관 및 그와 연계된 京商에게 西商은 대청무역상의 경쟁 상대이자, 그들의 이익을 저해하는

---

50) 물론 서상에는 平壤商人과 安州商人 등도 포함되며, 이들도 對淸貿易을 활발히 행했을 것으로 추측된다. 실례로 1807년(순조7) 의주인 白大玄과 평양인 李士楫에 의해 발생한 잠상활동은 대청무역상 평양상인의 존재를 확인시켜 준다고 생각된다.(이 책의 3장 3절 참조) 그러나 18·19세기에는 첫째 西路의 상인 가운데 義州商人만이 유일하게 赴燕을 공인받았으며, 둘째 수입된 官帽에 대한 국내 판매권을 부여 받은 私商人도 의주상인과 개성상인으로 제한되고 있었던 점, 셋째 홍삼무역에 있어서도 의주상인과 개성상인이 別將과 包主로 긴밀히 연관되어 중추적 역할을 하고 있음을 볼 때 平壤商人과 安州商人의 역할은 상대적으로 표면화되지 않았던 것으로 추측된다.

51) 조선후기 상인들은 대개 지역으로 구별·인식되었다. 대표적 사상층이라 불린 경상·의주상인·개성상인·동래상인 등도 모두 지역으로 구별된 상인 명칭이다. 그러나 지역 명칭이 붙은 상인이라 해서 자본력과 경영규모가 모두 같지는 않았으며, 반드시 그 지역 출신을 의미하는 것도 아니었다. 따라서 상인에 대한 범주와 그 구성에 대해서는 면밀한 고찰이 필요하다고 생각된다. 이러한 의미에서 각종의 물품을 취급했던 상인에 대한 구체적인 연구와 동래상인 및 경강상인에 대한 구별적 인식이 전개되고 있는 것은 의미가 있다고 생각된다 (吳 星,『朝鮮後期 商人研究』, 一潮閣, 1989 ; 金東哲,『朝鮮後期 貢人研究』, 韓國研究院, 1993 및 高東煥,『18·19세기 서울 京江地域의 商業發達』, 서울大 博士論文, 1993).

층이었다. 이럴 때 사행원역인 역관과 자본을 갖춘 京商과의 결탁은 자연스러운 것이었다. 그만큼 西商들과의 대립관계는 첨예화될 수밖에 없었다. 이러한 가설은 시장권 및 이권의 向背에 따라 상인 간의 세력관계가 다변화할 수 있다는 전제에 서 있는 것으로, 조선후기 상업계 全般을 이해하는 데에도 도움을 줄 수 있다고 생각한다.

이어 이 책에서는 개항이전 대청무역이 국내의 상업구조 및 재정구조에 미친 영향에 대해서도 살피려 한다. 대청무역을 살피는 궁극적인 목표는 그것이 국내에 미친 영향을 고찰하는데 있다고 할 것이다. 그러나 이를 위해서는 정확한 대청무역의 규모, 수출입 물품의 국내유통과 영향, 그를 담당한 상인의 실체와 자본축적도 및 자본의 재투자 경향 등이 종합적으로 밝혀져야 한다.

그러나 이는 구체적인 자료의 발굴과 국내 상업구조 및 상인에 대한 연구가 전체적으로 이루어짐으로써 해결될 차후의 과제라 생각된다. 때문에 여기서는 차선의 방법을 통해 이 문제에 접근해 가려고 한다. 즉 대청무역의 주요 물품에 대한 세액과 그것의 규모 및 재원의 귀속처 등을 밝혀 대청무역이 국내에 미친 영향에 간접적으로 접근하려는 것이다. 그런데 조선후기 대청무역 과정에서 발생하는 세입은 의주부, 사역원, 호조는 물론이요 개성부를 비롯한 황해·관서 지역의 재정과도 관련이 있었다. 이에 이 책에서는 전통적으로 무역세에 이해관계를 같이 해 온 의주부, 개성부, 사역원과 이를 중앙의 경상비로 끌어들이려 노력한 호조의 입장을 구분지어 서술하려 한다.52)

---

52) 이 책에서는 주로 의주부, 개성부, 사역원의 이해관계를 조정하고 중앙재정을 확대하려는 정책적 조치를 이끌어낸 주체를 조선 정부 혹은 중앙정부라 표현했다. 이는 재정이 분권화된 상황하에서 각기 중첩된 이해 관계를 조정하고 통합하여 정책을 마련하는 국가의 자율적 기능이 조선 정부에 있었음을 전제하는 이론에 바탕하고 있다.

이러한 연구를 위해 이 책은 『承政院日記』·『日省錄』·『備邊司謄錄』·『朝鮮王朝實錄』등 연대기 자료를 주로 활용하였다. 연대기 자료는 18세기 이후 조선의 대청무역 실상과 그를 둘러싼 무역주체 및 정책의 변화를 계통적으로 가장 잘 남겨 전하기 때문이다. 한편 對淸貿易이 주로 燕行을 통해서 이루어졌던 만큼 각종 『燕行錄』과 이 시기 正使·副使·書狀官으로 赴燕했던 인물들의 文集도 활용하였다. 한편 대청무역과 깊은 관련을 맺고 있는 의주부 및 개성부의 특성을 파악하기 위해서 『義州府狀啓謄錄』·『平安監營啓錄』·『松營日記』등의 各司謄錄類를 이용하였으며, 『龍灣志』·『中京誌』등의 邑誌類도 참고하였다. 이외에도 『度支志』·『萬機要覽』·『同文彙考』등의 자료와 法典類도 활용하였다.

제1장 17 · 18세기 對淸貿易의 諸 形態와 양상

　17세기 전반 정묘호란과 병자호란을 거치면서 조선과 明과의 외교관계는 淸과의 조공체제로 대치되어 갔다. 그 속에서 조선과 청 사이의 무역 관계도 정비되었는데, 이는 크게 변경지역 三市貿易과 使行貿易으로 구분해 볼 수 있다.

　변경지역 三市는 中江 · 會寧 · 慶源에서 행해졌으며, 開市貿易과 後市貿易으로 대별된다. 중강 · 회령 · 경원에서의 교역은 조청간 規例에 의해 정기적으로 열린 제한된 開市였다. 그 중 사행로에 위치했던 중강개시는 후시로 이어져 교역이 성행하기도 했으나 변경지역 三市는 교역량과 국내 상업계에 미친 영향면에서 사행무역에 미치지 못했다.

　사행무역은 '사행의 여정 중에 이루어지는 교역'으로, 公認된 무역(公貿易 · 私貿易)과 공인되지 않은 密貿易으로 구분할 수 있다. 公貿易은 전형적인 조공관계에서 朝貢과 回賜 형식으로 이루어지는 교역을 말한다. 사무역은 역관의 八包貿易과 각급 관아의 공용을 위한 包外貿易 등을 일컫는다. 밀무역은 이 이외에 이루어지는 일체의 불법적 교역을 말한다.

그러나 사행무역의 형태와 성격을 통시대적으로 정확히 범주화하
여 규정하기는 어렵다. 한때 밀무역으로 금지되던 교역이 조선 정부
의 공인을 받아 사무역으로 인정되기도 하고, 반대로 사무역으로 인
정되던 무역이 조선정부의 정책에 따라 혁파되면서 처벌 대상이 되
기도 하기 때문이다. 또한 사행무역은 공간적 측면에서는 책문·심
양·연경 등 사행 여정중 각지에서 일어나는 다양한 교역을 포괄하
고 있다. 따라서 1장에서는 대청무역 관계가 정상적으로 자리잡는
18세기 前半期까지를 검토의 주된 대상 시기로 설정하고, 변경지역
三市와 사행무역 등 대청무역의 제 형태와 교역의 실상을 살피고자
한다.[1]

1. 邊境地域의 貿易

1) 中江交易

中江開市는 조선의 요청으로 1593년(선조26) 朝鮮과 明사이에서 시
작되었다.[2] 16세기 후반 조선의 전국적 기근으로 인한 식량 부족과
임진왜란 중 조선군과 明軍을 위한 군량미 확충이 開市를 연 목적이
었다.[3]

---

[1] 이는 이 책에서 중점적으로 다룰 18세기 후반 이후 사행무역의 전개과정을 계
기적으로 인식하기 위함이다.

[2] 중강개시에 대해서는 金聲均,「初期의 朝淸經濟關係交涉略考」『史學硏究』5,
1961 ; 崔權默,「朝淸貿易小考」『論文集』6 (忠南大), 1967 ; 柳完相,「朝鮮時代
中江開市에 대한 一考-특히 仁祖代를 중심으로-」『現代史學의 諸問題』, 一
潮閣, 1977 ; 金鐘圓,「朝淸交涉史硏究-貿易關係를 中心으로-」, 서강대 박사
논문, 1983 등의 연구에 크게 도움받았다.

[3]『宣祖實錄』권46 선조 26년 12월 壬子條 참조.

지도 1 中江 於赤島(자료 : 靑丘圖)

中江은 압록강 상류에서 갈라진 가닥의 하나인데, 흔히 압록강의 세 가닥을 小西江, 中江, 三江이라 불러왔다. 중강개시는 이 소서강과 중강 사이에 있는 於赤島에서 열렸다.4) 중강개시를 통해 조선은 곡식·나귀·노새를 명으로부터 수입하였고,5) 그 대금을 銀·馬匹·綿布 등으로 결제하였다.6) 또한 조선은 중강개시를 통해 화약을 밀수입하는가 하면,7) 인삼·은·수달가죽 등을 몰래 팔아 넘겼다.8)

---

4) 『燕轅直指』 권1 出彊錄 中江記.
「自小西江西巨四里 有中江 亦鴨綠江上流之分派 而其下流又合而爲一 故兩江之間 名曰於赤島 有居民間 有把幕爲瞭望之所 一將二卒守之 每年春秋開市於此」
5) 『宣祖實錄』 권46 선조 26년 12월 壬子條.
『宣祖實錄』 권50 선조 27년 4월 庚午條 참조.
6) 『宣祖實錄』 권68 선조 28년 10월 丙午條.
『宣祖實錄』 권84 선조 30년 정월 丁未條.
『萬機要覽』 財用編 5, 中江開市條 참조.
7) 『宣祖實錄』 권201 선조 39년 7월 癸未條.
17세기 무기수입에 대해서는 柳承宙, 「17世紀 私貿易에 관한 一考察 - 朝·淸·日間의 焰硝·硫黃貿易을 中心으로 - 」 홍대논총』 10, 1978 참조.

중강개시를 통해 조선과 명은 상당한 이익을 보았던 것으로 생각
된다.9) 그러나 일본과의 전쟁이 끝나자 조선은 중강개시에서의 잠
상 활동과 그에 따라 발생할 수 있는 명과의 정치적 사건 및 국가
기밀 누설 등을 우려하여 중강개시 혁파를 여러 번 논의하였다. 중
강개시 혁파를 둘러싼 논의는 임진왜란 때 명의 厚誼를 저버릴 수
없다는 명분론과 무역세 징수에 따른 조선 정부의 재정수입 감축
등 실리적 문제가 얽혀 있음으로 인해 쉽게 결정되지 못했다.10) 그
런 가운데 光海君代에는 후금의 흥기와 명의 쇠퇴로 중강개시는 사
실상 무의미하게 되었다.

하지만 後金이 요동을 차지하고 명과의 무역이 단절되자, 청은 조
선과의 중강개시 교섭을 벌였다. 그 결과 정묘호란을 계기로 1628년
(인조6)에는 중강개시에 관한 제반 절차가 결정되고 무역이 행해졌
지만,11) 조선의 교역 회피로 사실상 중단 상태에 들어가게 된다. 조
선이 교역을 회피한데에는 명과의 관계를 고려한 조선의 외교정책
도 작용하였으나, 근본적인 원인은 조선측에게 무역상 이익이 없었
던 데에 있었다.12)

이후 중강개시가 새로운 전기를 마련하는 것은 1646년(인조24)이
다. 즉 入關 이후 청은 만주지방의 官員과 국경 지방민의 생활필수
품 조달을 위하여 개시를 요구하였다. 이에 조선은 1646년(인조24)
전례에 따라 연 2회(3월 15일, 9월15일)의 개시를 열기로 했으나, 봄

---

8) 『宣祖實錄』 권131 선조 33년 11월 丙辰條.
   『宣祖實錄』 권201 선조 39년 7월 癸未條 참조.
9) 『宣祖實錄』 권124 선조 33년 4월 丙申條.
   『宣祖實錄』 권124 선조 33년 4월 戊戌條.
10) 『宣祖實錄』 권124 선조 33년 4월 丙申條.
    『宣祖實錄』 권131 선조 33년 11월 丙辰條.
11) 『仁祖實錄』 권18 6년 정월 丙子條.
12) 유완상, 위 논문, 18~20쪽 참조.

철 농사와 가을철 추수를 이유로 이듬해인 1647년(인조25) 개시일을 2월 15일과 8월 15일로 변경하여 교역하기 시작하였다.13)

중강개시를 위해 조선 정부는 개성부와 평안·황해도에 農牛·소금·종이 등의 항목을 각읍에 나누어 배정하고, 別將을 따로 뽑아 灣上에 모아 두고 기다리게 하였다가, 開市日에 差使員과 譯學 訓導가 함께 중강에 거느리고 가서 봉황성의 通官·章京과 더불어 값을 정하고 서로 교역토록 하였다. 또한 중강개시는 私販人 즉 잠상의 참여가 봉쇄되어 있었으며, 암말(牝馬)과 인삼 등이 禁物로 지정되어 의주부윤의 책임 하에 開市에 들어가는 것을 철저히 막도록 하였다.14) 청측도 봉황성 근처의 세 堡에서만 무역하도록 하고 북경의 상인은 참여치 못하도록 하였다.15)

조선의 수출품은 소·다시마·해삼·면포·布·白紙·壯紙·犁口, 沙器 등이었는데, 정해지지 않은 물품의 교역은 할 수 없었다. 표] 1-1과 표] 1-2를 비교해 보면 중강개시의 매매 물종은 대체로 정례에 따라 마련되고, 교역되었음을 알 수 있다. 또 표] 1-2를 통해서는 조선의 주요 수출품이 소·다시마·해삼이었으며, 이 세가지 물종이 전체 교역액의 약 78%를 차지했음을 짐작할 수 있다. 이러한 수출품의 댓가는 모두 小靑布로 값을 계산하여 받았는데, 소청포 1필을 은 3錢 5分가치로 계산하였다. 소청포는 품질이 추악하고 짧고 좁아서 쓸모가 거의 없으므로 중강개시는 조선측으로서는 부담스러운 교역이었다.16)

---

13) 『通文館志』 권3 事大 開市條.
14) 『萬機要覽』 財用篇 5 中江開市.
15) 『仁祖實錄』 권47 인조 24년 8월 癸卯條.
16) 『燕轅直指』 권 1 出疆錄 中江記.

표] 1 - 1   中江開市 公買賣摠數

물 종	수 량	물 종	수 량
소	200척	다시마	15,795근
해삼	2,200근	면포	373필
포	175필	백지	8,400권
장지	600권	소금	310석
보습	194개	사기	330죽

자료 : 『萬機要覽』 財用編 5 中江開市.

표] 1 - 2   1838년(헌종4) 中江春等開市 公買賣摠數

물 종	수 량	환산가(은)	가은(냥-전-푼)	비 고
소	200수		1,173	대·중·소
다시마	15,775근	2냥 4전/1근	378.6	
해삼	2,200	5냥5전/100근	123.2	
上木	7同 23疋	3전/1필	111.9	
白紙	6,400권	2냥/100권	128	
	600권	3냥/100권	18	
犁口	194개	3푼/1개	5.82	
소금	310석	3전/1석	93	
益山紙	2,000권	2냥/100권	40	
五升布	3동 25필	3전/1필	52.5	
各色沙器	330竹	3푼/1죽	9.9	
胡椒	30근	3전/1근	9	
白磻	25근	2전/1근	5	
丹木	53근 5냥	2전/1근	10.66	
총계			2,158.58	

자료 : 「義州中江戊春等開市時三道牛隻物貨發賣成冊」(奎17165)

　　반면 청은 규정된 물품 이외에 南草 등을 요구하고,[17] 緞布, 氈帽,
면화를 가지고 와 무역하려 하는가 하면, 중국 내지의 상인을 중강

---

17) 『仁祖實錄』 권48 인조 25년 3월 癸卯條.

개시에 참여시켜 교역의 길을 넓히고자 하였다.18) 그러나 조선측은
황해도 商賈가 피물을 가지고 중강개시에 들어가는 것을 불허하는
데서 보이듯 개시에 참여하는 상인과 물품을 제한하려 했으며,19) 중
국 內地 상인의 참여 문제에 대해서도 淸商과 朝鮮 商人間의 부채
문제가 발생될 우려와 開市 본의에 어긋난다는 이유를 들어 이를
회피하였다.20)

이렇듯 조선정부의 私販人 참여 금지와 항례 준수라는 원칙에도
불구하고 중강개시를 기회로 이익을 누리려는 사상층은 점차 늘어
나고 있었다. 사상이 국법을 어기고 함부로 따라가 마음대로 교역하
는 中江後市가 생겨난 것이다.21)

중강후시는 개시와 거의 동시에 나타난 것으로 생각된다. 즉 중강
개시에서 필요한 綿布·麻布·鹽石·牛馬·農具 등의 물품 조달은
주로 황해도·평안도 상인이 맡고 있었으며,22) 일부 서울상인도 참
여하였다.23) 개성상인도 어떠한 형태로든 개시에 접근했을 것으로

---

18) 『英祖實錄』 권43 영조 13년 정월 丙辰條 참조.
19) 『備邊司謄錄』 13 효종 즉위년 8월 19일 2책 42쪽.
　　「啓曰 中江開市時 皮物全然禁斷 亦沒難便 黃海道商賈所持 仍許入送事 ⋯⋯ 皮
　　物勿許事 行會之意 敢啓 答曰 知道」
20) 『英祖實錄』 권43 영조 13년 정월 丙辰條.
　　『英祖實錄』 권43 영조 13년 2월 己巳條 참조.
21) 『通文館志』 권3 事大 開市條.
　　『萬機要覽』 財用編 5, 中江開市條 참조.
22) 『仁祖實錄』 권48 인조 25년 3월 癸卯條.
　　「迎接都監啓曰 鄭勅以爲 中江通市之物貨 不過綿布麻布鹽石牛馬農器等物 兩
　　西商賈 猶可交易 而春市時紙地南草物等 則聞令餉臣 旣已優備 漢城府及開城
　　府商賈 不必入送云矣」
　　『備邊司謄錄』 12 인조 26년 7월 초3일 1책 982쪽.
　　「啓曰中江開市 當爲設行於八月十五日 兩西商賈預先整齊 優齎物貨」
23) 『備邊司謄錄』 10 인조 24년 5월 초5일 1책 843쪽.
　　「啓曰 今見戶部咨 遼東與義州接攘 宜開市交易 ⋯⋯ 預爲程委于兩西監司及漢
　　城府等處 使商賈等及其赴市」

보인다.[24]

그러나 중강개시는 상인의 참여와 교역 물품이 규제되어 있었다. 따라서 상인들은 중강개시를 이용하여 규정 외 교역을 행하였고, 교역의 폭을 넓히려는 청측의 이해와도 맞아 떨어짐으로써 중강후시가 성행한 것이다. 사상들의 후시활동에 대해 1729년(영조5) 도승지 조현명은 중강개시에 상고들이 잠입하여 이것을 막자 상인들은 단련사를 따라 들어가 심양에서 잠상의 폐단을 일으켰는데, 만약 심양 잠상의 길이 끊긴다면 이들이 중강개시로 몰려들 것은 必至의 勢라

『仁祖實錄』 권18 인조 6년 2월 丙申條.

「義州中江戊戌春等開市時三道牛隻物貨發賣成冊」(奎17165)은 1838년(헌종4) 2월 중강개시 물화 교역에 참여했던 지역상인과 물종을 기록하고 있어, 중강개시 및 후시에 참여한 상인들의 윤곽을 이해하는데 도움을 주고 있다. 다음 표는 위 자료에 나타난 지역 상인만을 뽑은 것이다. 위 자료를 포함하여 중강개시에 참여한 상인 및 물종에 대한 종합적인 연구는 차후의 과제로 한다.

표] 1838년(헌종4) 중강개시 물화 발매 상인 거주지별 분포 표

지역	상인	지역	상인	지역	상인	지역	상인
平安道監營(物貨秩)		강계	2	철산	1	벽동	1
평양	5	덕천	1	용천	5	開城府牛隻物貨秩	
순안	1	영변	2	의주	1	海西牛隻物貨秩	
숙천	2	맹산	1	중화	3	海西管餉物貨秩	
영유	2	강동	1	상원	2	本道管餉物貨秩	
강서	2	성천	2	삼등	1		
용강	1	양덕	1	운산	1		
삼화	1	희천	1	위원	1		
함종	1	各邑措備牛隻物貨秩		초산	1		
증산	1	안주	5	박천	1		
개천	1	가산	1	삭주	1		
숙천	1	정주	2	태천	1		
자산	1	곽산	1	귀성	1		
은산	1	선천	1	창성	1		

24) 『備邊司謄錄』 11 인조 25년 3월 초3일 1책 881쪽.
　　『肅宗實錄』 권25 숙종 19년 9월 壬寅條.

하고 있다.25) 17세기 후반 이래 중강교역을 통한 사상들의 이익추구
가 활발히 일어났음을 알게 한다.

2) 會寧·慶源交易

압록강에 중강개시가 성립되자 後金은 두만강 유역 會寧에서 開
市할 것을 요구하여 왔다.26) 압록강 일대는 강물이 빠르고 거센데
비해 두만강 유역은 강폭이 매우 좁아 건너기가 어렵지 않은 관계
로 변방 胡人들의 침탈이 많았다.27) 이에 호인에 대한 기미책의 일
환으로 회령과 무산 등지에는 부사의 책임하에 이전부터 關市를 열
어 왔었다.28)

그런데 중강개시를 공식화시킨 후금이, 중강에 이미 關市를 열었
으니 회령에 개시하였던 전례에 따라 회령 관무역을 열 것을 요구
한 것이다.29) 청의 요구에 대해 조선은 예전과는 달리 임란 이후 東
邊에는 藩胡가 살지 않으며, 정묘호란으로 兩西 지역 재정이 파탄에
빠져 중강개시에 응하기도 어려운데, 회령개시는 감당할 수 없다는
입장을 밝혔다.30) 그러나 정묘호란 후 강압적 자세를 견지했던 후금

---

25) 『備邊司謄錄』 86 영조 5년 8월 초1일 8책 702쪽.
「都承旨趙顯命所啓 曾前商賈輩 潛入於中江開市 庚辰年間 因彼國移咨 始爲驚
動 嚴命防塞 則商賈輩又爲隨行於團鍊使 有潯(瀋)陽潛商之弊 雇車後潯陽買賣
之路若節 則其勢又將趨騖於中江開市 此必至之勢 而卽今正當開市之節 道臣及
灣尹處 各別嚴明指揮 以爲申飭檢察之地 何如 上曰 各別嚴飭」
26) 회령 및 경원의 北關開市에 대하여는 최근 高丞嬉가 「조선 후기 北關開市 연
구」(『朝鮮時代史學報』 1, 1997)에서 북관개시의 성립, 운영원칙 및 절차, 함경
도의 개시부담 등을 분석한 연구를 내 놓았다. 북관개시에 대한 자세한 사항
은 위 연구를 참고하기 바란다.
27) 『宣祖實錄』 권147 선조 35년 윤2월 乙未條 참조.
28) 『宣祖實錄』 권121 선조 33년 정월 辛未條.
『宣祖實錄』 권163 선조 36년 6월 己丑條 참조.
29) 『仁祖實錄』 권18 인조 6년 2월 甲寅條.

은 조선이 회령개시를 인정하지 않는 데에는 다른 뜻이 있는 것이 아니냐고 위협하며 회령개시를 강력히 요구했다. 조선은 이러한 청의 강압으로 종래의 거부 태도를 완화하여 공식적인 개시는 할 수 없지만 北邊 주민들이 임의로 하는 私市라면 금하지 않겠다는 조건을 붙여 양보적인 태도를 보였다.[31]

하지만 중강개시와 마찬가지로 회령개시가 재차 체제를 정비하여 시작되는 것은 병자호란 이후인 1638년(인조16)이었다.[32] 회령개시에는 처음에 寧古塔人이 戶部의 票文을 가지고 와 農器를 바꾸어 갔는데, 1642년(인조20)에는 也春人이 그리고 1694년(숙종20)부터는 烏喇 지역의 사람들도 교역에 참가했다.[33] 이들은 조선으로부터 주로 농우·농기·식염을 무역해 갔다.

開市는 청으로부터 개시에 관한 咨文이 오면 이를 謄書하여 咸鏡監·兵使에게 보내고, 이후 각읍에서는 개시에 필요한 물품을 조달했다. 청측의 자문은 약간씩의 차이는 있으나 매년 8월~9월 사이에 도착했으며, 조선측에서는 대략 1월~2월 사이에 完市咨文을 보냈다. 監市의 책임은 청측이 파견한 差官과 조선측 差使員과 지방관이 맡았다.[34]

회령개시에 오는 淸 差官 일행과 상인의 식량, 가축 草料는 조선측의 부담이었다. 청은 조선의 상인이 심양에 오면 으레 식량과 초료를 대주었으니, 조선측으로 가는 청국의 상인에게도 똑같이 대우

---

30) 上同條.
31) 이에 대해서는 金聲均, 「初期의 朝淸經濟關係交涉略考」『史學硏究』 5, 1961, 26~29쪽 ; 崔槿默, 「朝淸貿易小考」『論文集』 (忠南大) 6, 1967, 113~117쪽 참조.
32) 『通文館志』 권3 事大 開市條.
   『增補文獻備考』 권164 市糴考.
33) 『通文館志』 권3 事大條.
34) 『萬機要覽』 財用編 5, 北關開市.

하라고 요청하였다.[35] 자연히 개시에 몰려오는 사람과 가축의 수가 불어나는데 따른 비용 부담은 함경도민이 짊어져야 했다.

　회령개시에 몰려드는 인마의 수효는 갈수록 늘어 났는데, 1656년 (효종7)에는 馬畜의 수가 860여 마리에 달하고, 소금의 양도 2천 5 백 석에 이르렀다.[36] 『萬機要覽』에서는 회령·경원에 교역하러 온 사람이 594명에 이르고 가축도 1,144필에 달했으며, 교역을 위해 머 무는 기간도 80~90일에 이르렀다고 하였다.[37] 이에 17세기 중반 회 령개시는 寧古塔과 厚春 지역에 사는 사람들이 청국의 위엄을 믿고 작은 것으로 큰 것을 바꾸며 자질구레한 것으로 엄청난 것을 바꾸 어 가는 불만스런 교역이라는 인식이 팽배하고 있었다.[38]

　회령개시를 위해 함경도가 마련해야 했던 대표적 물종과 그 내역 은 다음 표] 1 - 3와 같다.

표] 1 - 3　　　　　　　　會寧市 市供 總數

내역 물종	분정 지역 및 수량										
	회령	경흥	경원	종성	온성	무산	부령	경성	명천	길주	합계
소	27	15	19	20	15	18					114
보습	337	182	307	312	272	62	182	357	282	307	2600
소금	103	59	98	98	82		62	130	93	130	855

35) 『仁祖實錄』 권26 인조 10년 3월 丙寅條.
36) 『備邊司謄錄』 18 효종7년 12월 12일 2책 519쪽.
　「會寧開市 人馬逐年有加 今番則馬畜之來 至於八百六十有餘 所索之鹽 至於二千五百石」
　『孝宗實錄』 권17 효종 7년 12월 甲申條.
37) 『萬機要覽』 財用篇 5 北關開市.
　이에 조선에서는 교역하러 온 인마의 양식과 꼴을 마련하는데도 힘겨웠다. 조선은 청에 자문을 보내 개시 인원과 가축수 및 교역일수에 대한 式例를 정하였다. 그러나 이도 제대로 지켜지지 않은 듯 하다. 이에 1768년(영조44)에 는 개시정례 책자를 만들어 반포하기에 이른다.
38) 『孝宗實錄』 권12 효종 5년 6월 壬戌條.

자료 :『萬機要覽』財用編 5, 北關開市.

회령개시가 전반적으로 볼 때 조선측에게 큰 이익이 남지 않는
교역이었다는 인식은 18세기 전반에도 지속된다. 이는 대체로 公市
의 물종을 마련하는 것과 청측 관원과 상인의 숙식 비용 및 우마의
사료 지급, 예단 증급 등의 부담이 당시 경제적으로 낙후한 함경도
지역민에게 부담지워졌기 때문이었다.39) 그러나 18세기 중반부터는
회령개시를 이용한 私的 交易이 활발해졌다.40) 公市보다는 私市와
馬市를 통해 조선과 청국 상인간의 교역이 활발히 이루어진 것이
다.41) 이에 '근래에는 기강이 해이해지고 북도의 물화에 대한 금법
이 없어져, 병사·수령·변장 및 상고가 말을 끌고 넘어가 팔아 넘
기는 일'이 지적되는가 하면,42) '회령 개시는 북관의 물화가 전부
이곳에 나오므로 이익이 진실로 크며, 개시를 혁파하려는 것은 역관
의 간계'라는 인식도 나오고 있었다.43) 또한 수령이 兵房, 軍官, 通
事들과 짜고 사적으로 교역하여 개시를 열기도 전에 매매가 낭자하
다는 상황도 보고되고 있었다.44) 이러한 변화는 18세기 북관지역의

---

39) 고승희, 위 논문, 144~147쪽 참조. 북관개시에 대한 이런 부정적 인식은 19세
   기에도 이어진다 (『備邊司謄錄』 203 순조 13년 8월 초9일 20책 673쪽 「會寧
   開市時弊端 專由於彼人之不遵約條 人馬供億 殆無限節」).
40) 『備邊司謄錄』 79 영조 2년 4월 초7일 7책 871쪽.
   「胡人不善耕種 故每年仰哺於我國 而常漢輩 貪於彼人之物貨 盡出其穀物牛隻
   而發賣 一番開市 米太幾至數千石 牛隻亦至數百頭 儲蓄不免匱竭 農牛漸至耗
   減 北路凋弊 實由於此」
41) 북관개시의 교역 형태에 관해서는 고승희, 위 논문, 135~144쪽 참조.
42) 『備邊司謄錄』 82 영조 3년 9월 24일 8책 132~133쪽.
43) 『英祖實錄』 권36 영조9년 10월 乙亥條.
44) 『備邊司謄錄』 137 영조 35년 9월 초3일 13책 298쪽.
   「開市之法 本來嚴重 … 而近來法綱解弛 該邑守令 夤緣兵房軍官通事輩 私相
   交易 此路一開 閑雜無賴之輩 又復效襲 未開市前 買賣狼藉 種種百弊 皆由於
   此 此則不可不嚴防矣」

사회경제적 발전과도 무관하지 않을 것이다.[45] 그러나 회령개시를
이끈 상인의 실체는 자세치 않다.

한편 1646년(인조24)에는 경원에서도 개시가 시작되었다. 경원개
시는 1년을 걸러 열렸는데 회령개시만이 열리는 甲·丙·戊·庚·
壬年을 單開市라 하고, 회령과 경원에서 함께 열리는 乙·丁·己·
辛·癸年의 개시를 雙開市라 하였다. 경원개시에는 巖丘賴達湖戶人
이 와서 소·보습·솥을 교역하였는데, 1654년(효종5)부터는 枯兒凱
新戶人도 참여하였다.[46] 경원개시를 위해 마련해야 했던 물종과 그
내역은 다음 표] 1-4과 같다.

표] 1-4   慶源市 市供 總數

물종 \ 내역	분정 지역 및 수량				
	경 원	경 흥	종 성	온 성	합 계
소	10	9	13	18	50
보습	22	17	5	4	48
솥	18	10	18	9	55

자료 : 『萬機要覽』財用編 5, 北關開市.

경원개시는 격년제로 열렸으므로 회령개시와는 여러 가지 면에서
달랐다. 즉 회령개시는 청측에서 오는 사람과 가축의 수가 정해져
있었고, 개시하여 체류할 수 있는 날짜가 규정되어 있었다. 그러나
경원개시는 그렇지 않았다. 이 때문에 이웃 鍾城·穩城 등에 물품징
수가 끊이질 않아 피해가 극심해 지고 있었다. 이에 1726년(영조2)
에는 경원개시에 대한 人馬數와 체류기간, 예단물종 등을 정하도록

---

45) 조선후기 함경도 지역의 사회경제적 발전에 대해서는 姜錫和, 『朝鮮後期 咸
鏡道의 地域發展과 北方領土認識』, 서울대 박사논문, 1996 및 高丞嬉, 「18,19
세기 함경도지역의 유통로 발달과 상업활동」, 이화여대 석사논문, 1995 참조.
46) 『通文館志』 권3 事大 開市條.

하였다.47)

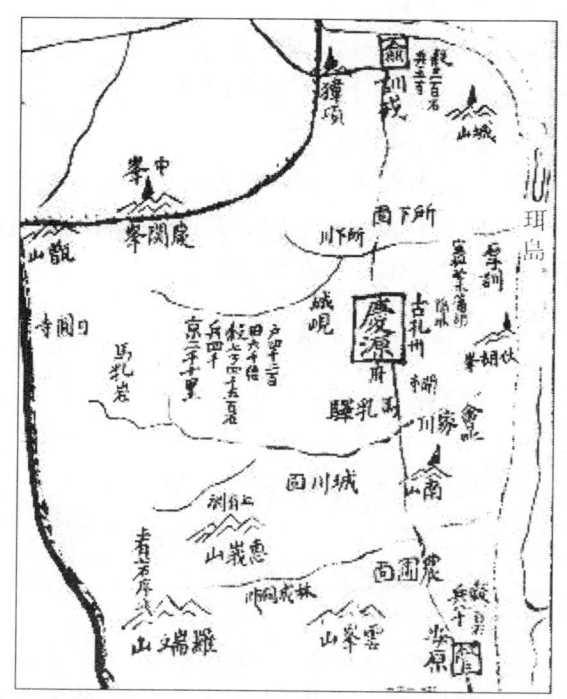

지도 2 두만강 珥島 (자료 : 靑丘圖)

또한 회령개시는 淸 差官 파견에 맞서 전직 지방관을 임명하여 청인의 횡포를 억제하였던 반면 경원개시는 그렇지 못하였다.48) 淸差 폐단의 직접적 원인은 청차가 왕래할 때 鍾城·穩城 등을 거치면서 토색을 자행하는데 있었다. 자연히 청사의 요구에 따르는 비용은 慶源·鍾城·穩城의 민간에 책징되어 원

---

47) 『備邊司謄錄』 79 영조 2년 4월 초 7일 7책 871~872쪽.
「又所啓 大抵北道痼弊 無過開市 會寧則彼中人馬之出來者 自有定數 其所淹留亦有日限 故彼人輩 不敢違越 而至於慶源 則初不定數 亦無期限 故每致人馬多來 久留不去矣 久滯於慶源 尤是前所罕有 而所經鍾城穩城等處 徵求無厭 殆難支堪 年年漸至層加 則其弊必將無窮矣 …… 或如義州中江開市例 或如會寧開市例 定其人馬之數 限其淹留之期 且禮單贈給物種及布同之數 斟酌磨鍊 移咨北京 永爲定式 似好矣」
하지만 경원개시에 대한 문제는 여전히 남아 있었던 것으로 보인다 (『英祖實錄』 권36 영조 9년 10월 乙亥條 참조).
48) 『備邊司謄錄』 82 영조 3년 11월 17일 8책 194쪽.

성이 높았던 것이다. 이 때문에 경원개시의 변통안이 여러 차례 논의되었다.

變通의 방향은 두 가지로 나누어 살펴볼 수 있다. 첫째는 경원개시 移設案이다. 즉 경원개시는 경원뿐만 아니라 육진 모두에 피해를 끼치는 것이니, 경원개시를 일시 중단하고 회령으로부터 떨어진 두만강의 珥島에서 교역하자는 것이다.49) 이 주장은 실현되지 않았다.50) 그러나 이러한 주장은 경원의 유생 蔡徽隱에 의해서도 건의되었다. 그는 경원개시의 폐단을 크게 고치자면 청나라의 차사를 우리나라에 못들어 오도록 해야 하는데, 중강개시를 압록강 밖에서 열고 있으니, 경원개시 또한 境外에 설치하자는 것이다.51) 그 때 가장 적합한 곳이 바로 두만강의 珥島였다.52)

둘째는 경원개시를 회령개시에 합설하자는 논의이다. 회령개시는 백여년을 이끌어 오던 것이니 어쩔 수 없지만, 경원·종성·온성의 폐해를 막기 위해 청에 자문을 보내 경원개시를 회령개시에 합설토록 하자는 것이다.53) 그러나 경원개시는 고종대까지 계속되었다.54)

---

49) 『備邊司謄錄』 116 영조 22년 10월 24일 11책 660쪽.
「嚴瑈曰 請(淸)差之弊 實爲六鎭難捄之弊 若不嚴加變通 則將至於無邑與民而後已 會寧則不可輕議 而至如慶源 則雖不可永罷 若如中江開市例 許令後春 將間年開市於慶源珥岳(島) 則可除會慶兩邑往來之弊 而彼亦無持難之事矣」
*( )안은 필자의 교정이다. 교정은 『英祖實錄』 93 영조 35년 1월 임진조에 의거하였다.

50) 『備邊司謄錄』 118 영조 23년 9월 28일 11책 795쪽.

51) 『英祖實錄』 권93 영조 35년 1월 壬辰條.
「慶源儒生蔡徽殷等 上書略曰 慶源開市 刱於再前乙酉 …… 何謂大者 義州府亦有開市之場 而在鴨江之外幾許里 淸差管市者 初不入於我境 …… 夫西北之隣胡 一也 彼我之互市 一也 一則設防於境外 一則設防於我境 事例不同 苦樂懸殊 竊以謂北邑開市 一依西關 設防於境外 則實邊圉固之長策 寔在於此」

52) 『英祖實錄』 권93 영조 35년 1월 壬辰條.

53) 『備邊司謄錄』 129 영조 31년 8월 17일 12책 661쪽.
「又所啓 頃者關北別遣重臣趙榮國入侍時 備陳慶源開市之弊 仍請咨請合設於會

이상에서 살핀 바와 같이 조선후기의 邊境 三市는 청이 만주 일대 지역민의 생활 필수품 해결을 위해 조선에 요구한 교역이었다. 이에 개시의 절차와 참가 상인 및 교역품이 엄격히 제한됨으로써 양국간에 전면적인 교역으로 발전하기에는 제약이 많았다. 중강교역의 경우 私商의 적극적 참여로 활발한 무역이 이루어지기는 했으나, 대개는 조청간의 規例를 지키려는 선에서 무역이 진행된 것을 볼 수 있다. 또한 중강후시가 성행한데에는 사행로 주변에 위치했다는 지리적 조건이 작용했음을 무시할 수 없다. 이런 이유로 사행과정에서 이루어졌던 책문후시와 단련사후시가 성행하면서 중강후시는 빛을 잃고 말았다.

이에 비해 사행무역은 무역의 횟수, 규모, 참여 인원 및 조선 사회에 미친 영향 등에서 邊境 三市를 압도하고 있었다. 경제사적 측면에서 조선후기 대청무역을 검토할 때 사행무역이 주목받는 것은 이 때문이다.

2. 赴燕使行과 使行貿易

1) 赴燕使行의 구성과 譯官

朝鮮 使行의 北京 來往에 의해 양국간의 현안이 제기되고 처리되는 淸國과의 朝貢體制가 정례화된 것은 1645년(인조23)부터 라고 할 수 있다.55) 조선의 赴燕使行은 定期使行과 臨時使行으로 구분되었

寧府 而有令備局商量處之之 命矣」

54) 『備邊司謄錄』253 고종 8년 8월 13일 26책 485쪽.
55) 초기 대청관계는 崔韶子,「胡亂과 朝鮮의 對明淸關係의 變遷」『梨大史苑』12, 1975 참조.

다.56) 정기사행은 三節年貢行(冬至行)과 皇曆賚咨行(曆行)이었다. 三
節年貢行은 호란 후 瀋陽에 파견하던 三節行(冬至, 正朝, 聖節)과 年
貢行을 입관 이듬해인 1645년부터 통합한 것인데, 매년 음력 11월에
출발하여 이듬해 4월에 귀국했다. 皇曆賚咨行은 청의 時憲曆을 받아
오기 위한 것으로 1660년(현종1)부터 파견되었으며, 매년 음력 8월
에 출국하여 대략 12월경이면 압록강을 넘어 돌아왔다. 임시사행으
로는 謝恩行·進賀行·陳奏行·奏請行·陳慰行·進香行·告訃行·
問安行·參覈行·卞誣行 등이 있었다.57)

정기 또는 임시사행의 구성 인원은 三使, 譯官 등의 正官과 그들
에 딸린 각종 馬夫·奴子 명색 등으로 나눠 볼 수 있다. 正官의 수
는 三使(정사, 부사, 서장관)를 갖춘 경우 30명으로 제한하고 있었
다. 그러나 正官 수는 점점 증가하여 동지행의 正官 수는 35명에 이
르렀으며, 정관 이하 각종 명색의 수도 계속 늘어났다. 이에 동지행
총 인원 수는 正官과 馬夫·奴子 등을 합쳐 220여 명에, 말(馬)도
200여 필에 달했다.58) 사행 인원의 증가 추세는 시기가 갈수록 심해
져, 1798년(정조22)에는 員役이하 인원만도 330명에 말 249필이 압
록강을 넘었다.59)

---

56) 赴燕使行의 명칭과 임무, 구성과 임명, 출발준비와 여정 등에 대해서는 이미
先學의 연구에서 충분히 밝혀졌다. 따라서 본고에서는 入關이후 대청사행의
여정에 따라 행해졌던 무역형태에 초점을 맞추고자 한다. 赴燕使行에 대한
제도사적 검토는 다음의 연구가 참조된다. 全海宗,「淸代 韓中朝貢關係 綜
考」,『震檀學報』29, 30, 1966 ; 金聖七,「燕行小攷 - 朝中交涉史의 一齣 - 」
『歷史學報』12, 1960 ; 柳承宙,「朝鮮後期 對淸貿易의 展開過程 - 17·8世紀
赴燕譯官의 貿易活動을 中心으로 - 」『白山學報』8, 1970 ; 金鍾圓,『朝淸交涉
史硏究 - 貿易關係를 中心으로 - 』, 서강대 박사논문, 1983 ; 柳承宙,「朝鮮後
期 朝淸貿易 小考」『國史館論叢』30, 1991.
57) 柳承宙,「朝鮮後期 朝淸貿易 小考」『國史館論叢』30, 1991. 218~219쪽 참조.
58) 柳承宙, 위 논문, 220쪽.
59) 『戊午燕行錄』권1 戊午年 11월 16일條.

曆行의 경우 渡江 人馬數는 責咨官·小通詞 각 1명과 馬頭 2명, 奴子 2명, 驅人 9명 등 15명과 驛馬 2필, 刷馬 6필에 불과했다. 그러나 역행의 제한된 인원과 적은 馬匹 수가 곧바로 무역규모의 축소로 이어진 것은 아니다. 역행 또한 청국의 수레를 빌어, 한 수레 당 수만금에 이르는 물화를 책문까지 실어 날랐기 때문이다.[60] 결국 정기사행은 물론이요 사은행·주청행·진하행·변무행·고부행 등을 통해서도 활발한 교역이 이루어졌음을 짐작할 수 있다.

그런데 18세기 전반기까지 사행무역을 이끈 핵심세력은 역관이었다. 역관은 사역원 소속의 관원인데, 한학·몽학·왜학·청학 등 4학으로 구분되었다. 譯科를 통해 선발된 역관의 수는 18세기초 600여명에 이르렀다.[61] 그러나 600여명 역관에게 모두 實職이 부여된 것은 아니었다. 實職은 京官職으로서 역학생도의 교습을 담당하는 敎授 4명, 訓導 10명과 지방에 파견된 訓導 6명, 別差 1명, 兼軍官 12명 등 총 33명에 불과했다. 이외에는 실직이 아니라 정해진 기간에만 복무케 하여, 많은 인원에게 受職의 기회를 주고 국가의 재정적 부담도 덜려는 의도에서 마련된 遞兒職이 주어졌다. 그러나 그 수도 43명에 불과했다.[62] 이렇듯 역관에게는 직무 수행의 기회는 물론 그에 대한 반대급부도 극히 제한적이었다. 따라서 역관들은 부연 사행에 수행하는 것을 최대의 희망으로 삼고 있었다.[63]

하지만 三使를 다 갖춘 동지사의 경우에도 正官數 30~35명 중 역관으로 임명되는 자리는 堂上官 2, 上通事 2, 質問從事官 1, 押物

---

60) 『戊午燕行錄』 권1 戊午年 11월 25일條.
61) 『通文館志』 序文.
「院有四學曰漢蒙倭淸 其爲廳凡三十有四 共六百餘員」
62) 『通文館志』 권1 沿革 官制條.
63) 柳承宙, 「朝鮮後期 對淸貿易의 展開過程 - 17·8世紀 赴燕譯官의 貿易活動을 中心으로 - 」 『白山學報』 8, 1970, 328~346쪽 참조.

從事官 1, 押幣從事官 3, 押米從事官 2, 淸學新遞兒 1, 偶語別差 1명 정도였다. 또한 부연역관의 선발은 漢語나 淸語 역관에 국한되지 않았으며 蒙語 또는 倭語 역관에도 기회가 주어져 있었다.[64] 자연히 부연역관에 선발되는 것도 쉽지 않았다.

그렇지만 부연역관이 사행중에 수행하는 역할과 교역상 영향력은 매우 컸다. 사행원역 가운데 上使·副使는 使事만을 책임졌고, 서장관은 臺官職을 겸임하여 사행일원을 규찰하였다. 이에 사실상 사행의 총책임자로서 행중의 諸員役을 통할하고 사행 중 공무를 주관하는 것은 당상역관이었다.[65] 또한 상통사는 당상역관을 도와 행중 공무에 참여하고 예단물을 관장하였으며, 尙方御供貿易을 담당하였다.[66] 압물, 압폐, 압미 종사관은 數百駄에 달하는 방물, 세폐, 세미 등 각종 물화의 관리와 그것의 운송에 따르는 수백의 인마를 관장하였다.[67]

또한 부연역관은 각기 임무 수행을 위해 從人과 馬匹을 관에서 지급 받거나 自帶할 수 있었다. 이 때문에 역관이 부연의 기회를 잡는 것은 힘들었지만, 일단 부연의 기회를 잡은 역관은 연행과정 중 貿易의 주도권을 쥘 수 있었다.

특히 赴燕譯官에게는 18세기 전반까지 公貿易뿐만 아니라 私貿易을 가능케 했던 몇 가지 특권이 주어져 있었다. 그 하나는 팔포무역의 권리이다. 팔포는 遞兒受祿의 형태로 使行員役에게 제공된 인삼 80근을 말하는데, 1682년(숙종8) 인삼 1근당 은 25냥으로 환산하여 인삼 대신 은 2,000냥을 사행원역에게 주되 당상관에게는 1,000냥을

64) 『通文館志』 권3 事大 赴燕使行條.
65) 『通文館志』 권1 等第條.
　　「堂上官遞兒 總察行中 主管公幹」
66) 『通文館志』 권1 等第條.
67) 『通文館志』 권3 先文 渡江狀 참조.

더 지급하여, 당하관 2,000냥 포와 당상관 3,000냥 포로 구분되게 되었다. 이 규정은 왜관무역 쇠퇴와 國內 銀 生産 부진으로 국내 보유은이 결핍되어 가자 皮雜物을 은과 함께 채우기로 했던 1752년(영조 28)까지 지속되었다.[68]

둘째로   부연   역관들은   尙衣院(尙方)·內醫院(內局)·戶曹·5軍營 등 각 아문과 군문의 무역을 대행하였다. 이들 각 아문과 군문의 연경 무역자금인 銀은 사행원역에게 주어진 팔포와는 별도로 가져갔기 때문에 別包 또는 包外越送이라 지칭되었다. 그런데 부연역관들은 여기서 그치지 않고 별포무역권 이외에 公事를 빙자한 증빙문서를 관으로부터 발급받아 사무역을 활발히 행하였던 것이다.

셋째는 역관들이 사행중 公用銀 부담을 전제로 하여 각급 관아로부터 銀을 借貸 받음으로써 팔포정액외 무역자금을 마련할 수 있었던 점이다.[69] 공용은은 봉황성에서 북경에 이르는 동안 여러 關阨의 守門官吏와 사행을 호송하였던 章京·通官 등에게 지급한 인정비, 청나라의 정보를 수집하기 위한 정보수집비, 사행 임무의 수행에 따르는 각종 인정비 및 교제비에 쓰이는 비용이었다. 이 공용은은 사행의 盤纏費 중에서 마련되던 예물과는 달리 首譯官이 부연하는 여러 역관으로부터 수렴하여 사용할 뿐 정부의 공식적인 마련 방책은 없었다. 다만 역관이 경외 아문으로부터 관은을 빌려 무역하는데 대하여 엄격한 제제를 가하지 않음으로써 역관들의 부담을 보상해 준 것이었다. 이렇듯 18세기 전반까지 역관은 팔포무역권과 관아무역의 대행권 그리고 관은대출 등 유리한 조건을 바탕으로 대청무역의 핵

---

68) 八包定額 中 三使 및 軍官들의 3,000냥 포는 1728년(영조4) 1,000 냥이 삭감되어 2,000냥 포로 되었다. 반대로 만상군관의 경우는 직책의 중요성으로 인해 영조47(1771) 당상관의 예에 따라 3,000냥으로 증가시켰다. 『萬機要覽』 財用編 5 燕行八包.

69) 공용은에 대해서는 이 책의 2장 1절 참조.

심에 위치했던 것이다.

2) 使行貿易의 形態와 私商

사행무역은 압록강을 건너 청국 상인과 접촉하면서 이루어졌다.[70] 그러나 사행이 출발하여 의주부에 도착하는 기간에도 대청무역을 준비하기 위한 움직임들은 활발히 일어났다.[71] 우선 역관은 사행을 수행하는데 필요한 각종 마부 명색을 뽑았다. 마부명색은 역마를 책임지는 馬頭, 마두 반대편에서 말을 이끄는 左牽, 짐 실은 말을 이끄는 籠馬頭를 비롯한 日傘奉持, 書者 등이었다. 마부명색을 얻기 위해 노력했던 사람들은 대개 양서지역 사람들로 특히 청천강 북쪽이 많았다. 다른 지역에 비해 사행의 경험이 많고 오랜 기간 風雪 속의 고통을 이겨내는 데에도 익숙했기 때문이었다.[72]

---

70) 사행 중에 이루어지는 무역은 사행로 주변을 따라 각지에서 다양한 형태로 이루어졌다. 이를 간략히 나타내면 다음 표와 같다.

교역지	개 시	후 시(형태)	비 고
책 문	책문교역	책문후시 - 여마.연복.단련사	의주↔책문
심 양	심양팔포	단련사	심양↔책문↔의주
연 경	연경팔포(회동관개시)	회동관후시	.

71) 참고로 渡江以前 의주까지의 동지사행 여정을 『戊午燕行錄』을 통해 정리해 보면 다음과 같다.

[동지사행 압록강 도강 이전 여정]

순번	경유지	숙박지	순번	경유지	숙박지
1	<인정전 출발>		9	중화	평양
2	모화관	고양군	10	.	순안
3	.	파주	11	숙천	안주
4	장단	송도	12	박천	가산
5	청석관, 금천군	평산	13	.	정주
6	총수참	서흥	14	곽산(雲興)	선천(林畔)
7	검수참	봉산	15	철산(車輦)	용천(良策)
8	.	황주	16	所串	의주

마부명색을 얻으려 한 것은 부연의 기회를 통해 이익을 남기려는데 있었다. 여기서 역관과 사상과의 결탁에 의한 대청무역의 가능성을 엿볼 수 있다. 그러나 사행원역과 그를 수행하는 마부, 노자 명색을 얻을 수 있는 수는 제한되어 있었다. 이에 사상들은 법을 어기고 몰래 따라 들어가기에 이르렀다. 잠상이라 규정된 이들의 숫자는 해가 갈수록 많아지고 있었다.[73] 이같은 사상의 불법적 도강을 막기 위해 조선 정부에서는 의주부의 수검을 중시하고 엄격한 수색을 강조하였다.

압록강 도강을 앞둔 사행은 방물을 점검하고, 세폐를 거두어 외교활동에 만전을 기함과[74] 동시에 雜卜을 받고 도강 이후 잠상행위를 금하기 위한 노력을 하였다. 잡복은 다시마・해삼・우피・산피(산짐승가죽)・狸皮・壯白紙・南草・白木・銀子 등을 가지고 가는 것을 말하는데, 이는 대개 의주상인의 物貨였다.[75] 잡복에 대한 검사는 의례 서장관의 비장과 행중 역관 그리고 의주부윤이 같이 입회하여 행하였는데, 이는 의주상인과 연결된 서장관의 비장과 역관이 물건을 가볍게 달아 규정량 이상을 가지고 가는 것을 막기 위한 것이었다. 한편 잠상을 막기 위해 商賈의 짐을 모두 책임지는 到付主와 商賈를 통솔하는 소임을 맡은 燕商別將을 불러 규정외 물화가 남입되는 것을 규제하도록 하였다.

---

72) 『燕轅直指』 권1 出疆錄 11월 1일條.
73) 上同條.
74) 한양으로부터 운반해 온 방물을 점검하여 두 번을 쌌는데, 內封에는 套書(도장처럼 목각하여 먹으로 증서등류에 찍어 확인하는 것)를 치고 外封에는 印을 쳐서 객사 月廊에 쌓고 의주부 장교로 하여금 수직케 하였다 (『戊午燕行錄』 권1 무오년 11월 10일 참조). 한편 세폐는 부윤과 함께 거두었다. 이때 세폐는 평안도 일대에서 거두는 것으로 주로는 성천・곽산・정주 등에서 바치는 것이다. 그 양은 粘米(찹쌀) 40석과 剩米 53두 8승이었다 (『戊午燕行錄』 권1 무오년 11월 12일).
75) 『戊午燕行錄』 권1 무오년 11월 13~15일 참조.

도강날에는 엄격한 수검이 행해졌다.76) 잠상과 잠상행위를 막기
위한 것이었다.77) 도강 당일 압록강가에는 3사신이 앉는 장막이 설
치되었다. 그 장막 동편에는 나무를 세우고 줄을 매어 의주장교가
들어가는 인마를 점고하여 넘겨 보내고, 장막 남편에는 또 다른 장
막을 세우고 書狀의 禆將과 運糧禆將으로 하여금 짐을 수검하게 하
였다. 수검할 때에는 도강 수일전에 서장의 수결을 쇠에 새겨 목패
에 박아 둔 패를 상고한 후에 짐을 다 풀고, 의복이나 상투까지 속
속히 뒤졌다.

> 인마를 점검할 때 사람은 그의 성명·거주지·나이 및 수염·흉터
> 의 유무와 신장을 적고, 말은 그 털의 색깔을 기록한다. 세 단계로 기
> 를 세워 문을 만들고 禁하는 물건을 수색하는데, 큰 것으로는 황금, 진
> 주, 인삼, 초피 및 包數 外 함부로 가진 銀같은 것이었으며, 작은 것으
> 로는 新舊 명목이 수십종에 달해 이루 다 헤아릴 수 없었다. 下輩들은
> 저고리를 풀어 보고 바지도 만져 보며, 비장이나 역관들은 행장을 끌
> 러 보는데, 옷보따리 이불자루 등이 강언덕에 너울거리고, 가죽 상자와
> 종이 곽이 풀밭에 어지러이 뒹군다.78)

이러한 수검에서 금물이 발각되면 무거운 처벌을 받았다. 금물이
첫단계 기에서 발각되면 엄중한 곤장을 때리고 동시에 물건은 속공
하였으며, 중간 단계 기에서 발각된 자는 刑配하고 셋째 단계 기에
서 걸린 자는 군중에 효시하였다. 그러나 실지는 형식뿐이었다. 도
강 기일에 앞서 몰래 넘어간 것이 많았기 때문이다.79)

---

76) 『熱河日記』 渡江錄 6월 24일 條.
77) 이 책에서는 잠상과 잠상행위는 구분되어 사용되고 있다. 잠상이란 사행일원
    의 명색으로 선발되지 못하여 목패를 받지 않은 상태에서 도강하여 불법적인
    상행위를 하는 상인을 말한다. 잠상행위는 잠상 및 사행원역의 일원으로서
    참여한 상인들에 의해 규정외에 행해지는 무역행위를 포괄하는 개념이다.
78) 『熱河日記』 渡江錄 6월 24일 條.

수검을 마치면 발기(건기)를 쓴 이후 도강장계를 띄우고 3사신이
부윤의 전송을 받으며 차례로 강을 건너갔다.[80] 이후 조선 사행은
지정된 사행로를 따라 연경으로 들어갔는데, 조청간의 교역도 사행
로를 중심으로 이루어지기 시작했다.

그런데 육로를 이용한 조선후기의 사행 往還路는 몇 차례 변화를
거쳤다. 첫째는 1637년(인조15)부터 1644년(인조22) 청 세조가 중원
에 入關하기 전까지의 기간으로, 조선 사행은 당시 淸都인 瀋陽(盛
京)에만 往還하였다. 둘째는 1645년(인조23)부터 1665년(현종6)까지
의 기간으로 조선사행은 鴨綠江 - 柵門 - 鳳凰城 - 遼陽 - 牛家庄 - 廣
寧 - 寧遠衛 - 山海關을 거쳐 北京에 들어갔다. 셋째는 1665년(현종6)
부터 1679(숙종5)까지의 기간이다. 즉 청이 1665년(현종6) 심양에 성
경부를 설치한 뒤,[81] 조선사행은 요양으로부터 길을 바꾸어 盛京을
거쳐 牛家庄 - 廣寧 - 寧遠衛 - 山海關 - 北京으로 들어갔다. 넷째는
1679년(숙종5) 이후의 기간으로 청이 국방상 문제로 우가장에 보를
설치하고 그 통로를 금하자, 조선 사행은 다시 길을 바꾸어 성경에
서 邊城 - 巨流河 - 白旗堡 - 二道井 - 小黑山 - 廣寧 - 寧遠衛 - 山海關
- 北京으로 들어갔다.[82]

결국 대청무역이 활발히 전개된 18세기 사행로는 鴨綠江 - 鎭江
城[83] - 柵門 - 鳳凰城 - 鎭東堡[84] - 鎭夷堡[85] - 連山關[86] - 甛水站 - 遼陽

---

79) 『熱河日記』渡江錄 6월 24일 및 『燕轅直指』권1 出彊錄 11월 21일 條.
80) 『戊午燕行錄』권1 무오년 11월 19일 참조.
81) 『通文館志』권3 事大 中原進貢路程條에는 1661년(현종2)에 盛京 奉天府를 둔
    것으로 되어 있으나 자세치 않다.
82) 金聖七,「燕行小攷 - 朝中交涉史의 一齣 -」『歷史學報』12, 1960 15~19쪽
    柳承宙,「朝鮮後期 對淸貿易의 展開過程 - 17·8世紀 赴燕譯官의 貿易活動을
    中心으로 -」『白山學報』8, 1970, 373~374쪽 참조.
83) 본래는 九連城이다. 각종 연행록에서도 흔히 구련성으로 부른다.
84) 薛劉站이라고도 하며 우리나라 사람들은 松站이라고도 부른다.

- 十里堡 - 盛京 - 邊城 - 巨流河[87] - 白旗堡 - 二道井 - 小黑山 - 廣寧 -
閭陽驛 - 石山站 - 小凌河 - 杏山驛 - 連山驛 - 寧遠衛 - 曹庄驛 - 東關驛
- 沙河驛 - 前屯衛 - 高嶺驛 - 山海關 - 深河驛 - 撫寧縣 - 永平府 - 七家
嶺 - 豊潤縣 - 玉田縣 - 蘇州 - 三河縣 - 通州 - 北京이 된다.[88]

이같은 使行의 往還路程에서 조선 역관과 상인은 수시로 청측 상
인과 접촉하면서 교역하였다. 그러나 使行과정 중 의주 - 책문 - 심양
사이에서 이루어지는 교역은 특히 주목할 필요가 있다.

柵門은 淸과 조선사이의 범월을 막기 위해 변경에 쌓은 나무울타
리로 鳳凰城縣 下의 關所를 말한다.[89] 책문은 압록강으로부터 120리
거리로 사행이 청으로 들어가는 관문이자 양국간 교역의 첫 장소였
다.

책문에는 조선 사행이 오는 때를 맞추어 중국 각지의 상인들이
여러 물화를 가지고 몰려왔다. 金復·海盖의 면화와 瀋陽·山東에서
실어온 大布三升, 中後所·遼東에서 운반해온 모자로 마차가 폭주하
였고, 南方商船도 우가장의 해구를 통해 왔으며, 북경상인 또한 絲
貨를 싣고 책문에 이르렀다.[90] 이러한 청측 상인들과 조선 사행 일
원과의 만남은 사뭇 정겨웠다.

　다투어 서로 악수하며 은근하게 위로하기를 당신이 서울에서 언제
뜨셨고 집안도 다 편안하시며, 도중에 비를 만나지나 않으셨고 가지신
은도 충분하십니까? 하고 또 어느 老耶께서는 오시지 않으며 어느 相

---

85) 通遠堡라고도 부른다.
86) 鴉鶻關이라고도 부른다.
87) 우리나라 사람들은 周流河라고 부른다.
88) 『通文館志』 권3 事大 中原進貢路程條.
89) 李元淳, 「赴燕使行의 經濟史的一考 - 私貿易 活動을 中心으로」『歷史敎育』 7,
　　　1963, 119쪽 참조.
90) 『通文館志』 권3 事大 開市條.

公께서는 오시지 않으시냐?고 하는데 노야란 것은 역관을 가리키는 것
이요 상공이란 것은 만상을 가리키는 것이니 이 사람들은 모두 해마다
북경으로 무역하러 다녀 저들과 친숙한 까닭인데 모든 역관 및 마두의
무리가 수응수답하기를 물 흐르듯이 하여 피차간에 모두 기쁜 기색이
있었다.[91]

　청상과 조선의 역관 및 상인들은 서로의 안부와 近況을 나눌 정
도로 친숙해 있었던 것이다.[92]
　책문에서 이루어진 교역은 조선정부가 공인을 하느냐 않느냐에
따라, 같은 교역이 개시와 후시로 구분 인식되었다. 예컨대 공인 이
전의 책문교역은 團練使制, 延卜制, 餘馬制 등 사행 과정 중의 제도
를 이용하여 진행되었으나 모두 금압의 대상이었다. 그러나 공인 이
후 책문무역은 물화의 다소에 따라 의주부에 납세의 의무만 다하면
제한없이 교역할 수 있는 공인된 사무역이었다. 또한 공인 이전 책
문교역은 연복제, 여마제 등의 기회를 이용해야 했기 때문에 역관
및 관부와의 결탁하에 사상이 교역에 참가하는 형태를 띨 수 밖에
없었다. 하지만 책문무역이 공인되면서, 사상은 역관과 상관없이 납
세의 의무를 지고 독자적으로 교역에 참여할 수 있었다.[93] 책문교역
은 18세기 전반만 해도 공인과 혁파를 놓고 논의가 분분했다.[94]

---

91)『燕轅直指』권1 出彊錄 11월 22일 條 이 기록은 1832년 冬至使兼謝恩使의 서
　장관으로 북경을 다녀온 金京善이『熱河日記』의 기록을 인용하여 적은 것이
　다. 이 대목은『熱河日記』渡江錄 6월 27일조 참조.
92)『熱河日記』渡江錄 6월 27일 條.
93) 유승주, 위 논문, 365쪽 참조.
94) 1707년(숙종33) 책문후시가 공인된 것으로 보이나(『通文館志』권3 開市條) 이
　후 10년이 채 안되어 조정에서는 책문교역의 공인 여부를 놓고 논란을 벌인
　다. 책문후시의 치폐는 대부분 의주부의 재정과 관련된 것인데, 몇차례의 공
　인과 비공인의 반복을 거쳐 개항기까지 지속된다 (『備邊司謄錄』71 숙종 44
　년 윤8월 초6일 7책 63쪽 및『備邊司謄錄』72 숙종 45년 1월 28일 7책 115~
　116쪽 참조). 18세기 책문후시의 치폐에 대해서는 이 책의 2장 참조.

부연사행을 틈타 책문에서 조청간 무역이 활발히 전개될 수 있었던 데에는 「餘馬」·「延卜」과 같은 제도가 교역의 방편으로 이용되었기 때문이다. 「여마」는 사신 일행이 압록강을 건너 책문에 들어가는 중에 방물과 세폐를 실은 말이 혹 쓰러질 것에 대비하여 10여 태를 실을 정도의 말을 여분으로 들여보내는 것이었다.[95] 그런데 의주부는 여마에 銀兩을 받고 수를 제한하지 않고 넘어가도록 하였는데, 그 중에는 정부가 금하는 物貨를 몰래 가지고 가는 경우가 많았다.[96]

여마제를 이용하여 교역을 행한 층은 商賈雜類 및 員役諸人이 망라되었다. 여마의 도강이 사행과 동시에 행해졌으므로 역관층이 깊숙이 관여되어 있음은 필지의 사실이다. 그러나 여마의 기회를 보다 적극적으로 이용하여 이익을 추구한 것은 사상이었다. 이들은 주로 평안도·京中·개성부 상인과 황해도 상인들로서, 조선후기 대청무역을 주도해 간 대표적 사상이었다.[97]

연복법은 원래 사행이 연경으로부터 책문에 되돌아 올 때 의주부에서 空馬를 보내 사행원역의 복물을 駄運해 왔던 제도였다.[98] 그러나 점차 연복법은 空馬의 입송을 기회로 하여 많은 은화를 책문으로 가지고 들어가 교역하고, 다시 사행의 복물임을 칭하여 인마를 이끌고 돌아오는 대청교역의 한 방편이 되고 있었다.[99]

---

95)『備邊司謄錄』40 숙종 12년 5월 4일 3책 946쪽.
　　「所謂餘馬者 自義州之柵門 間或餘馬敗傷難於運卜 別送空馬十餘駄矣」
96)『通文館志』권3 事大 渡江狀.
　　「在前 方物歲幣所載之馬 慮有柵外顚仆之患 稱以餘馬 自義州略收銀兩 不限數 許渡 每於日暮 紛紛爭渡 挾持禁物 多在其中 此弊不可革」
97)『備邊司謄錄』40 숙종 12년 5월 4일 3책 946쪽.
　　유승주 교수는 여마제는 1707년(숙종33) 방물세폐마, 사신복태마 등에 대한 수를 엄격히 제한하고 의주부에서 이를 검사하여 조정에 계문토록 조처되면서 점차 쇠퇴하였으며, 이후 연복법에 의한 사상들의 교역이 활발해 졌다고 파악하였다.

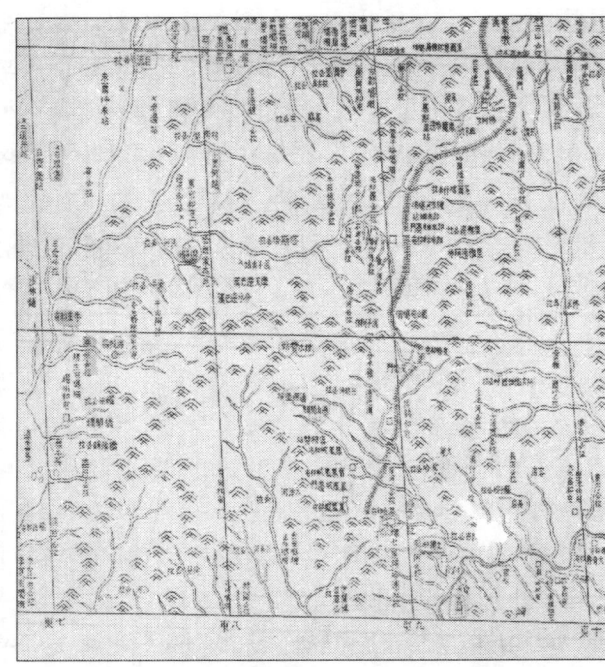

지도 3 柵門·瀋陽 위치도(자료 : 淸代一統地圖)

연복법을 이용한 후시교역은 17세기 후반부터 성행한 것으로 보이는데, 표면적인 원인은 사행의 회환 일정이 급하여 사행일행이 복물의 도착을 기다리지 않고 먼저 책문을 나오게 된데 있었다. 이에 역관은 복명후 다시 의주로 가 복물이 도착하기를 기다려 공마를 이끌고 책문에서 복물을 인수해 왔던 것이다.100) 역관과 사상은 이때를 이용하여 규제를 받지 않고 활발한 무역활동을 전개할 수 있었다.

그러나 책문 교역이 활기를 띠게 된 내면적 원인은 청측 상인과 조선측 역관 및 사상의 농간에 있었다. 즉 부연사행의 往還길에서

---

98)『日省錄』189 정조 10년 정월 초6일.
　　「右議政洪樂性啓言 昨秋下本司上言中 司譯院前衙譯官韓廷益等上言 而當初延卜之法 自灣府只送空馬, 馱運卜物而已」
99)『備邊司謄錄』84 영조 4년 7월 초3일 8책 411~412쪽 참조.
100) 上同條.

복물의 운송을 담당한 자는 요동과 봉황성 간에서 운송업을 담당하던 遼鳳車戶 12인으로 구성된 欄頭輩였다.[101] 이들은 1689년(숙종15)부터 1722년(경종2) 조선측 요청으로 혁파될 때까지 조선사행이 책문에서 다시 책문으로 回還하는 동안 사행의 짐을 실어 나르는 이익을 독점하였다. 그 과정에서 난두배는 의주상인, 개성상인 등과 결탁하여 사행 복물의 운반을 일부러 지체시켜, 사행을 먼저 出柵토록 유도한 것이다. 사행일원이 복물의 도착을 기다리지 못하고 책문을 나서지 않을 수 없도록 한 원인은 바로 사행의 규찰을 받지 않고 교역을 하려 했던 청상과 조선 사상의 의도에서 비롯된 것이었다.[102]

한편 책문과 심양간에서 이루어지는 교역 중 주목되는 것은 심양팔포제에 의한 무역별장제와 단련사의 심양교역과 책문교역이다. 원래 심양교역은 1631년(인조9) 당시 淸都인 심양으로 매년 2회 파견했던 信使의 왕래시에 조선 상인을 대동하여 보낸 데서 출발한다. 이러한 심양교역은 1633년(인조11) 이후 양국간의 합의를 거쳐, 조선측 信使 파견 때에만 상인을 딸려 보내고, 청측 사절이 나올 때 양국 상인간 교역은 금지하는 형태로 진행되었다. 이는 심양교역 자체가 당시 조선측이 중강개시를 회피하는데 따른 청측의 반감을 최소화하고 조선상인의 피해도 줄여 보려는 계책에서 시작되었기 때문이다. 하지만 인조 연간의 심양교역은 교역물화의 종류와 가격에서 갈등을 면치 못하였다.[103]

그런 가운데 조·청간의 외교 관계가 안정되고, 1665년(현종6) 조선 사행이 심양을 거쳐가도록 되자, 심양교역은 하나의 전기를 맞이

---

101) 『景宗實錄』 권10 경종 2년 10월 辛未條.
102) 유승주, 위 논문, 373쪽.
103) 金聲均, 「初期의 朝淸經濟關係交涉略考」 『史學硏究』 5, 1961 21~26쪽 참조.

한 것으로 보인다. 그 중 주목되는 것이 심양팔포를 이용한 무역별장
의 무역이었다. 심양팔포는 당시 조선과 청국 사신의 접대 및 군사
상 중요한 임무를 띤 아문 등 방대한 군역을 지고 있던 西路沿邊의
관부들에게 재정 마련의 방책으로 일정액의 무역을 허락한 것인데,
1727년(영조3) 혁파 논의 당시 의주·평안감영·평안병영·황해감
영·개성부등 5개처에 무역이 인정되고 있었다.104) 무역별장은 이들
所屬地 아문의 무역을 대행한 자들로 유력한 사상들이었다.

무역별장권을 지닌 5개처 아문외에 심양팔포권을 가지고 있는 자
가 團練使였다. 조선 사행은 우가장 통로가 금지되기 이전에도 심양
에 일정한 폐물을 분납하고 있었는데, 1679년(숙종5) 우가장 통과가
금지되자 사행이 직접 심양에 들러 방물을 분납하도록 하고 분납품
을 내려 놓은 인마는 곧 귀환토록 하였다. 단련사는 바로 심양에서
귀환하는 인마를 이끌고 돌아오는 임무를 띤 관리였으며,105) 동시에
심양팔포권을 갖고 심양무역을 주관한 사람이었다.106) 결국 단련사
는 세폐를 운송하고 관아무역을 관장하는 한편 심양팔포 무역 이외
의 잠상행위를 막기 위해 파견한 관리였던 것이다.

그러나 이들은 그들의 임무를 역이용하여 일반 사상의 교역을 규
찰하지 않고 그들의 영수가 되어, 여러 날을 심양과 책문에 머물면
서 마음껏 매매하고 그 짐을 심양에서 돌아오는 말에(瀋陽回還馬)
싣고 왔다. 더구나 단련사제를 이용한 교역이 많아지자, 이들 물화
를 실어오기 위한 연복마가 따로 파견되기도 하였다.107) 단련사의

---

104) 『備邊司謄錄』 82 영조3년 11월 19일 8책 198쪽.
105) 『通文館志』 권3 事大 瀋陽交付分納.
106) 『備邊司謄錄』 82 영조 3년 11월 17일 8책 195쪽.
　　「瀋陽八包 則自義州例送於團練使 使之領去 仍爲收稅 而北京八包 則譯官 例
　　自領去矣」
　　『英祖實錄』 권14 영조 3년 11월 辛未條.

교역은 심양과 돌아오는 길의 책문에서도 이루어졌다.108)

이처럼 18세기 초반까지 심양과 책문간에는 여마·연복·단련사제에 편승한 사상들의 교역이 성행하였는데, 그 가운데 책문에서의 교역이 특히 번성하였다. 한편 책문과 심양 교역에 주도적으로 참여한 사상은 여마제의 경우에서 보는 바와 같이 평안도·개성부·황해도·서울 상인들이 중심을 이루었던 것으로 생각된다.109)

책문과 심양에서 후시가 크게 성행하자 조선정부는 잠상 행위를 금하는 정책보다는 교역물품에 과세하여 재정을 확보하려는 정책을 펼쳐 1707년(숙종33) 후시를 공인하게 된다.110) 그러나 조공체제 하의 후시공인은 언제라도 번복될 수 있는 것이어서 후시의 치폐는 반복을 거듭하였다. 어쨌든 사상에 의한 책문에서의 연복무역과 심양의 팔포무역 및 단련사 후시 등은 18세기 전반까지 크게 성행하였다.

그러나 1720년대 이후 조선의 중개무역이 쇠퇴하자, 그동안 대청무역을 이끌던 譯官과 私商 사이에 갈등이 나타나기 시작했다. 책문후시의 성행으로 역관의 팔포무역이 상대적인 손실을 보는데다가, 왜관무역의 쇠퇴로 倭銀의 유입이 줄어들면서 官으로부터의 銀貨 대출이 어려워졌다. 자연히 1720년대에는 역관과 사상의 대립이 격화되면서 사행무역에 대한 일련의 조처가 취해진다. 18세기 중반 이

---

107) 『英祖實錄』 권11 영조 3년 4월 壬寅條.
    『萬機要覽』 財用編 5 柵門後市.
108) 『英祖實錄』 권22 영조 3년 4월 壬寅條.
    『萬機要覽』 財用編 5 柵門後市.
109) 『備邊司謄錄』 81 영조 3년 3월 29일 8책 35쪽.
    「領府事閔鎭遠曰 瀋陽柵門交易之弊 自數十年來始爲之 …… 上曰 兩大臣之言誠然矣 此輩負債之數 將至七萬兩 …… 其所謂王京人 卽指京中人也 其餘則多是灣上人也」
110) 『通文館志』 권3 開市條.

후 조선과 청과의 무역은 이러한 상황을 배경으로 전개되고 있었다.
이에 대해서는 2장에서 자세히 설명하고자 한다.

제2장 18세기 후반 帽子貿易의 展開와 私商層의 成長

朝鮮의 對淸貿易 構造는 1720년대 청·일간의 직교역으로 인해 전반적인 변화를 맞이하면서 새로운 국면으로 전환되었다.[1] 2장에서는 이러한 변화 이후 전개된 朝淸貿易과 그를 둘러싼 譯官과 私商間의 경쟁 그리고 그 의미와 영향 등을 살피고자 한다.

그런데 18세기 후반 대청무역의 특징을 단적으로 보여주는 무역품은 帽子였다. 모자는 중국의 關東物貨로써 처음에는 역관이 중심이 되었다가 나중에는 사상이 중심이 되어 輸入한 방한용 물품이었다. 즉 모자는 털제품으로 동절기에 추위를 막기 위해 썼던 것인데, 이는 주로 士大夫家 혹은 부유층에서 사용했던 것으로 생각된다. 따라서 모자는 당시부터 소비성 사치품으로 수입의 부당성이 지적되었지만,[2] 公用銀 마련에 부심하였던 조선 정부는 모자 수입을 정책적으로 장려하였다.

---

1) 官帽制 실시 전후의 對淸貿易에 관해서는 柳承宙,「朝鮮後期 對淸貿易의 展開 過程 - 17·8세기 赴燕譯官의 貿易活動을 中心으로 -」『白山學報』 8, 1970에 크게 도움 받았다.
2)『正祖實錄』 16 정조 7년 7월 丁未條.

모자무역에 소용되는 한해의 정확한 무역자금 규모는 알 수 없다. 그러나 官帽制下 역관에게 公用條 및 帽子貿易의 자금으로 조선정부가 마련해 준 官銀은 銀 4만냥이었다. 공용은이 가장 많이 필요한 節使의 경우에도 그 액수는 銀 6,000냥 전후에 그치고 있었으므로, 역관이 모자무역으로 전용할 수 있는 자금은 1년에 최소한 銀 3만 4천냥에 달하였다고 추측된다. 이는 1754년(영조30) 책문후시 공인시 사상들에게 허용된 延卜雜物의 허용액수가 節行 1만냥·別使 5천냥·咨行 1천냥이었음과 1787년(정조11) 책문후시가 혁파될 당시 私商이 교역하는 규모가 銀 4~5만냥에 이른다는 기록을 상기해 보면, 모자가 이 시기 무역을 대표할 만한 물종이었다는 점은 쉽게 이해할 수 있다.

따라서 여기서는 18세기 후반 모자수입 무역제도인 官帽制와 稅帽法의 실시 배경과 내용 및 置廢의 과정을 구체적으로 규명함으로써, 이 시기 역관무역의 쇠퇴와 사상층의 성장을 실증하고자 한다.[3] 나아가 의주상인과 개성상인을 중심으로 하는 사상층이 柵門後市의 置廢에 상관없이 국내 피잡물을 비롯한 각종 물품의 유통권을 장악하고 대청무역을 적극적으로 전개하였음을 논증하여, 대청무역을 이들이 주도하였음을 밝히려 한다.

---

3) 조선의 모자수입 무역은 今村鞆의 『人蔘史』제3권 人蔘經濟篇, 朝鮮總督府 專賣局, 1940 141~146쪽 및 206~208쪽 ; 李哲成,「18세기 후반 조선의 對淸貿易 實態와 私商層의 성장 - 帽子貿易을 中心으로 - 」,『韓國史研究』94, 1996.9 ; 金廷美,「朝鮮後期 對淸貿易의 전개와 貿易收稅制의 시행」,『韓國史論』36, 1996 등이 참고된다.

1. 譯官貿易 쇠퇴와 官帽制 실시

1) 官帽制 실시의 배경

18세기 후반 조선의 對淸貿易은 1720년대에 조성된 對外貿易上의 변화를 배경으로 전개되었다. 즉 이 시기에는 청·일 간의 직교역으로 인해 조선의 중개무역이 급격히 쇠퇴하였으며, 이에 따라 무역의 주체로서 상호 보완적 위치를 지녔던 赴燕譯官과 私商의 관계도 재조정이 불가피하였다.

17세기부터 18세기 초반까지 대청무역을 이끈 주체는 赴燕譯官이었다. 그동안 이들은 첫째 八包를 이용하여 私貿易을 행할 수 있었고, 둘째 別包貿易을 대행하였는가 하면, 세째 公用銀 부담을 조건으로 官銀을 貸出받아 무역자금화 함으로써, 對淸貿易을 실질적으로 주도하였다. 또한 赴燕譯官은 같은 역관인 倭館의 訓導·別差와 연결하여, 청으로부터 들어온 燕貨를 倭商에게 팔아넘기는 중개무역의 중심에도 위치하였다.

그러나 赴燕譯官은 1720년대 청·일간 직교역으로 대청무역 과정에서 큰 손실을 입게 되었다. 우선 부연역관들은 왜관을 통한 燕貨의 수출로가 봉쇄됨으로써 심한 타격을 받았음은 물론, 국내의 販路도 대부분 사상층에 의해 빼앗기는 상황에 봉착했다. 게다가 청일간의 직교역으로 倭銀의 유입이 줄자 무역자금으로 대출 받던 官銀借貸도 힘들어 졌다. 이에 연행팔포에 銀 혹은 人蔘을 채워가는 것이 엄금되었으며, 그 대신 雜物로 包를 채울 것이 강요되기도 하였다.

公用銀 부담을 전제로 한 官銀貸出은 부연역관에게는 가장 확실하고 손쉬운 무역자금 확보 방안이었다. 따라서 官銀貸出의 위축은

곧바로 역관의 사행무역에 커다란 타격을 가하는 것이었으며, 역관
무역의 쇠퇴는 다시 조선 정부에게 공용은 확보 대책을 수립토록
요구하였다.

公用銀은 鳳凰城에서 北京에 이르는 동안 여러 關阨의 守門官吏
와 사행을 호송하였던 章京・通官 등에게 예물 외에 지급한 인정비,
청나라의 정보를 수집하기 위한 정보수집비, 사행 임무의 수행에 따
르는 각종 인정비, 교제비 등에 사용되는 비용이었다.4) 이러한 公用
銀은 표] 2 - 1에서 보는 바와 같이 사행의 목적과 종류에 따라 서로
달랐으나, 각 사행에 따른 소용액은 대개 정해진 액수가 유지되어
왔다.

표] 2 - 1   使行別 公用銀 所用額

종 류	節 使	曆 行	別 使	瀋陽使	別咨官
公用銀	은 6,000냥	전 5,000냥	은 4,500냥	은 3,000냥	은 1,000냥

*자료『萬機要覽』財用編 5 公用.

그럼에도 불구하고 조선정부의 公用銀 마련을 위한 공식적인 대
책은 없었다. 다만 17세기 후반 이래 역관들이 각 아문으로부터 官
銀貸出을 통해 무역자금을 마련하는 데 엄격한 제재를 가하지 않는
대신 公用銀을 譯官에게 부담지워 왔던 것이다.

그러나 京・外의 각 아문이 역관에 대한 官銀貸出을 통해 식리사
업을 전개함에 따라 역관에게 貸出된 은화의 양은 계속 증가하였
다.5) 주로 서울의 五軍門과 호조, 병조, 진휼청, 개성부, 강화부, 평

---

4)『熱河日記』渡江錄 및『承政院日記』1912 순조 6년 5월 27일 101책 656쪽 참
조.
5)『備邊司謄錄』35 숙종 5년 9월 초6일 3책 443~444쪽.

안감영, 평안병영, 황해감영, 황해병영, 의주부에서 이루어진 官銀貸出에는 일정한 기준이 없었다. 그렇지만 그 규모는 은화 累千兩[6]에서 累萬兩[7]에 이르는 막대한 양이었다. 역관은 이렇게 貸出된 은화를 가지고 일부는 公用銀으로 사용했으나 그 대부분은 販利의 자금으로 삼았다.[8]

역관에게 대여된 銀은 대개 역관들이 청에서 白絲를 輸入하여 왜관에 판매하고, 그 대가로 받은 倭銀으로 상환하는 것이 일반적이었다. 그러나 경우에 따라서 은화 대신 雜物을 납부하기도 하였으며,[9] 각 아문에서 貸出되는 은화의 양이 늘어가면서 상환치 못하는 경우도 있었다. 이에 원금은 은화로 받고, 이식은 雜物로 내며, 보증인을 내세우는 방식이 채택되는가 하면,[10] 경아문 및 兩

「其後各衙門諸軍門 爲其生殖 許貸於赴京員役者」

6) 『承政院日記』 272 숙종 5년 8월 초3일 14책 425쪽.
　「金錫胄曰 御營廳所儲銀貨累千兩 出給於頃日三度卜誣行」
　『承政院日記』 272 숙종 5년 9월 초6일 13책 457쪽.

7) 『備邊司謄錄』 82 영조 3년 10월 28일 8책 174~175쪽.
　「(領議政李光佐) 又所啓 卽今私勝爲痼弊 京中各衙門各軍門及兩西監兵營 銀貨之蕩竭 專由於入送燕行 盖秩高使臣 每爲請對陳稟 托以無銀貨 則行事狼狽 雖尋常使行 必以累萬兩 分定於京外各處 分給醫譯 如或有持難者 百般周旋 期於必給 又於分定之外 各軍門·衙門·營門 拘譯官輩顔情 私自貸下 或託以貿易 歇定濫給 並歸於未捧 京外積貯之耗盡 太半坐此 誠極痛惋矣」

8) 『備邊司謄錄』 40 숙종 12년 10월 21일 3책 1001쪽.
　「正言金洪福啓曰 管餉之設 盖所以備不虞之需也 當初儲置 實非偶然 而聞赴燕譯舌之輩 每多貸出銀 以爲販利之資」

9) 『備邊司謄錄』 43 숙종 15년 10월 초4일 4책 339쪽.
　「左議政睦來善所啓 …… 而京外公藏銀貨 每緣私請 多數許貸之後 皆以雜物代捧 以致銀貨蕩竭 豈不寒心哉」
　柳承宙, 위 논문, 357~365쪽 참조.

10) 『備邊司謄錄』 43 숙종 15년 10월 초4일 4책 239~240쪽.
　「左議政睦來善所啓 …… 近來赴燕使行隨去商譯輩 多數貸銀於西關 請以雜物代納云 事極痛駭 自今以後 嚴則平安監兵使及義州府尹 切勿代捧雜物 以杜其可駭之弊 何如 領議政 權大運曰 所貸銀貨 則利殖則雖以物貨計捧 本色則必以

西는 절대로 은화를 대량으로 대여치 말라는 강경조치가 취해지기도 하였다.[11]

그러나 공용은 마련 대책이 없는 한 官銀貸出을 금지할 수는 없었다. 이에 1697년(숙종23)에는 호조와 병조의 은을 역관에게 貸出해 주고 그 일부를 공용은에 충당케 하며 本銀은 기한내에 완납하는 방식으로 官銀貸出을 공식화하였다.[12] 정부가 관은을 貸出해 줌으로써 공식적인 공용은 마련의 길을 열었던 것이다.

이렇게 되자 1720년대에 이르면 "경중의 각 아문·군문 및 양서의 감·병영의 은화가 탕갈된 것은 오로지 연행에 입송하기 때문이다"라는 官銀貸出의 문제점이 지적되기에 이르렀다. 또 보통의 使行에도 累萬兩을 경외 각처에 분정하여 醫·譯에게 분급하였으며 사사로이 貸出하는 수량도 늘어나 皇曆賚咨官의 赴燕便에 가져간 은의 양이 거의 15만냥에 달하는 경우도 있었다.[13]

이런 가운데 청·일 간의 직교역으로 왜은의 유입이 줄자, 官銀貸出 규정에 따른 借貸銀과 역관에게 사사로이 貸出한 官銀 회수는 더욱 힘들었다. 즉 역관들은 燕貨를 수입하여 倭館에 넘김으로써 상업상의 이익을 봄과 동시에 倭銀을 얻어 한편으로는 다시 무역자금에 투입하고 다른 한편으로는 빌린 은을 상환하였던 것인데, 이 시기에는 왜관을 통한 수출 그 자체가 불가능한 지경에 이르렀기 때문이다.[14] 역관들의 부채가 쌓여가자 경종대에는 조선 정부가 역관

銀貨捧之 而絶勿多給 且於出給之時 使行掌監色輩 審其信實與否 懸保出給 如或不卽准償者 則責徵於着保之人似當矣 上曰 爲依之」

11)『備邊司謄錄』45 숙종 17년 윤7월 초5일 4책 400쪽.
「上曰 …… 此後京衙門兩西銀貨 切勿多數許貸之意 各別申飭可也」

12)『萬機要覽』財用編 5 公用.
「使臣啓請 貸下兵·戶曹銀 出給行中 俾料理補用 本銀限年備納」

13)『備邊司謄錄』82 영조 3년 10월 28일 8책 174~175쪽.

14)『備邊司謄錄』134 영조 34년 정월 초5일 13책 49쪽.

들로부터 부채를 받아내기 위해 償債廳을 설치하기에 이르렀다.15)

결국 官銀貸出制度는 더 이상 유지될 수 없었다. 이에 陳奏·奏請·參覈 등 有事使行에만 別公用이라 하여 사신이 적당량을 兩西營邑에서 청득하여 가되 쓰면 會減하고 안쓰면 환납토록 하였고,16) 이 이외의 사행에는 官銀 貸出을 일절 금지하고 다만 管·運餉 丁銀 각 500냥을 「不虞備銀」이란 명목으로 가지고 가도록 하되, 이것 역시 쓰면 會減하고 안쓰면 반납토록 하였다.17) 이리하여 官銀貸出의 규정은 공식적으로는 폐지된 셈이었다.

그러나 官銀貸出은 사실상 계속되었다. 이에 1727년(영조3)에는 영의정 이광좌의 건의로 「차후로는 경외를 막론하고 은을 역관에게 사사로이 대여하거나 혹은 (아문의) 무역을 청탁해서 함부로 지급하는 것을 禁斷하며 위반자는 비록 大官이라 할지라도 엄하게 다스리며 일절 용서치 않도록」 규정하였다.18) 또 1729년(영조5)에는 「우리 나라의 銀貨는 부족한 것이 아니라 역관과 사상들이 사행시에 많은 양을 지니고 들어가 청국에 헛되이 쌓아두어 왔다. 때문에 오늘날 은화의 耗減은 오로지 이로 말미암은 것이다. 역상

---

15) 償債廳은 역관들이 진 빚을 상환하기 위해 景宗代에 설치한 기관이었다. 상채청에서는 빚을 진 역관에게 부채의 1/10을 내도록 하고, 이를 밑천으로 장사를 하여 그 이익을 모아 부채를 상환하도록 되어 있었다. 그러나 상채청의 활동과 실적은 미진했던 것으로 여겨지는데 여기에는 역관들이 기금 마련 자체에 반발했을 가능성과 극도로 어려워진 경제적 사정 등 두 가지 상황이 모두 작용했으리라 생각되나 자세치 않다. 이에 상채청은 1743년(영조19) 혁파되었다. 상채청에 대한 기록은『英祖實錄』권10 영조 2년 7월 戊午條 ;『英祖實錄』권57 영조 19년 4월 丁酉條 ;『備邊司謄錄』104 영조 21년 11월 11일 11책 523쪽 및 유승주, 위 논문 379쪽 등이 참조된다.
16)『萬機要覽』財用編 5 不時使行條.
17)『萬機要覽』財用編 5 不虞銀條.
18)『備邊司謄錄』82 영조 3년 10월 28일 8책 175쪽.
「今後毋論京外 私貸銀於譯官 或托以貿易 歇價濫給者 痛加禁斷 犯者雖大官 重加責罪 勿爲饒貸 何如 王曰 依爲之」

의 팔포외 은의 소지를 엄히 禁斷하라」라는 조치가 있었다.[19] 이
어 11월에는 이것을 법규로 성문화하였다. 그 내용은 「開市나 使
行時를 막론하고 400냥 이상을 소지하였다가 江上의 搜檢에 드러
나 잡히거나 규찰 당해 고발된 자는 모두 江上에서 梟示한 뒤에
啓聞하고 300냥 이하는 3차 엄형한 뒤 全家를 徙邊하되 赦典을 勿
揀한다」는 것이다. 그런데 다음해 11월에는 龍川 大同驛奴 永彬이
은자 200냥을 지니고 있다가 수검에서 발각되는 사건이 일어났다.
이에 처벌 규정은 「지금 이후로 作門 안에서 적발되었을 경우 은
100냥 이상을 소지한 자는 강변에서 효시하고 그 이하는 3차 엄형
후 全家徙邊하며 작문 외에서 적발된 자는 1차 엄형 후 정배」하는
것으로 강화되었다.[20]

　이상과 같이 18세기 후반에는 청·일 간의 직교역이 이루어지면
서, 의주와 왜관을 잇는 중개무역을 통해 유입되던 倭銀이 크게 줄
었다. 倭銀의 부족 현상이 심각해지자, 그간 역관들에게 무역자금으
로 대여되었던 官銀貸出의 길도 봉쇄되고 있었다. 그럼에도 불구하
고 국내 鑛銀 개발은 활기를 띠지 않았다.[21] 게다가 이 시기에는 후
술하는 바와 같이 사상들이 국내 유통권을 장악함으로써 역관무역
은 더욱 궁지로 빠지게 되었다.

　이러한 요인이 겹치면서 赴燕員役들 가운데는 그들의 팔포를 다
채우지 못하는 현상이 일어나는가 하면,[22] 임시사행인 경우에는 그

---

19) 『備邊司謄錄』 85 영조 5년 2월 23일 8책 536쪽.
　　「上曰 我國銀貨 非不足 而譯舌及私商使行時 多數持去 徒積於彼國 故今日銀
　　貨之耗減 專由於此矣 象譯八包外持銀事 痛加嚴斷之意 自廟堂更爲申飭可也」
20) 『備邊司謄錄』 88 영조 6년 11월 17일 8책 913쪽. 그러나 官銀貸出은 계속되었
　　다. 이에 官銀貸出이 금지된지 20여 년 후에 다시 관은의 취용을 금하는 조
　　치가 취해졌던 것이다. 『備邊司謄錄』 130 영조 32년 3월 26일 12책 787쪽 및
　　『備邊司謄錄』 130 영조 32년 5월 16일 12책 810~1쪽 참조.
21) 柳承宙, 『朝鮮時代 鑛業史研究』, 高麗大學校 出版部, 1993.

들의 팔포가 거의 텅비는 지경에 이르렀다.23) 역관들이 사행무역에
서 利益을 잃게 되자, 그들의 子弟들이 세습적으로 응시하던 역과를
기피하는 현상이 나타나고 있었다.24) 부연사행을 통해 청과의 외교
관계를 유지하던 조선정부로서는 역관을 부양할 수 있는 방도를 찾
아야 했다. 이에 조선 정부는 공용은을 마련함과 동시에 역관의 무
역 이익을 보장해 주는 방안으로, 1758년(영조34) 官帽制를 실시하
였다.

2) 官帽制의 운영과 무역 실태

官帽란 관청에서 出給된 자금에서 부연사행에 필요한 公用銀을
除하여 사용하고, 남는 자금으로 모자를 무역하여 원금을 채워넣는
데서 비롯된 명칭이었다. 이러한 형태의 관모무역은 1756년(영조32)
에 이미 모색되고 있었다.25) 그러나 관모제는 1758년(영조34) 경외
의 각 아문에 官銀 40,000냥을 分定하여 마련케 하고,26) 이를 호조
와 의주부가 반씩 맡아 관리케 하면서 정식으로 시작되었다. 이렇게

---

22)『備邊司謄錄』114 영조 21년 8월 9일 11책 498쪽.
　「冬至副使鄭俊一所啓 彼地人情 用銀之道 年增歲加 作冬使行時 則多至於六七
　千金 而員役輩八包 未定其數者 二萬餘兩 此則由於倭銀之出來絶少 我國鑛銀
　之産 又隨而盡故也 …… 以此之故 譯官之失利負債 無復餘地 渠輩稱寃」
23)『備邊司謄錄』115 영조 22년 4월 초3일 11책 596쪽.
　「陳奏正使呂善君墅所啓 今番使行 適値非節 行中八包 幾至全空 …… 一依丁巳
　年例 以官銀七萬兩許貸」
24)『備邊司謄錄』35 영조 34년 10월 26일 13책 161～162쪽.
　「兪(拓基)曰 渠輩子枝 多有不見譯科者云 倒懸可知」
25)『備邊司謄錄』130 영조 32년 4월 초6일 12책 791쪽.
　「上使海蓬君橚所啓 今番一行 關西請得銀子八千兩內 一千六百兩 入於公用 其
　餘皆貿唐太帽子而來 欲以此出賣 待充數還報矣」
26) 이 때 官銀은 훈련도감 2,000냥, 수어청·총융청 각 3,000냥, 병조·금위영·
　어영청 각 4,000냥, 평안감영 12,000냥, 평안병영 2,000냥, 義州·宣川에 각
　3,000냥 씩 分定되었다.

마련된 丁銀 4만냥은 使行의 堂上上通事 및 員譯 중 稍實者에게 지
급되었는데, 그들은 이 중 사행의 연례적인 비용을 제외하고 난 나
머지를 무역자금으로 삼아 청으로부터 모자를 수입해 올 수 있는
권한을 부여받았다.

帽子는 요동 中後所의 帽子廠에서 주로 양털을 이용하여 제작된
방한용품이었다.[27] 청으로부터 수입된 모자는 隻-釜-竹-立의 단
위로 계산되었다[28] 立과 竹은 각기 名數詞의 하나로, 대개 立은 1
개·竹은 10개를 이르는 말이었다.[29] 釜와 隻은 명확치 않다. 그러
나 竹·立이 수량 단위이므로 1釜는 100立, 1隻은 1000立으로 추정
된다.[30] 18세기 후반 모자는 1년에 600척에서 1,000척 가량 수입될
수 있었으므로, 그 수량으로만 따지면 60만立에서 100만立에 이르는
방대한 규모였다. 그러나 모자는 三冬을 쓰고 나면 버리는 소모품이
었고, 당시의 인구 추정치를 고려하고 복식에 엄격한 규정이 있었음
을 감안하면, 수입된 毛帽를 사용한 계층은 역시 사대부가의 남녀를
비롯한 부유층으로 생각된다.[31]

---

27) 『薊山紀程』 권 5 附錄 衣服條 및 『燕轅直指』 권2 出疆錄 帽廠記 참조. 그림에
서 三使臣으로 보이는 사람 중 2명이 쓴 모자가 官帽制에 의해 수입된 모자
와 동일한 것인지는 확실치 않다. 향후 구체적인 자료가 보충되는대로 모자
의 실체 및 수량 단위 그리고 실생활에서의 이용 등을 고찰할 생각이다. 아
울러 그림 1을 필자에게 보내 준 국립중앙박물관 김동우 선생의 후의에 감사
드린다.
28) 『備邊司謄錄』 177 정조 14년 7월 26일 17책 621~622쪽 참조.
29) 『韓國漢字語辭典』 권3 立部 0획 689쪽 및 『韓國漢字語辭典』 권3 竹部 0획
699쪽 참조.
30) 釜는 용량 단위로 6斗 4升을 담을 수 있는 짐꾸러니를, 隻 또한 말이나 소 한
마리에 실을 수 있는 일정량의 짐꾸러미를 의미할 수도 있으나 정확치 않다.
『大漢和辭典』 金部 및 隹部 참조.
31) 조선시대 전국 인구의 추정에는 많은 한계가 있는 것이 사실이다. 그러나 權
泰煥·愼鏞廈(「朝鮮王朝時代 人口推定에 關한 一試論」 『東亞文化』 14, 1977)
의 연구에 의하면, 18세기 후반 전국 인구는 1천 7백만을 상회하는 것으로
나타나고 있다. 『戶口總數』의 수치를 따른다 해도 전국인구는 700만을 상회

그림 1 康熙 皇帝에게 보낸 朝鮮 使節
(출처 : Art Coréen, Collection de Mr et Mme Frqnçois P.Mallet)

수입 모자에 대한 수요층 문제와 그것이 국내 경제에 미치는 영
향은 그 무역의 성격을 규정지을 수 있는 중요한 사안이다. 이런 점
에서 모자는 시간이 흐를수록 수입의 부당성이 지적된 물품이었다
는 사실에 주목할 필요가 있다. 즉 1780년(정조4) 중국에 다녀왔던
朴趾源은 "모자는 한 사람이 三冬을 지내는데 필요한 물건으로, 봄
이 되어서 해어지면 버리고 말뿐이니, 천년을 가도 헐지 않는 은으

한다. 따라서 모자를 사용하는 층은 전체 인구의 5~6%에서 많아야 10% 내
외에 그쳤다고 생각된다. 결국 이는 대중적인 것이라기 보다는 일부 계층의
수요에 한정된 물품이라고 보는 것이 타당할 듯하다. 또한 통상 冠帽가 신분
의 고하에 따라 엄격히 규정되었던 사실에서도, 방한용 暖帽의 수요층을 짐
작할 만하다.

로써 三冬을 쓰면 내버리는 모자와 바꾸고, 산에서 캐어내는 限度있
는 銀을 한 번 가면 다시 돌아오지 못하는 땅에 갖다 버리니 그 얼
마나 생각이 깊지 못한 일인가"[32]라고 비판하였다. 洪良浩도 1회성
소비재인 모자 수입을 經史 어디에서도 禮法을 찾아볼 수 없는 물
건이라며 강력히 비판하였다.[33]

이처럼 官帽制는 역관을 부양하고 公用銀을 마련하려는 국가 외
교상의 필요에 의해 시작되었다. 그러나 官帽貿易은 국내의 은화 보
유량이 심각히 고갈된 상황에서 官銀을 마련하여 모자를 무역함으
로 인해 오히려 국내의 은화를 더욱 소모케 하는 자기모순에 빠질
수밖에 없었다. 이런 점에서 모자무역은 빠르게 극복되어야 할 무역
형태였다.

어떻든 관모제의 시행으로 역관들이 1년에 무역해 온 모자의 수
는 약 640척에 달했다.[34] 그들은 사행이 강을 건너온 뒤에 의주부윤

---

32) 『熱河日記』 馹汛隨筆 7月 22日條.
　　「帽爲一人三冬之資 春後弊落則棄之耳 以千年不壞之銀 易三冬弊棄之帽 以採
　　山有限之物 輸一往不返之地 何其不思之甚也」
33) 『正祖實錄』 권 16 정조 7년 7월 丁未條.
　　「大司憲 洪良浩上疏曰 …… 五曰 罷帽子 …… 挽近以來 倭銀路絶 代送礦銀
　　是則一渡鴨水 永不還來 殆同投金於淵 非計之得也 以故 國中之銀貨日耗 ……
　　惟是帽子一物 最爲無用之費 耗國漏財 莫甚於此 不可不急塞其孔也 盖帽子者
　　經史之所不載 天下之所未有 而獨我國用之 男子則冠上加冠 已失禮意 婦人則
　　非笄非巾 實爲無稽 不過爲禦寒之資而已 只爲禦寒 豈無他物 而何必遠求於異
　　國乎 中國則無所用之 故遼商一肆 聚毛打造 專售我國 坐收大利 豈不爲華人之
　　所笑乎 一年帽價 動費鉅萬 以不 貨之活貨 易無用之毳物 甫經秋冬 弊而投地
　　今年如此 明年如此 山川之寶藏有限 天下之氄毛無盡 將何以繼之乎 臣謂亟罷
　　帽子之貿 仍下國中之禁 而入燕之包 代貿有用之物 如騾馬布絹之類 則庶有補
　　於利用厚生之具 而日計不足 歲計有餘矣 至於帽稅之充補公用 稍爲通變之端
　　惟在廟堂之商確區畫耳」
34) 『備邊司謄錄』 135 영조 34년 11월 초6일 13책 166~167쪽 「使行時官銀區劃節
　　目」 참조. 이후 官帽의 수입 규정과 관련된 서술은 위 자료에 의거하며, 필요
　　한 경우에 한해서만 전거를 제시한다. 또한 「使行時官銀區劃節目」은 「官帽節

과 더불어 輸入해 온 모자 척수에 대한 엄격한 검사를 받은 뒤에 절반은 의주부에, 나머지 절반은 호조에 輸納하였다. 의주부에 유치된 모자는 평안감사와 의주부윤의 책임하에 모자가격을 받고 商賈들에게 出給되었으며, 호조에 輸納된 모자 역시 같은 방법으로 京市人이었던 帽子廛民에게 出給하도록 하였다.[35] 모자를 출급받은 商人과 廛人은 銀으로 그 대가를 지불하도록 하였다.[36]

역관들이 輸入한 官帽를 넘겨받아, 처음으로 국내의 전매권을 얻어낸 商人은 西路에서는 義州商人이었으며 서울에서는 帽子廛民이었다. 그러나 곧 개성상인에게도 관모의 판매권이 부여되었다. 개성상인이 使行時의 은화 마련에 큰 역할을 함에도 불구하고 관모의 판매권을 얻지 못한 것은 형평에 어긋난다는 지적에 따른 것이었다. 이에 의주부 유치분의 1/3과 호조 수납분의 1/4을 떼어 낸 官帽 약 185척의 판매권이 개성 상인에게 주어졌다.[37] 그러나 의주부 유치분

目」으로 약칭한다.

35) 帽子廛 시민은 곧 중국산 물화를 취급하는 靑布廛人이다. 『度支志』 권2 版籍司 市廛 有分各廛條.

36) 『備邊司謄錄』 135 영조 34년 11월 초6일 13책 166쪽.
「帽子一隻打發價銀 例爲八十兩云 而今此作銀期限甚促 特爲減價 西路則以六十八兩 京中則以七十兩酌定爲白去乎」
이를 보면 의주상인을 西路로 시전상인을 京中으로 파악하고 있음을 알 수 있다. 후에 논의되는 西商과 京商 개념의 실체와 관련하여 시사하는 바가 크다. 한편 상고들에 대한 帽子 發賣價는 통상 은 80냥으로 잡고 있었으며, 市商이 일시에 納價키 어려우면 몇 차례로 나누어 납가한 뒤에 모자를 받아갈 수 있도록 하였으나, 7월 이후에는 이들 시상 이외의 상인들에게 넘기는 것도 허락되었다. 또한 西路의 상인들과 모자전 상인이 作銀하여 낸 은은 적어도 각기 22,000냥씩 모두 44,000냥은 될 것으로 예상되었는데, 이 가운데 4만냥은 다시 다음해의 사행에 송부하고 나머지 4,000냥은 戶曹에 會錄하여 별사시 소용되는 官銀이나 기타 燕行과 관련되는 불시의 비용으로 사용하며 또 차차 銀을 낸 아문의 원금을 갚는 데에도 사용토록 하였다.

37) 『備邊司謄錄』 136 영조 35년 4월 14일 13책 236~237쪽.
「左議政 金 所啓 …… 彼我國往來銀貨 多出松商 而今此燕貨之許多帽子 旣分

모자 가운데 개성상인에게 출급된 관서관모 107척은 곧 관서로 되돌려졌다. 개성부의 商民이 窮敗하여 관모를 商賈와 稍實民에게 강제적으로 분급하였더니 원망이 일어났으며, 또한 매년 1만냥에 달하는 은화를 辦出하기도 어렵다는 것이 명분이었다.[38] 하지만 점차 관모의 전매권에서 오는 이익이 증가하자 1763년(영조39) 3월 개성유수 尹得養은 관서의 107척을 다시 개성부에 소속시켜 줄 것을 요구하였으며,[39] 드디어는 관서 107척을 재차 개성부에 출급하라는 허락을 받아내기에 이르렀다.[40] 이처럼 의주상인·개성상인·帽子廛民은 모자의 독점 판매를 통해 많은 이익을 누리고 있었던 것이다.

정확치는 않으나 호조와 의주부도 모자수입에 의한 이익은 컸던 것으로 생각된다. 1758년(영조34) 「官帽節目」에 모자 1척의 打發價 銀은 통상 銀 80냥이라고 하였다. 따라서 호조와 의주부는 640척의 모자를 상고들에게 발매하면 本銀 4만냥을 제외하고도 많게는 銀 1만여 냥에서 적게는 銀 4천여 냥까지의 축적이 생길 수 있었다.

모자를 수입해 온 譯·商에게도 이익은 있었을 것으로 예상된다. 일례를 들면, 1758년(영조34) 「官帽節目」 당시 조선정부는 官帽에 대비되는 私帽 300척을 마련하고 이를 商譯들의 料賴로 삼도록 하였다.[41] 그 후 사모를 둘러싼 역관과 의주상인 간의 다툼으로 1760

於京外商賈 獨松商不與焉 在松商果不免爲稱寃之端 在朝家 亦非一視之政 臣意則京外分半中 灣府之三分一 地部之四分一 參酌利付於松都 使留守分給府下商賈 其價銀 一依節目所折定 卽爲準數捧留 待使行出給 歲以爲常 則出納之加得一衙門 恐亦好矣 上曰 依爲之」

38)『備邊司謄錄』137 영조 35년 11월 14일 13책 337쪽.
39)『備邊司謄錄』143 영조 39년 3월 17일 13책 909쪽.
40)『備邊司謄錄』144 영조 39년 11월 16일 14책 35~36쪽.
41) 그러나 「官帽節目」에서 따로이 私帽를 두었다는 구체적 언급은 없다. 단지 「所貿帽子 除柵費 則實數當爲六百四十餘隻」(『備邊司謄錄』135 영조 34년 11월 초6일 13책 166쪽)이라 하고 있어, 경비의 개념으로 보이는 柵費가 관모에 대비되는 私帽로 이해된 것이 아닌가 한다.

년(영조36)에 사모 300척은 이들에게 각기 150척씩 분급토록 하였
다. 그런데 이 사모 300척은 조선 정부의 打發價銀 80냥을 통상가로
삼아 환산할 때 총 2만 4천냥에 이르는 것으로서, 그 사이에 개재하
는 청의 구입가와 국내판매가의 조건 변화에 따라서는 엄청난 이득
을 볼 수 있었던 것으로 예상된다. 이 때문에 역관과 의주상인 간에
私帽를 둘러싼 다툼이 일어났던 것이며,[42] 역관들은 모자가 아무리
高價라도 국내로 수입하고자 하였던 것이다.[43]

그러나 관모제는 몇 가지의 제도적 결함과 운영상의 문제점을 지
니고 있었다. 첫째 관모제는 원칙적으로 정기사행에게만 관은 4만냥
을 출급하여 공용은을 마련하고 모자를 수입토록 되어 있었다. 따라
서 임시사행의 경우에는 따로이 官銀을 사행경비로 지급해야 했
다.[44] 그러나 1760년대에는 연례적으로 사용된 별사의 비용이 이미
은 수만냥에 이르고 있어, 더 이상 별행에 따르는 관은출급은 어려
운 실정이었다. 따라서 별사에도 관모무역을 허락하게 되었던 바,[45]
관모무역은 그 규모가 커지고 절제도 잃게 되었던 것이다.

둘째 관모무역이 실효를 보기 위해서는 절사 및 별행이 구입해
올 수 있는 모자의 척수를 엄격히 제한하여, 생산지의 가격 폭등을
막음으로써 모자 수입가를 안정시켜야 했다.[46] 그래야만 국내 모자

---

42) 『備邊司謄錄』144 영조 39년 7월 21일 13책 974쪽.
   「領議政洪 所啓 …… 盖官帽節目時 特定私帽三百隻 以爲商譯輩料賴之地 別無
   分給灣人之措語 而庚辰節目時 使臣因譯官灣人之爭鬧 各以一百五十隻分給 行
   之數年 便同成法」
43) 『備邊司謄錄』138 영조 36년 6월 23일 13책 436쪽.
44) 『備邊司謄錄』138 영조 36년 5월 14일 13책 419쪽.
45) 『備邊司謄錄』142 영조 38년 12월 26일 13책 857쪽.
   「左議政洪 所啓 奏請使行 例給官銀 辛丑以後 皆至七萬兩 而顧今京外財力
   蕩竭 實無多數許劃之望 官帽剩餘之各軍門己還報之銀一萬兩 更爲貸給 使員
   役買帽措處 依節目施行 則行中有所賴 而軍門亦可卽捧 以此擧行何如 上曰
   依爲之」

의 가격과 공급도 순조로울 수 있었다. 이에 조선정부는 청측이 모
자 가격을 올리려는 의도가 있으면, 5,000~6,000냥의 관은을 획급하
여 쓰는 한이 있더라도 모자를 수입하지 못하도록 규정하였다.47) 그
러나 부연사행을 통해 상업상의 이익을 노렸던 역관층은 使臣을 속
이고 사사로이 고가로 모자를 매입하여 국내에 들여옴으로써 자연
히 국내 모자가격의 등귀를 초래하고 있었다. 따라서 일시적이나마
官銀의 출급이 정지되었고, 역관들의 私貿를 보고치 않은 사행은 制
書有違律로써 처벌하도록 하였다. 또 賣咨官의 사행시 이러한 폐단
이 발생하면 해당 역관은 먼 지역에 유배하고 영원히 사역원에서
제명하도록 하였으며, 商譯이 아닌 자가 모자를 高價로 私買한 자는
嚴刑定配토록 하였다.48) 이렇듯 조선 정부는 엄격한 법규를 통해 역
관의 모자 高價貿入을 막으려 했으며 동시에 역관의 상벌규정을 명
확히 하는 정책을 쓰기도 하였다.49) 그러나 모자의 고가매입을 강력
규제하는 정책이 시행된 이면에는 상업상의 이익을 노린 역관들의
활동이 자리잡고 있었다. 때문에 고가매입의 폐단은 근절되지 못하
였다.

셋째 역관이 사들여 온 모자는 그 관리를 맡은 의주부와 개성부
그리고 호조가 모자 값을 받은 연후에 출급하는 것이 원칙이었다.
그러나 이러한 규정은 「官帽節目」 반포 후 어느 시점에서 모자를
우선 출급하고 뒤에 本銀을 환납하는 것으로 바뀐 듯하다. 즉 역관
이 수입해 온 모자를 京廛人과 西路의 상인에게 우선 분급하여 발

---

46) 『備邊司謄錄』 137 영조 35년 10월 28일 13책 326쪽.
   「書狀官權導所啓 彼地帽子數優 然後四萬兩官銀 可卽貿易 庶無狼狽之患 故聞
   昨年使行時 憲書賣咨官行 則只限以二百隻 使之貿取 而有各別申飭然後 似可
   爲永久遵行之道矣 上曰 依昨年定式 無過此限事 嚴飭灣府」
47) 『備邊司謄錄』 138 영조 36년 5월 초10일 13책 415쪽.
48) 『備邊司謄錄』 138 영조 36년 6월 23일 13책 436쪽.
49) 『備邊司謄錄』 142 영조 38년 11월 초2일 13책 811쪽.

매하도록 한 뒤에, 그들에게 은으로 원가를 환납토록 하되 原價外 매척에 은 18냥을 더 납입하게 하여 사역원에 출부하여 공용으로 하게 한 것이다.[50] 따라서 모자를 분급받은 상인들이 失利나 銀을 구할 수 없다는 이유로 원가를 환납치 못할 경우, 조선정부는 공용 은 마련을 위해 또다른 재정적 출혈을 해야 할 위험을 안고 있었다.

넷째는 당시 조선정부의 재정이 크게 어려웠다는 점이다. 즉 호조 1년의 錢 稅入이 불과 1천냥 정도인데 비해 한 번의 사행에 드는 비용은 10만냥에 이르고 있다[51]는 기록은 비록 과장적인 측면이 있 으나 호조의 재정이 그만큼 어렵다는 사실을 알 수 있게 한다. 그러 나 호조의 錢儲 1년 應入이 19만냥인데, 應下가 22만냥이므로 3만여 냥이 부족하다[52]는 호조판서 徐命膺의 호소는 당시의 재정 상태를 객관적으로 전해 준다고 보아도 좋겠다. 재정의 고갈은 왜은의 유입 이 끊기면서 가속화되었다. 따라서 호조는 사행시 내의원과 상의원 의 무역자금 마련 자체가 힘든 지경이었다. 사회 전반에 걸친 銀 부 족 현상은 갈수록 심해졌다. 이에 京帽價銀을 호조에 수납해야 할 帽子廛人들이 은을 구할 수 없다는 핑계로 기한을 늦추고 납부하지 않는 사태가 일어나기도 하였다.[53] 결국 이 官帽價銀 1만여 냥을 새 로이 판출하는 것조차 어려움을 겪자 1774년(영조50)에는 관모제 자 체에 대한 재검토가 불가피하였다.[54]

다섯째는 이러한 재정적 어려움에 더하여 1764년(영조40)에는 保 民司의 설치로 官帽를 통해 매년 저축되었던 銀子 중 5천냥=작전가 12,500냥이 보민사로 이획되면서,[55] 관모 자체의 명분에 문제가 제

---

50) 『萬機要覽』 財用編 5 公用條 참조.
51) 『備邊司謄錄』 155 영조 47년 4월 19일 15책 65쪽.
52) 『備邊司謄錄』 156 영조 50년 3월 13일 15책 173쪽.
53) 『備邊司謄錄』 156 영조 50년 10월 21일 15책 249쪽.
54) 『備邊司謄錄』 156 영조 50년 10월 28일 15책 251쪽.

기된 것이다.56) 즉 관모제는 사행의 공비를 마련키 위해 權設되었던 것으로 우선 관에서 모자를 매매하여 재정에 보태어 쓰는 것이라는 점, 또 사행의 비용은 사역원의 소관으로 호조에서 맡을 것이 아니라는 점 그리고 이 잉여를 보민사에 획급하여 쓰는 것도 바르지 않다는 명분상의 문제가 제기된 것이다. 그러나 이 명분 뒤에는 왜은의 出來가 끊기면서 국내의 재정이 심하게 압박받는 상태였고, 관모 비용으로 출급되었던 4만냥이 모두 되돌려진 상태에서, 관은마련의 부담을 호조가 더 이상 받을 필요가 없다는 의도가 다분히 깔려 있었다.57)

이에 결국 관모제는 還報된 4만냥을 사역원에 출급하고, 사역원이 다시 이를 역관들에게 包外出給하여 공용을 마련하는 것으로 결론지어 지면서 1774년(영조50) 11월에 폐지되었다. 이후 사역원에 출부키로 한 4만냥을 2만냥씩 나누어 사역원과 보민사에 각기 소속시키자는 논의에 따라, 결국 사역원에는 2만냥만이 출급되었다. 그러나 관모라는 명색은 부활되지 않았다.58) 관모제는 시행된지 16년만에 폐지되었던 것이다.

그러나 당시 사역원에 출부되어 包外別送키로 한 은 2만냥은 중대한 문제가 아닐 수 없었다. 은 2만냥의 관리를 비변사에 맡기면 종전과 같이 나누어 준 은을 받지 못하는 폐단이 있을 것이고 역관의 손에 맡겨 두면 은이 점점 없어지게 될 것이 뻔하였다. 이에 호조 판서 具允玉은 모자의 수입과 판매를 모두 사상에게 맡기고 관동물화에 과세하는 예에 따라 수세하는 방안을 제안하여 왕의 재가를 받아 냈다. 이른바 세모법이 시행되기에 이른 것이다.59)

55)『備邊司謄錄』146 영조 46년 11월 27일 14책 253쪽.
56)『備邊司謄錄』156 영조 50년 11월 초1일 15책 254쪽.
57)『備邊司謄錄』156 영조 50년 11월 초1일 15책 254~5쪽 참조.
58)『備邊司謄錄』156 영조 50년 11월 초1일 15책 255쪽.

　세모법은 1777년(정조1) 「稅帽節目」의 반포 이후 본격화 한다. 관모제의 폐지와 세모법의 시행은 모자무역의 주체가 역관으로부터 의주상인과 개성상인으로 대체되는 대청무역상의 커다란 변화였다. 또한 18세기 중반 이후 의주상인과 개성상인이 서울 상인과 더불어 대청무역을 대표하는 상인층으로 확고히 자리잡게 되었음을 알려 주는 증거라고도 하겠다.

　요컨대 관모제는 1720년대 대외무역상의 여건 변화로 야기된 조선 내부의 銀 부족현상을 배경으로 실시되었다. 즉 청·일 간의 직교역으로 銀路가 막힘에 따라 역관들은 그들의 팔포를 銀으로 채울 수 없게 되었을 뿐만 아니라 사행 중의 공용은 부담을 전제로 행해지던 官銀貸出도 어려워졌다. 자연히 사행무역을 통해 막대한 이익을 보았던 역관들이 궁지에 빠지면서, 공용은 마련에 대한 조선정부의 대책 마련이 시급했다. 이에 조선정부는 관에서 마련한 官銀을 역관들에게 내주고 官帽를 수입케 함으로써, 역관들의 이익을 보장해 주고 公用銀도 마련하려 한 것이다.

　官帽制는 경외의 각 아문과 군문에서 마련한 官銀 4만냥을 역관에게 출급한 것이었다. 따라서 이는 조선 정부가 모자무역을 위해 官銀을 대출한 것이다. 또한 조선정부는 역관에게 官銀을 가지고 모자를 무역해 오도록 하였고, 호조와 의주부를 통해 의주상인, 개성상인 그리고 모자전민 등 일부 상인층에게 모자 전매권을 줌으로써 관모무역구조에 포함된 모든 층이 이익을 볼 수 있도록 하였다. 이런 점을 고려할 때, 英祖代의 官帽制는 역관을 기존과 같이 대청무역의 중심에 둔 채 公用銀을 마련하고, 동시에 자본력을 갖춘 사상층과 시전상인에게 모자의 국내 판매권을 넘겨주는 특권적 성격을 띤 정책이었던 것이다.

---

59)『備邊司謄錄』156 영조 50년 11월 초10일 15책 257쪽.

2. 私商貿易의 成長과 稅帽法의 제정

1) 灣商貿易의 공인과 比包節目의 반포

17 · 18세기를 통해 사상층이 대청무역에 참여할 수 있는 형식에는 세 가지의 유형이 있었다. 첫째는 역관과 결탁하여 사행원역 중 馬夫 · 奴子의 명의로 赴燕하는 경우이며, 둘째는 개성부, 管 · 運餉, 평안 병영, 해서감영 등의 무역별장으로 해당 아문의 別包貿易을 수행하면 서 동시에 私利를 도모하는 경우이며, 셋째는 「여마제」 · 「연복제」 · 「 단련사제」에 편승하여 책문에서 밀무역을 행하는 것이었다. 사상층에 의한 이 세 가지 유형의 대청무역은 역관과 상호 밀접한 관련을 지니 며 행해졌으나 동시에 사상들의 독자적 교 도 성행하였다. 그러나 私商 무역과 역관의 팔포무역은 상대적 관계에 있었다.[60] 자연히 역 관과 사상간에는 갈등의 요소가 내재되어 있었다.

역관과 사상간의 갈등이 표면화한 것은 1720년대에 접어들면서였 다. 청 · 일 간의 직교역으로 조선을 위시한 동북 아시아의 무역환경 이 크게 바뀌었기 때문이다. 즉 일본상인들이 청국상인들과 직교역 을 하게 되자, 역관과 사상층 모두는 그간 중개무역을 통해 누렸던 이익을 잃게 된 것이다.

그러나 왜관무역 쇠퇴에 가장 큰 타격을 본 것은 역관이었다. 역 관들이 청으로부터 사들인 물화를 왜관에서 교역하지 못하자, 역관 들은 당장 각 군문과 아문에서 貸出받은 官銀은 물론 사사로이 대 여한 무역자금을 상환치 못하는 경우가 빈발하였다. 그러나 책문무 역의 공인 이후 淸貨의 수입을 통해 수출 뿐 아니라 국내의 판로도

---

60) 『備邊司謄錄』 72 숙종 45년 1월 28일 7책 115~116쪽 참조.

개척하고 있던 사상층은 국내 상권을 기반으로 나름대로의 활로를
열어 가고 있었다.[61]

따라서 역관들은 권력을 이용하여 사상들의 대청무역로를 봉쇄함
으로써 그들의 失利를 만회하려 하였다. 이에 부연역관들은 우선
1723년(경종3) 朝·淸 商賈들과 결탁하여 책문후시를 조종하였던 청
의 난두배를 혁파토록 하였으며,[62] 1725년(영조1) 연복제 혁파에 이어
1728년(영조4)에도 연복제에 의한 책문교역을 엄금시키고 범법자는
압록강변에 효수토록 하는 조치를 취했다.[63] 그리고 같은 해(영조4)에
는 심양팔포무역과 단련사를 혁파토록 하였다.[64] 이로써 역관들은 그
간 행해졌던 사상층의 대청무역로를 사실상 모두 봉쇄하였다.

이익을 상실한 私商과 淸側 상인 및 지방 官長들은 역관들에 대
한 각종 보복행위를 일삼았다.[65] 그러나 어느 경우도 사상층의 무역
권을 합법적으로 회복시키지는 못하였다. 이에 사상층은 비합법적인
무역을 감행하는 潛商으로 변해가고 있었다.[66] 이들은 17세기 이래

---

61) 『備邊司謄錄』82 英祖 3년 10월 8일 8책 150~151쪽.
　「(平安監司尹游)又所啓 燕行銀貨私商之弊 因有紀極 職此而恐生邊釁 此不可不
　嚴立科條 別樣禁斷 …… 而近年以來逆馬 殆近千正 爲市於瀋陽柵門 任自潛商
　誠爲可駭 …… 而瀋陽兩市 我人亦能操縱 彼人急於賣買 末梢以外上出給者 又
　不知幾數 …… 唐貨如是多出 故深山窮谷 遍着綺羅 査侈之極 亦由於此」
62) 『景宗實錄』권10 경종2년 10월 辛未條.
　『增補文獻備考』176 交聘考 경종 3년條.
63) 『備邊司謄錄』84 영조 4년 7월 3일 8책 411~412쪽.
64) 『英祖實錄』권15 英祖 4년 정월 辛酉條. 18세기 전반 대청무역의 상황 및 역
　관과 사상의 갈등에 대해서는 유승주, 위 논문, 381~384쪽 참조.
65) 柳承宙, 위의 논문, 384~390쪽 참조.
66) 잠상은 발생 요인에 따라 크게 두 가지의 범주로 나눌 수 있다. 첫째는 공납
　의 강제나 기근, 전염병 등 자연적 원인에 의해 犯越潛賣하여 생계를 유지하
　려는 잠상이다. 그러나 이들은 통시대적 산물로 역사적 의미를 지니기에는
　부족하다. 둘째는 私商大賈임에도 불구하고 시대에 따라 양성화되기도 하고
　음성화되기도 하면서, 전근대사회의 경제구조 및 사회구조의 변동을 추동하
　였던 잠상을 상정할 수 있다. 따라서 이들은 조선후기를 통해 조선정부로부

심양교역와 책문교역을 주도했던 사상층으로, 역관들에 의해 대청무
역로가 차단당하자 비합법적 잠상으로 전이된 상인층이었다. 이 때
문에 연복무역이 폐지된 이후 吏曹參議 李宗城은 "淸債辱國 이후
연복무역을 철저히 금지해 왔기 때문에 조·청 潛商들이 무역상의
이익을 잃은 지가 오래되었다. 이 때문에 기회만 있으면 한 번이라
도 通貨하고자 밤낮으로 利益을 추구하는 무리와 팔 곳을 강구하는
상인들이 떼지어 있다"[67]라고 한 것이다.

연복무역이 금지된 후 잠상행위를 한 상인들은 주로 이전 시기
책문과 심양교역을 주도했던 西商 즉 의주상인과 개성상인이었던
것으로 생각된다. 연복무역이 금지된 이후 "황해·평안 兩道는 唐
物·銀·紬가 모두 생성되는 곳이며 모든 물화가 폭주하는 곳"[68]이
라 하였으며, 17세기 이래 이 지역 별포무역을 담당한 상인도 이들
이었기 때문이다.

이렇듯 '西商'은 조선정부와 역관의 금압책에 대항하여, 밀무역을
감행함으로써 역관 위주의 조선정부 무역정책을 허물고 있었다. 그
결과 마침내 1754년(영조30)에는 '의주부의 탕채와 변민의 聊活'을
위해 연복무역 곧 책문무역의 재개를 이끌어 냈다.[69] 하지만 이번에
허가된 책문무역은 의주상인에게만 허용되는 제한적인 것이었다. 때
문에 만상후시라고도 불렸으며, 역관의 팔포정액과 같이 의주상인에
게도 灣包라고 불리우는 일정 액수에 한정하여 무역토록 하였다.[70]

터 공식적인 승인을 얻거나 혹은 역관과 연관을 가지면서 대청무역에 참여하
는 시기에는 사상층으로 인식되나, 그것이 전면적으로 금지된 시기에는 잠상
으로 규정받아 금압되었다.
67) 『英祖實錄』 39 英祖 10년 12월 癸丑條.
　　「吏曹參議李宗城上疏略曰 …… 自夫淸債辱國之後 申命延卜之禁 彼我潛商之
　　類 失利久矣 寅緣事機 欲一相通 縱日夜規利之徒 會千百求售之商」
68) 『備邊司謄錄』 99 영조 12년 6월 초3일 10책 270쪽.
69) 『萬機要覽』 財用編 5 柵門後市條.

의주상인에게 후시가 다시 공인되자 使行時 사무역 이외의 밀교
역과 각종 폐단의 재현이 우려되었으며, 이를 막기 위한 방안으로
마련된 것이 1754년(영조30) 比包節目이었다.[71] 비포절목 제정의 일
차적 목적은 사행시 가져가는 각종 包銀과 회환시 出貨에 대한 철
저한 검사를 통해 잠상을 규제하려는 것이었다.[72] 따라서 비포절목
의 규정은 크게 사행팔포에 대한 비포와 연복시 만포에 대한 비포
규정으로 크게 나뉘었다.

行中包銀 즉 使行員役의 八包에는 銀을 채워가야 했으나, 경우에
따라서는 은을 채울 수 없는 사람들도 있었다. 이에 비포절목에서는
예전처럼 銀子를 가지고 갈 수 있는 원역 가운데 포를 채우고도 은
이 남는 사람과(充包而餘銀者), 포를 가져갈 수는 없으나 은이 있는
사람(無包而有銀者) 그리고 포는 가져갈 수 있으나 은이 없는 사람
(有包而無銀者)이 서로 매매를 통해서 팔포의 수를 채울 수 있도록
하였다.[73] 그리고는 은주와 포주의 이름을 구별하여 적어두게 하였
다. 이 기록은 곧바로 회환한 후 중국으로부터 사들여 온 物貨의 가
격과 가지고 간 은의 수를 상호 비교하는 증거로 활용하였는데, 이
는 八包外의 은이 넘어가는 것을 철저히 막으려는 의도였다. 따라서
가지고 간 은의 수보다 많은 양의 물건을 사들여 온 자는 잠상의

---

70) 柳承宙, 위 논문, 참조.
71) 『備邊司謄錄』 143 영조 39년 5월 초2일 13책 934쪽.
    「左議政 洪(鳳漢)所啓 …… 比包事 兪漢蕭書狀往來後 首建此議 戡奸習禁潛越
    莫要於此 故相臣閔·故判書趙榮國 亦以曾經使行之人 詳知其弊 力贊此議 相與
    消詳 成節目」
72) 『備邊司謄錄』 127 영조 30년 8월 초5일 12책 510쪽 「比包節目」 참조. 이후 비
    포절목과 관련된 서술은 위 자료에 의하며, 필요한 경우에 한하여 전거를 제
    시한다.
73) 비포절목 이전에도 사행원역의 팔포는 실제 거래의 대상이 되고 있었다. 『承
    政院日記』 648 영조 3년 10월 24일 35책, 485~486쪽. ;『承政院日記』 973 영
    조 20년 6월 11일 53책, 239~240쪽.

율로 다스리고 그 물화는 屬公시키도록 하였다.

비포제의 성패는 수검의 엄정성 여부에 달려 있었다. 그렇기 때문에 포에 대한 수검의 책임 한계와 상세한 규정이 필요하였다. 出柵 후 수검의 책임은 서장관과 의주부윤에게 있었으며, 入柵 후 往還 기간의 포에 대한 申飭 책임은 正使에게 부여되었다.

또한 서장관은 復命이 늦는 한이 있더라도 卜物駄數를 철저히 점검하고, 卜物이 다 나온 연후 책문을 출발토록 하였다. 비포문서는 각자가 燕貨의 무역이 끝난 후 책으로 정리케 하고, 책문에 내려 놓은 은의 수량(落柵銀數)도 기록하도록 하여, 이를 瀋陽 남쪽지점에서 내도록 했는데, 이는 燕貨와 柵門物貨(柵貨)를 구분하여 검사하기 위한 것이다. 그리고 모든 문서는 任官 외 3~4인의 관리가 따로이 검토케 하였다. 특히 책문의 물화에 대해서는 奸濫의 폐가 없도록 각별히 신경을 썼다.

한편 연복무역 즉 灣包貿易은 만포 정액을 지켜, 濫入되는 폐단이 없도록 하였는데, 만포 정액은 정기사행인 절사에 1만냥, 임시사행인 謝行에 5천냥, 賚咨行에 1천냥을 초과하지 못하도록 규정하였다.74) 또한 灣包는 정해진 가격만큼의 皮雜物을 채우도록 하였으며, 만약 銀子로 가지고 갈 경우에는 잠상의 律로 처벌하고 의주부사와 서장관도 논책토록 하였다. 이외에도 비포절목에서는 사행원역의 크고 작은 卜駄도 보고토록 하여 몰래 운반하는 물건이 없도록 하였고, 사행 원역이 연행중에 따로 떨어지거나 변동이 있을 경우는 제반 사항을 보고토록 하였음은 물론, 심지어는 종이와 부채 등을 과다하게 가져가는 것을 막기 위해 직위에 따른 한도액을 정하기까지

---

74) 『萬機要覽』財用編 5 柵門後市條.
　　『備邊司謄錄』127 영조 30년 8월 초5일 12책 511쪽.
　　「延卜時 皮雜物數爻 如不折價酌定 則必有濫雜之弊 節行一萬兩 謝行五千兩 賚咨行一千兩 永爲定式爲白乎矣」

하였다.

요컨대 비포절목은 "각자가 포에 채운 물종 및 저쪽에서 파는 가격을 列錄하고 그 아래에는 또 무역한 물종의 가격을 열록하여 서장관에게 바치면, 서장관이 교준한 뒤에 수결을 두고 인을 찍는다. 돌아와 강을 건넌 뒤에 의주부윤과 같이 입회하여 수검하고 만일 은닉하거나 누락시켜 틀리는 것이 있으면 잠상의 율로 논한다"는 것을 골자로 하고 있었다.[75] 결국 비포절목은 사행원역에 의한 잠무역은 물론 만상후시에서 일어날 수 있는 잠상의 폐단을 막으려는 조선정부의 조치였던 것이다.

그러나 私商에 의한 무역활동은 더욱 활기를 띠어 갔다. 즉 비포절목에 따라 가져가는 은화 및 피잡물 수량과 들어 오는 물품의 중국측 가격을 맞추어 봄으로써 密賣買를 막으려는 搜檢이 행해지자, 사상층은 사행원역과 결탁하거나 각종 명색으로 사행을 수행하는 방법을 이용해 합법·비합법의 무역활동을 전개하였다.

사행원역의 卜物은 수검이 다소 느슨했으며, 면세의 대상이었기 때문에 사상층은 이 틈을 비집고 들어가 교역을 성사시켰다. 비포절목이 반포된 이듬해 '연행시 원역이 정수를 넘어서 겸복을 물론하고 사사로이 데리고 가는 인원의 수가 8~9명에 이르렀다'[76]는 보고가 나오기 시작한 것도 이와 관련이 있을 것으로 추측된다.

또한 사상은 外司 및 軍官과 결탁하여 역관의 자리를 차지하고 들어가기도 했다.

> 무릇 사행의 員役에는 각기 명목이 있는 것입니다. 入燕한 후에 대소의 공적인 일은 역관이 전적으로 담당하여 주선하는 까닭에 당상역

---

75) 『萬機要覽』 財用編 5 比包條.
76) 『備邊司謄錄』 128 영조 31년 6월 14일 12책 642쪽.

관을 일당상·이당상이라 하며, 당하역관을 일종사관·이종사관이라 하는 것입니다. 醫·畵·寫·日官도 비록 官秩이 높은 사람이라 하더라도 반드시 그 職司의 名을 따라 칭하는 것은 그 뜻이 바로 이러한 데 있는 것입니다. 또한 入柵報單에는 3使臣·3大通官·押物官 24원을 列書하여 30명 正官의 수를 채우는데, 압물관은 곧 역관을 일컫는 것으로 당연히 역관으로 그 수를 채워야 하는 것입니다. 그러나 中古 이래 잘못된 규례로 인하여 外司와 軍官을 물론하고 職次에 따라 混同書塡되어 역관은 태반이 정관의 수효에서 빠지게 되었습니다. 이는 실로 책임을 지워 일을 시키려는 본의에 벗어나는 것입니다. 청컨대 지금으로부터 부연정관은 반드시 역관으로 수를 채우고 역관이 부족한 연후에 外司와 軍官에게 미치도록 할 것을 정식으로 삼아 준행토록 함이 어떠합니까. 답하여 말하기를 그렇게 하라 하였다.[77]

여기서 外司 및 軍官은 당시 청국 사신의 접대, 조선 사신 접대 및 군사상 중요한 임무를 띤 西路 沿邊의 관부들과, 그에 소속된 군관을 지칭하는 것으로 보인다.[78] 그런데 이들 관아 무역은 역관들 주장으로 이미 1728년(영조4) 혁파되었다.[79] 그럼에도 불구하고 관아 무역은 계속되었으며, 柵門貿易이 재개된 바로 다음해 역관들은 外司와 軍官의 혼입을 막고 역관의 수효만큼은 역역으로 채울 것을 요청한 것이다. 이는 비포절목으로 무역활동에 큰 제약을 받은 사상들이 外司와 결탁하여 대청무역에 나섬으로써 역관무역을 압박하는 상황이 전개되고 있었음을 의미하는 것으로 생각된다. 비포절목에도 불구하고 사상층의 무역활동은 역관무역을 침해하며 더욱 활발히 행해진 것이다.

---

77) 『備邊司謄錄』 129 영조 31년 11월 13일 12책 692쪽.
78) 柳承宙, 위의 논문, 367쪽. 이러한 관아는 개성부, 평안감영, 평안병영, 황해병영, 의주부 등이었다.
79) 『備邊司謄錄』 82 영조 3년 11월 19일 8책 198쪽.
『英祖實錄』 권15, 영조 4년 정월 辛酉條
『備邊司謄錄』 84 영조 4년 7월 3일 8책 411~412쪽.

이에 1762년(영조38)에는 사행이 先文으로 미리 밝힌 인원외에 더 데리고 가는 인원과 말이 있으면 일체 신칙하도록 하였다.[80] 濫率·濫騎者의 문제는 邊禁을 위한 것임과 동시에 列邑의 폐단을 줄이는 문제였다. 따라서 이 문제에 대한 계속적인 조치가 취해졌던 바, 1763년(영조39)에는 大小 使星의 先文의 규례를 혁파하고 隨率하는 각종 명색과 노정을 자세히 규정한 路文變通節目이 반포되었다.[81]

이때 반포된 각종 使星의 路文變通節目 가운데 부연사행과 관련된 부분을 뽑아 적으면 표] 2 - 2 와 같다.

표] 2 - 2 　　　　　　　　路文別單에 의한 使行 隨率名色 表

名色＼使臣	正使行	副使行	書狀行	從事官行
軍官(員)*	4원(重臣 3)	3	1	3
伴倘(人)*	1인	1	1	1
奴子(名)*	1명	1	1	2
羅將(雙)*	1雙	1	1	1
軍牢(雙)*	1(大君2)	1	1	1
旗手(雙)*	2(大君3)	1	·	2
吹手(名)*	6(具馬)	6 (無馬)	2 (無馬)	2 (無馬)
印信馬	1	·	1	·
騎卜馬	5	4	3	변동
驛人夫	11	11	8	8
計	27명(22필)	25명(12필)	15명(9필)	20명(10여필)

자료 : 1.『備邊司謄錄』143 영조 39년 2월 초4일 13책 888〜889쪽.
　　　2. *는 馬가 딸림을 표시.

路文은 公務를 띠고 외방에 나가는 관원과 수행 인원에게 침식과 말을 제공하는 문서였다. 따라서 路文別單에 기록된 인원과 말(馬)

---

80)『備邊司謄錄』142 영조 38년 10월 초7일 13책 800쪽.
　　「上曰 …… 此後先文外 濫率者與濫騎者 一體申飭」
81)『備邊司謄錄』143 영조 39년 2월 초4일 888〜892쪽 참조.

의 수효가 압록강 渡江時의 그것과 일치하는 것은 아니다. 그러나 공식적인 사행의 규모만은 짐작할 수 있는데, 표를 보면 정사·부사·서장관이 갖추어진 赴燕節使의 경우 수행인원은 약 90명, 마필은 약 50여 필로 규제되었던 사실을 알 수 있다. 또한 부연역관의 정원도 1720년(숙종46) 釐整 이후 통문관지의 수효를 따르도록 함으로써,[82] 그 간의 인원 증가에도 불구하고 역관의 정원은 20명 내외로 한정되었다.[83]

이처럼 만상후시를 공인한 이후 조선정부가 비포절목을 통해 철저한 수검을 하도록 하고, 使行員役의 수를 억제하고 제한하려던 것은 사상들의 규정외 밀무역 활동을 억제하고 교역물품에 과세함으로써 재정적 수입을 얻기 위한 것이었다. 또한 부연원역의 수를 다시 한번 확인하고 통제하려 했던 것도 감입하여 무역하려는 사상들을 규제하려는 데 일차적인 목적이 있었다. 그러나 같은 시기 역관에게는 帽子貿易의 특권을 주는 관모제가 실시되었다. 이는 조선정부가 역관위주의 대청무역 구조를 유지하려 했음을 잘 보여주는 것이다.

그럼에도 불구하고 조선 정부의 비포절목과 사행원역의 인원 제한 조치는 오히려 역관들의 무역활동을 위축시켰다. 즉 1720년대 이후 은화의 고갈로 官銀貸出의 길이 사실상 봉쇄되자, 역관의 연행팔포는 흔히 사상에게 매매되고 있었다. 조선정부는 비포절목을 통해 행중팔포의 매매를 공식화 했지만, 팔포무역에 참여할 수 있는 자격과 인원은 역관으로 제한하였다. 자금조달이 어려웠던 그래서 사상층과 결탁해야 했던 역관의 대청무역상 입지는 좁아질 수 밖에 없었다.

---

82) 『備邊司謄錄』 143 영조 39년 6월 21일 13책 959쪽.
83) 『通文館志』 권3 事大 赴燕使行條 참조.

에 대한 무역과 판매의 특권을 부여받았으나, 그 輸入價는 廛民 스스로가 마련하여 비변사에 내면, 이를 다시 비변사가 發關하여 包外越送하도록 되어 있었다.127) 그러나 실제로 모자전민은 그러한 자본력을 갖지 못하였다. 따라서 이들은 누차에 걸쳐 모자무역에 필요한 자금을 변통해 줄 것을 요청하였지만 받아들여지지 않았다.128) 이에 이들은 역관들과 짜고 외견상으로는 포외월송의 형태를 취했으나, 실제로는 역관의 팔포에 가탁하여 한푼도 들여보내지 않고는, 사행이 돌아올 때에는 稅를 내야할 모자를 廛民이 무입해 온 無稅帽子라 공공연히 칭하고 임의대로 내 보내었다. 이 때문에 공용으로 거두어야 할 帽稅가 매년 감축되는 폐단이 빚어 졌다.129)

또한 銀路가 막히면서 수입모자 가격을 銀으로 마련키 어려워진 모자전민들은 그들의 包를 잡물로 채워 갈 수 있도록 해 줄 것을 요청하였다. 그러나 사역원에서는 皮雜物은 곧 西商의 貨物이므로, 廛人과 西商들이 서로 짜고 漏稅하여 이익을 분점할 우려가 있으니, 이를 엄격히 규제해야 한다고 주장하였다.130) 하지만 피잡물 모두를 금하면 廛人들이 은을 마련할 방도가 없으므로 紙物만은 충포를 허락하였다.131) 이를 통해 모자전민들은 역관은 물론 西商과도 모자

---

127) 「備邊司甘結」 藏 2-3322 壬子 8月 21日條 ;『各司謄錄』71 國史編纂委員會, 1993, 397〜399쪽.
　　「伊時節目中 昭載自備價銀 從實數呈于備局 則備局發關包外越送」
128) 『備邊司謄錄』168 정조 10년 정월 초5일 16책 578쪽.
　　「帽子廛市民 以爲年前特蒙無稅帽子割給之天恩 而實無辦價貿出之道 敢以變通區處之意 上言于昨年秋幸行之時 伏蒙矯弊稟處之下敎 而迄未蒙處分云云 前後呼訴 不啻屢次 而許多公貨 覓給無路 則的知其難成之事 而復有此煩顤之 擧 揆以民習 極涉痛駭 情願置之 令攸司從重科治」
129) 「備邊司甘結」 藏 2-3322 壬子 8月 21日條 ;『各司謄錄』71 國史編纂委員會, 1993, 397〜399쪽.
130) 「備邊司甘結」 藏 2-3322 壬子 8月 21日條.
131) 「備邊司甘結」 藏 2-3322 壬子 8月 21日條 참조.

무역의 이익을 나누어 가질 수 있었음을 짐작할 수 있다.[132]

모자 200척에 대한 면세조치는 帽稅의 감축을 가져왔을 뿐 아니라 역관과 모자전민, 서상과 모자전민간 모자 밀무역을 야기한 계기가 된 것이다. 그러나 조선정부로서는 모자전민의 생계를 위하고 한성부의 需用之資를 삼으려는 입장을 취하고 있었으므로 별다른 조치를 취하지 않았다.[133]

이러한 이유로 세모법은 시행된지 10년이 채 못되어 매년 사행에 필요한 공용을 모세로 충당키 어려운 상태에 빠지게 되었다. 이에 모세로 충당치 못한 공용은의 부족분은 官銀貸出의 예에 따라 관서의 官銀이 지급되기 시작하였다.[134] 이는 공용은에 한정된 것이지만 官銀貸出의 길을 열어 놓았다는 점에서 세모법 본래의 의미를 퇴색케 하는 것이었다. 그런 가운데 1787년(정조11)에는 사상층의 불법적 연복무역을 규제하고 역관층과 시전상인층을 보호하기 위해 책문후시가 철폐되었다.

책문후시가 철폐되면 조선정부의 인정하에 실시되던 세모무역은 상대적으로 호전될 수도 있었다. 그러나 표] 2 - 3에서 보는 바와 같이 책문무역 혁파 이후에도 모자무역은 踏步 상태를 면치 못하였다. 이러한 현상은 특히 책문후시 혁파 이후 모자무역과 수세의 책임을 누가 맡을 것인가에 대한 명확한 규정이 없기 때문에 더욱 심해지고 있었다. 無稅帽였던 塵民의 모자무역은 논외지만, 공용은 마련을 위한 세모의 무역은 중요한 사안이었다. 이에 1789년(정조13)에는 역관에게 모자무역의 책임을 지우고, 역관이 오직 자신의 이익 추구에만 빠져서 모세가 부족해지고 公用을 계속 잇지 못하면, 전후 首譯을 重

---

132) 「備邊司甘結」藏 2-3322 壬子 11月 8日條 참조.
133) 『備邊司謄錄』171 정조 11년 12월 17일 17책 18~19쪽.
134) 『備邊司謄錄』167 정조 8년 11월 초3일 16책 521쪽.

律勘斷한다는 결정이 있었다.[135] 그러나 稅帽貿易은 활기를 되찾지 못하였다. 자연히 책문후시의 복설이 논의되지 않을 수 없었다.

책문후시의 복설은 1790년(정조14) 副譯 張濂에 의해 제기되었다. 그러나 조선정부는 첫째 후시의 혁파가 역관에게 실질적인 이익을 주지 못하고 있으며 둘째 의주부의 재정이 급격히 어려워짐으로써 사행에 드는 비용마저 마련키 어렵게 되었다는 점에서 복설을 논의하기 시작하였다.[136]

左參贊 金華鎭과 行戶曹判書 鄭民始는 후시를 혁파한지 몇 해 되지 않아 다시 복설하자는 것은 경솔하게 논의할 수 없다는 신중론을 펼쳤다. 그러나 開城留守 具庠은 후시의 복설로 사행의 경비를 마련하려는 것은 오히려 이차적인 문제이지만, 변경지방의 민심을 얻는 것은 우선적으로 고려되어야 할 사안이며, 뜯어 고칠만 하다면 제도의 치폐에 신중치 못하다는 것을 협의적게 생각할 필요는 없다고 하면서 복설을 주장하였다.

이에 대해 정조는 복설이 어려울 것은 없지만, 그 設施의 문서를 본 연후에 결정하겠다고 하면서, 근래의 稅帽가 수량에 맞게 나왔는지에 대한 여부와 후시를 복설한 후에도 세액에는 흠축이 없겠는지의 여부를 상세히 조사하여 보고토록 하였다.[137] 즉 정조는 후시가 다시 공인된다고 할 때, 세모의 무역과 이를 통한 공용은 마련에 악영향이 없겠는가를 살피게 한 것이다. 이에 비변사에서는 「各年公稅帽出來隻數」를 보고 하였고(표] 2 - 3 참조), 정조는 혁파 3년만에 다시 책문교역을 공인하였다.[138] 이처럼 正祖代 柵門後市의 철폐와 복

---

135) 『備邊司謄錄』 174 정조 13년 5월 29일 17책 336쪽.
136) 『備邊司謄錄』 177 정조 14년 7월 26일 17책 619~622 참조.
137) 『正祖實錄』 권30 정조 14년 7월 癸卯條.
138) 『備邊司謄錄』 177 정조 14년 7월 26일 17책 619~622쪽 및 『正祖實錄』 권30 정조 14년 7월 癸卯條 참조.

설은 세모무역의 활성화 정책과도 밀접한 관련을 지니고 있었던 것
이다.

그러나 책문후시의 복설이 곧바로 역관무역 침체의 打開策일 수
는 없었다. 즉 역관들의 요청이 책문후시의 재공인에 영향을 미쳤음
에도 불구하고, 역관무역은 오히려 더욱 심한 곤핍 상태로 빠지고
있었던 것이다. 이에 역관이 그 직을 버리고 다른 직으로 옮겨 가는
현상이 일어났으며, 심지어는 역관이 漢語를 익히지 않아 의사소통
이 되지 않는 경우도 있었다.[139]

稅帽貿易도 호전되지 않았다. 특히 1789년(정조13) 이후 稅帽貿入
의 책임이 역관에게 지워지자, 역관들은 稅帽를 '관아 돼지의 복통'
이라고 부를 정도였다. 결국 책문후시의 복설 과정에서 우려된 바와
같이 帽稅의 수납은 계속 줄어, 후시가 공인된 이듬해인 1791년(정
조15)에는 사행의 공용은 2,000냥도 출급할 수 없게 되었다. 이를 기
화로 조선 정부는 역관이 공용의 부족을 이유로 은자를 청득하는
경우에는 重律로 다스리고 결단코 貸出하지 말 것을 定式으로 삼았
다.[140] 그러나 이 규정은 얼마 지나지 않아 進賀使의 공용은 4,500
냥 가운데 세모은으로 충당할 수 없는 1,567냥 7전을 관서에서 貸出
케 함으로써 유명무실해지고 있었다.[141]

이에 조선정부는 1794년(정조18) 개성상인과 의주상인의 雜卜 및
曆行과 節行의 은화를 막론하고 이들이 稅帽 1천척을 貿得케 한 연
후에 비로소 다른 물종의 매매를 허락하고, 그 시행여부를 의주부가
考察케 하였다.[142] 이는 稅帽貿易에 강제성을 부여한 것이었다. 그

---

139) 『備邊司謄錄』 180 정조 16년 3월 28일 17책 968쪽.
   『備邊司謄錄』 183 정조 20년 2월 초8일 18책 386쪽.
140) 『備邊司謄錄』 179 정조 15년 10월 21일 17책 882쪽.
141) 『備邊司謄錄』 182 정조 18년 10월 16일 18책 260~261쪽.
142) 『備邊司謄錄』 182 정조 18년 11월 초2일 18책 284쪽.

러나 그 이후에도 모자의 수입량은 600~700척에 머물렀다.[143]

세모무역은 19세기에도 계속되었다.[144] 그러나 帽稅로 公用銀을 마련하려는 본래의 목적을 달성할 수는 없었다. 이에 1814년(순조 14)에는 義州에 管稅廳을 설치하고, 出柵物貨에 課稅하여 사행경비 확충을 기도하였다.[145]

이로 보건대 책문후시의 撤廢와 복설이 역관의 대청무역 및 모자 무역에 好機로 작용하지 않았던 것만은 분명하다. 따라서 역관 주도 의 대청무역체제를 유지하고 공용은을 비롯한 각급 아문의 재정 확 충을 기하기 위해서는 보다 근본적인 대책이 필요하였다.

그것은 18세기 말 赴燕員役의 팔포에 銀 대신 紅蔘을 채울 수 있 는 방안이 모색되면서 구체화되고 있었다. 즉 1790년(정조14) 책문 후시가 재차 공인된 이후에도 역관들의 처지가 나아지지 않자, 조선 정부는 사행원역의 元包에 銀 대신 紅蔘을 채워갈 수 있도록 함으 로써, 모자무역과는 다른 방식으로 역관을 부양함과 동시에 공용은 도 확보하려 하였다.

이런 방안은 1797년(정조21) 2월 수원성을 건립한 정조가 수원부 를 富實케 하기 위해 「華城府內新接富實戶蔘帽區劃節目」을 반포하 면서 구체적인 가닥을 잡아갔다.[146] 즉 정조는 사행원역의 팔포에 紅蔘을 채워갈 것을 허락하는 동시에 홍삼과 모자 무역을 수원부에

---

143) 『備邊司謄錄』 184 정조 20년 11월 30일 18책 548쪽.
144) 김정미는 19세기 稅帽貿易에 대해 명호만 유지한채 지속되었고, 수입되는 모자도 대부분 밀무역의 형태로 국내에 들어온 것으로 보았다.(金廷美, 「朝 鮮後期 對淸貿易의 전개와 貿易收稅制의 시행」『韓國史論』 36, 1996) 그러 나 19세기 모자무역 쇠퇴의 원인과 추이 등에 대해서는 앞으로 보다 종합적 인 연구가 필요할 것으로 생각된다.
145) 義州 管稅廳에 대해서는 이 책의 4장 1절 참조.
146) 『備邊司謄錄』 185 정조 21년 2월 22일 18책 591~594쪽.
  『正祖實錄』 46 정조 21년 2월 癸巳條.

서 맡게 함으로써 수원성을 富實하게 만들고자 하였다. 이러한 정조의 의지는 判中樞府使 李秉模의 강력한 반대로 실현되지 못하였다.[147]

그러나 사행의 元包에 홍삼을 채울 수 있도록 하는 것은, 명분과 일의 편리함이 인정되어 그대로 시행되었다. 은화가 심각히 고갈된 상태에서 홍삼은 銀을 대체할 수 있는 가장 적합한 물화였던 것이다. 이에 1797년(정조21) 6월에는 「蔘包節目」이 반포되면서, 사행원역의 원포에 인삼을 채워 가되 절사와 역행에게 120근을 분배토록 하였다.[148] 이로써 「包蔘制」가 하나의 제도로 정착되고, 대청무역의 주된 흐름은 모자 수입무역에서 홍삼 수출무역으로 전환되어 갔다.[149]

모자 수입무역에서 홍삼 수출무역으로의 전환은 특별한 의미를 지닐 수 있었다. 즉 모자무역은 18세기 중반 조선의 중개무역 쇠퇴와 함께 발생한 倭銀 유입의 두절, 역관무역의 피폐, 조선정부의 公用銀 마련책이라는 상황에서 공식성을 띠며 시행되었다. 그러나 모자무역은 조선 정부의 자금이든 사상의 자본이든 간에 국내의 은화가 청으로 유출되는 것이었다. 가뜩이나 모자는 三冬을 지나면 쓸모가 없게 되는 소비재성 사치품이었다. 이렇듯 모자무역은 銀貨의 유출과 소비재 물품 교역이라는 점에서 官帽制와 稅帽制를 막론하고 가능한 한 빠르게 극복되어야 할 무역형태였다.[150] 따라서 국내에서

---

147) 『正祖實錄』 46 正祖 21년 2월 丙申條.
148) 『備邊司謄錄』 185 정조 21년 6월 24일 18책 650쪽.
    『正祖實錄』 46 정조 21년 6월 甲午條.
149) 18세기 말 모자 수입무역이 대청 홍삼무역으로 전개되었음을 논한 연구는 今村鞆의 『人蔘史』 제3권 人蔘經濟篇(朝鮮總督府 專賣局, 1940)을 통해 지적된 이래, 대청홍삼무역을 다룬 연구에서 지속적으로 논의되어 왔다. 그러나 1876년 이전 조선의 대청홍삼무역과 관련된 본격적 연구는 이루어지지 못하였다. 이에 대해서는 이 책의 3장과 4장에서 자세히 다루려 한다.

재배된 家蔘을 가공한 홍삼을 무역결제 및 公用銀 마련 수단으로
함께 사용토록 한 것은 경제사적 측면에서도 중요한 의미를 부여받
을 수 있는 것이다.

---

150) 조선이 중국과의 교역을 통해 들여 온 물품의 대부분은 사치품이었다. 하지
만 단지 사치품 교역이란 이유로 전근대 무역의 경제적 의미를 평가절하 할
수는 없다. 전근대 조선의 대청무역은 교역을 위한 각종 물품의 생산구조와
유통구조 및 상업자본 문제를 비롯하여 중국에서 들여온 물품이 국내 경제
에 미치는 영향까지를 종합적으로 평가해야 하기 때문이다. 따라서 모자무
역도 단순히 소비재성 사치품 수입이라는 입장에서 극복되어야 한다는 논
리는 설득력이 없다. 다만 여기서 지적하고자 하는 것은 모자무역이 국내
보유 銀의 부족으로 시작된 무역이었음에도 불구하고, 이는 오히려 국내 銀
의 고갈을 심화시키는 무역이 되고 있었다는 점이다.

제3장 19세기 전반 紅蔘貿易의 전개와 包蔘稅의 中央財政化

18세기 후반 사상층에 의한 대청무역은 책문후시의 공인 여부와 상관없이 확대 일로를 걸었던 반면, 무역자금 변통의 길이 막히고 국내 유통권마저 장악하지 못한 역관 무역은 심각한 곤경에 빠지고 있었다. 역관 부양과 公用銀 확보를 위한 모자 수입무역도 18세기말 경에는 제 기능을 못하였다. 帽子貿易의 부진은 公用銀 확보에 난항을 의미했으며, 이는 곧 조선정부의 재정적 부담으로 이어졌다. 그러나 18세기 중반 이래 官銀 保有量 부족 현상을 보여 왔던 조선정부가 공용은을 비롯한 각종 사행 경비를 마련할 여력은 지니지 못하였다.

이러한 문제를 조선정부는 재배삼을 가공한 홍삼무역을 통해 해결하려 하였다. 즉 18세기 후반에는 전국에서 인삼 재배가 성행하는 가운데 家蔘을 쪄 말려 상품화하는 홍삼 제조 기술이 보급되었다. 자연산 인삼의 품귀현상을 농법상의 기술로 극복하고 나아가 은을 대체할 수 있는 대청무역 결제수단이 창출된 것이다.

또한 18세기 후반 국내의 山蔘은 절종된 반면, 일본에서는 청국 및 아메리카산 인삼을 직수입하여 그 동안 활발히 진행되던 조선산 인삼의 對日輸出도 쇠퇴하고 있었다. 이로써 그 동안 인삼을 취급하였던 蔘商들이 對淸人蔘貿易으로 관심을 돌리는 상황이 전개되고 있었다.[1]

이에 조선 정부는 1797년(정조21)「蔘包節目」을 통해 使行員役 元包에 銀과 더불어 紅蔘을 채워갈 수 있도록 하여, 역관무역의 활로를 열어주는 대신 蔘包에 과세하여 사행시 비용의 일부를 마련하려 했다. 包蔘制가 실시된 것이다.[2]

包蔘制 시행 당시 포삼 1근은 대략 160개의 인삼뿌리로 구성되었다고 생각되며,[3] 그 折銀價는 天銀 100兩이었다.[4] 통상 銀 1兩은 錢

---

1) 吳 星,「朝鮮後期 人蔘貿易의 展開와 蔘商의 活動」『世宗史學』1, 1992, 41~42쪽 참조.

2) 포삼제를 다룬 연구는 今村鞆,『人蔘史』, 朝鮮總督府 專賣局, 1940 ; 姜萬吉,「開城商人과 人蔘栽培」『朝鮮後期 商業資本의 發達』高麗大學校 出版部, 1973 ; 金鍾圓,「朝鮮後期 對淸貿易에 관한 一考察 - 潛商의 貿易活動을 中心으로 - 」『震檀學報』43, 1977 ; 吳星,「朝鮮後期 人蔘貿易의 展開와 蔘商의 活動」『世宗史學』1, 1992 ; 柳承宙,「朝鮮後期 對淸貿易이 國內産業에 미친 영향」『亞細亞研究』1994, 金廷美,「朝鮮後期 對淸貿易의 전개와 貿易收稅制의 시행」『韓國史論』, 1996 등이 있다. 그러나 이상의 연구는 대상시기가 19세기 전반에 한정되어 있고, 포삼제의 운영·주체·전개양상 및 조선정부 정책 등을 종합적으로 다루지 않았다. 따라서 개항이전 19세기 포삼제 운영에 대한 보다 구체적이고 충분한 검토가 이루어져야 할 것으로 생각된다.

3) 인삼의 중량은 저울로 달았는데, 10釐=1푼(分), 10푼=1錢, 10전=1兩 16냥=1斤의 단위로 계산되었다.(『萬機要覽』財用編 4 戶曹各掌事例 版籍司 度量衡 ; 『六典條例』권 3 戶典 度量衡) 그런데『林園經濟志』16 灌畦志 4 藥類 人蔘 收採條에서는 4~5년 된 生蔘의 중량을 4전으로 보았으며, 이를 말리면 1전을 얻는다고 하였다. 중량감소 비율 즉 乾耗率을 3/4으로 잡고 있는 것이다. 따라서 생삼을 말렸을 때와 증포했을 때의 중량 감소 비율이 동일하다는 가정하에, 말린 홍삼 1근은 대략 160개의 인삼뿌리로 구성되었다는 추측이 가능하다. 물론 인삼 재배 1근의 중량은 지역과 재배 연수에 따라 변화할 가능성도 있어서, 이상의 추론을 곧바로 인정하기에는 문제가 없지 않다. 또한 1斤과 1包의 관계도 명확치 않다. 향후 구체적인 자료가 발견되는 대로 규명되어야 할 과제이다.

4) 『備邊司謄錄』185 정조 21년 6월 24일 18책 651쪽.

3兩 3錢에서 4兩 2~3錢에 이르고 있었으므로,5) 포삼 1근의 가격은 대략 錢 300냥에서 400냥에 달하였던 것으로 생각된다.6) 이를 법정 米價로 환산하면 포삼 1근은 쌀 60~80석에 이르는 高價品이었다. 이러한 포삼은 사행편에 중국으로 넘어가 매 근에 적게는 銀 350냥에서 많게는 銀 700냥씩에 팔렸던 것으로 보인다. 이것을 錢으로 환산하면 가장 적은 경우에도 錢 1,100여 냥에서 2,300여 냥으로, 포삼 1근의 법정 國內價와 비교할 때, 홍삼무역은 작게는 3.5배에서 7.5배가 넘는 차익을 남겼던 것으로 추측된다.7)

「包蔘折銀 叅量物情 折衷酌定 寧少無多 然後庶可無弊 亦有效 每一斤切銀 定以天銀百兩 以爲包入之地爲白齊」

5) 『備邊司謄錄』186 정조 21년 8월 22일 18책 684~685쪽.
「且公用條六千兩 貿銀每兩錢三兩三錢式定價之後 從價四兩二三錢 每每貿納」

6) 1797년(정조21) 包蔘制의 실시를 전후하여 자료상에는 蔘·人蔘·家蔘·紅蔘·包蔘이란 용어가 혼재하여 나타나고 있다. 蔘과 人蔘은 자연삼인지 재배삼인지를 구분할 필요가 없거나 통칭할 때 주로 쓰이는 용어로 생각된다. 家蔘은 자연삼(山蔘)과의 대비를 강조할 때 주로 쓰인다. 가삼을 가공한 것이 홍삼이므로 두 용어는 엄격히 구분된다. 그러나 家蔘의 잠월을 논의하는 과정에서 포삼제가 실시되었고, 포삼제 실시 후 중국에서 팔리는 인삼이 홍삼이라는 기록으로 미루어, 家蔘과 紅蔘은 혼칭되었던 것으로 보인다. 包蔘은 공식적인 대청무역물품인 홍삼을 지칭할 때 주로 쓰이는 용어이지만, 정부는 공식적으로 이를 홍삼이라 밝히지 않았던 것으로 생각된다. 따라서 이 책에서도 공식적인 무역으로 인정된 홍삼과 홍삼무역은 포삼과 포삼무역이란 용어를 사용해 논하기로 한다.

7) 『戊午燕行錄』권3 무오년 12월 27일 (무오연행록은 잘 알려진 바와 같이 1798년(정조22)에 三節年貢兼謝恩使의 書狀官으로 赴燕했던 徐有聞의 국문 연행록이다. 따라서 인용문은 편의상 『국역연행록선집』7의 戊午燕行錄을 인용한다).
「연전에 홍삼 값이 매근 3백 냥이 되고, 가을 황력에 6백 냥이 되었는 고로, 이번에도 값이 7백 냥에 이르렀더니, 황성에 이르매 신가·장가 두 상고가 상지하여 사지아니하고 3백 50냥을 받으라 하니, 역관들이 다 낭패할 지라 할 바를 알지 못한다 하더라」
한편 위의 자료에서 兩의 단위는 銀이었던 것으로 추정된다 (『戊午燕行錄』권5 기미년 2월 4일 참조). 그런데 역관들이 3배가 넘는 이익이 있었음에도 불구하고 낭패를 면치 못한다고 하였던 이유는 자세치 않다. 다만 첫째 홍삼의 국내 가격이 법정가 보다 높았기 때문에 이익이 적었을 가능성이 있다. 둘째는 包蔘에서

이처럼 홍삼은 농업생산물을 수출함으로써 큰 이익을 볼 수 있는
물품이었다. 결국 조선정부는 수입되는 모자에 課稅하는 대신 수출
되는 인삼에서 사행비용을 염출하려는 의도에서 포삼제를 시행하였
다. 公用銀 확보를 위해 18세기 후반 모자가 수입되었던 것과는 달
리 19세기에는 홍삼의 수출을 통해 같은 목적을 이루려 한 것이다.
19세기 朝·淸間에는 많은 종류의 물품이 다양하게 교역되었지만,
이런 점에서 홍삼 수출무역은 남다른 의미를 지니고 있었다.

따라서 19세기 홍삼수출 무역을 총체적으로 이해하기 위해서는
우선 포삼제 실시가 가능했던 배경으로서 家蔘 栽培의 실상과 포삼
제의 실시과정, 무역 주체간의 경쟁관계 및 조선정부의 홍삼무역정
책 등이 구체적으로 밝혀질 필요가 있다. 또한 홍삼무역 정책 변화
의 근본적 動因이었던 潛商들의 홍삼 잠조·잠월의 양상과 이에 대
한 조선정부의 대책도 규명되어야 할 것이다.

1. 包蔘制의 성립과 운영

1) 家蔘의 재배와 包蔘制의 실시

人蔘은 일명 神艸 혹은 地精이라고 불리웠으며,[8] '起死回生의 貴
材',[9] '百草의 靈物'[10]로 인식되던 약용 특산물이었다. 그런데 인삼은

공용은을 비롯한 각종 잡비를 추렴하거나 원거리 운송 비용등을 감안할 때 판매
가가 이보다는 높아야 이익이 남는다는 가정이다. 셋째 역관들이 그들의 무역
실상을 왜곡하려는 술책 등이 복합된 것이 아닌가 추측할 따름이다.
8) 『林園經濟志』16 灌畦志 4 藥類 人蔘條.
9) 『邊例集要』9 開市 庚申(1680) 10월.
10) 『弘齋全書』권12 序引 蔘引.
　　「人者萬物之靈 蔘者白草之靈 以草象人 宜其曰靈」

그것을 어떻게 생산하는가에 따라 자연삼과 재배삼으로 나뉘었다.

　　인삼의 종류는 두 가지다. 첫째는 山蔘인데 이는 산의 정기로 자생
하는 것이다. 둘째는 山養으로 산위에 종자를 심었다가 세월이 오래된
연후에 캐는 것이다. (중략) 이 때 전라도 同福縣의 한 여인이 산에서
삼을 얻어 캐서는 밭에다 그것을 심었는데, 崔某라는 자가 傳하여 그
것을 번식시키니 이것이 家蔘이라는 명칭의 시작이다.[11]

　자연삼은 위의 기록과 같이 山蔘과 山養蔘의 두 가지 종류가 있
었다. 山蔘은 깊은 산 背陽處에 수목이 叢密하고 뿌리와 썩은 나뭇
잎이 널려 있어 거름없이도 스스로 비옥한 토양에서 자생하는 것을
말하였으며, 山養蔘은 산지에 종자를 심어 자라기를 기다렸다가 캐
내는 것이었다.
　자연삼은 우리나라의 전국 각지에서 널리 産出되었다.[12] 그러기
에 우리나라의 인삼은 영·호남의 것을 羅蔘, 관서·강원·강계 등
에서 나는 것을 江蔘 그리고 관북에서 나는 삼을 北蔘이라 하여 구
별하였다.[13] 이 가운데 우리 나라에서는 羅蔘의 품질을 최고로 치

---

11) 『中京誌』 권2 土産條.
　「其種有二 一曰山蔘 山精之自生也 二曰山養 種之山上 歲久然後取之…… 時全
　羅道同福縣女子 採於山得蔘于種之田 有崔姓者 傳而藩殖之 此家蔘之名之始
　也」
　『增補文獻備考』 권151 田賦考 11.
　「先是 國中在在産人蔘 而其種有二 一曰山蔘 山精之自生也 二曰山養 種之山
　上 歲久然後採之 而二者 皆不易得故 民間所用 則或資乎中國之産矣 時全羅道
　同福縣女子 採於山得蔘于種之田 有崔姓者 傳而藩殖之 此家蔘之名之始也」
12) 인삼은 우리나라는 물론 중국의 河東諸州와 太行山脈 일대에서도 산출되고
　있었다. 『弘齋全書』 권12 序引 蔘引.
13) 『林園經濟志』 16 灌畦志 4 藥類 人蔘條.
　「東俗以産於嶺湖南者爲羅蔘 産於關西·江界等地及江原道諸郡者爲江蔘 産於關
　北者爲北蔘」

고[14] 關東·中山·江界·關北의 인삼을 다음으로 쳤다.[15]

자연삼은 그 약효 때문에 일찍부터 蔘商에 의해 對外輸出이 이루어지고 있었다. 특히 17세기 인삼의 대외수출은 크게 증가하여, 同世紀 말에 이르면 '인삼은 비록 우리나라에서 생산되는 것이나 商賈輩가 북경과 동래로 옮겨 팔기 때문에 자연 국내에서는 희귀하게 되었다'는 보고가 나오고 있었다.[16] 蔘商의 인삼수출은 18세기 초에도 계속되었다.[17] 국내 최대의 인삼 産地였던 강계에서 캐낸 인삼은 모두 사상의 손에 들어가 북경으로 팔려나갔으며[18] 일본으로도 무절제하게 수출되어,[19] 우리나라에서 생산되는 인삼 10분의 8~9가 일본으로 넘어간다는 주장도 나왔다.[20]

인삼의 대량 채취와 수출이 계속되면서 국내 인삼의 품귀현상은 심각해졌다. 18세기 중반 위조삼 즉 造蔘의 폐단이 나타난 것도 인

---

14) 『備邊司謄錄』 권52 숙종 28년 8월 13일 5책 68쪽.
　　「申(玩)曰 羅蔘色品最佳 故醫官皆稱其好品 異於他蔘」
15) 『弘齋全書』 권12 序引 蔘引.
　　「中國數遼蔘 我國數羅蔘 而羅蔘産於嶺南 而嶺南卽古之新羅 故曰羅蔘 關東中山江界關北次之」
16) 『承政院日記』 289 숙종 8년 4월 13일 15책 442쪽.
　　「戶曹判書尹堦啓曰 …… 人蔘 雖曰我國所産 商賈輩 轉輸於北京·東萊 故自爾稀貴 間間問藥用之蔘 亦且絶乏 不可不防禁西南中一處之用 問于大臣處之 何如」
17) 17~18세기 蔘商의 활동에 관해서는 吳星, 「人蔘商人과 禁蔘政策」『朝鮮後期商人研究』, 一潮閣, 1989 ; 車守正, 「朝鮮後期 人蔘貿易의 展開過程 - 18世紀初 蔘商의 成長과 그 영향을 中心으로 - 」『北岳史論』 1, 1989 참조.
18) 『備邊司謄錄』 58 숙종 33년 3월 초2일 5책 647쪽.
　　「盖人蔘 只産於江界 他無出處 而全付於商賈之手 故北京潛商之弊 我國絶貴之患 皆由於此」
19) 車守正, 위 논문, 142~163쪽 참조. 일본에서는 조선 인삼을 수입하기 위해 특수은을 발행하기도 했다. 이에 대해서는 정성일, 「조선산 인삼종자와 일본의 인삼수입대체」『春溪朴光淳博士華甲紀念論文集』, 1993 참조.
20) 『備邊司謄錄』 104 영조 14년 7월 12일 10책 662쪽.
　　「(前略) 一國蔘貨 十分之八九 全歸倭國 (後略)」

삼 품귀 현상으로 말미암은 것이다. 즉 商利를 노린 상인들이 서북 양도로부터 인삼을 매점한 뒤에, 여러 가지 재료를 섞어 인삼 10근을 20근으로 만들고 100근을 200근으로 만들어 왜관으로 팔아넘겼던 것이다.[21]

이에 1738년(영조14) 조선정부는 인삼의 채취와 판매 일체를 호조의 관리하에 통제하는 것을 골자로 하는 禁蔘節目을 반포하였다.[22] 즉 호조는 蔘商에게 黃帖을 발급하여, 이것을 소지한 자에 한하여 産蔘處에 들어가 인삼을 매매할 수 있도록 하였다. 그리하여 황첩을 지니지 않은 자는 한 뿌리의 인삼도 살 수 없도록 하였다. 만약 이를 어기면 판 사람과 산 사람 모두 잠상의 율로 처벌토록 하였다. 또한 한번 황첩을 받은 후 똑같은 것을 매년 이용하거나 다른 상인에게 넘기는 폐단을 막기 위해 황첩의 유효기간을 5개월로 하여, 기일을 넘기면 기한에 따라 세금을 거두도록 하였다.

蔘商은 강계에 들어간 후 황첩을 강계 관아에 내면, 강계부는 하나 하나 검토하여 치부책을 만들었는데, 거기에는 蔘商의 성명은 물론이요 삼상과 거래한 지역과 지역민의 이름, 인삼량과 가격 등을 상세히 적었다. 또 이러한 내용들을 모아 상인별로 따로 인삼 매매량을 적어 호조에 보고토록 하였다.

강계부에서는 中軍과 座首를 감독관으로 하여, 중군은 장교를 좌수는 鄕大夫 이하 사람을 감찰토록 함으로써 채취되는 인삼수량을 정확히 파악할 수 있었고, 그 상황을 책으로 만들어 호조와 강계부

---

21) 『備邊司謄錄』 88 영조 6년 12월 28일 8책 949~950쪽.
　「司啓辭 …… 近來法令解弛 京中奸細輩數三人 肆然設弊 間雜他物 膠付造蔘 以專其利云 …… 蔘節 預先分往于西北兩道採蔘處 推貿諸蔘而來 膠付造成 以十斤爲二十斤 以百斤爲二百斤 潛賣於萊舘」
22) 「禁蔘節目」 내용은 『備邊司謄錄』 104 영조 14년 7월 12일 10책 661~663쪽에 의하여 서술하며, 따로 전거를 제시하지 않는다.

에 각기 비치하였다. 이는 채취된 인삼 수량과 삼상에게 팔린 수량을 비교하여 잠매를 막으려는 의도였다. 또한 蔘貨의 출입을 호조로 일원화하여 서울을 거치지 않고 왜관으로 바로 가는 것을 엄히 금하고, 발각될 경우에 해당하는 처벌과 포상 규정도 세웠다.

그러나 인삼의 대외수출에 따른 품귀현상은 여전하였다. 이에 1751년(영조27)에는 "江蔘과 北蔘을 물론하고 우리나라 토지에서 생산되는 것이 매년 점차 稀盡하여 國中의 약용삼도 오히려 얻기가 어려우니 중국산 인삼(胡蔘)을 수입하여 예단삼과 국내의 수요로 충당하자"는 논의까지 등장하였다.23) 중국 인삼을 수입하자는 논의는 수용되지 않았지만 胡蔘을 수입하여 禮單蔘 및 국내의 需用을 마련하자는 논의는 이 시기 국내의 인삼 수급사정이 심각한 국면으로 접어들었음을 반증하는 것이다.

인삼 품귀현상이 일어나게 된 가장 큰 원인은 국내외의 높은 수요에 비해 공급은 주로 자생하는 인삼을 캐는 채취 단계에서 크게 벗어나지 못했기 때문이었다. 그러나 자연삼이 절종의 위기를 맞게 되자, 자연히 조선 사회는 인삼을 인공 재배하는 生産 단계로 넘어가게 되었다. 채취를 통해 인삼을 얻는 것이 아니라 인삼 종자를 밭에 심어 재배하는 재배삼 곧 家蔘을 생산하는 단계로 전환되어 간 것이다.

그렇지만 인삼이 과연 언제, 어느 지역에서, 누구에 의해 생산단계로 접어들었는가 그리고 인삼의 채취단계로부터 생산단계로의 전환은 과연 어떠한 의미를 지니는가에 대한 구체적인 기록은 찾아

---

23) 『承政院日記』 1074 영조 27년 9월 29일 59책 298쪽.
　　「(戶曹判書金)尙星曰 …… 毋論江蔘北蔘 我國之産於土地者 逐歲漸盡 國中藥用之蔘 尙患難得 每年禮單蔘三四十斤 將何以責出乎 臣意則爲今捄弊之道 莫如廣其蔘路 而許貿胡蔘者 少無所妨 今不必別爲移咨也 …… 若然則不但倭人禮單蔘之捄弊而已 亦豈不爲國中通用之貨乎」

보기 힘들다. 그러나 인삼 재배는 농법상의 진전이라는 차원을 넘어, 19세기 대청 무역구조에 전반적인 변화를 야기했던 사안이었다. 따라서 인삼재배 시점과 확대·발전 과정에 대한 연구는 비록 그것이 구체적인 자료가 아닌 시대적 정황과 논리에 입각한 재구성적인 측면을 지닌다 할지라도 반드시 이루어져야 하리라고 본다.

그 간 人蔘의 採取로부터 栽培로의 전환시기를 논한 연구는 크게 17세기말~18세기 초엽으로 보는 견해[24]와 늦어도 18세기 초에는 인삼의 재배가 시작되어 18세기 중반 이후에는 전국적으로 진행되었으며 18세기 말엽에는 강계지방에도 삼포가 권장될 정도가 되었다는 포괄적인 이해 방식으로 나뉜다.[25]

전자는 주로 『中京誌』·『韶護堂文集』·『韋菴文稿』 등의 기록에 근거하고 있다. 즉 肅宗朝에 전라도 同福縣의 한 여인이 산삼의 씨를 받아 이를 田地에서 재배하는데 성공하였고, 또 그것을 최모가 전수하여 번식시켰다 하였는데, 이 최모는 개성인으로 파악된다는 것이다. 따라서 17세기 말엽부터 18세기 초엽에는 인삼이 삼포에서 재배되기 시작한 것으로 보았다.[26]

후자는 연대기 자료에 근거해 1710년(숙종36)경 영남지방에 이미 種蔘으로 業을 삼았던 자가 있었음을 주목하고, 1707년(숙종33)년 홍삼제조법이 국내에 알려져 있었다는 사실에 着目하였다. 이에 18세기에는 대규모는 아니지만 영남을 비롯한 일부 지방에서 인삼의 인공재배가 행해지고 있었다고 하였다. 그러나 이후 재배삼의 존재에 대한 단서가 없어, 인삼의 인공재배가 계속 진행되고 전국으로 확산되었는지의 여부는 확언하기 어려우나, 18세기 중엽 이후 동세

---

24) 姜萬吉, 「開城商人과 人蔘栽培」, 『朝鮮後期 商業資本의 發達』 高麗大學校 出版部, 1973, 123~125쪽 참조.
25) 吳 星, 「朝鮮後期 人蔘貿易의 展開와 蔘商의 活動」 『世宗史學』 1, 1992.
26) 姜萬吉, 위 논문, 123쪽.

기 말에는 대량 생산단계로 접어들었다고 주장했다.27)

이 주장은 인삼 재배의 시점에 대해서는 전자의 견해와 크게 다르지 않다. 그러나 이 연구는 인삼 재배가 18세기 초반 관부의 침학과 재배삼 품질의 劣性 혹은 가공기술의 미비 등으로 정체되었다가, 산삼의 절종 현상이 심화되고 倭銀 수입의 감소에 따라 연행팔포에 銀을 채워가는 것이 어려워지는 18세기 후반기에 적극적인 재배단계로 넘어갔다고 한 점이 특이하다. 시대적 배경에 기반한 이같은 추정은 충분한 설득력을 갖는다.

그러나 인삼 재배는 높은 기술과 긴 시간 그리고 많은 자본의 투자가 있어야만 가능한 것이었다. 따라서 17세기 말 · 18세기 초반에 시작된 인삼 재배가 관의 침학을 피해 비공식적으로 그리고 국지적으로 이루어졌을 개연성은 충분하지만, 그 재배가 정체되었다는 견해에는 재고의 여지가 있다고 생각된다. 인삼 재배는 17세기 말에 시작되어 계속적인 시간과 자본이 투입되는 가운데 18세기 중반에 이르러 비로소 본격화될 수 있었던 것으로 생각되기 때문이다.

이렇게 보면 인삼 재배 기술은 어느 시기에 발명되거나 전파되었다기 보다는 장시간의 기술 축적과 그 기술의 전수로 그리고 누구와 어느 지역에서라기보다는 사회적 필요와 요청에 따라 재배 가능한 지역부터 점차적으로 이루어 졌다고 하는 것이 옳을지도 모른다. 이는 인삼의 재배법을 기술한 조선후기의 농서를 보면 보다 설득력을 지닌다.

17세기 말 · 18세기 초를 대표하는 농서 『山林經濟』는 인삼에 대해 다음과 같이 서술하고 있다.

(인삼은) 깊은 산중 햇볕을 등진 음지(背陽向陰)에 개오동나무나 옻

---

27) 吳 星, 위의 논문, 42~48쪽 참조.

나무 아래 따뜻하고 윤택한 곳에서 많이 자란다. 중심에 하나의 줄기
가 나는데 도라지와 비슷하다. 3, 4월 간에 개화하여 가을후에 씨를 맺
는다.

　씨뿌리는 것은 채소 씨를 뿌리는 것과 같다. 단지 비옥한 토양에 밭
두둑을 만들어 씨뿌린다.28)

　이를 보면 『산림경제』는 최적의 山蔘 産出地 여건과 種蔘法에 대
한 기초 사실을 전해주고 있다는 것을 알 수 있다. 그러나 18세기
말 徐浩修가 지은 『海東農書』에 이르면 家蔘이라는 독자적인 항목
과 더불어 종삼법에 대한 내용도 자세해진다.29)

　또한 10월에는 인삼의 씨를 거둘 수 있는 바, 봄을 기다려 씨를 뿌
리는 것이 채소의 씨를 뿌리는 법과 같다. 지금 세속에서는 혹 山蔘本
을 직접 옮겨 심기도 하고 혹 씨를 취해 심기도 한다. (이러한 종삼법
은) 영남에서 시작하여 국내에 두루 퍼지게 되었는데, 이를 모두 家蔘
이라 부른다.30)

이를 보면 『海東農書』 단계에서는 山蔘과 家蔘을 명확히 구분 인식

---

28) 『山林經濟』 권3 治藥上 人蔘條.
　「此物三禾亞五葉 多生於深山中背陽向陰 近檟柒樹下溫潤處 中心生一莖 與桔
　梗相似 三四月間開花秋後結子(本草) 種如種菜法 但要肥土作土龍種之(神隱)」
　『山林經濟』의 人蔘條 기록은 그 出典으로 보아 인삼에 대한 기존의 인식을
　정리한 것일 수도 있다. 그러나 필자가 밝히고자 하는 것은 17세기말 이후
　農書類에 나타난 家蔘의 존재와 재배법에 대한 인식의 심화 과정을 추적하는
　데 있다.
29) 『海東農書』는 徐浩修(1736~1799)가 정조 14년 혹은 정조 22~23년부터 준비
　하였던 것으로 추정되는 미완성본이다 (金容燮, 『朝鮮後期 農學史硏究』, 一朝
　閣, 1988, 325~331쪽). 그러나 인삼조에 대한 기록이 이로 인해 기록상의 큰
　누락을 갖는 것은 아니라고 생각된다.
30) 『海東農書』 권3 草類 家蔘條.
　「亦可收子於十月 待春下種 如種採法 今俗或以山蔘本移種 或取子種之 始于嶺
　南遍于國內 皆稱家蔘(本草綱目 新補合錄)」

하고 있었음을 알 수 있다. 또한 영남과 호남은 淸明에 경기와 호서 는 穀雨를 많이 이용하여 家蔘本을 심는다[31]고 하여 이 시기에 이 르면 경기와 삼남지방에 가삼 재배가 널리 행해지고 있었음을 전하 고 있다.

나아가 『海東農書』에는 種蔘法에 대해서도 상세히 소개하고 있다. 즉 종삼법은 畦種法과 盆種法으로 크게 대별되는데, 『海東農書』는 이 가운데 휴종법에 대한 내용을 자세히 기술하고 있다. 즉 畦種法 은 우선 일정한 步數로 센 밭두둑에 돌담을 쌓거나 대나무로 짠 담 장을 둘러쳐, 사람과 가축 그리고 쥐의 피해를 막는 데서 시작되었 다. 밭두둑 위에는 山蔘이 자생할 수 있는 조건을 갖춘 산중의 腐葉 土를 布帛尺 1척 정도의 두께로 곱게 채쳐서 덮었는데, 여기에다가 淸明을 전후한 시기에 4~5촌의 거리를 두고 家蔘本을 취해 심도록 하였다. 이때 蔘本은 똑바르게 심는 것이 아니라 반드시 약간 눕혀 서 심었다. 가물 때에도 땅의 윤기를 얻을 정도로 물을 뿌려 젖도록 할 뿐 물에 잠기게 해서는 안되었다. 심은 家蔘本이 개화하여 씨를 맺으면 부엽토를 채워 넣은 작은 바구니에다가 줄기를 흔들어 종자 를 얻어서는 땅을 파서 만든 광에다가 보관하였다. 봄이 되어 싹이 터지면 이것을 심었는데 1년이면 바늘만한 크기로 자라게 되었다. 한편 인삼은 暴陽・暴雨를 꺼리는 성질을 지니고 있었으므로 삼포 를 둘러싼 墻柵 위에는 횡으로 나무 다리를 엮고 껍질을 벗긴 삼대 (麻骨)와 혹은 葦竹으로 발을 만들어 덮어 두어 때에 따라 열고 닫 도록 하였다.[32]

이처럼 18세기 중・후반 농법을 記述한 『해동농서』는 『산림경제』

---

31) 上同條.
　　「淸明前後數日(嶺南湖南多用淸明 京畿湖西多用穀雨) 取家蔘本種之」
32) 上同條.

에 비해, 家蔘에 대한 명확한 인식을 바탕으로 상세한 재배법을 적고 있다. 이는 家蔘 재배 실상과 가삼의 사회적 요구 및 필요성이 농서에 반영된 것이었다. 그런데 여기서 주목해야 할 점은 인삼재배가 땅을 고루는 일(治地)부터 부엽토의 마련, 종자의 수습과 보관, 그리고 채광과 폭우에 대비한 덮개 시설에 이르기까지 세심한 배려와 인력 및 그에 따르는 자본을 필요로 하고 있다는 사실이다. 또한 가삼은 최소한 4~5년을 길러야 상품화할 수 있었으므로, 계속적인 재배 기술연구와 자본 투자없이 단기간에 전국적으로 보급되어 갈 수는 없었다. 이러한 점은 19세기 후반 서유구의 『林園經濟志』에 이르면 보다 확실해진다.

　서유구의 『林園經濟志』는 『山林經濟』 이래 우리 농학의 체계를 확대 발전시킨 '합리적 농업'의 학문적 완성이라는 평을 얻고 있는 농서이다.[33] 이에 걸맞게 그는 인삼재배에 대한 그 동안의 지식을 土宜·種藝·護養·醫法·收採·收種·藏種 등 총 14가지의 항목으로 나누어 자세히 기술해 놓고 있다.[34]

　물론 『林園經濟志』의 내용도 주로 『海東農書』 및 『種蔘譜』를 바탕으로 재구성된 것이었다. 그러나 이는 그간 家蔘栽培 技術을 체계를 갖추어 자세히 설명하고 있다는 점에서 인삼재배 기술의 발전 정도를 짐작할 수 있다. 즉 種藝 항목에서는 『種蔘譜』의 기록을 인용·보강하여 盆種法을 상세히 기록하고 있다. 분종법은 蔘本을 밭두둑에 심는 것이 아니라 삼씨를 항아리에서 싹 티우는 것이었다. 분종법은 깨끗한 동이를 취해 동이 아래에는 물가의 沙土를 얼마간 덮어 물이 스며들게 하고 위에는 산간의 黑土를 채운 이후에, 동이의 大小를 헤아려 삼씨를 심고 그 위에 一指 정도의 비옥한 토지를

---

33) 金容燮, 『朝鮮後期農學史研究』, 一潮閣, 1988, 401쪽.
34) 『林園經濟志』 16 灌畦志 권 4 藥類 人蔘條.

덮어 다음해 봄의 發芽를 기다려 밭에다가 심는 것이었다. 이러한 분종법은 종자를 얻는 방법과 종자를 보관하는 데에도 세심한 주의를 기울여야 했다.35)

한편 醫法項에서는 種蔘 1근에 병이 있을 경우 마치 疫癘가 번지는 것과 같이 잠시 동안에 부근의 數三根에게 병이 전염된다고 주의를 환기시킨 뒤, 주변 삼을 이식하여 병해의 전염을 막고 병든 삼은 파내어 조치하라고 되어 있다. 또한 收採項에는 4~5년근 인삼의 무게가 4錢가량 되는데 이를 말리면 1錢 정도가 된다는 내용도 담겨 있다.36) 인삼의 전염병에 대한 경고와 조처가 강구되고 인삼을 말릴 경우 무게의 감축비가 계산될 수 있었던 것이다. 이는 포삼 1근을 구성하는 인삼 뿌리의 개수와 중량을 추정하는 데에도 시사하는 바가 크다.37)

『林園經濟志』의 이러한 記述을 통해 가삼재배는 세심한 배려와 전문화된 기술이 필요했으며, 생장에 긴 시간을 필요로 하고 전염병이 돌 경우 투자에 대한 위험 부담도 안고 있는 작물이었음을 알게 한다. 그러므로 家蔘은 숙련된 기술과 장기간의 투자 그리고 병해의 위험부담률을 뛰어넘는 경제적 이익이 보장될 때만 전국적으로 성행할 수 있었다. 자연히 인삼 재배업도 이러한 조건을 감당할 수 있는 자들에 의해 행해졌다.

결과적으로 우리나라의 가삼 재배 기술은 정부나 한 개인에 의해

---

35) 『林園經濟志』16 灌畦志 권 4 藥類 人蔘條 收種・藏種項.

36) 『林園經濟志』16 灌畦志 4 藥類 人蔘 收採條.
「凡蔘種四五年 便可收採 生根重四錢者 乾必爲一錢 四錢以上 皆以乾耗四分一爲率」

37) 포삼 1근은 4~5년생 인삼 약 160 뿌리로 구성되었다. 포삼 1근의 가격이 錢 300냥 가량이었으므로, 인삼 1뿌리 당 가격은 약 2냥 정도였다고 계산된다. 쌀의 법정 절가가 1석에 5냥이었으므로 인삼 1뿌리 당 2냥의 가격은 대단히 높았던 것임을 다시 한 번 확인할 수 있다. 이 책의 3장 주 3) 참조.

개발되고 전파되었다기보다는 전국 각지에서 장시간의 기술 축적과 자본의 투자로 가삼매매의 이익을 얻으려는 사람들에 의해 점차적이고 지속적으로 이루어진 것이었다.[38] 즉 家蔘 재배는 17세기 말·18세기 초에 인삼재배에 필요한 기술과 자본력을 지닌 층에 의해 꾸준히 진행되어, 18세기 중·후반에는 전국적으로 확산되었던 것으로 보인다.

家蔘은 17세기 말 '全羅道 同福縣에서 재배되기 시작했다'는 기록과 18세기초 강계지역에서 '田頭蔘'의 존재가 확인되는 것으로 미루어 이 무렵 재배가 시작되었음을 알 수 있다.[39] 그리고 18세기 후반에는 영남·강원지방에서도 家蔘이 재배되고 있었다.

　　　한번 家蔘이 성행한 후 慶尙·原春 兩道에서 (어약으로) 封進되는
　　　것은 대부분 가삼이다. 原春道의 경우에는 반드시 家蔘으로 한다.[40]

　　　영남은 예로부터 山蔘이 산출되는 지방이라 불리웠으나 근래 山蔘
　　　이 점점 귀해짐에 따라 家種이 成風을 이루었다.[41]

이러한 추세를 반영하여 채제공은 관서지방에 가삼재배를 시행토록 신칙하는 것이 좋겠다는 의견을 제시하기도 했으며,[42]『中京誌』

---

38) 이런 점에서 막부가 직접 인삼 종자와 재배 기술을 수입하려 했던 일본의 경
　　우와는 다르다. 정성일, 「조선산 인삼종자와 일본의 인삼수입대체」『春溪朴光
　　淳博士華甲紀念論文集』, 1993 참조.
39)『中京志』권2 土産條.
　　『正祖實錄』권16 正祖 7년 10월 丁亥條.
40)『正祖實錄』권30 正祖 14년 7월 癸卯條.
　　「而一自家蔘盛行之後 慶尙原春兩道封進 率多家蔘 至於原春 則必以家蔘」
41)『正祖實錄』권31 正祖 14년 8월 丁巳條.
　　「嶺南古所稱産蔘之鄕 而比來山蔘漸貴 家種成風」
42)『正祖實錄』권32 正祖 15년 2월 乙丑條.
　　「(蔡濟恭)又言 蔘雖靈草 亦可以人力培養 嶺南家種之法可效 宜令關西道臣 申

에는 '원래 인삼은 (개성의) 土産物이 아니나, 중간에 개성인이 남쪽의 (인삼) 씨를 얻어 삼포를 만들었다'[43]고 하였다. 이처럼 18세기말 家蔘은 전국에서 재배되고 있었다.[44]

家蔘 재배가 성행하자 그에 대한 가공기술도 발전되어 갔다. 4~5년 된 家蔘을 밭에서 뽑은 것을 生蔘 혹은 水蔘이라 하였다.[45] 그러나 生蔘은 수분을 포함하고 있어 오래 보존할 수 없었다.[46] 따라서 생삼의 부패를 방지하기 위해 자연 건조시켰는데, 이를 乾蔘 혹은 白蔘이라 하였다. 하지만 건삼은 오래되면 부서지는 한계를 가지고 있었다.

이런 문제는 자연삼에도 공통적으로 적용되는 것이었기에, 조선에서는 일찍이 크고 작은 인삼을 혼합하여 끓여 말리는 방법을 썼고, 이를 把蔘이라 하였다.[47] 조선에서는 洋角蔘이라 하여 몸체는 작으나 결백하고 품질이 좋은 자연삼을 선호했다. 그러나, 중국인들은 무슨 이유에서인지 파삼을 선호하였다.[48] 인삼을 烹造하는 방법은

筋各邑擧行」

43) 『中京誌』 권2 土産條 ; 『朝鮮時代私撰邑誌』 京畿道 4.
「本非土産 而中間居人 得南種爲圖 藥土灌養曰養蔘 平田直種曰直蔘 蒸造包蔘 入柵互市 故柵內有高麗人蔘局」

44) 18·19세기 家蔘의 재배면적이 얼마나 되었는지에 대해서는 구체적으로 확인할 길이 없다. 그러나 1907년 인삼병해가 극심했음에도 불구하고 전국 삼포의 경작상황이 45만평에 이르렀음에서, 평년에는 90만평에 이르렀을 것으로 추산하는 연구가 있다.(洪淳權, 「한말시기 開城地方 蔘圃農業의 전개양상(上) - 1896년 <<蔘圃摘奸成冊>>의 분석을 中心으로 - 」『韓國學報』 49, 1987년 겨울) 또한 今村鞆은 1930년대까지의 자료를 바탕으로 인삼의 재배면적을 총 2백 97만 6천 여 평(2,976,427평)에 재배 인구만 4,994명이라고 밝히고 있다(『人蔘史』 권4 人蔘栽培篇 119쪽).

45) 자연삼일 경우 이는 초삼이라고도 불렸다 (『宣祖實錄』 권162 선조 36년 5월 戊寅條「草蔘全其天 把蔘失其性).

46) 李肯翊, 『燃藜室記述』 別集.

47) 『宣祖實錄』 권162 선조 36년 5월 己巳條.
『宣祖實錄』 권162 선조 36년 5월 戊寅條 참조.

17세기 이전부터 알려졌던 것이다.[49] 그런데 인삼 재배가 시작되면
서, 生蔘 건조는 끓여 말리는 방식에서 쪄 말리는 蒸造의 방식으로
전환되었다. 즉 빈 공간에 시렁을 만들어 그 위에 生蔘을 얹은 다음
시렁 밑에서 숯불을 피워 말렸는데, 이를 紅蔘이라 하였다. 그리고
그러한 장소를 蒸包所라 하였다.[50]

  18세기 중·후반 가삼재배의 성행과 홍삼제조 기술의 발전을 조
선정부가 인식하고, 이를 대청외교 비용마련과 역관의 생활 부양을
위해 제도화한 것이 1797년(정조21) 包蔘制였다. 이미 살핀 바와 같
이 자연삼의 조달은 1730~50년대에 접어들면서 크게 힘들어졌다.
여러 가지 재료를 섞어 만든 위조삼(造蔘)의 폐단이 일어나는가 하
면 국내 수요를 위한 중국산 인삼의 수입이 검토되는 등 자연삼의
절종에 따른 蔘貴 현상이 두드러지게 표출되었다. 그런 속에서도 조
선 정부는 貢蔘 및 禮單蔘을 여전히 자연삼으로 채우도록 강요하였
다.

---

48) 『宣祖實錄』 권162 선조 36년 5월 戊寅條.
　「草蔘全其天 把蔘失其性 而藥用言之 則似當取草蔘 而舍把蔘 然中原之人 方
　以把蔘爲貴」
49) 인삼가공법에 대해서는 今村鞆의 『人蔘史』에서 살핀 이래 吳星, 「朝鮮後期
　人蔘貿易의 展開와 蔘商의 活動」 『世宗史學』 1, 1992 및 李賢淑, 「16~17世紀
　朝鮮의 對中國 輸出政策에 관한 연구」 『弘益史學』 6, 1997 등에서 살피고 있
　다. 그러나 파삼은 물론 홍삼의 제조에 대한 구체적 과정과 기술에 대해서는
　앞으로 계속 규명되어야 할 것이다.
50) 『中京誌』 권2 土産條.
　『增補文獻備考』 권151 田賦考 11 正祖 21年條.
　「五六年或六七年 取其肥大者 刷土滌之 隨納大甑蒸之 預作一空宇 宇內橫揷竹
　竿爲架 置蔘架上 熾炭於架底 以乾之 …… 此其學傳於同福及京包所而益致巧
　者也」
　烹造와 蒸造가 구체적으로 어떤 차이를 지니는지에 대해서는 考究치 못하였
　다. 단지 중국인들이 파삼을 좋아하였던 이유로 가삼을 蒸造한 홍삼이 대량
　으로 수출될 수 있었던 것으로 보인다. 이는 19세기에도 여전히 조선으로부
　터 자연삼을 수입하려한 일본과는 차이가 있다.

이러한 정책은 家蔘이 널리 재배되고 있는 상황에서, 여러 가지 폐단을 낳을 수 밖에 없었다. 山蔘이 절종되어 구하기 어렵게 되자, 御藥으로 쓰일 인삼이 자연삼이 아닌 재배삼으로 대체 封進되어 말썽이 일어나는가 하면,[51] 경상도 梁山에서는 어약으로 올릴 山蔘의 구입에 나섰던 아전이 蔘商에게 속아 산삼과 가삼을 섞어 만든 인삼을 샀다가 내의원에 의해 세 번이나 퇴짜를 맞고는 결국 京局에서 貿得하여 바치는 일도 있었다.[52] 이에 山蔘의 봉진을 京貢으로 만들어 京局에서 受價進排토록 하자는 논의가 나오는가 하면,[53] 강계지역에서는 稅蔘의 양을 줄이고 부과된 稅蔘의 일부를 돈으로 貿取토록 하는 조치가 취해지기도 하였다.[54] 또한 關東과 같은 道의 邑에 하나의 명산을 蔘田으로 정하고, 그 주변을 막아 어약을 확보토록 하자던가,[55] 三陟의 營將이 약간의 採蔘軍을 거느리고 울릉도

---

51) 『正祖實錄』 권30 정조 14년 7월 癸卯.
　　「內醫院提調洪億啓曰　御藥事體何等嚴重　而一自家蔘盛行之後　慶尙·原春兩道封進　率多家蔘　至於原春　則必以家蔘　層連疊付　巧樣百出」
52) 『正祖實錄』 권31 정조 14년 8월 丁巳條.
　　「梁山郡守南鶴聞上疏曰 …… 嶺南古所稱産蔘之鄕　而比來山蔘漸貴　家種成風　今到本郡　聞春等蔘　三次見退於藥院　詰問其由　則該吏見欺於蔘商　買取山家合造者　以致屢退　末梢則貿得於京局而封納云」
　　御藥으로 쓰이는 인삼은 羅蔘을 최고로 쳤다. 羅蔘은 다른 삼과 달리 津液이 매우 많고 해가 오래 지나도 변치 않기 때문이었다. (『備邊司謄錄』 52 숙종 28년 8월 13일 5책 68쪽).
53) 『正祖實錄』 권31 정조 14년 8월 丁巳條.
　　「伏乞以臣此言　周諮博訪　別作一貢　七十州守宰　一依元定蔘價　分兩等輪上於戶曹　使之受價進排　則進供藥蔘　必將倍勝　列邑積弊　庶可頓革矣」
54) 『正祖實錄』 권24 정조 11년 7월 癸未條.
　　『正祖實錄』 권32 정조 15년 2월 乙丑條 참조.
55) 『正祖實錄』 권30 정조 14년 7월 癸卯條.
　　「內醫院提調洪億啓曰 …… 而一自家蔘盛行之後　慶尙原春兩道封進　率多家蔘　至於原春　則必以家蔘　層連疊付　巧樣百出　揆以事體　誠極駭然 …… 左議政蔡濟恭曰　蔘政去益苟簡　臣意則如關東等邑　占一名山　作爲蔘田　環爲封田　如黃腸之例　則不出十餘年　其蔘將不可勝用矣」

로 가 그곳의 산삼을 캐오게 하자는[56] 등 山蔘 확보를 위한 갖가지 방안이 강구되고 있었다.

蔘貴 현상으로 자연삼의 대외수출은 더욱 철저히 봉쇄되었다. 1787년(정조11)「使行賚去事目」이 반포되면서 '삼을 몰래 가지고 가는 자는 사형에 처한다'라는 강력한 수출금지의 의지가 천명된 것이다. 하지만 이 禁令은 제대로 준수되지 못하였다. 자연삼은 점차 희귀해져 갔지만, 家蔘이 전국적으로 재배되고 있었고 이는 우리측의 私商들에 의해 곧바로 밀수출되고 있었기 때문이다. '근래 家蔘의 잠월이 점점 많아지고 있으니, 禁法을 무릅쓰고 넘어가게 하느니 차라리 들여보내도록 하는 것이 좋겠다'[57]는 주장이 인삼의 包內帶去 문제를 논의하는 과정에서 설득력 있게 받아들여지고 있었던 것은 그간 家蔘의 잠무역이 활발히 일어나고 있었음을 반증한다.

그런데 1780년대와 90년대 대청무역 전반을 주도한 세력은 私商層이었다. 이는 1787년(정조11) 혁파된 책문후시가 불과 3년만에 복설되는 과정에서도 드러난다. 즉 책문후시 복설은 역관들의 복설 요청과 의주부의 재정 확보 및 邊民의 민심수습 등의 이유를 들어 결정되었던 것이다.[58] 그러나 책문 후시 복설이 역관무역의 활로를 연 것은 아니었다.[59]

반면 사상층의 대청무역 진출은 두드러졌다. 이에 1793년(정조17)

---

56)『正祖實錄』권42 정조 19년 6월 癸未條.
　「吏曹判書尹著東啓言 鬱陵島自是産蔘之地 而間年搜討 每在三四月間 故採非
　當節 便作無用之物 而局方諸醫 皆以爲蔘品甚好云 明知其可用 而因循等棄 誠
　爲可惜 一番試採 亦無所損 明春搜討之當次 以今六七月推定 使三陟營將 領率
　略干採蔘軍 入去採取 其擧行事例則已問于該營 將有報來者 請自備局 從便知
　委 允之」
57)『備邊司謄錄』185 정조 21년 2월 22일 18책 590쪽.
　「近來家蔘之潛越漸多 與其冒禁而潛越 無寧遵舊而許入之爲兩便也」
58)『備邊司謄錄』177 정조 14년 7월 26일 17책 619~622쪽.
59) 이 책의 2장 3절 참조.

司譯院에서는 "근래 邊禁이 문란해져서 몰래 수출하는 잠상이 狼藉"하니 이를 금할 방도를 마련할 것을 요청하기에 이르렀다. 이때 비변사가 마련했던 「절목」에는 주로 의주상인과 개성상인을 중심으로 이루어지는 潛商의 형태와 그에 대한 규제의 내용을 담고 있는데, 그 내용은 다음과 같다.[60]

우선 절목은 잠상에 의한 수출금지 품목을 명확히 하고, 이의 반출을 철저히 막고자 하였다. 즉 잠상은 金·珠·貂·蔘 등의 물건을 갖가지 교묘한 방법을 통해 내갔는데, 심지어는 海蔘이나 다시마 등의 雜物 꾸러미(包) 속 곳곳에 몰래 감추어 갔다. 그럼에도 불구하고 의주부에서는 包를 저울로 달 때 샅샅이 수검하지 않는가 하면, 표본을 뽑아 조사할 때 수검하는 將吏가 잠상과 한통 속이 되어 미봉함으로써 농간을 부리는 폐단이 많았다. 따라서 「절목」에서는 앞으로 포를 달 때에는 선택적으로 하지 말고 모든 짐을 조사하여 遺漏의 근심이 없도록 하며, 영리한 장교가 별도로 이를 감시하여 농간을 막도록 규정하였다.

또한 比包法이 유명무실해짐으로써 잠상의 폐단이 갈수록 심하게 되었음을 지적하고, 나가고 들어오는 짐을 모두 검사함으로써 농간을 막을 것을 규정하고 있다. 이는 나가는 짐에 대한 검사뿐만 아니라 돌아오는 짐(回卜)에 대한 검사를 강화하여 잠상의 활동을 막고자 한 것이었다.

한편 책문에서 이루어지는 무역에 대한 규제도 다각도에서 이루어졌다. 사행에 수반되는 銀卜과 雜卜에는 북경까지 가져가는 것이 있고 책문에 남겨 놓는 것이 있었는데, 책문에 남겨 놓는 것은 애초

---

60) 『正祖實錄』 권38 정조 17년 11월 丙午條. 이 절목은 구체적인 명칭이 붙어 있지 않다. 그러나 이 시기 대청무역상의 분위기를 파악하는 데에는 도움이 된다.

에 比包의 대상에서 벗어나 있어서 잠상들이 농간을 부리는 구멍이 되고 있었다. 때문에 이제부터는 책문에 남겨 놓은 수효를 책문에 들어간 이후 곧바로 대장을 만들어 사신에게 바치고, 압록강을 건너 온 다음에는 북경 물화에 대한 비포와 꼭같은 검사를 행할 것을 규정하였다. 이밖에도 포교들의 잠상 색출과 물건의 압수에 따른 포상규정을 예전보다 높여, 잠상과 결탁하여 눈감아 주는 폐단을 방지하고자 하였다. 따라서 포교·아전·민인을 막론하고 잠상의 물건을 압수하여 바치는 경우에는 그 물건의 전부를 그들에게 내주도록 결정하였다.

이러한 「절목」의 내용으로 보건대 책문후시가 복설된 후 의주상인과 개성상인을 중심으로 하는 사상층은 합법적인 후시무역 뿐 아니라 금, 담비가죽, 인삼 등의 물품을 몰래 들여가 淸貨를 들여오는 밀무역을 감행할 정도로 활발한 대청무역을 펼쳐 나갔다.

이와같은 사상층의 활발한 활동으로 역관무역은 크게 위축되고 있었다. 또한 18세기 후반 역관은 무역자금면에서도 사상층에게 뒤졌다. 이전 시기 역관들은 무역 자금 동원의 취약점을 使行 隨行의 반대급부로 주어졌던 八包貿易權과 官銀貸出을 통해 제도적으로 보완받을 수 있었다. 그러나 18세기 중반 청·일 간의 직교역으로 銀路가 막히고, 조선정부의 官銀 보유량이 현격히 떨어짐에 따라, 역관들의 무역자금 변통을 위한 제도적 장치들은 실질적 기능을 상실했다. 게다가 1754년(영조30) 비포절목에서는 사행원역의 팔포를 다 채우지 못할 경우, 포를 가지고 갈 수 있는 包主와 銀을 가진 銀主 사이의 매매는 허락하였으나, 元包를 잡물로 채워 가는 것은 엄금토록 하였다. 이에 銀을 채울 수 없었던 역관들은 흔히 그들의 八包를 銀을 가진 사상에게 팔게 되었다. 이는 은화 이외 주요 무역품이었던 피잡물이 모두 사상의 연부으로 몰리는 상황과는 대조되는 모습인 것이다.

이러한 이유로 역관무역은 쇠퇴 일로를 걸었다. 역관은 대청 외교상 고유 임무를 수행함과 동시에 무역을 통해 사행에 수반되는 여러 공적 비용 충당하고 있었다. 따라서 역관무역의 피폐는 곧바로 조선 정부의 재정을 압박하는 요인이었다. 역관의 생활 부양 및 대청외교상 제반 경비는 결국 조선정부의 몫이었기 때문이다.

조선정부가 재정 출혈을 극소화하면서 이 문제를 풀 수 있는 가장 좋은 방법은 우선 역관의 팔포를 은이 아닌 다른 물품으로 채워갈 수 있도록 하는 것이었다. 팔포를 은으로 채우도록 고집함으로써 역관들의 팔포권 매매가 촉진되었기 때문이다. 이럴 때 은을 대신할 물품은 가벼우면서도 높은 가치를 지니고 있어서 무역 결제수단으로써의 역할을 충분히 감당할 수 있어야 했다. 家蔘은 이러한 요건에 가장 적합한 물품이었다.

家蔘과 帽子는 당시 커다란 이익을 남길 수 있는 물품으로 인식되고 있었다. 이는 정조가 1797년(정조21) 2월 수원성을 쌓은 뒤, 여기로 移住하는 富戶에게 모자의 무역권 및 판매권과 家蔘의 국내 판매권을 주어 수원을 富實케 하려는 계획에서 잘 드러나는데, 특히 家蔘은 역관들의 쇠잔한 상황을 변통해 줄 수 있는 물품으로 인식되고 있었다.61) 이에 有司堂上 鄭民始는 우선 使行員役의 팔포에 인삼을 채워가도록 하고, 그에 대한 包價를 거두어 使行時의 盤纏 비용을 마련하자고 주장하였다. 즉 그는 팔포에 인삼을 채워가는 것은 이미 전례가 있다고 하면서, 이것이 중간에 은으로 바뀐 것은 인삼이 점점 귀해진 반면에 은화는 약간의 여유가 있었기 때문이라고 하였다. 그러나 근래에는 家蔘의 잠월이 점차 많아지고 있으니 禁法을 무릅쓰고 몰래 넘어가게 하느니 보다는 차라리 舊例에 따라 인

---

61)『備邊司謄錄』185 정조 21년 2월 20일 18책 588쪽.

삼의 무역을 허가하는 편이 사상이나 역관 모두에게 편안한 방도가
될 것이라는 견해를 피력하였다.62) 정조도 은이 귀하면 蔘을 쓰고
삼이 귀하면 은을 쓰도록 하여 물화를 무역하는 권한이 우리나라에
있게 하는 것이 변경문제를 도모하는 좋은 방책이 될 것이며 禁制
와도 관련되지 않아 蔘包의 규례를 다시 써도 무방할 것이라는 반
응을 보였다.63) 결국 사행원역의 包에 은과 家蔘을 통용하는 문제는
수원성을 부실케 하려는 목적과 상관없이 바로 그 해의 사행부터
적용 시행케 되었다.64)

한편 모자 및 인삼의 국내판매권을 華城府에 이주하는 자에게 주
어 수원성을 富實케 하려는 계획은 수원으로 이주한 京城富實戶 20
戶에게 尾蔘契를 조직토록 하여 인삼 판매상의 특권을 주는 방향에
서 정리되고 있었다.65) 이에 반포된 것이 「華城府內新接富實戶蔘帽
區劃節目」이었다.66) 즉 부실호 가운데 20인을 뽑아 수원으로 이주하
게 하고, 이들에게 아직 독점이 인정된 바 없는 尾蔘의 무역권을 넘
기도록 한 것이다. 또한 모자무역과 판매도 화성에 이주한 부실호가
맡아서 주관토록 하되 다만 시가를 쫓게 하여 폐단이 없도록 하였

---

62) 『備邊司謄錄』185 정조 21년 2월 22일 18책 589~590쪽.
63) 『備邊司謄錄』185 정조 21년 2월 22일 18책 590쪽.
　　「上曰 草記批答言之矣 每以爲銀貴則用蔘 蔘貴則還用銀 使貨遷之權 在於我國
　　爲籌謨之長策 況近來象譯 無不苟且 以蔘充包 人各齋行 則設或採有多少 價有
　　高低 似不至大相懸殊 且不關於餉條中禁制 以此以彼 自今年使用 復用蔘包之
　　式 未知其不可 卿等招致秩高解事之譯官 問其便否 仍又問于時原任諸大臣 今
　　日草記可也」
64) 『備邊司謄錄』185 정조 21년 2월 22일 18책 594쪽.
　　「答曰 知道 …… 銀蔘通用 亦甚便好 以此添入於華城募富民節目可也」
　　『正祖實錄』권46 정조 21년 2월 癸巳條.
　　「上命自今年使行 使之通用」
65) 『備邊司謄錄』185 정조 21년 2월 22일 18책 590쪽.
66) 『備邊司謄錄』185 정조 21년 2월 22일 18책 591~594쪽.

다. 나아가 수원에 옮겨온 자 곧 華城物主에게는 모자와 가삼에 대
한 우선 買入權을 주어 각처의 상인이 수원으로 와서야 교역을 할
수 있도록 하였다. 게다가 이들은 帽子와 人蔘에 대한 대청무역상의
특권도 부여받기로 되었으며, 팔만한 물건이 있으면 물종에 구애받
지 않고 매매할 수도 있었다. 이밖에도 「절목」에서는 화성 이주자에
게 官錢을 변통해 주거나 정착에 필요한 각종의 혜택을 주도록 규
정하고 있다.

이는 화성으로 이주한 부실호 20인에게 모자와 인삼의 대청 무역
권과 국내판매권을 전담케 함으로써 수원을 물화의 집산지이자 상
업도시로 만들려는 정조의 의도를 드러낸 것이었다. 그러나 이러한
의도는 判中樞府使 李秉模의 강력한 반대로 실현되지 못하였다. 이
병모는 모두 여섯 가지 점에서 「절목」의 내용을 반박하였는데, 그중
중요한 내용을 간추리면 다음과 같다.

이병모는 첫째 수도는 온 나라의 근본이며 부호는 빈호의 바탕인
데, 자연스럽게 거기서 살고자 하는 자가 수도로부터 흘러 들어가는
것을 막을 필요는 없으나, 조정이 모집하여 들어가 사는 길을 열어
두는 것은 잘못된 것이며, 둘째 戶를 모으고 民을 부유하게 하는 길
은 널리 땅을 개간하고 재물을 통하도록 함에 있는 것인데, 지금은
모자와 가삼을 通貨의 근본으로 삼으니 잘못이라는 것이다. 세째 서
울에서 들어간 客이 도리어 수원의 재물과 권세를 틀어쥐게 되니
이는 주객을 바꾸어 놓는 처사이며, 넷째 이전에 삼을 팔았던 삼상
들은 家蔘을 1년 전에 미리 돈을 주어 선매하여 팔고 있으므로, 지
금 수원의 20호에게 산지 판매권을 독점시킨다는 것은 옳지 못하다
는 것이다. 곧 이병모는 이번 조치를 수원에 이주하는 부호에게 국
가가 이익의 독점권을 주는 것이라고 규정지었던 것이다. 그리고 이
는 '마땅히 王政에서 엄격히 금해야 할 것인데도 불구하고 임시로

이를 허락해 주는 것이니, 이를 어찌 소중한 바를 크게 도모하는 것
이라고 하겠는가'라며 수원부에 대한 정부 정책을 통박하였다.67)

이병모의 이러한 箚咨로 수원부의 부실호에 모자와 가삼의 무역
및 국내판매 특권을 주려던 방침은 재검토가 불가피해졌다. 이에 左
議政 蔡濟恭은 모혈과 가삼의 문제로 말썽이 생기면 이전에 정정당
당했던 공적까지 아깝게 될 우려가 있으므로 「華城新成節目」을 취
소하는 것이 좋겠다는 건의를 하였고, 정조도 이를 받아들였다.68)
다만 정조는 역관에게 가삼을 채워가도록 한 규정만은 폐기치 말도
록 하면서, 蔘貨의 잠월을 이미 막을 수 없다면 차라리 역관에게 蔘
을 가지고 갈 수 있도록 함으로써 山林과 川澤에서 나는 재화를 조
정이 관리토록 하라고 하였다.69)

이로써 사행원역은 그들의 팔포에 銀과 더불어 紅蔘을 채워갈 수
있었으며, 그 사이에서 조선 정부는 재정적 수입을 얻으려 하였다.
따라서 私商에 의한 홍삼 잠월은 철저히 막을 필요가 있었다.70) 이
에 사행원역의 팔포에 은과 삼을 통용하여 채우 것을 인정하는 한
편 잠상을 금지하려는 방책을 담은 「蔘包節目」이 반포되면서 포삼
제가 실시되었다.

「蔘包節目」의 내용은 우선 역관이 채워갈 수 있는 포삼의 근수를
정하고 포삼정수 외의 잠월을 막는 것으로 되어 있었다. 즉 포삼근

---

67) 『正祖實錄』 권46 정조 21년 2월 丙申條.
68) 『備邊司謄錄』 185 정조 21년 3월 1일 18책 601쪽.
69) 『正祖實錄』 권46 정조 21년 2월 庚子條.
70) 『備邊司謄錄』 185 정조 21년 3월 14일 18책 604쪽.
　「(司譯院提調) 金履素 近來家蔘則稍裕 銀路則漸艱 商譯萬無充包之望 而潛商
　冒挾之蔘 歲不下幾百丁(斤) …… 毋令從今爲始 象譯之以蔘充包 勿爲禁止 而
　私商之潛越者 一切嚴斷 俾銀蔘通同作包 則在渠輩爲聊賴之道 在邊禁別無拘挈
　之端」
　『日省錄』 정조 21년 3월 14일 24책 867~868쪽 *( )는 『日省錄』의 기록임.

수는 매년 참작하여 정하되 節使와 曆行에게 120근을 분배토록 하였다. 이것을 절사에게는 90근, 역행에게는 30근씩 배정하였으며, 만약 別使와 別咨官이 있을 경우에 별사는 30근 별자관은 10근을 넘지 못하도록 하여 元定數量인 120근 외에 따로이 마련하도록 하였다. 포삼의 銀 환산가격은 매 1근에 天銀 100냥으로 하였으며, 절행 90근은 譯官·外司·裨將을 물론하고 한결 같이 포수에 따르되 3,000냥 포과는 3근으로 2,000냥 포과는 2근으로 하였다. 간혹 사행 원역의 수에 가감이 있을 경우에는 원래 정한 수에서 헤아려 조정토록 하였다. 또한 사역원은 규정외의 잠월을 막을 방도를 세워 비변사에 보고하여 시행토록 하였다.71) 이렇듯 포삼제는 홍삼 120근을 팔포에 채워갈 수 있게 함으로써 궁극적으로는 역관들의 처지를 부양하고 사행에 따른 公費를 염출하고자 하는데 목적이 있었다.

그러나 포삼제를 뒷받침하는 「蔘包節目」은 몇 가지 심각한 문제를 안고 있었다. 즉 이때 반포된 「蔘包節目」은 사행원역의 원포에 銀 대신 홍삼을 가져갈 수 있도록 규정하였을 뿐 홍삼은 스스로의 자금으로 마련토록 하였다. 이미 18세기 후반 역관의 원포가 사상층에 의해 매매되는 상황에서 역관 스스로의 자금으로 그들의 포를 채운다는 것은 현실적으로 어려웠다. 따라서 역관은 자연스럽게 서울지역의 京商과 결탁하지 않을 수 없었다. 또한 「蔘包節目」은 曆行·節行時 역관이 가져갈 수 있는 홍삼의 양을 규정하였을 뿐 홍삼 무역의 반대급부로 그들이 부담해야 할 사행경비의 양이 규정되지 않았다. 결과적으로 자금력을 갖추지 못한 역관에게 포삼제는 오히려 부담만을 가중시키는 역기능으로 작용할 수도 있었던 것이다.

---

71) 『日省錄』 정조 21년 6월 24일 25책 241~242쪽.

2) 包蔘貿易의 增額·減稅 政策과 包蔘稅額의 규모

使行員役의 팔포에 人蔘을 채워갈 수 있도록 하는 대신 사행경비의 일부를 부담토록 하는 조치는 이미 前例가 있었다.[72] 그러나 1797년(정조21) 포삼제는 이전의 팔포무역과 사뭇 다른 점이 있었다. 그것은 우선 팔포에 채워가는 인삼이 山蔘이 아닌 家蔘을 찐 紅蔘이었다는 점이다. 18세기 이래 조선 사회 가삼재배 기술의 축적과 홍삼가공 기술의 발전을 반영하고 있는 것이다. 둘째 포삼제를 통해 어려움에 빠진 역관무역을 부양하고 사상층의 홍삼 밀무역을 강력히 통제함으로써 전통적인 관주도의 대청무역 구조를 유지하려 했다는 점이다. 셋째 조선정부는 포삼무역을 역관부양과 사행 경비마련이라는 차원에서 점차 사역원 나아가 호조의 재정 보충을 위한 방책으로 그 목적을 확대해 나갔다는 점이다.

이에 포삼제는 국내에서 생산되는 家蔘을 모으는 買集權, 허가된 수량의 홍삼을 만들 수 있는 造蔘權 그리고 이를 교역할 수 있는 貿易權을 둘러싸고 각 계층간의 치열한 경쟁·대립을 유발하며, 19세기 조선의 대청무역을 홍삼수출무역으로 특징지웠다. 포삼제 실시 초기에는 역관이 홍삼무역에 전면적으로 개입하였다. 그러나 이 시기 역관층이 단독으로 국내 인삼을 매집하고 홍삼을 제조하여 대청교역을 주도할 입장은 아니었다. 또한 포삼절목에서는 사행원역이 포삼무역의 대가로 제공해야 할 사행 경비가 명확히 규정되지 않았고, 따라서 경우에 따라 역관은 홍삼구입가와 사행경비를 마련해 내는 것 자체가 어려울 수도 있었다. 게다가 청국 상인의 가격책동이 있을 경우 홍삼무역상 큰 손실을 입어 낭패를 당할 수도 있었다.[73]

---

72) 柳承宙,「朝鮮後期 對淸貿易의 展開過程 - 17·8世紀 赴燕譯官의 貿易活動을 中心으로 -」『白山學報』8, 1970.
73) 『戊午燕行錄』3권 무오년 12월 27일.

이에 홍삼교역은 오히려 자금력과 국내유통망을 장악한 京商과 西商이 장악해 나갔으며, 1802년(순조2) 제도상 첫 변화가 있었다.[74] 즉 조선 정부는 포삼 120근을 경상과 의주상인으로 하여금 매매케 하고, 사역원에서는 다만 매근에 包稅 錢 200냥을 징수하여 그 중 100냥을 연경에 가는 인원에게 출급토록 하였다. 그리고 나머지 100 냥은 사역원의 경비로 사용토록 하였다.[75] 이 조치는 홍삼무역권을 사상층인 경상과 의주상인에게 넘겨주는 대신 이들에게 包稅를 부담시키고, 역관과 사역원은 단순히 包稅를 받아 사행경비 및 사역원 재정으로 사용토록 한 것이다.

그러나 홍삼무역은 공식적으로 사행시에 이루어졌고, 역관은 사역원의 관리로서 그것을 주관하였다. 또한 역관층은 사행의 여러 공무를 담당하면서 홍삼무역과 관련된 사항에 여전히 영향력을 행사할 수 있었다. 특히 경상은 가삼의 매집·증포를 허가받은 包蔘契人으로서, 역관층과 결탁되어 포삼무역을 펼쳤을 뿐 아니라 이 시기 홍삼 밀무역의 주체이기도 했다.[76] 이 때문에 1802년(순조2)의 조치 이후에

「연전에 홍삼 값이 매근 3백 냥이 되고, 가을 황력에 6백 냥이 되었던 고로, 이번에도 값이 7백 냥에 이르렀더니, 황성에 이르매 신가·장가 두 상고가 상지하여 사지아니하고 3백 50냥을 받으라 하니, 역관들이 다 낭패할 지라 할 바를 알지 못한다 하더라」

74) 正祖代 譯官을 중심으로 대청무역을 운영하려던 정책은 순조대에 접어들면서 京商과 더불어 灣商과 松商을 적극 끌어 들이는 방향으로 전환된다. 이러한 변화에는 西商이 가삼재배와 홍삼제조를 주도하고, 이를 대청무역으로 연결하는 주체였다는 경제적 이유와 함께 19세기 정치적 변동 및 유력 아문의 사무역 행위와도 관련이 있을 것으로 생각된다.

75)『萬機要覽』財用編 5 燕行八包條.
「又生奸弊 壬戌更以元定蔘一百二十斤 出付京·灣商處 使之擔當買賣 本院只收 每斤包稅錢二百兩 就其中一百兩 則出給赴燕人員」

76)『中京誌』권2 土産條.
「譯人售諸燕市果亦有利 乃告其狀于政府 請造蔘納稅 以補司譯院之用 且請立禁 政府許之 定中國曆(受曆官)節(冬至使) 兩行 所齎之額 爲一百二十斤 名曰包

도 포삼무역은 역관과 경상에 의해 주도되었다.

하지만 譯官·京商 주도의 홍삼무역은 1810년(순조10) 큰 변화를 맞이하였다. 조선정부가 홍삼의 잠조 잠월을 주도한 포삼계인을 혁파하고 의주상인에게로 무역의 권한을 넘긴 것이다.[77] 아울러 포삼제 실시 후 서울에 설치되었던 蒸包所(京包所)도 혁파되면서 개성으로 위치를 옮겼다.[78]

그러나 홍삼의 私造·潛越은 이전보다 더욱 성행하였다.[79] 개성상인과 의주상인의 私造·潛越은 포삼계인 혁파 이전에도 지적된 사안으로서, 이들의 잠조·잠월을 막지 않는다면 포삼제가 장차 폐지될 것이라는 우려도 있었다.[80] 그런데 개성상인과 의주상인에 의한 홍삼의 잠조 잠월이 성행한 직접적 원인은, 조선정부에 내는 포삼세가 원가에 비해 크게 높았고 무역의 수량도 적었기 때문이었다.

蔘 斤抽稅若干 譯人遂設蒸包所於京城 …… 而譯人各以其官班次雇人受文憑名之曰穴其 義州人之充譯官馬頭者 亦得齎若干包 謂之京灣商」
『承政院日記』 1985 순조 10년 6월 18일 104책 611쪽.
「李海愚 以備邊司言啓曰 …… 而潛造·潛越之弊 年增歲加 將至破敗之境 不得已自該院更採物情 包蔘契人 永爲革罷 一付灣商 使之擔當擧行」

77) 『承政院日記』 1985 순조 10년 6월 18일 104책 611쪽.

78) 『承政院日記』 2509 철종 원년 9월 초4일 122 353쪽.
「至因該院之齊訴 使至利包京中 而此亦其例不一 其始也 自正廟丁巳始之 至庚午罷京包 始設松包 至甲申 又移京中 無幾何還設松都 此盖蔘圃來歷也」
『中京誌』 권2 土産條.
「純祖十年庚午 以京商潛造蔘射利 以包蔘專付灣人 仍罷京包所 移設于開城 當是時開城人 往來同福者 傳種蔘法 其農日廣 而以蒸包遠不便於和賣 故開城留守爲之奏而移之也」
『增補文獻備考』 151 田賦考 11 正祖 21年條.

79) 『承政院日記』 2002 순조 11년 6월 29일 105책 418쪽.
「洪義俊 以備邊司言啓曰 卽見司譯院所報 則以爲曆節行包蔘 自昨年 專付灣商而潛越之弊 較前加益」

80) 『承政院日記』 1979 순조 10년 3월 15일 104책 421쪽.
「松灣商間私造潛越之弊 逐年增加 至於今番節行而尤甚 若此不已 則包蔘之法不久將罷」

曆·節行時 공식적으로 교역되는 포삼에는 매근 당 전 200냥의 包稅를 내야 했다.[81] 그리고 수량도 1년에 120근으로 제한되어 있었다. 반면 18세기 후반 가삼이 전국적으로 재배되고 홍삼가공 기술이 발달하자, 홍삼 가격은 공식적 포삼에 비해 비교가 되지 않을만큼 쌌다. 즉 포삼 매 근 당 가격은 원가와 稅錢을 합쳐 300냥이나 되는데, 潛蔘의 가격은 매 근 당 원가와 제반비용을 합해도 100여 냥에 그치고 있었다.[82] 따라서 홍삼의 잠조 잠월을 막기 위해서는 포삼무역량을 늘리고 세액을 낮추는 조치가 필요했다.

1811년(순조11) 포삼무역액의 조정은 이러한 배경에서 이루어 졌다. 조선정부는 역·절행의 포삼수를 200근으로 늘여주되 포삼절목에 규정된 포삼 120근에 대한 세액은 고정시켜, 결과적으로는 포삼세를 인하하는 정책을 취한 것이다.[83]

포삼 200근은 「蔘包節目」에 처음 규정된 120근을 기준으로 볼 때 67%나 증액된 것이었다. 그러나 포삼 200근에 대한 包蔘稅는 여전히 근당 100냥에 달하는 높은 것이었다. 포삼무역량의 증액에도 불구하고 원가와 맞먹는 稅錢은 결코 적은 것이 아니었다. 홍삼의 잠조·잠월이 없어질 것을 기대하는 자체가 무리였다.

포삼의 잠월죄는 極律을 쓰도록 되어 있었다. 그러나 의주부 일대는 거의 잠월을 막는 금지법이 없는 듯했으며, 한 번 잠입하는 포삼

---

81)『萬機要覽』財用編 5 燕行八包條.
「又生奸弊 壬戌更以元定蔘一百二十斤 出付京·灣商處 使之擔當買賣 本院只收 每斤包稅錢二百兩 就其中一百兩 則出給赴燕人員」
今村鞆,『人蔘史』제3권 人蔘經濟編 211~212쪽 참조.
82)『承政院日記』2002 순조 11년 6월 29일 105책 418쪽.
83)『承政院日記』2002 순조 11년 6월 29일 105책 418쪽.
「洪義俊 以備邊司言啓曰 卽見司譯院所報 …… 包蔘每斤 本價及貫(稅)錢爲三百兩 潛造每斤元價與浮費 不過百餘兩 輕重判異 今若增加斤數 定爲二百斤 以一百二十斤之包稅 均排於二百斤 則潛越之弊 自可禁止 昨年加數十斤外 又增七十斤 每年定爲二百斤 分送於曆節行爲辭矣 …… 傳曰允」

의 수가 1천여 근 아래로 떨어지지 않았다.84) 사행원역의 元包와 상
관없이 관부 혹은 교리와 짜고 몰래 홍삼을 넘겨간 것이다. 때문에
장차 元包 200근이 중국에서 팔리지 않을지도 모른다는 우려가 나
오게 되었다.

극형을 무릅쓰고 홍삼의 잠월을 기도했던 자들은 주로 蔘商이라
불린 상인층이었다.85) 이에 잠월을 범하는 자와 그것을 덮어 두려는
校吏는 모두 같이 境上梟首之典을 베풀고 그것을 잘 다스리지 못한
지방관은 정배의 율을 베풀도록 하였다.86)

元包이외에 蔘商들에 의해 불법으로 潛越되는 홍삼은 곧 공식적
인 포삼의 이익을 침해하는 것이자 포삼세의 수입과도 관련되는 문
제였다. 따라서 조선정부는 홍삼의 잠조·잠월을 반드시 막아야 했
다. 이를 위해 조선정부는 潛蔘을 합법적인 영역으로 이끌어 내려는
유인책과 잠조·잠월에 대한 강경책을 함께 펼쳤다.

유인책은 포삼에 대한 세전을 감축해 주는 방안(減稅)과 홍삼무역
량을 늘려 잠삼을 포삼으로 유도하는 방안(增額)이 있을 수 있었다.
감세의 방안은 당초에 세액을 정할 때에 쓰임을 헤아려 배정한 것
이므로, 갑자기 포삼에서 거두는 세액의 총액을 감할 수는 없는 것
이었다. 자연히 포삼의 근수는 늘리되 근당 세액을 고정시켜, 상대
적으로 세액을 경감해 주는 방안이 채택될 수 밖에 없었다.87) 이른

<hr>

84) 『承政院日記』2152 순조 22년 윤3월 25일 110책 842쪽.
　「載瓚曰 包蔘潛越 罪在極律 而通灣一路 殆同無禁之地 毋論節行別行 一門所
　潛入 輒不下千餘斤」
85) 『承政院日記』2152 순조 22년 윤3월 25일 110책 842쪽.
　「載璨曰 …… 今則元包二百斤 將無以見售於彼中 官府初不管檢 校吏擧皆和應
　竝與諸般禁物 交集幷湊 而最是蔘商 尤爲甚焉」
86) 『承政院日記』2152 순조 22년 윤3월 25일 110책 842쪽.
87) 『承政院日記』2168 순조 23년 7월 초4일 111책 417~418쪽.
　「又以備邊司言啓曰 …… 苟究其弊 職由於潛蔘漸盛 包蔘失利之致 顧今矯捄之
　責(策) 不出於減稅與增數 而當初稅額 量用排定 則今難遽減 勢不得不增定斤數

바 증액을 통한 감세정책을 시행한 것이다. 향후 19세기 전반 포삼 무역은 이러한 증액감세 정책을 통해 홍삼의 잠조·잠월을 막으려 는 방향에서 운영되었다.

1811년(순조11)의 증액 조치도 이와 같은 의도에서 행해진 것이 다. 그러나 원가를 훨씬 넘는 稅錢이 그대로 존속하자 잠월은 더욱 광범하게 일어나고 있었다. 따라서 1823년(순조23)에는 800근에 달 하는 대규모의 포삼증액 조치와 더불어 상인층의 별포를 인정하는 조치가 있게 되었다. 즉 한 해 포삼무역의 총량을 1,000근으로 늘리 고, 이 가운데 200근은 애초의 「절목」에 의해 사행원역이 自帶하고 나머지 800근은 京商과 의주상인에게 가져가도록 하는 대신 세금을 내도록 한 것이다.[88] 경상과 의주상인에게 元包 200근 외에 포삼 800근의 포외월송을 공식적으로 인정한 것이다. 조선 정부의 이러한 획기적인 포삼증액은 궁극적으로는 경상·의주상인·개성상인에 의 해 이루어지고 있던 潛造·潛越을 포외월송의 형태로 흡수함과 동 시에 재정 수입도 확보하려는 데 있었다고 보인다.

한편 조선 정부는 元包에 대한 稅錢과 증액된 800근의 포삼세를 사역원에서 임명한 譯官이 거두도록 하였다. 그리고 추가로 거두는 세전은 별사의 비용으로 사용케 하였다. 추가로 거두는 세전이 어느 정도의 규모인지를 밝힐 수는 없으나, 이중 매년 5,000냥씩을 떼어 내 3년을 저축하여 한 번의 별사 비용을 충당하고자 하였다. 모세가 부족하여 관서은의 출급이 이루어지던 상황에서 이는 公私間 모두 에게 이익이 되는 방책이라고 인식되고 있었다.[89] 결과적으로 이번

輕歇新稅 然後包稅 無偏重之患 潛越有止熄之道」 *( )는 비변사 기록임.
88) 『承政院日記』2168 순조 23년 7월 초4일 111책 417~418쪽.
　「自今年爲始 包蔘加定八百斤與元數二百斤 從便入送於曆節行 而其中二百斤 依當初定式 使行中自帶 其餘八百斤 付之京灣商 稅錢另定 該院任譯 並元稅一 體收捧」

조치는 사역원이 포삼　　수취에 직접 관여하면서 포삼의 包外越送權을 경상과 의주상인이　에 주었던 것이다.

　조선정부의 증액·감　정책은 이후에도 수시로 단행하였다. 즉 1828년(순조28) 포삼무역량은 4천근이 되었고,[90] 1832년(순조32)에는 8천근으로 늘어났다.[91]　그리고 1841년(헌종7)에는 20,000근까지 증가하였다. 이로인해 「蔘包節目」이 반포된 지 44년만에 포삼무역량은 최초 120근에서 20,000근까지 늘었다. 물론 가삼의 생산량이 해마다 다르고,　　조가 제　에 이루어지지 않는 등의 이유로 규정된 포삼이 모　　　것은 아니다. 그러나 1841년(헌종7) 20,000근 포삼을 정　으로 하여[92] 사역원은 조정의 품의 없이 그때 그때의 물정을 살　그 수량을 정할 수 있도록 되었다.[93] 그만큼 포삼무역량에 신축성　두었던 것이다.

　포삼무　이 20,000근까지 증가하는 동안에 조선정부가 받아들인 包蔘稅의 규　는 얼마나 되었으며 어떻게 쓰였는가 하는 것은 포삼제 운영과 성　을 이해하는 데 중요한 실마리가 된다. 1840년대 2만근에 대한 포　세 수입 규모는 원포와 포외의 세전을 합쳐 약 10만냥 정도로 추　된다.[94] 1841년(헌종7) 정월 의주부윤 李圭祊은 原包

---

89) 『承政院日記』 2168 순조 23년 7월 초4일 111책 418쪽.

90) 『承政院日記』 2232 순조 28년 8월 30일 113책 566쪽.

91) 『承政院日記』 2281 순조 32년 9월 초3일 115책 164쪽.

92) 1841년(헌종7)에 구체적으로 얼마만큼의 포삼이 증액되었는지에 대한 구체적인 자료　없다. 그러나 1847년(헌종13)의 기록에 (기존의) 포삼액에 2만근을 가정하여 4만근이 되고 있으므로 1841년 포삼무역량은 2만근으로 추정할 수 있다 (『承政院日記』 2459 헌종 13년 3월 20일 120책 862쪽 및 『備邊司謄錄』 234 헌종 13년 8월 초1일 23책 836~837쪽 참조).

93) 『承政院日記』 2281 순조 32년 9월 초3일 115책 164쪽.
　　『承政院日記』 2391 헌종 7년 5월 17일 118책 830쪽.

94) 『承政院日記』 2391 헌종 7년 5월 17일 118책 830쪽.
　　「第　包之始 以百斤 加至八千者 皆由時勢之不得不然 元不以多寡爲拘 則自今

外 홍삼 즉 包外 홍삼에서 거두는 세전이 7만 1천 5백 20냥이라고 보고하고 있다.[95] 따라서 원포에 대한 수세액은 2~3만냥이었다고 할 수 있다.

그런데 그로부터 4개월 뒤인 1841년(헌종7) 5월에는 포삼의 액수는 사역원이 헤아려 더하고 포삼세는 10만냥으로 한정하되, 그 가운데 절반은 예전과 같이 사역원에 배당하여 사용케 하고 나머지 절반은 관서에서 작전하여 충당하던 예단삼가로 사용하는 것으로 결정되었다. 덧붙여 예단삼가로 사용하고 남은 비용은 別差倭의 단삼 비용으로 호조가 관리하는 것으로 정해졌다.[96] 당시 52,395냥으로 칙수곡 17,000여 석을 바꿀 수 있었으므로[97] 穀 1石의 가격은 약 3냥 정도였다고 추산된다. 따라서 10만냥의 세전은 약 3만 3천여 석 가량의 곡물 세입과 맞먹는다. 당시 호조의 1년 經用은 약 11만석 가량의 곡물을 필요로 하였다.[98] 그러나 일년 세입은 흉년이 아닌 평상시에도 항시 부족하여[99] 호조의 1년 쌀 수입은 9만석에서 10만석을 넘지 않은 것으로 보인다.[100] 비록 18세기 후반의 기록이긴 하나 호조의 錢儲가 19만냥 정도에 머물고 있었다는 점을 감안할

年爲始 令譯院 包蔘則量意加定 稅錢十萬兩爲限 折半依前付譯院 折半付之單 蔘 所以代關西作錢 而其餘剩者 除留於度支 俾爲別差倭單蔘之費」

95) 『承政院日記』 2387 헌종 7년 정월 24일 118책 702쪽.
「吳取善以備邊司言啓曰 卽見義州府尹李圭祊所報則以爲 紅蔘原包外收稅錢七 萬一千五百二十兩」

96) 주 94) 참조.

97) 『承政院日記』 2391 헌종 7년 정월 24일 118책 702쪽.

98) 『備邊司謄錄』 199 순조 9년 12월 19일 20책 153쪽.
「兼戶曹判書李晩秀所啓 本曹常年經用 必滿十一萬石 然後可以支用」

99) 『備邊司謄錄』 222 순조 34년 3월 21일 22책 513쪽.
「行戶曹判書趙萬永所報 本曹經用 雖在常年 每患不足 況値荐歉之餘 公私無儲 不可但以大絀言也」

100) 『度支田賦考』에 나타난 1800~20년대 실상납 수를 표로 제시하면 다음과 같다.
『度支田賦考』 賦摠 實上納

때101) 포삼세의 수입 비중은 단일 세목으로서는 매우 컸다는 것을 알 수 있다. 또한 주목되는 것은 포삼세의 관리에 사역원 뿐 아니라 호조도 참여케 되었다는 점이다. 이는 포삼세가 사행경비 차원을 넘어 일반 재정 범주로 확대 이용되어가고 있음을 반영하는 것이다.

그러면 포삼 1근당 세액은 얼마나 되었을까. 2만근에 대한 포삼세 규모를 10만냥 정도로 상정할 때 1근당 세전은 약 5냥이 된다. 포삼제 직후의 세액이 100여 냥에 달했던 데 비해 크게 현실화되었음을

연도＼세목	太	田米	米	木	布	錢	銀	비 고
1800	42,939	2,480	93,938	1,114.35	211.31	129,435	500	
1801	44,024	3,226	91,814	1,114.21	209.29	148,084	500	
1802	44,061	3,263	93,237	1,122.30	210.35	149,204	500	
1803	42,709	2,506	91,977	1,061.31	210.34	155,977	500	
1804	41,436	2,461	91,708	1,116.40	204.02	166,230	500	
1805	40,173	3,277	96,631	1,117.21	211	170,088	500	
1806	43,517	3,269	92,722	1,069.03	209	155,862	500	
1807	43,202	2,369	98,712	1,144.06	115.44	170,903	500	
1808	43,290	2,272	99,975	1,161.01	215.07	175,484	500	
1809	43,741	2,330	100,404	1,178.28	215.07	168,963	500	
1810	44,838	2,330	102,900	1,206.19	218.11	162,724	500	*기재순
1811	45,586	2,341	103,204	1,238.21	221.04	159,219	500	
1812	45,757	2,342	103,501	1,252.33	221.04	163,501	500	
1813	45,973	2,342	104,112	1,258.39	216.36	168,060	500	
1814	45,795	2,328	101,673	1,227.28	216.11	166,550	500	
1815	45,941	2,342	102,037	1,207.26	216.11	165,393.5	500	
1816	40,234	2,343	102,096	1,206.49	216.13	169,219.5	500	
1817	41,115	2,338	67,490	702.15	212.39	163,111.5.2	500	
1818	45,241	2,345	92,857	1,223.16	217.25	174,532.5	500	
1819	45,289	2,345	100,884	1,200.42	217.28	175,135	500	
1820	44,817	2,340	100,211	1,168.44	215.30	172,856	500	
1821	44,762	2,344	100,881	1,235.07	217.33	166,863	500	
1822	45,255	383	91,145	1,187	215.19	73,775	500	
1823	44,344	381	94,736	1,153.41	217.03	132,699	500	
1824	44,041	382	81,554	921.07	217.41	131,554	500	
1825	44,462	2,362	90,145	1,153.24	214.19	135,612	500	

101) 『備邊司謄錄』 156 영조 50년 3월 13일 15책 173쪽.

알 수 있다. 이는 잠월을 막기 위한 조선 정부의 증액·감세 정책의 효과였다. 그럼에도 불구하고 私蔘의 잠월은 계속되었으며,[102] 급기 야는 잠월을 눈감아 주는 세 즉 闇眼稅의 폐단까지 일어나고 있었 다.[103]

합안세는 이른바 官이 받아들이는 私稅로 紅蔘의 잠월이 그치지 않는 근본적인 이유였으며,[104] 포삼세를 피하기 위한 商人들의 저항 이기도 했다. 따라서 홍삼의 잠월을 막기 위해서는 포삼수를 더욱 증가시키고 세액을 보다 낮출 필요가 있었다. 이에 1847년(헌종13) 에는 합안세를 바로잡기 위한 방편으로 「包蔘釐整節目」이 반포되기 에 이르렀다.

「包蔘釐整節目」은 첫째 潛蔘을 막기 위한 구체적 방안과 둘째 包 蔘定數의 증가에 따른 세전의 처리 문제를 다루고 있다.[105] 여기서 주목되는 것은 바로 포삼수의 증가에 따른 세액의 재조정과 그 처 리 문제이다. 즉 「包蔘釐整節目」에서 조선정부는 사행시 넘겨갈 수 있는 포삼의 수를 4만근으로 책정하고 그에 따른 세전을 20만냥으 로 책정하였다. 이는 1840년대의 1근당 5냥의 추세를 공인한 것으로 생각된다.

4만근 포삼에 대한 수세는 包蔘 別將이 맡도록 하였다.[106] 사역원

---

102) 『承政院日記』 2417 헌종 9년 윤7월 초10일 119책 542쪽.
103) 『備邊司謄錄』 233 헌종 12년 12월 22일 23책 764쪽 합안세에 대한 자세한
    내용은 이 책의 3장 2절과 3절 참조.
104) 『承政院日記』 2459 헌종 13년 3월 20일 120책 862쪽.
    「盖近來私蔘潛越 年增歲加 莫可禁止者 非但紀綱解紐 專由於官捧私稅 不能
    檢下之致也」
105) 潛蔘에 대한 문제는 이 책의 3장 3절에서 상세히 살필 것이므로, 여기서는
    우선 포삼수의 증가 문제와 세액의 처리문제만을 논의의 대상으로 삼겠다.
106) 『備邊司謄錄』 234 헌종 13년 8월 초1일 23책 836~837쪽.
    「一 二十萬稅錢 別將輩擔當擧行 則不可無各別顧護之節」

에서 임명한 역관이 아니라 포삼별장이 담당케 된 것이다. 포삼별장
은 대개 의주상인으로서,107) 이들은 개성부에서 포삼을 바꿀 때 居
間名色으로 홍삼 1근에 전 7전 5푼을 따로이 내야 했다. 官包가 모
두 4만근이었으므로 그 액수는 3만냥에 달했다.108) 이 3만냥은 개성
부와 의주부에 각기 9,000냥씩 떼내어 주어 校吏輩의 폐단을 바로잡
아 잠월을 막는데 쓰고, 9,000냥은 1841년(헌종7)의 결정에 따라 의
주부 管稅廳에 떼어 주며, 나머지 3,000냥 가운데 1,500냥은 사역원
에 내주었다. 결국 1847년(헌종13) 포삼 4만근에서 거두는 세전은
모두 23만냥이었던 것이다. 이것을 곡식으로 환산하면109) 약 7만여
석에 달한다.110) 한 종목의 세가 이와 같다면 이는 조선정부에게는
엄청난 규모의 재원이 아닐 수 없었다.

　그런데 4만근까지 증액된 포삼은 1849년(철종즉위) 加定된 2만근
을 탕감하는 조치가 취해지면서 다시 2만근으로 환원되었다.111) 이
같은 환원은 역관들의 요청에 따른 것이었다. 역관들은 이미 1847년

---

107)『備邊司謄錄』238 철종 2년 윤8월 23일 24책 322쪽.
　　「一, 灣商之別將 松人之包主 …… 一, 包蔘四萬斤內 一萬八百斤 付之行中譯
　　官 二萬九千二百斤 付之包蔘別將是矣」
108)『備邊司謄錄』234 헌종 13년 8월 초1일 23책 836~837쪽.
　　「松包貿蔘之初 有居間名色 紅蔘一斤 別將輩 例出錢爲七錢五分 今此官蔘 旣
　　爲四萬斤 則其數恰爲三萬兩」
109)『承政院日記』2387 헌종 7년 정월 24일 118책 702쪽.
110) 포삼세의 규모를 쌀로 환산하여 비교하는 데에는 문제가 있을 수 있다. 호
　　조로 수송되는 세곡 운송량은 시기가 내려올수록 조세금납화의 영향으로
　　인해 줄어들기 때문이다. 그러나 단일 세목으로써의 수입량을 비교하는데
　　있어서는 좋은 대비의 대상으로 생각된다. 세곡 운송량에 대해서는 崔完基,
　　『朝鮮後期 船運業史 硏究』, 一潮閣, 1989 ; 高東煥,『18·19세기 서울 京江
　　地域의 商業發達』(서울대학교 박사논문, 1993) 참조. 19세기 전반 호조의 수
　　입에 관해서는 주 100)『度支田賦考』賦摠 實上納 表 참조.
111)『承政院日記』2488 헌종 15년 7월 13일 121책 639쪽 ;『備邊司謄錄』236 철
　　종 즉위년 7월 14일 24책 42쪽.

(헌종13) 포삼의 가감논의에서 포삼의 증액에 대한 회의론을 전개한
바 있다. 즉 이때 역관들은 개성부나 의주부와는 달리 "포삼의 근수
를 증가시키는 것은 명색은 비록 (포삼액을) 증가시키는 것이나 실
제는 (행중원역의 포를) 감소시키는 것"이라는 부정적인 견해를 내
놓았었다.[112] 그러나 당시 조선정부의 절충론에 의혜 2만근에 달하
는 포삼수의 증액이 있게 되었던 것인데, 불과 2년만에 사역원이 잠
월에 대한 痛禁을 명분으로 2만근의 감액을 이끌어 낸 것이다.[113]
徵貴徵賤에 따른 隨時變通[114]이란 포삼증감에 대한 명분 뒤에는 포
삼액수를 둘러싼 역관과 포삼무역에 참여한 상인들 간의 다툼이 자
리잡고 있었던 것이다.

따라서 2만근 감액에 따른 역작용은 바로 나타났다. 즉 1850년(철
종1) 松營에서는 발각된 액수만 1만 1천여 근에 달하는 거대한 잠조
사건이 일어났던 것이다.[115] 그러나 철종 즉위초에는 사행이 7차에
걸쳐 계속되면서 사행의 공용을 담당하던 管稅廳의 창고가 비어 公
錢 10만냥을 빌려야 하는 상황이었다.[116] 포삼수의 증액을 통한 포
삼세입의 확대 방안이 필요하였다. 따라서 포삼의 加定論議는 곧바
로 다시 시작되었다. 그 결과 나타난 것이 1851년(철종2)의 「包蔘申

---

112) 『承政院日記』 2459 헌종 13년 3월 20일 120책 862쪽.
　　「象譯輩之言以爲 痛禁潛越而增加斤數 則名雖增 之 其實減也 售賣反易 宜無
　　失利云」
113) 『承政院日記』 2488 헌종 15년 7월 13일 121책 639쪽.
114) 『備邊司謄錄』 238 철종 2년 8월 28일 24책 305쪽.
　　「自正廟丁巳一百二十斤酌定 至再年還爲二萬斤 而前後五十餘年之間 或加或
　　減 沿革者屢而要其大旨 不過日徵貴徵賤 隨時變通而已」
115) 『備邊司謄錄』 237 철종 원년 정월 29일 24책 110~111쪽.
116) 『備邊司謄錄』 237 철종 원년 2월 22일 24책 123쪽.
　　「又所啓 卽見平安監司洪鍾應報狀 則備陳義州管稅廳 凋弊之狀 請依丙寅公錢
　　十萬兩許貸之例 貸下某樣錢十萬兩矣 使行公用該廳擔當 近例卽然 而東貸西
　　移艱辛支過之餘 昨今年節使及別使之行 周歲之間 爲七次矣」

定節目」이었다.

「包蔘申定節目」은 50여 년 간 운영되어 온 포삼제의 기본 골격을 재차 정리하는 의미를 지니는 것으로 많은 내용을 담고 있다. 그렇지만 본절의 논의와 관련되는 포삼 액수와 포삼세와 관련되는 사항만을 살피면 다음과 같다.

「包蔘申定節目」에서는 포삼의 액수를 다시 4만근으로 하되, 세액은 1근 당 4냥으로 1냥을 줄이도록 하였다. 따라서 세전의 총액은 16만냥이 되었는데 이 중 10만냥은 사역원에 주고 6만냥은 호조에 보태었다.[117] 포삼 4만근은 행중역관에게 10,800근을 주고 포삼별장에게 29,200근을 맡겨 팔도록 하였는데,[118] 이들에게서 거두는 세전 가운데 사역원에 출급하는 10만냥은 혹 세액이 감축될 때에도 감할 수 없다는 점을 명백히 했다.[119]

그러나 포삼수는 19세기 후반 재차 1만 5천근[120]에서 2만근[121] 사이를 오가며 수시로 변동하였다. 무엇 때문에 포삼의 수가 다시 절반 수준인 2만근을 전후한 선에서 변동하고 있었는지에 대해 자세한 내용은 알 수 없다. 따라서 몇 가지의 추론을 할 수밖에 없는 실정이다. 첫째는 자연적 조건의 악화로 인한 가삼생산의 감소를 생각할 수 있다.[122] 포삼의 수는 가삼의 생산과 밀접한 관련을 갖

---

117) 『備邊司謄錄』 238 철종 2년 윤8월 23일 24책 321쪽.
　　「一, 包蔘以四萬斤爲定 每斤稅以四兩爲定 稅錢十六萬兩內 十萬兩 依前區劃 六萬兩 付之經用爲白齊」
118) 『備邊司謄錄』 238 철종 2년 윤8월 23일 24책 322쪽.
　　「一, 包蔘四萬斤內 一萬八百斤 付之行中譯官 二萬九千二百斤 付之包蔘別將 是矣」
119) 『備邊司謄錄』 238 철종 2년 윤8월 23일 24책 321쪽.
120) 『承政院日記』 2604 철종 9년 6월 초5일 125책 3쪽.
121) 『承政院日記』 2596 철종 6년 7월 11일 124책 116쪽.
122) 『承政院日記』 2604 철종 9년 6월 초5일 125책 28쪽.
　　「備邊司啓曰 包蔘斤數 每以産蔘多寡爲增減 而近年産蔘甚少 …… 我國藥用亦

기 때문이다. 그러나 그것을 실증할 만한 근거는 없다. 두번째는 1847년(헌종13)「포삼이정절목」당시 조선 정부의 강력한 潛造禁止策이 5~6년 후인 1852년(철종3) 이후 家蔘 생산의 양적 감소로 이어졌을 가능성이다. 즉「절목」반포 당시 조선 정부는 가삼의 밀수출을 막기 위해서는 홍삼을 몰래 만드는 潛造를 막는 것이 근본적인 대책이라는 입장하에 松營을 시켜 규정된 포삼의 수효 이외에는 한 뿌리의 가삼이라도 濫採·濫造하지 못하도록 강력히 규제하였던 것이다.[123] 이에 1850년(철종1)에는 가삼재배를 생업으로 삼아 살아가던 개성부의 民勢가 크게 어려워지고 있었던 바, 같은 해 일어난 1만 1천근의 잠조 사건도 종국에는 가삼 대량 재배의 의욕을 저해하는 요인으로 작용했을 듯하다. 그러나 이것도 방증자료는 없다. 세번째는 1849년(철종즉위)의 포삼수량의 감축과 마찬가지로 역관들의 주장에 따른 감액조치의 가능성이다. 즉 사상들이 담당하는 포삼액의 증가는 상대적으로 역관이 自帶하는 포삼의 이익을 떨어뜨리는 결과를 가져왔기에 역관은 계속인 포삼무역량 감액을 주장해왔다. 이는 1840년대 포삼무역량 감액 조치 및 대청무역 정책과 연결지어 생각할 때 가장 가능성이 높다고 생각된다. 어쨌든 1850년대 이후 축소 조정된 포삼수는 이후 고종대까지 계속되면서 소폭의 변동이 있었을 뿐 대체로 2만근을 전후한 선에서 유지되었다.[124]

多苟艱」
123)『備邊司謄錄』234 헌종 13년 8월 초1일 23책 836쪽.
「大抵潛蔘之永祛 …… 苟自松營 使之毋得濫採濫造 初無一角蔘加多於元包之數 則塞源之政 莫過於此」
124) 이에 대해서는 4장에서 살피기로 한다.

표] 3 - 1 19세기 전반 包蔘貿易額과 包蔘稅 規模 變化表

연 대	포삼수	근당세액	총세액	비 고
1797(정조21)	120근			
1802(순조 2)	120근	200냥	24,000냥	『萬機要覽』
1811(순조11)	200근	120냥	24,000냥	*추정치
1823(순조23)	1,000근			
1827(순조27)	3,000근			
1828(순조28)	4,000근			
1829(순조29)	3,000근			
1832(순조32)	8,000근	12냥 5전	10만냥	* 추정치
1841(헌종 7)	20,000근	5냥	10만냥	
1847(헌종13)	40,000근	5냥	20만냥	
1849(철종즉위)	20,000근			

* 이 표는 『承政院日記』의 각 해당 부분에서 추출하여 작성하였다.

표] 3 - 1은 19세기 전반 포삼무역의 증액·감세 정책을 표로 나타낸 것이다. 이를 통해 우리는 다음의 몇 가지 사실을 알 수 있다. 첫째는 포삼무역액이 증가됨에 따라 포삼세가 감소되고 있다는 것이다. 즉 포삼무역은 조선정부의 증액·감세 정책속에서 운영되고 있었다. 이에 따라 1802년(순조2) 포삼액 120근에 매 근당 包蔘稅 200냥이었던 것이 1847년(헌종13)에는 4만근 포삼에 1근 당 세액은 5냥까지 감소하였다. 그러나 포삼세의 총규모는 수출량의 증가에 따라 2만 4천냥에서 20여 만냥까지 늘어났다.

둘째 포삼세가 늘어남에 따라 조선정부는 이를 사역원 비용이란 차원을 넘어 호조의 재정을 보충하는 데까지 활용하고 있었다는 점이다. 1840년대 이후 包蔘稅額은 많을 경우 20만냥에 이르는 거대한 규모였으며 아무리 떨어져도 10만냥 내외였을 것으로 추정된다. 이 가운데 호조는 적어도 5~6만냥의 錢文 수입을 올릴 수 있었다. 이는 결코 작은 양이 아니었다. 물론 이것은 규정된 포삼수가 1년에 모두 그 액수를 채워 들어간다는 전제하에서의 수치이다. 그러나

1870년대의 기록에서까지 규정된 포삼수는 거의 모두 넘어 간 것으로 보아[125] 이러한 수치의 추정에는 별다른 문제가 없는 것으로 생각된다. 따라서 1850년대에 이르면 포삼세는 조선정부의 국가재정과 밀접한 관련을 가지고 있다는 인식이 뚜렷이 나타내고 있었다.[126]

요컨대 포삼제는 18세기 후반 모자 수입무역과는 다른 의미를 지니면서 확대되어 갔다. 즉 모자수입무역이 국내의 銀을 국외로 유출시키는 것이었다면, 인삼 수출무역은 銀의 국외유출을 줄이고 인삼으로써 국내 소용의 淸貨를 들여올 수 있는 방편이 되고 있었다. 19세기 人蔘은 비록 재배삼이었으나, 청국에서는 아편 해독에 약효가 있는 것으로 알려져 있었으며,[127] 일본도 17세기 이래 인삼의 효과에 매료되어 값의 고하를 따지지 않고 다투어 살만큼 높은 대외적 수요를 가지고 있었다.[128] 따라서 국내에 부족한 銀 대신 紅蔘을 가져가는 것은 조선정부나 상인들 모두에게 매력적인 것이었다. 이에 家蔘은 긴 시간과 많은 자본의 투자 그리고 병충해 등의 위험부담율이 높은 작물이었음에도 불구하고 자본력을 지닌 이들에 의해 널리 경작되었으며, 역관・경상・의주상인・개성상인은 세전만도 매 근당 錢 200냥이나 하는 홍삼무역의 주도권을 쥐기 위해 경쟁, 대립하였다.

그러나 제한된 무역량과 높은 세전은 홍삼의 잠조 잠월을 부추켰다. 이에 조선정부는 포삼무역량을 증가시키는 한편 세액을 현실화

---

125) 『義州府關牒謄錄』(奎 15135의 2-1) 갑술 11월 초9일 및 『義州府關牒謄錄』(奎 15135의 2-1) 병자 10월 29일조 참조.
126) 『備邊司謄錄』 244 철종 8년 6월 초7일 25책 110~111쪽.
   「包蔘增加變通 專爲經費之補縮」
127) 『中京誌』 권2 土産條.
   「淸人之病於鴉烟者 用蔘爲藥 故得我蔘 甚珍之然服之」
   『增補文獻備考』 151 田賦考 11 正祖 21년條.
128) 『承政院日記』 639 영조 3년 5월 25일 34책 904쪽.
   「倭俗每病輒用蔘而見效 故不計價之高下而爭買」

하는 증액 · 감세정책을 펴 나갔다. 그 결과 포삼세는 사역원의 수
입을 넘어 점차 호조의 재원으로까지 활용되기에 이르렀다.

 그런데 이상과 같은 조선정부의 포삼무역 정책 변화에는 對淸紅
蔘貿易의 담당자였던 역관 · 경상 · 의주상인 · 개성상인의 이해관계
가 얽혀 있었다. 따라서 조선의 대청홍삼무역을 종합적으로 이해하
기 위해서는 포삼무역을 둘러싼 각 세력간의 이해관계가 보다 구체
적으로 규명되어야 한다.

2. 包蔘貿易의 主體와 性格 變化

 조선정부는 홍삼무역을 통해 역관을 부양하고 사행경비를 마련하
려는 목적에서 포삼제를 실시하였다. 이로 인해 역관은 통역관이자
홍삼무역을 공인받은 상인으로서 활동할 수 있었다. 그러나 각급 관
아로부터 무역자금을 대출받을 수 없었던 역관은 그들 스스로 가삼
을 매집하고 홍삼을 제조할 수 없었다. 따라서 역관은 서울지역의
京商과 손을 잡고 국내의 가삼을 구매하고, 홍삼을 제조하여 무역하
는 형식을 택하였다. 역관과 경상이 서로 연결되었던 것이다.

 한편 홍삼무역에는 西商인 의주상인과 개성상인도 참여하였다. 의
주상인은 포삼제 실시 초기 단순히 역관의 말을 끌고 가는 馬頭者
로 참여하였으나 점차 包蔘別將의 위치로 자리잡았다. 개성상인은
홍삼무역에 공식적으로 참여할 수 없었다. 그러나 개성상인은 18세
기부터 인삼재배에 남다른 관심을 보여 왔고,129) 1810년(순조10) 포
삼계인의 혁파와 함께 증포소가 개성으로 이설되면서, 의주상인과
더불어 包蔘主人으로서 역할을 담당했던 것으로 보인다. 의주상인과

---

129) 姜萬吉, 「開城商人과 人蔘栽培」 『朝鮮後期 商業資本의 發達』 高麗大學校 出
     版部, 1973 참조.

개성상인은 홍삼무역에서도 '西商'130)으로 상호 동질적 이해관계를
지녔던 것이다.131)

대청홍삼무역에 참여한 각 상인층은 조선 정부의 정책 변화에 민
감할 수 밖에 없었다. 家蔘의 買集權과 홍삼을 만드는 造蔘權 및 교
역을 수행할 수 있는 貿易權이 어느 층에게 주어지느냐에 따라 상
호 경쟁 관계가 달라졌기 때문이다. 그런데 조선정부의 정책 변화는
재정 확보 의도와 밀접히 관련되어 있었다. 즉 조선정부가 포삼제를
시행한 당초의 의도는 '象譯의 聊賴'와 '사행 왕래 비용' 마련에 있
었다.132) 그러나 시간이 지나면서 조선정부는 포삼제를 "하나는 別
使의 公用을 위한 것이고 또 다른 하나는 사역원 수백명 관리의 생
활을 돕기 위한 것"133)이라 인식했다. 포삼 무역을 사역원 전체 재
정수입 마련책으로 간주한 것이다. 이것이 1850년대에 이르면 "包蔘
의 增加變通은 전적으로 經費의 補縮"134)과 관계된다고 하였다.

---

130) 西商勢力은 '西路의 상인' 혹은 '三道商賈'라고 지칭되는 경기·황해·평안
　　도의 상인을 총칭하는 말이다. 그러나 그 중심세력은 의주상인과 개성상인
　　이었다. 李哲成,「19世紀 前半 包蔘貿易 전개 과정과 西路商人」,『東西史學』
　　5, 1999 참조.
131) 홍삼무역 구조에 포함된 이들은 다시 그 역할에 따라 家蔘 생산자층, 국내
　　가삼을 매집할 권한과 자본을 지닌 층, 홍삼 제조를 허가 받은 층, 그리고
　　홍삼 무역권을 지닌 층 등으로 나누어 볼 수 있다. 가삼 생산자와 홍삼제조
　　자를 제외하곤 모두 가삼의 유통권자라 할 수 있는데, 유통권자 보다는 생
　　산자에 대한 규명이 선행되어야 하리라 생각된다. 그러나 이 책은 대청무역
　　구조를 밝히는데 주된 목적이 있으므로 생산자층의 규명은 차후의 과제로
　　남긴다.
132)『承政院日記』1985 순조 10년 6월 18일 104책 611쪽.
　　「包蔘設置之當初法意 不但爲象譯聊賴 使行往來專靠於此」
133)『承政院日記』2232 순조 28년 8월 30일 113책 566쪽.
　　「盖此包蔘之設施 一以爲別使公用 一以爲一院屢百官生之資生」
134)『備邊司謄錄』244 철종 8년 6월 초7일 25책 110~111쪽.
　　「包蔘增加變通 專爲經費之補縮」

생각컨대 당초 (포삼제) 창설은 오로지 譯商의 생업을 돕기 위한 것이었습니다. 그런데 이것이 한 번 변하여 의주상인의 貿遷하는 밑천이 되었으며 두 번 변하여 松民의 資生의 業이 되었으며 세 번 변하여 세액이 점증함에 따라 재정을 보충하는 데 이르러 슬그머니 一國의 큰 정사가 되었습니다.[135]

이처럼 조선 정부가 포삼세를 재정 확충을 위한 방편으로 확대하자, 홍삼수출을 둘러싼 譯官, 京商, 西商 간에도 경쟁과 갈등이 생겨났다. 결국 포삼무역을 총체적으로 이해하기 위해서는 조선 정부의 정책 변화도 면밀히 살펴야 하는 것이다. 따라서 이 절에서는 19세기 前半 포삼무역 정책과 무역 주체의 변화를 시기 구분하여 살펴보려 한다.

1) 譯官・京商 主導의 包蔘貿易(1797년~1810년)

1797년(정조21) 포삼제가 실시되고 紅蔘 밀수출에 대한 규제가 강화되자 그동안 상대적으로 위축되었던 譯官과 京商의 대청무역은 활기를 띠었던 것 같다. 포삼제 실시 직후 홍삼무역을 둘러싼 역관・경상・의주상인・개성상인 사이의 경쟁상을 알려주는 자료는 없다. 그러나 몇 가지 사실을 통해 대체적인 정황은 파악이 가능하다. 즉 의주상인은 포삼제 실시 이후 후시와 모자무역에서 이익을 잃고 패잔하였으며, 따라서 의주부의 재정상태도 악화되고 있었다.

비변사에서 啓하여 말하기를, 평안도 의주에 사는 燕商 安櫟 등의 上言을 본 즉 공용조 4만냥은 조정으로부터 원래 매년 區劃되지 않고,

---

135) 『承政院日記』2520 철종 2년 8월 28일 122 842쪽.
「第以當初刱設 職爲譯商輩 聊賴之資 而一轉爲灣商貿遷之資 再轉爲和(松)民盜賣(資生)之業 三轉而稅額漸增 至補經用 而居然爲一國之大政矣」* 이 자료는 『備邊司謄錄』238 철종 2년 8월 28일조에도 전한다. 괄호 속의 글자는 비변사등록의 내용이다.

1천 척의 모자세 4만냥으로 공용의 비용을 삼아 왔습니다. 그러나 매
년 나오는 모자의 수가 5~6백척에 불과하여, 공용을 채우지 못하는
액수가 거의 2만냥에 이릅니다. 조정은 후시에서 거두는 稅錢으로 모
세의 부족한 것을 대신하여 보충코자 합니다. (그러나) 후시에서 거두
는 세전이 4천냥이니, 후시에서 거두는 세로는 수만냥의 부족되는 수
를 채울 수 없습니다. 또 공용조 6천냥을 은으로 바꾸는데 은 1냥에
전 3냥3전式으로 가격을 정한 후에 (시가를) 쫓아 4냥 2~3전으로 매
번 바꾸어 내니, 이익을 잃는 것이 또한 5~6천냥이 됩니다. (중략) 매
년 모세의 부족되는 수와 은으로 바꿀 때의 이익이 없는 등의 두 가지
폐막을 특별히 변통해 줄 것을 말하였습니다.[136]

포삼절목이 반포된지 불과 2개월 만에 의주상인 安櫟 등이 모자
무역이 부진하여 공용의 마련이 어렵고, 공용조 6천량을 銀으로 바
꾸어 내는 과정에서 그들이 이익을 잃고 있음을 호소하면서, 이에
대한 변통을 요청하였던 것이다.

그러나 정부는 우선 모자 1천 척이 수입되지 않는 것은 상고들의
농간에 따른 것이라 규정하여 중국에서 모자를 구입할 수 없다는
商賈들의 주장을 일축하였다.[137] 이어 1790년(정조14) 6월 후시를 복
설할 때에, 교역하는 물화에 이전과 같이 일정한 수를 정하지 않고
의주부윤이 수시 변통토록 한 것은 공용조 4만냥을 채우기 위한 조
치였다는 점을 강조하였다.[138] 조선정부는 모자수입의 부진과 후시

---

136) 『備邊司謄錄』186 정조 21년 8월 22일 18책 684~685쪽.
　　「司啓曰 卽見平安道義州居燕商安櫟等上言 則以爲公用條四萬兩 自朝家元無
　　每年區劃者 而以一千隻帽稅四萬兩 以爲公用之需 而每年出帽之數 不過五六
　　百隻 則其間不足之數 將近二萬兩 而廟堂 以後市所捧稅錢 補帽稅不足之代
　　後市所捧稅錢 亦爲四千兩 以此捧稅 無足有無於數萬兩不足之數 且公用條六
　　天兩 貿銀每兩錢三兩三錢式定價之後 從價四兩二三錢 每每貿納 則無利亦爲
　　五六千兩 …… 帽稅不足數及貿銀時無利等 兩項弊瘼 特令變通爲辭矣」
137) 『備邊司謄錄』186 정조 21년 8월 22일 18책 685쪽.
　　「近來帽隻之未準千隻 此是我國商賈輩用奸之致 豈直由於波中造帽之數 不能
　　準千隻而然歟」

의 수세가 4천냥에 그치고 있는 것 그 자체가 의주상인의 농간이
개입된 것이 아니냐는 시각을 보인 것이다. 또한 조선정부는 貿銀價
에 대해서도 은 1냥에 전 3냥 3전이면 두텁게 지급하도록 한 것인
데도 더 받아내려 하는 것은 문제가 있다며 의주상인이 제기한 두
가지 사항 모두를 인정치 않았다.[139] 포삼제 실시 후 조선정부의 의
주상인에 대한 무역상의 제재 분위기를 감지할 수 있다.

반면 서울지역 상인이었던 靑布廛人에게는 오히려 특혜가 부여되
었다. 즉 조선정부는 1798년(정조22) 서울에 모자를 널리 유통시키
기 위한 방편의 일환으로 청포전인에게 關西錢 2만 5천냥을 빌려주
어 灣上回門에서 모자 100척을 사다가 팔고는 다음해 4~5월에 원
금을 환납토록 하는 특별한 조치를 취했다.[140] 바로 전 해에 공용은
에 대한 관서의 官銀貸下는 비록 빌려주는 것이나 돌아오지 않으므
로 실제로는 白給과 같아 관서의 관은 보유량이 크게 걱정된다고
하면서, 義州府의 공용은 책납을 강조했던 조선정부의 입장과는 크
게 다른 면모를 보인 것이다.[141]

중앙정부와 밀접한 관련을 지닌 서울 상인들에게 특권을 인정하
려는 이 시대의 분위기[142]는 1799년(정조23) 수원 무역별장의 설치
를 둘러싼 논의에서도 나타난다. 즉 수원유수 서유린은 수원에 五營

---

138) 『備邊司謄錄』 186 정조 21년 8월 22일 18책 685쪽.
「不得已復設後市 而交易物貨 使之不必如前定數 仍之灣尹隨時變通 無敢以公
用四萬兩不足之意」
139) 『備邊司謄錄』 186 정조 21년 8월 22일 18책 685쪽.
140) 『備邊司謄錄』 188 정조 22년 11월 17일 18책 962쪽.
『備邊司謄錄』 188 정조 22년 11월 24일 18책 967쪽.
141) 『備邊司謄錄』 186 정조 21년 8월 22일 18책 685쪽.
142) 高東煥, 『18 · 19세기 서울 京江地域의 商業發達』, 서울大 博士論文, 1993 ;
李　旭, 「18세기말 서울 商業界의 변화와 政府의 對策」 『歷史學報』 142,
1994 참조.

의 舊例에 따라 무역별장 1窠를 설치하고 華城人을 무역별장으로 삼아, 다시마 500隻·海蔘 500稱을 立廛과 靑布廛처럼 減包入送(包外入送)토록 하고 우피 2,000장 또한 매번 減包入送하도록 하여 수원부의 재정을 마련하고자 하였다. 그는 이러한 주장을 해삼과 우피는 연행의 交市에 본래 정한 수가 없는 물품이고 해삼은 灣府의 정해진 수 이외의 것이므로 조금도 지장될 것이 없다는 논리로 정책의 합리성을 피력하였다.[143]

그러나 이는 그간 대청무역을 통해 이익을 얻고 공용은을 마련하던 사상의 이익과는 배치되는 정책입안이었다.

비변사에서 계하여 말하기를 …(중략)… 또 생각컨대 해삼과 소가죽이 비록 본래 정해진 수가 없다고 하나 여기에 이익이 있으면 저기에서 손해를 보는 것이 物情입니다. 사방의 商賈가 그 명을 듣고는 억울해 할 근심이 있을 듯합니다. 심지어 다시마(海帶) 1종은 근래 의주상인이 담당하여 행중공용을 그들에게 내도록 하였습니다. (이에 의주상인이) 생활방도를 얻고 공용 또한 이로 인하여 도움이 되는 바가 없지 않았습니다. 지금 5백척의 다시마를 포외입송하면 저들이 싸게 팔게되리라는 것을 미루어 알 수 있습니다. 의주상인이 이미 이익을 잃었는데 水原府民 또한 이익되는 바가 없은 즉 어찌 둘다 이익을 잃는 계책이 아니겠습니까.[144]

---

143) 『備邊司謄錄』 189 정조 23년 7월 26일 19책 47~48쪽.
「臣意則每年燕行 倣五營舊例 設置貿易別將一窠 以華城人差遣 海帶五百隻·海蔘五百稱 依立廛·靑布廛例 減包入送 牛皮二千張式 亦令每門減包入送 …… 而海蔘牛皮則燕行交市 本無定數 雖以海帶一種言之 又在灣府定數之外 故少無窒碍之端 自今曆行爲始 以此定式施行 恐合事宜 令廟堂稟旨分付何如 上曰依爲之」

144) 『備邊司謄錄』 189 정조 23년 7월 26일 19책 48쪽.
「司啓曰 …… 且念海蔘·牛皮 雖曰本無定數 利於此則損於彼 物之情也 四方商賈 恐有聞令抑鬱之慮 至於海蔘一種 近因灣商擔當 行中公用 付之渠輩 頗得聊賴 公用亦不無因此資益之道云 今以五百隻海帶包外入送 則到彼賤售可以推知 灣商旣失其利 府民又無所利 則豈非兩失之策乎」

　수원부에 무역상의 특권을 주려는 조선정부의 논의는 위와같은 비변사의 반대로 실행되지 못하였다. 그러나 이 시기 수원부의 상업세력을 성장시키려는 정책속에서 의주상인의 이익이 위협받고 있었다는 상황만은 알 수 있다.

　결국 포삼제 실시 직후 조선정부의 대청무역 정책은 西商 곧 의주상인과 개성상인의 무역활동을 철저히 규제하려는 한편 譯官과 京商의 이익을 정책적으로 보장하는 방향에서 수립되고 운영되었다고 할 수 있다. 따라서 포삼제하의 대청홍삼무역도 이 범주에서 운영되었으리라고 생각된다. 즉 이 시기 홍삼무역은 대청무역상의 일반적 상황과 같이 譯官과 京商이 조선정부의 지원을 받으며 주도권을 쥐고 있었고, 의주상인 및 이들과 연결된 개성상인이 여기에 대항하며 그들의 입지를 넓히려 했다고 생각된다.

　하지만 포삼제 실시가 곧바로 역관무역의 약진으로 이어지지는 않았다.「蔘包節目」의 八包內 人蔘充包는 역관들에게 홍삼을 가져가 중국에 팔 수 있는 권리를 인정해 준 것에 불과할 뿐 무역자금까지 마련해 준 것은 아니었기 때문이다. 18세기 후반 이래 역관무역은 개성상인과 의주상인의 八包外 皮雜物貿易으로 압박받고 있었으므로,145) 역관들이 독자적인 홍삼무역을 펼치기는 힘들었다. 게다가 역관들은 포삼무역의 대가로 사행경비의 일부를 담당해야 했기 때문에, 경우에 따라서 역관은 오히려 낭패를 당하기도 하였다.

　　연전에 홍삼 값이 매근 3백냥이 되고, 가을 황력에 6백냥이 되었는고로, 이번에도 값이 7백냥에 이르렀더니, 황성에 이르매 신가 · 장가 두 상고가 상지(相持)하여 사지 아니하고 3백 50냥을 받으라 하니, 역관들이 다 낭패할 지라 할 바를 알지 못한다 하더라146)

---

145) 이 책의 2장 3절 참조.

이 자료는 포삼제 실시 바로 다음해인 1798년(정조22) 홍삼무역의
일면을 보여 주고 있다. 청국 상인들이 조선 사행의 行期가 급박함
을 이용하여, 홍삼 값을 떨어뜨리려는 농간을 부리자, 격관은 도리
어 손해를 볼 위치에 놓였던 것이다.

포삼무역에 관한 규정 변경이 불가피했다. 이에 1802년(순조2) 조
선정부는 홍삼 120근의 매매를 경상과 의주상인이 전담하고, 사역원
에서는 근당 包稅 錢 200냥만을 징수토록 하였다.[147] 그리고 홍삼 1
근 당 거둔 포삼세 200냥 가운데 100냥은 사행원역의 多寡에 따라
사행경비로 지급하고 나머지 100냥은 녹봉외에 한·청·공 3학 역
관의 하인 給料條로 지급되는 驅債의 비용으로 저축하였다.[148] 이로
써 포삼세는 사행시 경비로 지급됨은 물론 사역원 역관들을 위한
경비로도 쓰이게 되었다.

조선 정부의 이러한 정책 변화는 포삼무역의 주체를 역관에서 경
상과 의주상인으로 바꾼 듯이 보인다. 그렇지만 이 시기 포삼무역은
여전히 역관과 경상이 주도하였다. 譯官은 포삼제의 실시를 처음으
로 조선 정부에 요청하고 경강에 증포소를 설치하면서[49] 포삼을

---

146) 『戊午燕行錄』 권3 무오년 12월 27일 (『국역연행록선집』 7 戊午燕行錄 142
쪽).
147) 『萬機要覽』 財用編 5 燕行八包條.
「又生奸弊 壬戌更以元定蔘一百二十斤 出付京·灣商處 使之擔言買賣 本院只
收每斤包稅錢二百兩 就其中一百兩 則出給赴燕人員 故元定三千帶去者所受
爲三百兩 二斤帶去者 爲二百兩 其餘一百兩則貯留 儲以爲漢淸書三學譯官 每
朔驅債之需」
148) 『中京誌』 권2 土産條.
149) 『中京誌』 권 2 土産條.
「譯人售諸燕市果亦有利 乃告其狀于政府 請造蔘納稅 以補司譯院二月 且請立禁
政府許之 定中國曆(受曆官)節(冬至使) 兩行 所齎之額 爲一百二一斤 名曰包蔘
斤抽稅若干 譯人遂設蔘包所於京城 貿蔘同福等地而造之而譯人各以其官班次雇
人受文憑名之曰穴其 義州人之充譯官馬頭者 亦得齎若干包 謂之曰灣商」『承政
院日記』 2509 철종 원년 9월 초4일 122책 353쪽.

가져갈 수 있는 권리를 확보하였다. 경상은 사역원으로부터 文憑을 발급받아 무역에 참여했다.150) 京商은 京各司와 연결된 특권상인들로 생각되는데, 이들은 포삼제가 실시되자 사역원과 결탁하여 包蔘契를 구성하고151) 스스로를 包蔘契人이라 했던 것같다.152) 包蔘契人은 역관의 비호를 받으며 전국 각지의 인삼을 수집하고 홍삼을 만들어 사행의 기회를 이용하여 홍삼무역을 하였던 것이다.153)

한편 의주상인은 1790년(정조14) 책문후시 복설 이후 帽稅와 後市稅의 收稅를 맡아 사행시의 公用을 책임지고 있었다. 이른바 馬窠·馬貰·海帶 등 여러 비용을 責應하고 있었던 것이다.154) 그런데 1797년(정조21) 포삼제가 실시되자 의주상인은 역관의 말을 몰고 가는 馬頭名色으로 포삼무역에도 참여하였다.155) 하지만 19세기 초반 灣上軍官에게 포삼무역권을 주자는 논의가 거부되는 상황에서 보

---

150) 人蔘 取扱을 公認하는 黃帖을 상인층에게 발급하는 방식은 이미 17·18세기부터 있어 왔다. 金鍾圓,「朝鮮後期 對淸貿易에 대한 一考察 - 潛商의 貿易活動을 中心으로」『震檀學報』43, 1977 ; 吳 星,「朝鮮後期 蔘商에 대한 考察」『한국학보』17, 1979 ; 車守正,「朝鮮後期 人蔘貿易의 展開過程 - 18世紀初 蔘商의 成長과 그 影響을 中心으로 - 」『北岳史論』1, 1989.

151) 今村鞆,『人蔘史』第3卷 人蔘經濟篇 210쪽.
今村은 포삼무역과 재정과의 관계와 변천 등을 언급하면서 자신의 소장인 듯한「包蔘文書」및「包蔘申定節目」을 통해 포삼계인이 13인이었음을 명시하고 있다.

152)『承政院日記』1985 순조 10년 6월 18일 104책 611쪽 .
「李海愚 以備邊司言啓曰 包蔘設置之當初法意 不但爲象譯聊賴 使行往來 專靠於此 而潛造潛越之弊 年增歲加 將至破敗之境 不得已自該院 更採物情 包蔘契人 永爲革罷 一付灣商 使之擔當擧行 元節目 更爲酌量磨鍊 今方入啓矣」

153) 따라서 1802년(순조2) 경상과 만상에게 포삼무역권을 전담시켰음에도 역관의 영향력은 여전히 컸던 것으로 짐작된다. 이에 대해서는 3장 1절 참조.

154)『承政院日記』1912 순조 6년 5월 27일 101책 657쪽.
「故曾在先朝 因大臣筵奏 復設旣罷之後市 以其稅條 並與帽稅而付之灣商 擔當公用 則所謂馬窠馬貰海帶等諸條 卽是自灣府推移充數者也」

155)『中京誌』권2 土産條.

듯,156) 이 시기에는 사행원역으로서 包窠를 가진 역관과 그들과 결탁된 京商이 홍삼무역을 주도했다고 생각된다.

반면 포삼제 실시초 의주상인과 개성상인은 포삼무역상 주도적인 위치에 있지 못하였다. 물론 이것이 곧 대청무역상 의주상인과 개성 상인의 활동이 위축되었음을 의미하는 것은 아니다.157) 그러나 포삼 무역액이 120근으로 제한되어 있었고, 경상으로 구성된 包蔘契人이 존재하였으며, 증포소 또한 京江에 있었다. 따라서 제1기(1797~ 1810) 대청 포삼무역은 경상의 주도하에 일부의 의주상인이 참여하 는 형태로 이루어졌던 것이다.

그러나 역관과 경상 주도의 포삼무역이 순탄했던 것만은 아니었다.

근래 銀貨로는 包를 채워갈 방도가 없었습니다. 때문에 蔘包도 대신 하였던 것입니다. (포삼 무역의) 초기에는 역관 蔘包의 이익이 銀包보 다 나았습니다. 그러나 근래에는 중국 사람들이 전에 무역해 두었던 홍삼을 내놓고 보여주면서 "이것은 무용지물이므로 매매할 수 없다"고 말하여 저들이 우리나라 사람들을 시험합니다. (이에 기한이 얼마남지

---

156) 灣上軍官은 사행시 草料를 담당하는 放料軍官과 舍館定待하는 下處軍官 2員 이 있었는데(『龍灣志』「官職」條 藏2 - 4280 ;『朝鮮時代私撰邑誌』49, 平安道 5 韓國人文科學院編) 사행과 개시의 모든 役을 담당하여 그 중요성이 灣商 에 못지 않았다 (『承政院日記』1930 순조 7년 7월 25일 102책 469쪽 「灣上 軍官 專當使行開市之役 其爲關係 有重於灣商」). 그런데 그들의 부담이 해마 다 증가하자, 1806년(순조6)에는 역관의 예에 따라 그들에게 포삼 10근을 더 주자는 논의가 있었다 (『承政院日記』1908 순조 6년 2월 24 101책 404쪽「 使行時 草料放下 舍館定待 以灣上兩軍官擔當 年年引用 歲歲倍入 如之何不 窮竭乎 …… 灣上軍官 則依譯官例加給蔘包十斤」). 이 논의는 120근 포삼정 액 내에서 떼어줄 경우 역관들의 이익에 손해를 입히게 되고 정수 외의 지 급은 규정에 저촉되는 일이므로 허락되지 않았다 (『承政院日記』1908 순조 6년 2월 24 101책 404쪽).

157)『承政院日記』1850 순조 2년 4월 초10일 98책 411쪽.
「我國私商輩 每於義州 開市交易 納稅四萬兩 隨使行入燕京 又納包稅 冬至使 行 多數入去 黃曆便 略千人去 若別使行時 或入去或不入去 自是例也」

않은) 끝에 가서야 부득불 교역하고 떠나니 마침내 무역하기는 하나 백가지의 이유로 싼 가격에 하게 됩니다. 저쪽나라의 인심 巧詐한 것이 이와 같습니다.[158]

포삼무역의 초기 紅蔘價는 근당 600냥~700냥을 呼價하였다.[159] 포삼 1근의 국내 折銀價가 天銀 100냥이었으므로 銀包보다는 蔘包의 이익이 컸던 것이다. 그러나 청국상인은 사행의 行期가 촉박함을 이유로 가격을 담합하여 낮추거나[160] 저들 물품의 가격을 높여, 결국에는 저들의 이익을 채우려 하였다.[161]

청국 상인의 홍삼가격 인하 책동이 가능했던 배경에는 공식적인 包蔘外 홍삼이 대량 밀수출되고 있었던 데에서 기인한다.

근래 변경지방을 막는 규율이 더욱 제멋대로여서 (법령이) 없는 것과 같습니다. 包蔘의 일로 말하더라도 개성상인과 의주상인 간에 사사로이 홍삼을 제조하여 몰래 저쪽으로 넘기는 폐단이 해마다 증가하고 있습니다. (그런데) 이번 절행에 이르러서는 더욱 심하여 만약 이것을 그만두게 하지 않으면 포삼의 법이 오래지 않아 장차 없어져 버릴 것입니다.[162]

---

158) 『承政院日記』1850 순조 2년 4월 초10일 98책 411쪽.
  「近來銀貨 無滿包之道 故以蔘包代之 初則譯官輩蔘包之利 勝於銀包 而近來則彼國人 出示前所貿置紅蔘曰 此無用之品 故不得賣買云 彼揣我國人 末稍則不得不交易而去 雖畢竟貿之 百端低價 彼國人心之巧詐如此」
159) 『戊午燕行錄』3권 무오년 12월 27일 (『국역연행록선집』7 戊午燕行錄 142쪽).
160) 『戊午燕行錄』3권 무오년 12월 27일 (『국역연행록선집』7 戊午燕行錄 142쪽).
161) 『戊午燕行錄』5권 기미년 2월 4일 (『국역연행록선집』7 戊午燕行錄 308쪽).
  「행중에 삼 값을 3백 50냥으로 결가(決價)를 하였다 하니 겨우 낭패를 면하나, 저의 비단 물화(物貨) 값을 또한 백냥에 20냥씩 돈우자 하니, 이곳 매매하는 법이 은(銀)을 주지 않고 각색 비단 물화로 값을 쳐 주되, 수주(水紬) 한필에 정은(正銀) 두 냥을 치니, 아국 돈 엿 냥 돈이 되되, 나은 후 넉 량 남어지 받는다 하니, 이럭저럭 이(利)가 없다 하더라」
162) 『承政院日記』1979 순조 10년 3월 15일 104책 421쪽.
  「載瓚曰 近來邊禁 尤爲蕩然 以包蔘事言之 松灣之間 私造潛越之弊 逐年增加

즉 개성상인은 포삼무역권을 公認 받지 못하였고, 의주상인 또한 京商에 비해 포삼무역상 우위를 점하지는 못하였으나, 서로 연계되어 홍삼을 사사로이 만들어 중국으로 몰래 넘겨 갔던 것이다. 이에 조선정부는 灣府는 잠월을 철저히 단속하고 경외의 관아는 私造의 폐를 막도록 하되, 발각되는 자가 있으면 마땅한 법률을 적용하고 관장으로서 금단시키지 못한 자는 制書之律을 쓰도록 하였다.163)

그러나 이 시기 홍삼의 私造潛越 행위는 개성상인과 의주상인에게 국한된 것은 아니었다. 오히려 홍삼의 잠조·잠월은 국내 인삼매집권과 경강증포소를 장악하고 있던 포삼계인에게서 더욱 심각하게 일어났던 것 같다. 이들은 경강 증포소를 기반으로 원포 이외의 홍삼을 제조할 수 있었기 때문이었다. 결국 1810년(순조10) 6월 조선정부는 포삼계인을 영원히 혁파하고 그 역할을 의주상인에게 맡겼으며164) 아울러 증포소도 경강으로부터 개성으로 자리를 옮기는 정책을 단행하였다.165) 이로써 포삼제 실시 후 처음으로 역관과 경상의 포삼무역에 제동이 걸리면서 개성상인과 의주상인이 對淸包蔘貿易의 全面에 나설 수 있는 계기가 되었다.

2) 包蔘貿易의 확대와 사상층의 경쟁(1810년~1841년)

1810년(순조10) 조선정부의 조치는 포삼제 실시 14년만에 家蔘의

　　　至於今番節行而尤甚 若此不己 則包蔘之法 不久將罷」
163)『承政院日記』1979 순조 10년 3월 15일 104책 421쪽.
　　「使之灣上則絶潛越之患 京外則杜私造之弊 而凡有現發 斷以當律 官長之不能
　　禁斷者 各施制書之律 以此意行關嚴飭何如 上曰 依爲之」
164)『承政院日記』1985 순조 10년 6월 18일 104책 611쪽.
165)『中京誌』권2 土産條.
　　「純祖十年庚午 以京商潛造蔘射利 以包蔘專付灣人 仍罷京包所 移設于開城」
　　『承政院日記』2509 철종 원년 9월 초4일 122책 353쪽.

매집권과 대청무역권이 의주상인에게로 넘어갔음을 의미하였다. 포
삼무역권을 갖게 된 의주상인은 사역원으로부터 帖文을 발급받아
家蔘을 매입할 뿐만 아니라 의주상인이 아닌 상인과 가삼 생산자
간의 밀매매를 단속할 임무와 권한도 부여받았다.166) 또한 이들은
사행과 赴燕하여 포삼무역을 담당함과 동시에 잠상을 정탐하는 임
무도 맡고 있었다. 이로써 의주상인은 역관의 馬頭者로서가 아니라
包蔘別將으로서 포삼무역의 중심에 위치하게 된 것이다.167)

한편 이 시기에는 개성상인도 造蔘權者로서 포삼무역 前面에 나
서게 되었다. 개성상인은 이전부터 널리 蔘圃業을 전개하였던 家蔘
의 생산자였으나,168) 포삼무역에 공식적으로 등장하지는 못하였다.
하지만 1810년(순조10) 서울에 있던 蒸包所가 개성으로 이설되면
서,169) 개성상인은 홍삼 제조권을 지닌 包蔘主人으로써 포삼무역에
참여하였다.170)

包蔘契人을 혁파한 이듬해인 1811년(순조11) 조선정부는 포삼무역
량을 200근으로 증가시켰으나 포삼세 총액은 고정시키는 이른바
「증액・감세」정책을 펼쳐 홍삼의 잠조 잠월을 막아 보려 했다. 그리
고 이와 짝해 譯官 및 그들과 결탁된 각종 불법행위를 철저히 금지
하여, 의주상인을 보호하고 公用을 안정적으로 확보하려는 정책을

---

166) 1810년(순조10) 포삼정책의 변화 내용은 今村鞆『人蔘史』(第2卷 人蔘政治篇
    409~412쪽)에 日文으로 번역 수록된 「包蔘申定節目」의 내용을 바탕으로 정
    리하였다.
167) 『備邊司謄錄』238 철종 2년 윤 8월 23일 24책 322쪽.
    「灣商之別將 松人之包主 卽古規也 舊例也」
168) 『中京誌』권2 土産條.
    「當是時(純祖10) 開城人往來同福者 傳種蔘法 其農日廣 而以蒸包遠 不便於和
    賣 故開城留守爲之奏而移之也」
169) 주 190)의 표] 참조.
170) 『承政院日記』2232 순조 28년 8월 30일 113책 566쪽.
    「造蔘之專任松商 亦有京灣商之稱寃 灣松商自有主客之別」

폈다. 즉 조선 정부는 1813년(순조13) 그간 의주상인의 불만 요소인 靑布廛 免稅帽와 公用條 責應 문제를 영구히 해결하기 위한 방편으로 8가지의 폐단이 시정되야 함을 강조하고 灣商捄弊策을 제시하였다. 이는 포삼제 실시초 조선정부가 역관과 경상의 이익을 정책적으로 보장하려 했던 경향과는 사뭇 다른 것으로, 역관과 경상에 의해 빚어진 폐단을 바로잡으려는 것이었다. 그 주요 내용을 열거하면 다음과 같다.

첫째는 원역의 짐에 稅를 면제하는 폐단을 바로 잡으려 하였다. 역관이 비록 私商과는 다르나, 짐이 있으면 세가 있는 것인데도 역관의 짐은 면세되었다. 이에 차후로는 비록 역관의 짐이라 하더라도 들어가고 나오는 짐은 반드시 私商 짐과 같이 일체 수세토록 하였다.171) 두번째는 京馬主의 농간을 막는 것이었다. 경마주는 사행원역의 물건과 짐을 모아 실어 나르는 서울지역의 상인들이었다.172) 그들은 이 과정에서 私商의 짐을 역관의 짐에 가탁하여 세를 면제해 주고는, 거기서 이익을 챙기고 있었다. 따라서 경마주의 폐단은 譯商의 짐에 차등없이 세를 매기게 되면 자연 극복될 것이었다.173) 세번째는 都卜主의 侵索이었다. 도복주는 잠상을 막기 위해 상고의 짐을 모두 책임지는 역할을 하고 있었는데,174) 관에서 差出된 이들이 각종 농간을 부렸던 것이다. 따라서 이후에는 도복주를 관에서

---

171) 『承政院日記』 2029 순조 13년 6월 초5일 106책 403쪽.
　　「一則 員譯 雖異於私商 而有貨則有卜 有卜則有稅 乃是元定之法 而未嘗區別
　　於譯商 則今何可譯卜則免稅 商卜則徵稅 以致公稅之不均乎 此後雖譯卜 無論
　　入去出來 必依商卜例 一體收稅」
172) 今村鞆 『人蔘史』 제3권 人蔘經濟篇 210쪽.
173) 『承政院日記』 2029 순조 13년 6월 초5일 106책 403쪽.
　　「二則所謂京馬主 都執貨卜 惟意作用 潛將商卜 假托譯卜 圖爲免稅之計 而利
　　竇所歸 稅摠自縮 今若無論譯商 必爲逐卜徵稅 則奸無所容 弊當自祛也」
174) 『戊午燕行錄』 권1 무오년 11월 16일 ; 『燕轅直指』 권1 出彊錄 11월 21일 참조.

차출하는 規例를 없애고 여러 商都中에서 최고의 부실자 가운데 논
의를 쫓아 差定하도록 하였다.175) 넷째는 의주부의 訓譯이 그들의
짐에 몰래 교역품을 숨겨 오는 폐단이었다. 의주부의 訓譯은 공무로
책문과 봉황성간을 오가면서 燕貨를 몰래 그들의 짐속에 숨겨 왔는
데, 이도 교역품에 세금을 내야 했던 의주상인과 의주부 재정에 타
격을 주는 것이었다. 이에 이들의 짐에도 수검을 엄하게 하여, 만약
몰래 들여오는 燕貨가 하나라도 발견되면, 잠상의 율에 의해 처단하
여 潛卜의 폐단을 막도록 하였다.176) 만상구폐책에 나타난 이상의
내용은 모두 역관과 경상이 의주상인과 의주부 재정을 피폐케 한
요인이었다.

  물론 이번에 시행된 만상구폐책에는 의주부의 관속이 상인들에게
서 정채를 징수하는 폐단을 시정하여, 정해진 액수 이상의 돈을 받
지 못하도록 해야 한다는177) 내용과 搜檢에 따르는 비용을 상인에
게 과다하게 징수하지 않토록 하는 것178) 등 역관 및 경상에 의해
행해진 폐단이 아닌 것에 대한 조치들도 포함되었다. 그러나 조선

---

175) 『承政院日記』 2029 순조 13년 6월 초5일 106책 403쪽.
  「三則所謂都卜主 則兜攬商權 頭會箕斂者 而聞自官差出 一任其藉賣舞弄 罔
  有紀極云 今若永革官差之規 使諸商都中 另擇最富實者 從物議差定 則自前儹
  弄之習 自可以痛革也」
176) 『承政院日記』 2029 순조 13년 6월 초5일 106책 403쪽.
  「五則本府訓譯之栅鳳 因公之行 若以一介燕貨 潛藏暗輸 則一從潛商處斷 而
  搜檢之嚴 無或以訓譯而少弛 則潛卜之弊 亦可以永杜也」
177) 『承政院日記』 2029 순조 13년 6월 초5일 106책 403쪽.
  「六則 本府官屬 必以曆行節行與別行 視爲貨本利窟 誅求侵索 …… 令本道往
  復本府 劃定數額 成出節目 俾各勿加勿減 而上送本司 反貼以置 以爲憑考之
  地」
178) 『承政院日記』 2029 순조 13년 6월 초5일 106책 403쪽.
  「七則搜檢之例 必全都事主管 都事有故 以守令鎭將替行 卽出於嚴法申禁之意
  而反爲諸商之屬撓 或科外徵斂 …… 每行搜檢之規 何以則可以釐正 令道倅臣
  相議便否 更爲論」

정부가 靑布廛의 無稅帽 100척에 대한 세전 4,000냥이 의주상인의
원망 대상이 되고 있음에 주목하고 그에 대한 대책까지도 마련하는
것에서179) 이번 구폐책의 주 목적은 의주상인과 의주부 재정을 위
한 것이었음이 뚜렷하다.

이처럼 포삼무역의 주체가 바뀌고 무역량이 늘어났으며 1근 당 포
삼세액이 줄었음에도 불구하고, 홍삼의 잠조·잠월은 계속되었다. 홍
삼의 잠조·잠월을 주도한 상인은 1810년 포삼무역권을 잃어버린 경
상, 포삼무역권을 인정받았으나 높은 세전을 내야 했던 의주상인, 그
리고 홍삼 제조조로서 개성상인이 망라되었다. 이에 조선정부는 잠조
·잠월을 막기 위한 방편으로 1823년(순조23) 포삼무역량을 1,000근
으로 늘렸다. 800근에 달하는 包蔘加定 조치를 취한 것이다.

이번의 加定조치는 크게 두가지로 나누어 살펴 볼 수 있다. 첫째
는 기존의 포삼무역량(元數) 200근을 당초 정식에 의거하여 사행 원
역의 自帶條로 하며, 나머지 800근을 경상과 의주상인에게 달긴다는
것이다. 둘째는 포삼세의 관리는 사역원의 관리가 元稅 一體를 담당
토록 한다는 것이다.180)

包蔘加定 조치는 무역량의 증액으로 잠조·잠월되는 홍삼을 합법
적 영역으로 흡수하려는 것이었다. 그 중 포삼 200근을 行中自帶條
즉 元包181)로 인정한 것은 역관층의 이권을 따로이 보호하려는 것
이었다. 그리고 나머지 800근을 加定된 것으로 보고, 이의 두역권을
京商과 의주상인에게 맡긴 것이다. 元包外 包蔘 즉 包外包蔘이 설치
된 것이다. 이때 의주부 상인과 함께 包外包蔘貿易에 참여하게 된

---

179)『承政院日記』2029 순조 13년 6월 초5일 106책 403쪽.
180)『承政院日記』2168 순조 23년 7월 초4일 111책 418쪽.
　　「又以備邊司言啓曰 …… 自今年爲始 包蔘加定八百斤與元數二百斤 從便入送於
　　曆節兩行 而其中二百斤 依當初定式 使行中自帶 其餘八百斤 付之京灣商 稅
　　錢另定該院任譯 竝元稅一體收捧」
181) 사행원역의 포삼무역액을 元包로 파악하는 자료는『承政院日記』2152 순조
　　22년 윤3월 25일 110책 842쪽 참조.

京商이 1810년(순조10) 이전의 包蔘契人을 지칭하는 것인지는 확실치 않지만,[182] 예전부터 역관과 결탁하여 대청무역에 참여했던 상인임에는 틀림없는 것 같다.

> 무릇 赴燕時 쫓아가는 사람에는 騎驛馬·卜刷馬·私持馬·別私持馬 등의 말몰이(驅人) 명색이 300여 명이나 되는데, 그 중 無賴閑雜한 무리들이 이름을 바꾸고 무역할 수 있는 권리(窠)를 빌리는 일이 매번 있습니다. 사람 수가 많으니 폐단도 가지가지인데 저쪽 땅에 이르러 몰래 상행위를 하는 것은 이 무리들이 더욱 심합니다.[183]

여기서 無賴閑雜의 무리들은 驅人名色을 이용하여 잠무역을 하려는 상인층이었다. 그런데 구인명색을 얻기 위해서 역관과의 결탁은 불가피했다. 예컨대 구인명색 중 마부 자리는 대체로 首譯과 糧官이 官話를 잘 알고 추운 겨울에 먼길을 다녀오는데 익숙한 평안도지역 사람들을 뽑았다. 그런데 이들도 사행의 기회를 圖得하기 위해서는 사행이 길을 떠나기전 서울에 와서 역관과 접촉해 두어야 했다.[184] 따라서 원역 이하 200명이 넘는 각종 명색 선발에 접근이 가장 유리한 이들은 역관과 밀접한 관련을 가져 왔던 서울 지역의 京商이었음은 쉽게 짐작할 수 있다.

따라서 이들은 청으로 건너가, 매매를 칭하고 혹은 성 바깥으로 나가서 머무는 경우도 있었으며 혹은 청측 사람들과 다투어 종종 곤란한 일을 만드는 적도 있었다. 이에 사행시 從人을 줄일 것이 논

---

182) 기록에 의하면 이때 다시 증포소가 경강으로 옮겨진 것으로 전해진다. 주 190) 참조.

183) 『承政院日記』 2176 순조 24년 3월 26일 111책 685쪽.
「凡赴燕從人 有騎驛馬·卜刷馬·私持馬·別私持馬等 驅人名色 共爲三百餘名 而其中無賴閑雜之類 每有換名借窠之事 人數旣多 弊端百出 到彼地後 貪緣潛商 此輩尤甚」

184) 『燕轅直指』 권1 出彊錄 11월 1일.

의되었지만,185) 이에 대한 규제는 좀처럼 실현되지 못했다.

이렇듯 잠상행위가 그치질 않자 조선 정부는 1823년(순조23) 증액
에 이어 포삼무역량을 계속 늘려 나갔다.

> 일전 계미(1823 ; 순조23)년에 포삼이 이익을 잃어 불가불 (폐단을)
> 바로 잡았습니다. 때문에 원정수 200근 이외에 800근을 더 정할 것을
> 허락 받아 행한지 수년이 되었습니다. (그런데도) 잠상이 점점 치성하
> 여 包價에 이익이 없고, (따라서) 공용도 점차 줄게 되었으며 象譯이
> 다시 더욱 쇠잔하게 되었습니다. 금년으로부터 시작하여 계미년에 더
> 해준 800근 외에 2,000근을 더 정하여 편리한대로 曆行 · 節行에 들여
> 보내도록 하십시오.186)

800근의 加定 조치 이후 4년만에 다시 2,000근의 증액이 이루어짐
으로써 포삼무역액은 총 3,000근이 되었다. 그런데 이번 포삼 증액
의 대상은 行中自帶條가 아닌 京商과 의주상인이 담당하는 포외 포
삼이었다. 조선 정부가 포삼증액을 통해 홍삼밀무역을 흡수하려 했
음을 상기할 때, 계속되는 포삼 증액은 홍삼 잠월의 주체가 포외 포
삼을 담당하는 이들이었음을 반증한다 하겠다.

포삼액수는 다음 해에도 1,000근이 늘어, 포삼제 실시 30여 년 만
에 4천근이 되었다. 이번에 증액된 1,000근이 역관의 원포와 경상과
의주상인의 包外에 어떤 비율로 나누어졌는지에 대한 구체적인 언

---

185)『承政院日記』2176 순조 24년 3월 26일 111책 685쪽.
186)『承政院日記』2220 순조 27년 8월 초8일 113책 50쪽.
　「安光直 以備邊司言達曰 曾於癸未 以包蔘失利 不可不矯抹 故元定數二百近
　外 加定八百斤 草記蒙允 行之數年矣 潛商漸熾 包價無利 公用將至漸縮 象譯
　轉益凋殘 …… 自今年爲始 癸未加定八百斤外 加定二百*(千)斤 從便入送於曆
　節兩行」
　* 2백근은 2천근으로 보는 것이 타당할 듯하다. 왜냐하면 바로 다음해인 순
　조 28년 8월의 포삼증액 조치에서 月前 포삼수를 3,000근으로 보고 있기 때
　문이다.『承政院日記』2232 순조 28년 8월 30일 113책 566쪽 참조.

급은 없다. 그러나 지금까지의 사정으로 미루어 京商과 의주상인이 담당한 포외에 1,000근의 증액이 있었던 것으로 생각된다.

포삼무역액이 이같이 늘자 홍삼의 造蔘權을 둘러싸고 개성상인·의주상인·경상 간의 갈등이 표면화되고 있었다. 즉 개성상인은 1728년(영조4) 무역별장제 혁파 이후 공식적으로는 赴燕할 수 있는 통로가 막혀 있었다. 그럼에도 불구하고 개성상인은 대청무역을 공인받은 의주상인과 연결하여 무역상의 이익을 분점하며 사실상 대청무역을 주도해 왔다.187) 그런데 개성지역에서 家蔘 재배는 물론 홍삼마저 제조케 되자, 이제는 그들이 직접 對淸包蔘貿易에 나서려 하였다.

開城留守 吳翰源이 疏하여 말하기를 …(중략)… 신이 삼가 營下의 屬民을 살피건대 많은 사람들이 인삼재배를 생업으로 삼고 있습니다. 매년 入燕되는 홍삼은 모두 이 땅에서 나오는 것입니다. 지금 만약 포삼 200근을 본부에 획급하고 한결같이 사역원의 수세 규칙에 따른다면 공사간이 편하여 회생하여 여유로운(蘇裕) 효과가 있을 것입니다. 대개 사역원 포삼은 원래 200근으로 수를 정하였는데, 의주상인이 매년 造蔘하여 금법을 무릅쓰고 잠월하는 것이 실로 屢千斤을 내려가지 않으니 이는 사역원이 모두 막을 수 있는 것이 아닙니다. 지금 이 홍삼은 이미 본부의 경내에서 생산되는데 의주상인의 무역자금이 되고 있습니다. 200근이 加劃된 후에는 개성부의 민인이 생애를 의지할 수 있으므로 경내의 잠조를 금하는 것에 관민이 더욱 힘을 합쳐 규찰하여 엄히 막을 것입니다. 이는 잠상의 수를 줄이고 공용의 재정을 보태는 데 그치는 것 뿐 아니라 간사함을 막는 데 도움이 되지만 사역원의 수세에는 애초에 간섭되는 것이 없는 것입니다.188)

개성유수 오한원은 사역원의 200근 포삼이 모두 개성에서 나오는

---

187) 姜萬吉, 위의 논문, 103~121쪽 참조.
　　『承政院日記』 2232 순조 28년 8월 30일 113책 566쪽.
　　「而松商則雖不赴燕 自來與京灣商 同事料理 未嘗不沾漑於燕利」
188) 『承政院日記』 2148 순조 21년 12월 초3일 110책 700~701쪽.

것인 만큼 의주상인의 잠월을 막기 위해서라도, 개성상인이 사역원의 포삼 무역을 할 수 있도록 해 달라는 것이었다. 이것은 개성상인이 국내 홍삼 생산과 유통의 실질적 지배자의 위치에 머물지 않고 대청무역에도 직접 참여하겠다는 의지의 표현으로 생각된다.

개성상인의 이러한 움직임은 얼마 후 경상과 의주상인의 반발을 샀다. 즉 경상과 의주상인이 오로지 개성상인에게만 造蔘權이 있음을 지적하자, 조선 정부는 경상, 의주상인, 개성상인이 "通同造出"하여 혜택을 고르게 하도록 조처한 것이다.189) 이 결정이 어느만큼 지속성을 지니고 실행되었는지에 대해서는 의문이 많다. 造蔘權에 따라 이동했을 증포소의 설치 연혁과 그를 둘러싼 각 세력 간의 갈등 관계를 명확히 밝힐 수 없기 때문이다. 다만 증포소는 처음에는 경강에 있었으나 1810년(순조10)에 개성으로 옮겨갔고, 이것이 1824년(순조24)에 다시 京中으로 이설되었지만 곧 개성으로 옮겨갔는데, 1850년(철종1)에 경강으로의 이설문제가 재차 논의되었다는 사실만을 알 수 있을 뿐이기 때문이다.190)

결국 포삼무역 제2기(1810~1841)는 역관·경상·의주상인·개성

---

189) 『承政院日記』 2232 순조 28년 8월 30일 113책 566쪽.
　「造蔘之專任松商 亦有京灣商之稱寃 灣松商 自有主客之別 而彎商不便 則松商亦無獨自辦造之道 依前令京灣商與松商 通同造出 以爲均惠兩更之地」
190) 蒸包所 移設 沿革表.

	경강증포소	개성증포소	비　고
1797(정조21)	O	X	
1810(순조10)	X	O	
1824(순조24)	O	X	
1828(순조28)	X	O	
1850(철종 1)	·	·	移設論議

보기 : O - 설치, X - 폐지.
자료 : 『承政院日記』 2232 순조 28년 8월 30일 113책 566쪽.
　　　『承政院日記』 2509 철종 원년 9월 초4일 122책 353쪽.

상인이 대청무역이라는 큰 범주 안에서 包蔘貿易의 주도권과 造蔘權을 둘러싸고 치열한 경쟁을 벌여 나가는 한편 합법적인 범위를 벗어나 잠조·잠월도 감행하던 시기였다. 조선 정부는 이들에 의한 홍삼의 잠조·잠월을 양성화하고, 사역원의 재정을 마련하기 위해 포삼무역의 「증액·감세」 정책을 지속적으로 행하였다. 이에 따라 포삼액은 1832년(순조32)에는 8,000근으로 늘어났으며,[191] 1841년(헌종7)에는 2만근까지 늘어났다.[192]

3) '西商' 主導의 包蔘貿易과 包蔘稅의 戶曹 財政化(1841년~1851년)

1841년(헌종7) 이후 포삼무역량은 2만근에서 4만근까지 증가하였으며, 포삼세 수입도 10만 냥~20만 냥을 상회하였다. 이 규모는 19세기 조선의 재정상태에 비추어 상당히 큰 것이었다.[193] 따라서 조선정부는 포삼무역을 국가 경비의 남고 모자람과 관계되는 일국의 政事로 인식하여, 포삼세 수입의 일부를 호조로 소속시켜 나갔다.

포삼세를 안정적으로 수취하는 지름길은 홍삼의 잠조·잠월을 막는 것이었다. 이에 조선정부는 증액·감세 정책을 지속적으로 시행하여, 잠조·잠월되는 홍삼을 가능한 한 양성화하려 했다. 또한 「使行時諸條禁飭節目」[194]을 반포하여 사행원역과 사상층의 불법적인 무역행위를 규제하는 한편 지방차원에서 이루어지고 있던 私蔘稅를 엄히 금하였다.

---

191) 『承政院日記』 2281 순조 32년 8월 초3일 115책 164쪽.
　　 「原包三千斤外 自今年加定五千斤 永斷潛越之患」
192) 『承政院日記』 2391 헌종 7년 5월 17일 118책 830쪽 및 『承政院日記』 2459 헌종 13년 3월 20일 120책 862쪽 참조.
193) 이 책의 3장 1절 참조.
194) 「使行時諸條禁飭節目」에 대해서는 이 책의 3장 3절 참조.

조선정부의 增額·減稅 政策은 1828년(순조28) 4,000근 이후,[195] 1832년(순조32)에는 3,000근 원포에 다시 5,000근의 포삼을 더 하였다.[196] 그런데 여기서 주목되는 것은 원포 3,000근에 5,000근을 더해 8,000근의 額內包數가 되고 있는 점이다. 즉 元包의 개념은 원래 사행원역의 自帶條 팔포를 지칭하는 것이었다.[197] 따라서 의주상인 및 경상이 담당하는 것은 加定 혹은 包外[198]라고 하여 구분지어 파악되었다.

그러나 1830~40년대에 접어들면서 原包는 포삼세를 내는 꾸러미, 곧 허가된 무역량을 의미하는 것으로 바뀌어 이해되고 있었다. 물론 이 시기 이후에도 역관 自帶條와 포삼별장이 관리하는 包蔘은 구분 인식되었다.[199] 하지만 이 시기에 접어들면서 조선정부는 포삼에 대

---

195) 홍삼의 잠조·잠월을 막기 위한 포삼량 증액은 실효가 없을 경우 즉각 감해지기도 하였다. 1828년(순조28)의 조치에도 잠월이 성행하자 조선정부는 즉각 加定했던 포삼 1천 근을 원상 복구시키기도 하였다.
『備邊司謄錄』217 순조 29년 12월 23일 23책 956쪽.
「令曰 …… 包蔘之加數 牛皮之定數 意實出於嚴邊禁重物貨之地 而近見無識 奸細之賤類 因緣藉重 貽累非細 不知不覺之中 隱然自歸於射利之卦 與當初處分之本意 一切相反 思之及此 寧不可痛 分付譯院 包蔘加數則依前還減 牛皮定數則亦爲革罷」
196) 『承政院日記』2281 순조 32년 8월 초3일 115책 164쪽.
「趙秉常 以備邊司言啓曰 包蔘抹弊 前後非一 而卽接譯院所報 蔘貨日蕃 潛越 歲增 原包失利 公稅難充 …… 原包三千斤外 自今年加定五千斤 永斷潛越之患」
197) 『承政院日記』2152 순조 22년 윤3월 25일 110책 842쪽.
「載璨曰 …… 今則元包二百斤 將無以見售於彼中 官府初不管檢 校吏輩皆和應 並與諸般禁物 交集幷湊 而最是蔘商 尤爲甚焉」
『承政院日記』2168 순조 23년 7월 초4일 111책 418쪽.
「自今年爲始 包蔘加定 八百斤與元數二百斤 …… 而其中二百斤 依當初定式 使行中自帶 其餘八百斤 付之京灣商」
198) 『承政院日記』2387 헌종 7년 정월 24일 118책 702쪽.
「紅蔘 原包外 收稅錢 七萬一千五百二十兩」
199) 『承政院日記』2387 헌종7년 정월 24일 118책 702쪽

한 稅를 부담하는 한, 自帶條와 包外 包蔘의 구분에 의미를 두지 않
고 재정적 수입이란 관점에서 포삼무역량을 파악했던 것이다. 즉 조
선정부의 입장에서는 사행원역의 自帶條 元包와 包外包蔘이 모두
포세를 납입하는 징세의 대상으로 인식된 것이다.200) 이에 조선정부
는 일정 규모의 수입이 보장되는 한 포삼수의 증감문제를 사역원의
결정에 일임하였다.201)

　포삼무역에 따른 포세수입은 정기사행과 별사행의 公用銀으로 사
용되고 있었으므로,202) 包蔘稅의 사역원 재정 확충 기능은 처음부터
있었다고 할 수 있다. 그러나 이 시기에는 점차 호조가 포삼세의 일
부를 관장하면서, 포삼세가 일반 경상비로 轉入되기 시작했다.

　예컨대 1841년(헌종7) 조선 정부는 포삼 20,000근에 대한 총세액
을 10만냥으로 정하여 절반은 사역원에 부치고 절반은 종전 關西에
서 부담하던 禮單蔘價의 비용으로 쓰며, 그 중 남는 것은 호조에 남

『備邊司謄錄』 234 헌종 13년 8월 초1일 23책 836쪽 참조.
200) 『承政院日記』 2417 헌종 9년 윤7월 초10일 119책 542쪽.
　「而近聞加包之後 潛越猶前 苟如是則 非但變通之無益於禁奸 將使貽害之反歸
於元包」
　『承政院日記』 2520 철종2년 8월 28일 122책 843쪽.
　「今此原包之加定 出於必禁其潛之意也」
　물론 사역원의 입장에서는 보다 많은 포삼액을 역관들의 관리하에 두고자
하는 의도를 가지고 있었을 것이며, 이러한 의도가 나중에 언급하게 될 포
삼수의 고정화 현상과 밀접한 관련을 가지고 있었을 것으로 생각된다.
201) 『承政院日記』 2281 순조 32년 8월 초3일 115책 164쪽.
　「趙秉常 以備邊司言啓曰 …… 原包三千斤外 自今年加定五千斤 永斷潛越之
患 …… 此後則此額內其增其減 自該院採探伊時物情 無煩禀白 從便爲之之意
亦爲分付」
　『承政院日記』 2391 헌종 7년 5월 17일 118책 830쪽.
　「寅永曰 …… 第包蔘之時 以百斤加至八千斤者 皆由時勢之不得不然 元不以
多寡爲拘 則自今年爲始 令該院 包蔘則量宜加定 稅錢二十萬兩爲限」
202) 『承政院日記』 2314 헌종 원년 3월 28일 116책 192쪽
　『承政院日記』 2319 헌종 원년 7월 18일 116책 383쪽 참조.

겨두었다가 別差倭가 있을 때, 禮單蔘價로 쓰도록 하였다.203) 이 조
치로 포세는 사역원 및 사행에 따른 비용뿐만 아니라 일본과의 외
교 비용까지를 담당하게 되었으며, 간접적이나마 호조가 이의 관리
에 참여하게 되었던 것이다.

이후 호조는 포삼세 관리에 더욱 깊게 관련하기 시작하였다. 즉
예단삼가는 1년에 4만 7천여 냥에 이르는 비용이 소용되었다. 따라
서 1841년(헌종7) 이후 3년 동안 關西에는 예단삼가로 지출되던 약
14만냥에 달하는 돈이 저축되고 있었다. 이것을 1843년(헌종9) 權敦
仁은 '관서에 저축된 돈 14만냥 가운데 이미 구획된 것을 빼고 난
나머지 9만 9천여 냥을 호조로 옮겨 통신사의 비용에 대비케 하자'
고 요청하여 허락을 받았다.204) 蔘稅로 대체됨으로써 축적된 關西錢
을 호조로 이획시켜 사용한 것이다.205) 그런데 이는 蔘稅를 예단삼
가로 전용함으로써 축적될 수 있었던 관서지방의 돈을 호조로 이획
해서 썼다는 점에서 적극적인 호조 재정화의 방향은 아니었다.

---

203) 『承政院日記』 2391 헌종 7년 5월 17일 118책 830쪽.
「第蔘包之始 以百斤 加至八千者 皆由時勢之不得不然 元不以多寡爲拘 則自
今年爲始 令譯院 包蔘則量意加定 稅錢十萬兩爲限 折半依前付譯院 折半付之
單蔘 所以代關西作錢 而其餘剩者 除留於度支 俾爲別差倭單蔘之費」
204) 『承政院日記』 2417 헌종 9년 윤7월 초10일 119책 542쪽.
「(權)敦仁曰 年前包蔘加定時 蔘稅十萬兩內 以五萬兩 代劃於例貿蔘價 關西元
劃錢每年四萬七千餘兩 留儲本道 盖欲待有事時取用也 信行所需 今當料理 關
西錢 辛丑·壬寅及當年 合三年條十四萬兩 除其已區劃 則實數當爲九萬九千餘
兩矣 知委該道 使之定色吏 輸納於度支 以備信需 …… 上曰 依爲之」
205) 왜단삼가를 삼세로 급대하고 관서전을 호조에서 經用으로 사용하는 규정은
적어도 1850년(철종1)까지는 유지되었다고 생각된다. 蔘稅의 각 용도에 대
한 추이는 평안도의 재정문제와 관련하여 별도의 논문으로 다루어야 할 것
으로 생각된다.(『承政院日記』 2500 철종 원년 2월 21일 122책 41쪽. 「本道有
年例倭單蔘價錢四萬五千兩 近因蔘稅錢之給代 而本錢爲度支經用矣 今明兩年
蔘稅錢十萬兩 特爲許貸 以爲入用之地 單蔘價 依舊例以關西錢出給倭學廳 而
所貸蔘錢 限十年排納之意 分付諸道及該曹何如 大王大妃殿曰 依爲之」).

그러나 이후 조선 정부는 포세의 증감을 곧 중앙 정부의 稅收入과 직결시켜 인식하게 된다.206) 그 대표적인 예가 貿銀條 包蔘을 마련한 것이다. 즉 1857년(철종8) 조선정부는 元包外에 따로이 5,000근의 포삼을 역관에게 출급하여, 그에 대한 稅錢으로 銀을 바꾸어 들어와 매년 호조에 비축해 두고자 하였다.207) 이에 따라 「包蔘加定節目」이 반포되었다.208) 사역원의 경비와 관련없이 호조에 銀을 저축할 목적으로 포삼의 액수를 증가시켰다는 점에서 이는 蔘稅를 호조재정보용의 수단으로 적극 활용한 예가 될 것이다.

포삼세가 조선정부의 재정보용책으로 확실하게 인식될 무렵인 1847년(헌종13)에는 포삼수가 4만근에 이르렀다. 그 계기는 闔眼稅 즉 '눈 감아주는 세'가 문제시되면서부터 였다. 합안세는 의주부가 포삼이 아닌 私蔘을 넘겨가도록 허락해 주는 대가로 받던 세였다.209) 이에 조선정부는 "포삼에 대한 수세의 法意는 다른 갈래가 몰래 끼어드는 것을 막는 데 있다"210)며 합안세의 혁파와 포삼의 加定을 논의하기 시작하였다.

포삼세 이외의 私稅를 인정치 않겠다는 조선정부의 입장은 곧 포삼을 수출하는 상인들에게 포삼무역의 독점권을 인정해주는 대신 包

---

206) 『備邊司謄錄』244 철종 8년 6월 초7일 25책 110쪽.
「包蔘加增變通 專爲經費之補縮」
207) 『承政院日記』2592 철종 8년 윤5월 25일 124책 716쪽.
「近來銀貨罄乏 …… 包蔘旣是土地所出 而逐年貿遷 項背相續矣 元包二萬斤外 加定五千斤 出付赴燕譯員 以其稅貿銀以納 使之逐年封椿戶曹 而諸般條件成節目啓下 以爲永遵之地何如 上曰 依爲之」
208) 『備邊司謄錄』244 철종 8년 6월 초7일 25책 110쪽.
209) 『備邊司謄錄』233 헌종 12년 12월 22일 23책 764쪽.
「甚至有闔眼之名 此非潛越 直是開門招之名色之猥雜 聽聞之駭乖 寧欲無言」
210) 『備邊司謄錄』233 헌종 12년 12월 22일 23책 764쪽.
「包蔘收稅之法意 宜禁他岐之潛入 使包商專利 而後其稅可以全責 而今乃潛入 則不禁 使包商失利 收稅則如例」

商들에게 포삼세 납부를 책임지우겠다는 것이었다.[211) 이것은 포삼세
를 의주부의 私稅로 간주하고 중앙정부의 公稅를 강조하는 것으로,
포삼세가 중앙정부의 중요한 세원으로 자리잡았음을 반증하는 것이
었다. 합안세가 "潛越은 아니나 곧 문을 열어놓고 외람되고 난잡한
명색을 부르는 것"이라는 표현도 같은 인식을 표출한 것이었다.[212)

조선정부가 지칭한 包商은 포삼무역에 공식적으로 참여했던 역
관·경상·의주상인·개성상인이 아닌가 한다. 포삼무역 구조의 변화
는 늘상 이들 상인의 이해와 관계되어, 의주부·개성부·사역원까지
도 민감한 반응을 보였기 때문이다. 따라서 이번에도 조선정부는 합
안세를 혁파함과 동시에 포삼수의 변통문제와 잠월금지 조항 등을
사역원·松營 그리고 灣府가 함께 講究하여 품의토록 하였다.[213)

이 세 곳의 의견을 들어 포삼수의 증감문제가 다시 논의된 것은
다음해인 1847년(헌종13) 3월이었다. 이 때 포삼수의 증감을 둘러싸
고 松營은 이미 蔘을 심은 營民에게 失業의 근심이 있다고 보고하
였다.[214) 포삼수를 줄이게 되면 가삼재배를 생업으로 삼아 살아가는
개성부 민인들의 생활에 타격을 줄 것이라는 우려였다. 의주부는
1841년(헌종7) 절목 중에 포삼의 多寡에는 구애받지 않는다는 것으
로 증거를 삼아 보고하였다.[215) 송영과 마찬가지로 포삼의 증액에

---

211) 『備邊司謄錄』 233 헌종 12년 12월 22일 23책 764쪽 참조.
212) 『備邊司謄錄』 244 철종 8년 6월 초7일 25책 110쪽.
213) 『備邊司謄錄』 233 헌종 12년 12월 22일 23책 764쪽.
　　「故辛丑節目時 以包蔘則元不以多寡爲拘 量宜加定爲言矣 其增減之如何與設
　　禁科條之更或添入者 從當往復於譯院·松營·灣府 十分講究 務歸至當後 更爲稟
　　處」
214) 『承政院日記』 2459 헌종 13년 3월 20일 120책 862쪽.
　　「至於元包增減 松營所報 以己種之蔘 民有失業之慮」
215) 『承政院日記』 2459 헌종 13년 3월 20일 120책 862쪽.
　　「至於元包增減 …… 灣府所報 以辛丑節目中不以多寡爲拘 據以爲證」

문제가 없다는 입장인 것이다.

그러나 사역원만은 다른 의견을 보였다. 즉 역관들은 "포삼의 근수를 늘리는 것은 명색은 비록 (포삼수를) 늘리는 것이나 실제로는 (역관의 포를) 줄이는 것입니다. (국내에) 파는 것이 오히려 쉬우니, (상인들은) 이익을 잃지 않을 것입니다"라고 하였다.216) 역관이 '명색은 늘이는 것이나 실은 줄이는 것'이라는 말의 의미는 경상과 의주상인에게 주었던 포외 홍삼에 대한 그들의 불만을 표출한 것으로 생각된다. 灣府와 松營은 각기 지역민의 입장을 대변하여 포삼수의 증액에 긍정적인 답변을 한 반면, 사역원은 포삼의 증가 정책이 그들에게 이익이 없을 뿐 아니라 홍삼의 잠월을 막는 데에도 실효가 없다는 입장을 보인 것이다.

이에 대해 조선 정부는 포삼수를 증가시키는 것이 잠월을 막는 한 방편이 된다는 논리에 기초하여 절충론을 펴나갔다. 즉 2만근을 더하여 포삼 4만근을 만들되 稅錢은 기존과 같이 10만냥을 거두도록 하면, 잠월이 없어지고 가삼을 재배하는 사람에게는 失業이 없을 것이라 하였다. 商利에 해가 되지 않고 공용에도 보탬이 있으니 양편에게 모두 이로운 정책이라는 것이었다.217) 이 논의로 포삼수는 4만근으로 증가되었고, 포삼을 마련하고 포삼세를 담당하는 임무는 포삼별장에게 맡겨졌다.218) 그러나 포삼세는 조선정부가 말한 10만

---

216) 『承政院日記』 2459 헌종 13년 3월 20일 120책 862쪽.
「至於元包增減 …… 象譯輩之言以爲 痛禁潛越而增加斤數 則名雖增之 其實減也 售賣反易 宜無失利云」
217) 『承政院日記』 2459 헌종 13년 3월 20일 120책 862쪽.
「盖今玆之擧 專爲禁潛 以捄包弊也 歸重於官稅 則元無多寡之較量 增加其斤數 則亦爲禁潛之一道 今若參衆論而折衷 酌時宜而變通 加定二萬斤而收稅十萬 付之經費 則一以爲冒法者 無所容奸 一以爲種蔘者俾免失業 且於商利無害 公用有補 亦可爲兩便之政」
218) 『備邊司謄錄』 234 헌종 13년 8월 초1일 23책 836~837쪽.
「包蔘釐正節目別單」 참조.

냥으로 고정되지 않고 20만냥으로 늘어났다.[219]

결국 조선정부는 포삼세 총액의 증가를 기대하여 사역원의 부정적인 견해에도 불구하고 증액을 결정했던 것이며, 4만근 포삼은 개성부에서 마련하고 20만냥의 포삼세를 거두는 책임은 포삼별장직을 얻은 의주상인들에게 책임지웠다. 이로써 포삼별장으로서의 의주상인과 包主로서의 개성상인의 지위는 보다 확고해져 갔다. 명실상부하게 포삼무역을 이끄는 주체로 등장한 것이다. 상대적으로 역관과 경상의 입지는 위축되었다.

그러나 1847년(헌종13) 포삼 4만근에 포세 20만냥의 포삼무역 체제는 오래 지속되지 못하였다. 4만근으로 증액된지 불과 2년만에 2만근이 감액되는가 하면,[220] 그 2년 뒤에 다시 4만근으로 늘어나기도 하였다.[221] 포삼무역량이 이처럼 크게 변동한 이유는 자연적 조건으로 인한 家蔘生産의 감소[222] 및 조선정부의 가삼재배에 대한 강력한 통제,[223] 그리고 포삼무역이 의주상인·개성상인 중심으로 이루어지는 데 대한 역관·경상의 반발 등이 복합적으로 작용하고 있었다.

그러나 1840년대 후반 포삼무역량 변동은 역관·경상·의주상인·개성상인 간의 이해관계가 크게 작용했던 것으로 생각된다. 즉 조선정부의 포삼무역량 증액의 목적은 잠조·잠월되고 있는 홍삼을 합법

---

219) 이때 포삼별장이 내는 거간명색의 돈 3만냥을 합하면 세액의 총 규모는 23만 냥에 이르렀다. 『備邊司謄錄』 234 헌종 13년 8월 초1일 23책 836~837쪽 참조.
220) 『承政院日記』 2488 헌종 15년 7월 13일 121책 639쪽.
221) 『承政院日記』 2520 철종 2년 8월 28일 122책 842~843쪽.
222) 『承政院日記』 2604 철종 9년 6월 초5일 125책 28쪽.
　　「備邊司啓曰 包蔘斤數 每以産蔘多寡爲增減 而近年産蔘甚少 …… 我國藥用亦多苟艱」
223) 『備邊司謄錄』 234 헌종 13년 8월 초1일 23책 836쪽.
　　「大抵潛蔘之永祛 …… 苟自松營 使之毋得濫採濫造 初無一角蔘加多於元包之數 則塞源之政 莫過於此」

적인 포삼의 영역으로 유도해 내고, 그에 대한 과세를 통해 재정적 수입을 얻으려는 것이었다. 그러나 사역원은 4만근으로의 증액이 있은 2년 뒤인 1849년(헌종15) "먼 시골(遐鄕)의 商民輩가 법을 두려워 하지 않고 오직 이익을 쫓는 것을 목숨과 같이 여기니 백 가지의 간사함이 이르지 않는 데가 없다. 나라의 기강으로 생각컨대 차라리 말을 하고 싶지 않다"224)라는 말로 조선정부의 정책에 실효가 없음을 항변하고 있었다. 사역원의 이러한 입장이 결국에는 1849년(헌종15) 2만근 포삼의 감액조치를 이끌어낸 것으로 보인다.

그런데 포삼이 2만근으로 감소된 바로 이듬해, 개성에서는 1만 1천근에 달하는 잠조사건이 일어났다. 이 사건은 포삼 무역량의 감액이 홍삼의 潛造로 이어진 사건으로, 홍삼 잠조의 본거지가 개성부였음을 반증하고 있다.225) 개성상인은 포삼무역에 공식적으로 참여할 수는 없었지만, 가삼 재배와 홍삼 증포를 통해 생산과 유통을 장악함으로써 포삼무역의 중심에 위치하고 있었다. 따라서 개성상인들은 그들에게 불리한 상황이 전개될 경우, 홍삼의 잠조 혹은 국내 유통에 영향력을 발휘함으로써 조선정부의 정책에 항거하기도 하였다.

포삼무역량의 감소에 대응해 일어난 대량의 홍삼 잠조사건과 더불어 같은 해에는 개성부와 사역원 간에 미묘한 분쟁이 일어나기도 하였다.

開城留守 李是遠이 疏를 올려 말하기를 …(중략)… 대개 이것이 사람의 마음이 마치 물이 아래로 쫓아 내려가는 것과 같다는 것이니, 실로 가삼을 재배하는 사람이 商譯輩의 操縱에 계속 곤란을 받은 것에 연유하는 것입니다. 蔘價는 날로 떨어지는데 穴價는 날마다 오르니 본

---

224) 『承政院日記』 2488 헌종 15년 7월 13일 121책 639쪽.
　　「(司譯院都提調趙)寅永曰 …… 但遐鄕商民輩 瞀不畏法 惟以射利爲命 百岐售奸 無所不至 揆以國綱 寧欲無言」
225) 『承政院日記』 2498 철종 원년 정월 29일 121책 1013~1014쪽.

말이 뒤바뀐 것이요, 무역의 허실입니다. 松蔘으로 이익을 보는 자는
商譯입니다. 그러나 인삼을 산출하는 개성 지역은 집집마다 탕잔되어
사람마다 원망하고 한스러워 합니다. 이번 白蔘을 만들어 潛造를 금하
는 의논을 (사역원과) 도모하여 같이 하지 않은 것은 곧 이러한 까닭
이었습니다.226)

개성부민은 가삼을 생산하고 증포하고 있었다. 그러나 직접적인
포삼의 무역권이 없었기 때문에 商譯의 가격 조종에 피해를 입고
있었다. 개성부가 지칭하는 商譯이란 홍삼 대청무역권을 갖고 있는
역관·경상·의주상인이었다고 생각된다. 물론 이 당시 포삼무역권
은 역관과 포삼별장인 의주상인에게 주어져 있었다. 그러나 실제 포
삼별장의 차정에는 경중잡류라고 표현되는 서울지역의 상인세력들
이 간여하고 있었다.227) 때문에 의주상인 뿐만 아니라 역관과 결탁
된 京商도 개성부에서 포삼을 사갔던 것이다. 이러한 상황에서 蔘價
는 계속 떨어졌으나 商譯들의 穴價는 계속 올랐다. 여기에다 1849년
(철종 즉위) 2만근의 포삼이 감액되자 개성부는 즉시 나름대로의 자
구책에 들어갔던 것이다.

---

226) 『承政院日記』 2509 철종 원년 9월 초3일 122책 351~352쪽.
「開城留守李是遠疏曰 …… 盖此人心之如水趨下者 實由於種蔘之人 積困於商
譯輩操縱 蔘價日賤 穴價日貴 本末倒置 虛實貿易 松蔘受利者商譯 而所自出
之本地 則家家蕩殘 人人怨恨 今番造白禁潛之矣 不謀而同者 卽此之故也」
227) 이에 1852년(철종1) 「包蔘申定節目」에서는 포삼별장의 차정에 경중잡류의
간여를 배제시켰다. 그러나 이러한 현상은 고종대까지도 계속되었다.
『備邊司謄錄』 238 철종 2년 윤8월 23일 24책 322쪽.
「一, 灣商之別將 松人之包主 卽古規也舊例也 幷以此兩處人差定 無或違越 俾
京中雜類 更不得如前干涉矣 若或暗相締結 復蹈前習 該包主與別將 幷爲汰去
爲稱」
『高宗實錄』 권8 고종 8년 정월 20일.
「(金炳學)又曰 …… 本院所屬包蔘別將 由來奔競 常多淆雜 …… 敎曰 此窠本
是灣柵之人爲之者 近以京中牟利輩圖差 灣上甚蕭條」

領府事 趙寅永이 疏를 올려 말하기를 …(중략)… 신이 듣건대 금년 松營이 一處를 창설하여 포삼을 모두 모으고는 私賣를 금하고 가격을 勒定했다 하는데, (그 가격이) 常年에 비해 5배에서 7배나 뛰어올랐다고 합니다. 비록 그것이 믿을 만한 것인지는 모르겠으나 진실로 이와 같다면 이는 곧 도거리로 이익을 보는 것입니다. 나라가 금하는 바를 백성들이 범하도록 할 수는 없으며 또한 물건 값의 높고 낮음은 物情으로, 다스리는 사람이 조종할 수 있는 바도 아닙니다.[228]

즉 개성부는 潛造를 막는다는 명분하에 하나의 새로운 기구를 창설하고는 蔘圃에서 생산되는 家蔘을 모두 모으도록 하였다. 그런 뒤 元包 2만근을 제조할 가삼만을 제외하고, 나머지 家蔘은 모두 白蔘을 만들어 店鋪에 배분토록 한 것이다. 개성부는 이 조치가 부민들의 적극적인 지지를 받아 잠조에 효과를 보고 있다는 자체 평가를 내리고 있었다.[229] 그러나 이 조치가 開城 府民들의 적극적 호응을 얻을 수 있었던 근본적인 이유는 포삼무역을 둘러싼 개성부민의 이해관계를 반영하고 있었기 때문이다.

개성부의 이러한 결정에 사역원은 즉각 대응에 나섰다. 松營이 家蔘을 모으고 私賣를 금지하여 이익을 독단하려는 것은 위법이라는 것이다. 또한 개성부의 이러한 조치는 家蔘 매매의 길을 막고 홍삼

---

228) 『承政院日記』 2509 철종 원년 9월 초4일 122책 352~353쪽.
  「領府事 趙寅永疏曰 …… 臣聞今年 自松營劗設一處 都執包蔘 禁其私賣 勒定價文 比常年至爲五倍七倍之高云 雖未知其信然 而苟如是也 卽権利也 國禁所在 民不可使犯禁也 且物之高下 物之情也 非在上者所能操縱也」
229) 『承政院日記』 2509 철종 원년 9월 초3일 122책 351~352쪽.
  「開城留守李是遠疏曰 …… 故妄以爲申飭諸圃 只留二萬斤假量 而都作白蔘 則似爲淸本之要道 故以此意傳令於各圃 諸人靡然歸一 擔當禁潛之事 自相糾察 另擇完好之品 留爲元包二萬斤之數 其餘則次第造白 排鋪頗密 奸弊自息 故不得不畧示嘉奬之意 使之同心禁潛 雖不敢質言畢竟之如何 而目前則似無潛造之患矣」

의 증조도 어려움에 빠뜨려 장차 公包 마련도 어려울 것이라 하였
다.230) 이러한 立論 위에서 사역원은 증포소를 京中으로 옮기자는
논의를 일으켜 개성부의 조치에 대응했다.231) 그러나 개성부와 사역
원이 각기 개성부민과 역관들의 이해를 대변하여 벌였던 다툼은 결
국 曆行의 기간에 맞추어 포삼을 준비하고 潛商에 대한 엄금을 다
시 한 번 확인하는 수준에서 마무리 되었다.232)

이상에서 본바와 같이 제3기(1841~1851) 포삼무역은 조선정부가
홍삼의 잠조 잠월을 막고 호조 재정을 보충하려는 적극적 입장에서
증액·감세 정책을 펼친 시기였다. 그리고 포삼무역의 중심에는 포
삼별장으로서 의주상인이, 포삼주인으로서 개성상인이 의치하였다.
18세기 후반 모자무역이 역관이 주도하는 관모제에서 私商이 중심
이 되는 세모법으로 전환되었듯이, 포삼무역도 역관·경상의 구조에
서 의주상인과 개성상인 즉 西商이 중심이 되는 구조로 변모한 것
이다. 이는 조선후기 사상층의 전반적인 성장을 반영하는 것으로 각
지역 상인세력이 대청무역을 두고 경쟁하는 가운데, '西商'의 존재
가 더욱 뚜렷이 부각되었음을 말하는 것이기도 하다.

그러나 1851년(철종2)「包蔘申定節目」을 통해 4만근까지 증가했던
포삼무역량은 그를 정점으로 하여 다시 감액되어 19세기 후반 내내
2만근 수준에서 변동하였다. 이는 일시적인 감액이 아니라, 조선정
부의 포삼무역 정책의 변화에 따른 것이었다. 19세기 후반 포삼무역
의 전개과정에 대해서는 4장에서 밝히려 한다.

---

230)『承政院日記』2509 철종 원년 9월 초4일 122책 352~353쪽.
　　「領府事 趙寅永疏曰 …… 由時賣買路絶 蒸造無望 公包將不免狼狽」
231)『承政院日記』2509 철종 원년 9월 초4일 122책 352~353쪽.
　　「領府事 趙寅永疏曰 …… 至因該院之齊訴 使至移包京中」
232)『承政院日記』2509 철종 원년 9월 초5일 122책 362쪽.

3. 潛造·潛越의 성행과 정부의 대책

1) 對淸貿易上 潛商의 實體와 交易品

19세기 前半 포삼무역은 조선의 대청무역을 홍삼수출무역으로 특징지우면서, 무역에 참여한 여러 상인들의 경쟁을 새로운 차원에서 유발했으며, 조선정부의 재정구조에도 영향을 미쳤다. 이에 3장 1절에서는 포삼제의 실시 및 운영의 추이를 논하고 2절에서는 포삼무역을 담당했던 상인들의 경쟁관계를 조선 정부의 무역정책과 연관지어 살폈다. 그러나 조선의 대청홍삼무역을 총체적으로 이해하기 위해서는 포삼무역 구조속에 공식적으로 참여했던 譯官·私商 뿐 아니라 비합법적으로 무역을 감행했던 이른바 潛商의 실체와 활동이 함께 밝혀져야 한다. 포삼제의 실시와 무역규모의 증감 및 조선정부의 포삼무역 정책 변화는 한결같이 潛商의 활동과 불가분의 관계 속에서 전개되었기 때문이다.

대청무역과정에서 나타나는 潛商은 역사성을 갖는 존재였다. 즉 조선정부의 무역이 朝貢體制의 틀속에서 극히 제한적으로 운영되었던 시기에는 私商도 불법적 존재로서 금압되었다. 그러나 17·18세기 後市貿易이 공인된 시기에 조선정부로부터 교역을 인정받은 私商은 합법적으로 교역할 수 있었다. 그렇지만 그 이외의 존재는 潛商이라 규정되어 탄압받았다. 따라서 잠상은 私商大賈임에도 불구하고, 정부로부터 무역권을 공인받거나 혹은 역관과 연관을 가지면서 대청무역에 참여한 때에는 私商으로 인식되었지만, 그것이 전면적으로 금지된 시기에는 潛商으로 규정받아 금압되는 존재였다. 또한 이들은 潛商으로 지칭되었으나 지방 및 중앙의 권력기관과도 연관되어 있었으며, 국내 유통권을 장악하여 수출 물종을 전매하거나 혹은 물종 생산을 지배하면서 대청무역에 임하고 있었다. 다시말해 이들의 활동은 생계를 위한 것이 아니라, 무역을 통한 자본의 축적과 재투자를 목적으로 한 경제적 행위였다.

따라서 潛商은 朝貢貿易體制를 유지하려던 조선 정부에게는 위협적 요소로 간주되었으며, 자연히 철저한 금압의 대상이었다. 그러나 이들은 禁壓의 대상임과 동시에 회유의 대상이기도 했다. 조선정부는 잠상을 체제내로 흡수함으로써 기존의 경제 질서를 유지하려 했기 때문이다. 잠상에 대한 조선정부의 강·온 양면의 정책은 바로 이러한 사정에서 기인하고 있었다. 그럼에도 불구하고 잠상의 활동은 조선정부의 정책에 순응하기보다는 조공무역체제를 붕괴시켜 가는 요인이 되고 있었다. 이들의 활동을 단순히 범법자의 상행위로만 다룰 수 없는 이유가 바로 여기에 있다.

18세기 이후 조선의 대청무역에 가장 큰 영향을 미친 잠상으로는 우선 의주상인, 개성상인 그리고 京商 등을 지적할 수 있다. 의주상인은 의주지역을 근거로 활동한 상인으로서, 이 중에는 책문 교역을 인정받아 참여했던 상인, 포삼무역 초기 역관 馬頭의 명색으로 포삼무역에 참여했던 상인,[233] 1810년(순조10) 이래 포삼별장을 맡은 상인,[234] 그리고 灣府 管稅廳을 담당했던 상인[235] 등 시대에 따라 그리고 자본력 정도에 따라 다양하게 분화되었을 것이나 구체적 실상을 밝히기는 어렵다.

그러나 의주상인은 1754년(영조30) 比包節目 반포 후 사행시 교역의 이익을 누리는 한편, 이를 기회로 불법적 무역도 행하여 잠상으로도 규정되었다.

---

233)『中京誌』권 2 土産條
　　『增補文獻備考』151 田賦考 11 正祖 21年條.
234) 이 책의 3장 2절 참조.
235) 이 책의 4장 1절 참조.

잠상이 몰래 넘겨가는 물건 중에서 금·구슬·담비가죽·인삼은 가져가기는 아주 쉬우나 적발하기는 극히 어렵다. 때문에 **灣商輩**가 갖은 교묘한 방법으로 몰래 넘겨가는 것이 한두 가지가 아니다.[236]

개성상인도 조선후기 잠상으로 규정되었던 대표적 私商이다. 이들은 17·18세기 人蔘·布物·涼臺·皮物·紙物 등의 국내 유통과 대외 무역의 실질적 지배자였다.[237] 1728년(영조4) 개성상인의 공식적인 대청무역 통로는 봉쇄 당했다.[238] 그럼에도 '개성상인은 비록 부연치 못하지만 예로부터 京商·의주상인과 더불어 일을 함께하며 요리하여 일찍이 燕利를 얻지 않음이 없었다'[239]고 할만큼 대청무역에 줄곧 참여하고 있었다. 특히 후시무역권을 회복한 의주상인과는 대청무역상 이익을 분점하는 특별한 관계에 있었다.[240]

---

236) 『正祖實錄』 권 38 정조 17년 11월 丙午條.
   「一 潛商物種中金·珠·貂·蔘 帶去至易 摘奸至難 故灣商輩 百般設巧 暗地潛越 不一」
237) 개성상인도 의주상인과 마찬가지로 자금력과 국내 유통망의 확보에 따라 내부 분화가 있었을 것이나 구체적인 내용을 알 수는 없다. 예컨대 개성상인 가운데는 풍부한 자금으로 家蔘 재배업과 국내 유통권을 쥐고 있던 商人도 있었으며, 동래상인으로서 호칭되나 실상은 개성상인인 자들도 있었다. 인삼무역과 관련하여 柵內에 高麗人蔘局을 두고 있는 이들도 있는가 하면 <『中京誌』 권2 土産條>, 짐을 실어다 주는 댓가인 駄價로 살아가는 층(『松營日記』 咸豊 5年(1855 ; 철종6) 5월 28일 「鵲嶺里居崔鳳林訴內 矣身以馬朔軍 月前入 灣回還之時 同鄉人朴巨福處 西洋木一駄任駄矣」)도 있었다. 따라서 개성상인에 대한 연구는 보다 구체적으로 연구될 필요가 있다. 그간 개성상인을 다룬 대표적 연구로는 姜萬吉, 「開城商人과 人蔘栽培」『朝鮮後期 商業資本의 發達』, 高麗大學校 出版部, 1973 ; 吳星, 『朝鮮後期 商人研究』, 一潮閣, 1989 ; 金東哲, 『18·19세기 貢人 研究』, 부산대 박사논문, 1993 등을 들 수 있다.
238) 柳承宙, 「朝鮮後期 對淸貿易의 展開過程 - 17·8世紀 赴燕譯官의 貿易活動을 中心으로 - 」『白山學報』 8, 1970, 384쪽.
239) 『承政院日記』 2232 순조 28년 8월 30일 113책 566쪽.
   「而松商則雖不赴燕 自來與京灣商 同事料理 未嘗不沾漑於燕利」

　　禁物을 몰래 파는 행위는 그 가볍고 무거움에 따라 해당하는 법률
이 있어 법전에 분명히 실려 있습니다. 그러나 근래 의주상인과 개성
상인이 서로 부동하여 많은 피물을 멋대로 몰래 넘겨갑니다.[241]

　　즉 개성상인은 직접 開市나 後市에 참여할 수는 없으나, 의주상
인과 대청무역상의 主客으로 비유[242]될 정도로 연결됨으로써, 양자
모두가 이익을 얻고 있었다. 개성상인의 무역활동은 여기서 그치지
않고, 그들이 직접 밀무역을 감행하기도 했다.[243] 이러한 이유로 개
성부와 의주부 그리고 西路의 감영·병영에는 의례히 잠상을 막으
라는 책임이 부여되곤 하였다.[244]

　　한편 대청 밀무역에는 서울의 京商도 참여하고 있었다. 경상[245]
혹은 京中商賈[246] 등 다양하게 불린 이들을 구체적으로 범주화하기
는 어렵다. 하지만 대청무역상 京商은 서울 지역의 貢市人 및 特權
을 지닌 富商으로 생각된다. 이들은 17세기 이래 사역원 및 중앙의

---

240) 姜萬吉,「開城商人과 人蔘栽培」『朝鮮後期 商業資本의 發達』, 高麗大學校 出
　　版部, 1973, 103~121쪽 참조.
241)『備邊司謄錄』168 정조 10년 정월 초6일 16책 582쪽.
　　「禁物潛賣 隨輕重各有當律 昭載法典 而挽近以來 灣商·松商間 互相符同 許多
　　彼物 恣意潛越」
242)『承政院日記』2232 순조 28년 8월 30일 113책 566쪽.
　　「灣·松商 自有主客之別」
243)『承政院日記』918 영조 16년 8월 5일.
　　『備邊司謄錄』187 정조 21년 정월 초3일 18책 756쪽.
　　「狗皮契貢人等以爲 渠貢獺皮係是莫重御供輿方物 近因松商潛越 竟致絶乏」
244)『備邊司謄錄』236 철종 즉위년 9월 초9일 24책 59쪽.
　　「大王大妃殿傳曰 向以潛商事 有所飭教矣 其間果未知如何申飭 而今則節使之
　　行漸近 更令嚴關於松都及所經燕路監兵營灣尹許 痛加禁斷之意 分付可也」
245)『萬機要覽』財用編 5 燕行八包條
　　『中京誌』 권2 土産條.
246)『備邊司謄錄』57 숙종 32년 8월 초8일 5책 583쪽.

군문과 궁방 등과 쉽게 관련을 맺을 수 있었던 관계로 대청무역의 기회를 쉽게 누릴 수 있었다. 18세기 후반 帽子廛民과 홍삼무역 초기 包蔘契人이 바로 京商의 범주에 드는 상인이라 할 것이다. 그런데 이들도 결코 합법적인 교역만을 행한 것은 아니었다. 이들도 18세기 초반에는 인삼 밀무역에 참여하였으며,247) 그 후 모자와 홍삼무역에 있어서도 특권적 지위를 이용하여 잠상행위를 하였다.248) 이런 까닭에 京商은 개성상인과 의주상인이 중심이 된 西商과는 구별 인식되었으며,249) 상호 갈등의 모습을 보이기도 했다.250)

이밖에도 이 시기 잠상 활동을 펼쳤던 상인은 매우 다양했다. 대규모의 잠상 행위는 평안도와 황해도 일대의 상인에 의해서도 흔히 발생했다. 특히 1807년(순조7) 대동강변에서 발각된 白大玄과 李士楫의 잠상 행위는 당시 대청 밀무역의 양상과 그 규모를 대변하는 대표적인 예이다. 즉 의주인 백대현과 평양인 이사즙은 쌀 120석을 싣고 薪島에 잠입하여 청측 상인들과 교역하였던 바,251) 이들은 청상으로부

---

247) 『備邊司謄錄』 57 숙종 32년 8월 초8일 5책 583쪽.
　　「每當八月 京中商賈 入往江界貿蔘 至月初 還到安州 隨節使 行至義州 給賂把守者 先入柵門 故捉得潛商 其勢甚難 旣入彼境之後 雖知有犯禁者 孰能發乎」
248) 이 책의 2장 3절 및 3장 2절 참조.
249) 『承政院日記』 966 영조 19년 12월 20일 52책, 899쪽.
　　「且臣聞道路所傳 則京城松都富漢及平壤安州商賈輩 裝載四五萬銀貨潛入邊諸邑 一以爲貿貂北售之計 一以爲貿蔘商之謀 近者京外貂蔘之絶種 使行銀貨之匱乏 職由此輩」
250) 『備邊司謄錄』 105 영조 15년 4월 24일 10책 783쪽.
　　「向來有京人以安州松都人爲潛商窩主者指名發告 故發關捉來 令戶曹推問 則極口發明以爲 初無行商之事云云」
251) 薪島는 중국 洋河口까지의 거리가 10여 리 밖에 되지 않아 중국과의 貿易路로 이용될 우려가 있던 지역이었다. 이번의 잠상 사건과 직접 연관된 것인지는 확실치 않으나, 薪島에는 잠상 사건이 있은 1807년(순조7)에 鎭이 설치되고 彌串鎭 僉使가 바람이 순할 때는 나가서 신도에 주둔하고 바람이 거칠면 들어와 미관을 지키도록 되었다 (『萬機要覽』 軍政篇 4 海防 西海之北 참

터 결제받지 못한 쌀 값을 唐錢·鍮鐵·白礬·器皿·丹木 등의 물건
으로 받아왔다. 그 뒤 이들은 청상으로부터 받은 현물 가운데 唐錢·
鍮鐵은 鍮店에 팔아넘기고 鎔鑄器皿·白礬·丹木 등은 시장에 팔아
넘겼는데, 미처 처리하지 못하고 발각된 당전만도 1천 3백여 냥에 은
화 20여 냥이었으며 백반과 단목의 양도 적지 않았다.[252]

이 사건은 그 거래 규모도 규모이거니와, 무엇보다도 평시에 商船
이 내왕하지 않는 수로를 이용하여 우리측의 상인과 淸商 간에 잠
무역이 행해졌다는 점에서 충격적인 사건이었다.[253] 또한 우리측의
거래 물종이 쌀이었다는 점과 銀 이외의 물품으로 대체 결재된 여
러 가지의 물화가 국내시장을 통해 판매될 수 있었다는 사실도 잠
상이 성행할 수 있었던 국내적 배경으로 주목된다.

결과적으로 19세기 對淸貿易上의 潛商은 대청무역 참여를 인정받
은 의주상인, 대청교역 물화의 국내유통을 장악하고 있던 개성상인
그리고 중앙 관부와 연결이 쉬웠던 서울지역의 京商 및 使行路에
위치한 평안·황해도 상인 등으로 압축될 수 있다. 이들은 자본 규
모와 무역 물종 및 규모에 있어 다양한 모습을 보이면서, 때로는 합
법적 방법으로 때로는 불법적인 밀교역을 통해, 朝·淸間 邊禁의 벽
을 허물고 있었던 것이다.

조).
252) 『承政院日記』 1932 순조 7년 8월 18일 102책 530쪽.
　「(李)時秀曰 卽見平安監司趙得永狀啓 則枚擧中軍韓應俊牒呈 以爲大同江來泊
　之船 多載唐物 故搜檢其物種 則正銀·丹木·白礬·唐錢·錚盤等物 …… 則
　義州居白大玄 與本府人李士楫 載米一百二十石 潛入薪島 與彼人交易 而米價
　不足之數 以唐錢鍮鐵受來 賣於鍮店 鎔鑄器皿·白礬·丹木等 發賣市肆 而未
　盡區處唐錢 猶爲一千三百餘兩 銀爲二十餘兩 其外礬木 數亦不些」
253) 『承政院日記』 1932 순조 7년 8월 18일 102책 530쪽.
　「此非常時商船往來之水路 則必與彼人 預爲約會 約會之際 許多奸狀 尤宜窮覈」

표] 3 - 2 19세기 義州 搜檢所 搜檢 物種 및 收稅量

수출품목 및 折價銀(折銀 1,000냥 當 銀 100냥 수세)								
번호	물 종	절은(냥)	번호	물 종	절은	번호	물 종	절은
1	白綿紙(1塊)	30	6	白木 (1疋)	1	11	北海蔘(100斤)	30
2	壯紙 (1塊)	20	7	交木 (1疋)	1	12	南海蔘(100斤)	20
3	白紙 (1塊)	5	8	牛皮 (1釜)	50	13	多士麻(100斤)	7
4	扇子 (1釜)	7	9	赤皮 (1釜)	50	14	南草(100斤)	6
5	白紬 (1疋)	1.5	10	山皮 (1釜)	30			

수입 품목 및 折價銀(折銀 1,000냥 當 銀 30냥 수세)								
번호	물 종	절은(냥)	번호	물 종	절은	번호	물 종	절은
1	帽子 (1隻)	50	25	龍眼肉(100斤)	150	49	衾家 (1件)	0.5
2	方冠 (1竹)	2	26	皮龍眼(100斤)	15	50	衾 (1件)	1
3	片金 (1立)	1	27	雜糖 (100斤)	15	51	末由子 1件	1
4	紅氈 (1立)	3	28	胡馬 (1匹)	33.3	52	丹木 (100斤)	10
5	戎氈 (1立)	2	29	騾子 (1匹)	33.3	53	白磻 (100斤)	5(10)
6	白氈 (1立)	1	30	驢子 (1匹)	16.6.5	54	采蓮 (1令)	0.5
7	常氈 (1立)	0.3	31	胡鞍 (1坐)	1	55	鹿皮 (1令)	1
8	馬尾(100斤)	50	32	鑰鑶 (100斤)	40	56	鹿茸 (1對)	2
9	貂尾 (1釜)	20	33	咸錫 (100斤)	20	57	鎖金 (1箇)	0.2
10	黃毛 (1釜)	10	34	水銀 (100斤)	200	58	剪子 (1箇)	0.2
11	唐太(100斤)	15	35	硼砂 (100斤)	100	59	烟竹 (1箇)	0.2
12	彈花(100斤)	20	36	朱紅 (100斤)	100	60	胡刀 (1柄)	0.2
13	允布 (1疋)	1	37	大皮箱 (1坐)	1(2)	61	鑷子 (1箇)	0.2
14	許子 (1疋)	1.7	38	小皮箱 (1坐)	0.5	62	棕梠杖(1箇)	0.4
15	花布 (1疋)	0.6	39	唐床 (1坐)	1	63	藤杖 (1箇)	0.3
16	大三升(1疋)	0.5	40	新設爐 (1坐)	2	64	藤鞭 (1箇)	0.1
17	斗青 (1疋)	0.5	41	唐釜 (1坐)	1	65	雨傘 (1柄)	0.5
18	皮布 (1疋)	0.2	42	竹烟子 (1箇)	0.5(0.4)	66	菜種 (1斗)	1
19	小三升(1疋)	0.2	43	沙饌子 (1坐)	0.2	67	木筋 (1束)	0.0.2
20	紅花(100斤)	50	44	洗面盆 (1坐)	0.1	68	稀子 (1箇)	0.2
21	胡椒(100斤)	30	45	畵器 (1立)	0.0.3	69	算板 (1坐)	0.2
22	甘草(100斤)	30	46	色絲 (1斤)	3	70	西洋木(1匹)	3
23	乾干(100斤)	15	47	大帶子 (1釜)	3	71	海南布(1匹) / 기타포(每匹)	1 / 0.2
24	橘餠(100斤)	15	48	小帶子 (1釜)	2	72	弓角 (1張)	0.7

자료 : 『龍灣志』 舘廨 搜檢所 (1849년<헌종15>).

표] 3 - 2는 19세기 중반 각처 商人들에 의해 교역된 물품과 수세액을 나타낸다. 표]를 보면 西洋布·海南布 등 몇몇 물종이 눈에 띠는 것을 제외하고는 18세기 중반의 교역품과 별반 다른 점을 찾기 어렵다.[254]

그러나 이 시기에는 의주부 搜檢所의 경비를 帽穴의 획급을 통해 마련하는 종전의 규례가 없어지고,[255] 그 대신 雜包와 의주상인의 包蔘에 일정량의 稅를 거두어 이를 대체하게 되었다. 따라서 표에는 분명히 명시되지 않았으나 홍삼이 공인된 무역품으로서 모자를 대체하여 의주부 경비 마련의 기반이 되었음을 알 수 있다.

표] 3 - 3   19세기 朝鮮의 輸出入 禁止 品目[256]

輸出禁止品目			
綿布·紙物類	皮革類	動·植·鑛物類	기 타
闊細布·厚紙	*貂皮·土貂皮·海獺皮·*水獺皮	金·鐵·牛·馬·玉寶石·焰硝·騍馬·樺皮·人蔘·八包외銀貨·硫黃	綵文席·軍器·器皿·牛角

輸入禁止品目			
織物類	佩物·器皿·服飾類	書冊類	기 타
각종 紋緞	玉·密花·金貝·珊瑚·琥珀·各樣瑪瑠·水晶(眼鏡)·青剛石·金剛石·琉璃(面鏡)·玳瑁·花柳·烏木·降眞香·各色猩氈	西學·左道書冊·稗說雜書	古董·律鍾(自鳴琴등속)·珍禽·異花·洋磁·各樣氍毹

자료 :『備邊司謄錄』226 헌종 4년 8월 22일 23책 21~22쪽.

---

254) 표] 2 - 4 18세기 義州 搜檢所 搜檢 物種 및 收稅量 참조.
255)『龍灣志』舘廨 搜檢所條 (1849년<헌종15>) 참조.
256) 표의 몇몇 물종은 때에 따라 일시적으로 包物로 인정되기도 한다. 예컨대 * 표는 1854(철종5)「灣府管稅廳抹弊節目」에서 包物로 인정받기도 한다. 개별 물종의 무역 허용 여부에 대한 구체적인 추적은 차후의 과제로 남겨 둔다.

『平安監營啓錄』庚寅(1830) 12월 11일.
『龍灣志』舘廨 搜檢所.

한편 19세기 개성상인·의주상인·경상 등 잠상은 이전 시기와 마찬가지로 많은 물품을 밀교역하였다. 표] 3-3은 19세기 중반 수출입 금지품목을 종합한 것으로, 이는 곧바로 잠상들에 의해 활발히 교역된 물품이기도 했다. 18세기와 비교할 때 수출 금지 품목은 크게 차이가 나지 않으나, 수입 금지 품목에서는 佩物·器皿·服飾 등의 사치품이 구체적으로 나타나고 있는 점이 주목된다.

18세기 모자 수입무역이 국내의 귀한 은화로 소비재성 사치품을 수입했던 반면, 19세기 홍삼 수출은 토지에서 산출되는 물화를 수출하여 사행경비를 마련하고 중국산 물화를 교역해 오는 것이었다. 따라서 19세기 무역 형태는 보다 적극적으로 평가할 수도 있다. 그러나 1838년(헌종4) 「燕貨禁條物名別單」이 반포되고,[257] 그 내용이 주로 玩好物의 수입 금지에 초점이 맞추어져 있었다는 사실은 대청무역에 대한 적극적인 평가를 유보케 한다. 대청무역에 참여한 각처의 商賈들이 홍삼을 수출하는 대신 들여오는 물품의 대부분이 사치품이었기 때문이다. 물론 여기에는 청측이 홍삼 값을 은으로 쳐주지 않고 각색 비단 물화로 결재하는 매매 관습에서 기인하는 면도 있었다.[258] 사치품 수입에 대한 평가는 무역상인의 자본 축적도와 자본의 재투자 경향 및 무역이 국내 경제에 미친 영향 등을 종합적으로 고려할 때 객관적인 평가가 가능한 문제로 보다 면밀한 연구가 요청된다.

---

257) 『備邊司謄錄』 226 헌종 4년 8월 22일 23책 21~22쪽.
258) 『戊午燕行錄』 권5 기미년 2월 4일조 참조.

2) 紅蔘 潛造·潛越에 대한 정부의 대책

포삼제는 사행원역의 팔포에 家蔘을 채워갈 수 있도록 함으로써 역관을 부양함과 동시에 사행시 公用을 마련하려던 정책이었다. 그러나 포삼제 실시 배경에는 18세기 중반 이후 성행한 潛商의 홍삼 밀수출을 막고, 이를 합법적인 영역으로 흡수하려는 의도도 작용하고 있었다.

> 有司堂上 鄭民始가 啓하여 말하기를 …(중략)… 근래 家蔘의 잠월이 점점 많아지고 있습니다. 금법을 어기고 몰래 넘어가게 하느니 차라리 옛 규례를 좇아 (가삼을) 들여 보내는 것이 양쪽을 위해 좋을 듯합니다. 처음에는 삼이 귀하게 되어 은으로 대신하였던 것인데, 지금은 은이 귀하게 되었으니 다시 인삼으로 헤아려 포를 채움으로써 역관의 피폐함을 바로잡는다면 변통의 방책으로써 이것보다 더 좋은 것은 없을 것입니다.[259]

家蔘의 잠월이 점점 많아지고 있다는 사실에서 이 시기 家蔘 재배가 성행했음을 알 수 있거니와, 이는 동시에 家蔘을 밀수출하는 잠상도 광범위하게 존재했음을 암시하고 있다. 이에 正祖도「華城新成節目」은 취소하더라도 역관에게 家蔘을 채워가도록 한 규정만은 폐기치 말도록 조치하면서 다음과 같이 언급하였다.

> 왕이 (채)제공에게 일러 말하기를 …(중략)… 蔘貨로 말하건대 처음부터 일체 막았다면 모르겠으나 지금 이미 潛越이 狼藉하니, 금할 수 없어서 그대로 내버려 두느니, 차라리 역관의 포를 채워 재화를 벌어

---

259) 『備邊司謄錄』185 정조 21년 2월 22일 18책 589~590쪽.
「有司堂上鄭民始所啓 …… 近來家蔘之潛越漸多 與其冒禁而潛越 無寧遵舊而許入之爲兩便也 初因蔘貴而以銀代之 今因銀貴而復以人蔘 量宜充包 以捄譯官之凋殘 則變通之策無過於此」

들일 권한이 조정에 있음을 보이는 것이 또한 나라의 체모를 보존하는
방도가 될 것이다.260)

즉 정조는 당시 성행하던 家蔘의 잠월을 막고 정부가 포삼무역을
관리하겠다는 의도를 지니고 포삼제를 실시했던 것이다. 이를 보면
포삼제 실시 그 자체가 潛商들의 家蔘 潛越 행위와 밀접히 관련되
어 있었음을 알 수 있다.

그러나 18세기 중·후반 잠상에 의해 밀무역된 人蔘이 재배삼인
지 아니면 홍삼인지의 여부와 과연 어떤 층에 의하여 잠월되었는가
에 대한 자세한 내용은 알 수가 없다. 다만 18세기 全羅道 同福縣의
한 여인이 가삼의 재배에 성공하고 그 기술을 개성인이 전수받았다
는 기록이나, 개성인으로 생각되는 崔某가 家蔘을 청으로 수출하였
으나, 간혹 인삼이 오히려 毒素로 작용하는 것을 알고는 家蔘을 쪄
서 홍삼을 만들어 팖으로써 부를 이루었다는 기록으로261) 미루어
家蔘을 재배하고 증포의 기술을 가진 개성상인이 18세기 후반 紅蔘
潛造의 주체였을 가능성이 가장 높다. 따라서 개성상인과 밀접히 관
련되어 있던 의주상인은 증포된 홍삼을 넘겨 파는 潛越의 중심에
자리하였다고 생각된다.

그런데 1797년(정조21) 포삼을 생산할 증포소가 京江에 세워지고
이를 譯官과 包蔘契人이 주도하게 되면서, 개성상인과 의주상인의
잠조·잠월 행위는 더욱 심해졌던 것으로 생각된다. 이러한 사정은
1810년(순조10) 역관·경상 주도의 포삼무역이 재정비되는 과정에서

260) 『正祖實錄』 권 46 정조 21년 2월 庚子條.
「上謂濟恭曰 …… 雖以蔘貨言之 自初一切防塞則已 今旣潛越狼藉 與其不可
禁而任其所爲 無寧因而充包 使貨泉之權 歸於朝家 亦爲存國體之道矣」
『日省錄』 정조 21년 2월 29일 24책 834쪽.
261) 『中京誌』 권2 土産條 및 『增補文獻備考』 151 田賦考 11 正祖 21年條 참조.

드러난다. 즉 개성상인과 의주상인 간의 私造潛越을 막지 않는다면 包蔘의 法이 장차 없어질 것이라는 우려가 나올 만큼 홍삼의 잠조·잠월이 성행한 것이다.

이에 조선 정부는 의주부와 개성부 그리고 産蔘處에 분부하여 灣府는 잠월의 근심을 끊어 버리고 京外는 紅蔘私造의 폐단을 막도록 하되 발각되는 자가 있으면 마땅한 법을 쓰고 관장으로서 이를 금단시키지 못한 자는 制書之律을 쓸 것이라는 입장을 밝혔다.[262] 조선 정부의 이러한 조치는 의주부의 잠월을 막고 경강 증프소 이외의 홍삼제조를 막겠다는 것이었다.

사실상 개성상인과 의주상인의 잠조·잠월을 막지 않으면 안된다는 조선 정부의 시각은 정확한 것이었다. 1811년(순조11) 평안도 농민항쟁에 관한 여러 연구에서 이미 언급되고 있듯이,[263] 농민항쟁에 관련된 인물 가운데 여러 명이 홍삼 밀무역 혹은 잠상 활동을 통해 성장했던 것으로 생각되기 때문이다.

최고 지휘부의 한사람이었던 禹君則도 서울 捕廳에 홍삼의 일로

---

262) 『承政院日記』 1979 순조 10년 3월 15일 104책 421쪽.
「載瓚曰 近來邊禁 尤爲蕩然 以包蔘事言之 松灣之間 私造潛越之弊 逐年增加 至於今番節行而尤甚 若此不己 則包蔘之法 不久將罷 …… 分付灣府·松都及産蔘各處 使之灣上則絶潛越之患 京外則杜私造之弊 而凡有現發 斷以當律 官長之不能禁斷者 各施制書之律 以此省行關嚴飭何如 上曰 依爲之」

263) 평안도 농민항쟁에 관해서는 홍희유, 「1811~1812년 평안도 농민전쟁과 그 성격」『봉건지배계급을 반대한 농민들의 투쟁』과학원출판사, 1963 ; 鄭奭鍾, 「'洪京來亂'의 性格」『韓國史硏究』 7, 1972 ; 河原林靜美, 「1811年 平安道における農民戰爭」『寧樂史苑』 19, 1973, 『봉건사회 해체기의 사회경제구조』 청아출판사, 1982 ; 鶴園裕, 「平安道農民戰爭における參加層」『朝鮮史叢』 2 1979, 『傳統時代의 民衆運動』(상) 풀빛, 1981 ; 정창렬, 「조선후기 농민봉기의 정치의식」『韓國人의 生活意識과 民衆藝術』 1984 ; 高錫珪, 『19세기 鄕村支配勢力의 변동과 農民抗爭의 양상』, 서울대 박사논문, 1991 ; 吳洙彰, 『朝鮮後期 平安道民에 대한 人事政策과 道民의 政治的 動向』, 서울大 博士論文, 1996.

체포되었던 사실이 있으며,264) 이희저도 상인층으로 파악되고 있다.265) 또한 항쟁에는 다양한 상인층이 참가하였는데, 朴光有는 開城商人 張時永의 差人이었으며 陳永順도 물주 文尙云의 지휘를 받는 개성상인이었다.266)

따라서 조선 정부에게 있어 西路沿邊에서 일어나는 잠상 행위는 곧바로 조선의 경제는 물론 체제 전반을 위협할 수 있는 요소를 안고 있었던 것이다. 반대로 개성상인과 의주상인은 1800년대 역관·경상 주도의 대청홍삼무역 구조에 굴하지 않고, 홍삼 밀무역 통해 자본을 축적하였고 평안도 농민항쟁에서도 중요한 역할을 맡았던 것이다.

그러나 홍삼의 잠조·잠월은 공식적인 홍삼 무역권을 가졌던 포삼계인에 의해 더욱 심하게 행해졌던 것으로 생각된다. 의주상인과 개성상인에 대한 조치가 있은 지 불과 3개월 만에 비변사는 잠조·잠월의 폐단이 年增歲加함을 문제 삼아, 사역원을 시켜 다시 物情을 알아보게 한 뒤 포삼계인을 혁파하고 의주상인이 그들의 역할을 대신하도록 결정하였기 때문이다.267)

무역주체의 교체는 포삼계인의 행위가 對淸紅蔘貿易에 심각한 피해를 끼치지 않고는 생각하기 힘든 사안이었다. 따라서 무역주체의 교체와 더불어 조선정부는 잠조·잠월을 막기 위한 엄격한 규정을 마련하였다.268) 홍삼의 濫造는 燕京에서의 인삼 가격을 떨어뜨리고

---

264) 『關西平亂錄』 제3권 13책 2월 초8일.
　　　「矣身曰 嘉山多福洞居禹君則 年前以紅蔘事見敗至於京捕廳 推捉之狀 汝所知也」
265) 홍희유, 위의 논문 및 吳洙彰, 위의 논문, 3장 「19세기 초 平安道 社會勢力의 대두」 참조.
266) 姜萬吉, 「開城商人과 人蔘栽培」 『朝鮮後期 商業資本의 發達』, 高麗大學校 出版部, 1973, 108~109쪽 참조.
267) 『承政院日記』 1985 순조 10년 6월 18일 104책 611쪽.

사행경비의 마련에도 차질을 가져오는 중요한 사안이었다. 이에 의주상인은 사역원으로부터 국내 家蔘의 매집 및 무역권을 새로이 부여받았음과 동시에 잠조·잠월 행위를 규찰해야 할 임무를 떠 맡았다. 즉 의주상인은 정해진 포삼수 외에 한 뿌리의 家蔘도 더 蒸造할 수 없었으며, 인삼재배자와 다른 상인 간의 밀매매를 정찰하여 官에 고발해야 했다. 의주상인은 사행에 가탁한 潛商도 발각해 내야 했다. 의주상인이 아닌 다른 사람에 의해 홍삼을 숨겨 간 잠상이 발각될 경우, 의주상인은 인삼 1근에 200냥에 달하는 벌전을 사역원에 내야 했다.

家蔘의 암거래는 産蔘地의 營邑이 철저히 막고 정찰해야 했다. 만약 이를 어기는 자는 체포하여 법에 의해 처벌하되, 그 장물의 반은 관에서 몰수하고 반은 잡은 자에게 상으로 나누어 주도록 하였다. 曆行 및 節行의 赴燕時 규찰과 책문 밀무역에 대한 단속은 의주부의 中軍 및 포교에게 책임지웠다.

한편 赴燕 과정에서 밀무역을 하다 적발된 역관은 법에 의한 처벌은 물론 사역원에서 제적되었고, 사면을 받더라도 復屬을 허락치 않는 것으로 규정되었다. 他司의 관원 및 裨將·伴倘의 경우는 해당 기관에 통지하고, 사역원에 알려 일체 부연의 기회를 주지 않도록 했다. 舊例에 따라 柵門商人 및 北方商人에게는 보증인을 세우도록 하고, 馬頭人도 의주부 사람으로 보증을 세워 犯法時에는 연대 책임을 지도록 하였다. 또한 만부에서 강을 건너간 이후에 잠월이 발각되는 경우가 생기면 그 잠조의 내력을 상세히 조사하고 이를 금하지 못한 수령은 죄를 논하도록 하였다.269)

---

268) 이하 1810년(순조10) 잠조·잠월에 대한 대책 서술은 今村鞆,『人蔘史』제2권 人蔘政治篇 409~412쪽에 번역 수록된 「包蔘申定節目」·「備邊司追加節目」·「司譯院追加節目」을 근거로 서술하였다.

269)『承政院日記』1985 순조 10년 6월 18일 104책 611쪽.

그러나 1810년(순조10) 무역주체 교체와 잠조·잠월에 대한 강한
금지책이 발표되었음에도 불구하고 홍삼의 밀반출은 오히려 증가하
였다.270) 그 이유는 포삼에 대한 높은 세액과 120근으로 한정된 포
삼무역량 때문이었다. 이에 조선정부는 잠조·잠월을 사형으로 다루
는 강경책과 함께, 포삼무역량을 늘리는 방법을 통해 잠조·잠월되
는 홍삼을 합법적 영역으로 끌어내리려는 유인책을 병행하였다.

1811년(순조11) 포삼 80근의 증액은 잠조·잠월에 대한 조선정부
의 첫 유인책이었다. 그러나 80근의 증액으로 잠조·잠월을 막는 것
은 불가능했다.271) 즉 홍삼 潛越 罪를 사형으로 규정하고 있음에도
불구하고 한 번의 사행에 잠입되는 홍삼의 양은 1천근 이하로 내려
가지 않고 있었다.272) 家蔘이 대량으로 생산되고,273) 중국측의 수요
가 높은 상황에서274) 포삼 200근으로는 도저히 잠조·잠월되는 홍
삼을 포삼의 영역으로 흡수할 수 없었다. 특히 홍삼의 잠월은 蔘商
이라 불리는 상인층이 官府 혹은 校吏와 짜고 행하는 것으로써,275)
이들의 홍삼은 포세를 낸 포삼에 비해 가격면에서 훨씬 쌌다. 자연

「自今年曆節行爲始 如有被捉於渡灣之後 則詳査其潛造來歷 當該不能禁飭之
守令 令該院草記論罪事 嚴明知委於産蔘諸道 使之飜關申飭何如 傳曰 允」

270) 『承政院日記』2002 순조 11년 6월 29일 105책 419쪽.
「洪義俊 以備邊司言啓曰 卽見司譯院所報 則以爲曆節行包蔘 自昨年 專付灣
商 而潛越之弊 較前有加」

271) 이 책의 3장 1절 참조.

272) 『承政院日記』2152 순조 22년 윤3월 25일 110책 842쪽.
「載瓚曰 包蔘潛越 罪在極律 而通灣一路 殆同無禁之地 毋論節行別行 一門所
潛入 輒不下千餘斤」

273) 『承政院日記』2168 순조 23년 7월 초4일 111책 417쪽.
「而近者國中蔘貨之蕃盛」

274) 『中京誌』권 2 土産條 참조.

275) 『承政院日記』2152 순조 22년 윤3월 25일 110책 842쪽.
「載瓚曰 …… 今則元包二百斤 將無以見售於彼中 官府初不管檢 校吏擧皆和應
竝與諸般禁物 交集幷湊 而最是蔘商 尤爲甚焉」

히 包蔘은 가격면에서 경쟁력을 잃을 수밖에 없었다.

따라서 潛蔘의 폐단을 바로잡는 방안은 다시 진지하게 논의되어야 했다. 유인책의 범주에서 잠삼의 폐단을 바로잡기 위해서는 두 가지 방안이 있을 수 있었다. 하나는 매 근당 세전을 감축해 주는 방안이었으며 다른 하나는 포삼의 수량을 늘려 잠삼을 포삼의 범주로 유도해 내는 것이었다. 그러나 감세의 방안은 세액을 정할 당초에 쓰임을 헤아려 배정한 것이므로 갑자기 줄일 수는 없었다. 자연히 포삼의 근수를 늘려 매 근당 포삼세는 낮추어 받되, 늘어난 양만큼 더 거두어 들여 포삼세 수입의 총액에는 차이가 없도록 하는 증액·감세 정책이 시행되었다.[276]

이에 조선정부는 1823년(순조23) 포외포삼 800근을 더해 주면서, 이것을 京商과 의주상인이 담당토록 하였다.[277] 역관이 아닌 사상에게 包外 홍삼 800근의 무역을 맡겼다는 것은, 곧 이들의 홍삼 밀무역을 包外라는 방법을 통해 체제내로 적극 흡수하려 한 것으로 볼 수 있다.

그런데 1821년(순조21) 개성유수 吳翰源은 '入燕되는 紅蔘은 모두 本府에서 생산되는데 의주상인이 매년 금법을 무릅쓰고 잠월하는 것이 누천근을 내려가지 않는다'고 지적하고, 포삼 200근을 개성부에 획급해 준다면 홍삼의 潛造를 막는 데 효과를 볼 것이라는 疏를 올렸다.[278] 이를 통해 우리는 다시 한번 이 시기 홍삼 潛造·潛越의 주체가 개성상인과 의주상인이었음을 파악할 수 있다.

이처럼 개성상인·의주상인의 잠조·잠월이 계속되자 조선정부는 이후에도 줄곧 「증액·감세」 정책을 통해 잠삼을 포삼의 범주로 유

---

276) 이 책의 3장 1절 참조.
277) 『承政院日記』 2168 순조 23년 7월 초4일 111책 417~418쪽.
278) 『承政院日記』 2148 순조 21년 12월 초3일 110책 700~701쪽.

인하려 하였다. 이에 1827년(순조27)에는 元定數 200근외 포외근수
가 800근에서 2800근으로 늘어났으며,279) 이듬해인 1828년(순조28)에
는 포삼액이 4천근으로 늘어났다.280)

조선 정부의 증액조치가 있을 때마다 잠상을 금단하는 강경 조치
도 함께 발표되었다. 1828년(순조28)에도 사행시 잠상으로 적발된
자는 境上에서 梟首하고 잠월을 고발한 자에게는 贓物을 상급한다
는 법전의 잠월 금단 방책이 다시 확인되었다.281) 또한 사행의 짐과
잠월에 대한 수검도『대전통편』의 규정에 따라 사역원과 평안감영
그리고 의주부가 맡아 책임지도록 하였다.282) 이처럼 潛商의 紅蔘
潛造・潛越 행위는 포삼제 실시 30여 년 동안 수 차에 걸친 포삼무
역액 증액과 다양한 潛商 방지 정책을 이끌어내고 있었다.

조선정부의 홍삼 잠조・잠월에 대한 대책은 포삼세가 중앙재정으
로 補用되는 경향이 분명해지는 1830~40년대에 보다 구체적이고
적극적인 양상을 띠며 전개되었다. 즉 포삼 무역액은 1832년(순조
32) 8,000근이 된 이후 1851년(철종2)에는 40,000근까지 증가하였다.
포삼액이 늘어나면서 포삼세는 어느덧 호조의 재정으로도 전입되고
있었다.283) 그런데 잠조・잠월이 계속될 경우, 이는 곧 元包의 판매

---

279)『承政院日記』2220 순조 27년 8월 초8일 113책 50쪽.
280)『承政院日記』2232 순조 28년 8월 30일 113책 566쪽.
281)『承政院日記』2232 순조 28년 8월 30일 113책 566쪽.
　　『續大典』刑典 禁制.
　　「赴燕人 挾賣蔘貨者 境上斬 八包定數外 銀貨賣去者 以一律論」
282)『承政院日記』2244 순조 29년 8월 초5일 113책 913쪽.
　　「通編禁制條 有曰 使臣渡江時 書狀官 地方官 眼同搜檢一行卜物 又曰 如有
　　擅自許越者 監司・府尹 以潛賣禁物律論 此則以銀包立法 而今則銀變爲蔘 蔘亦
　　當以此律施行 …… 臣意則令該院申命知委於道臣及灣尹處 一依通編定制 眼
　　同搜檢 俾無如前有名無實事 嚴飭何如 令曰 依爲之」
　　『大典通編』刑典 禁制 및『大典會通』刑典 禁制條 참조.
283) 이 책의 3장 2절 참조.

에 악영향을 미치게 되고 결국 포삼세 수입의 감소로 이어질 것이
었다.[284]

　따라서 조선정부는 포삼무역액이 느는 만큼 잠조·잠월을 막기
위한 강력하고도 다양한 방책을 강구해야 했다. 이는 183C~40년대
크게 두가지 방향에서 이루어지고 있었다. 첫째는 潛商과 漏稅를 막
기 위한 사행시 제반 규정을 총제적으로 재검토하는 것이였으며, 둘
째는 의주상인의 潛越과 개성상인의 潛造를 구조적으로 차단하려는
것이었다.

　홍삼 잠조·잠월을 막기 위해 포삼무역액을 크게 늘렸던 1830년
대에는 사상들의 사행무역 또한 대규모로 이루어지기 시작했다. 즉
이 시기 사상들은 사행원역의 일원으로 가장하거나 官貿를 핑계로
개시와 후시에 활발히 참여하여, 중국인들은 사행시 역·절행의 후
시를 개시로 오인할 정도였다.[285]

　이에 조선정부는 「使行時諸條禁飭節目」을 반포하여 使行從人과 後
市商賈의 불법적인 무역을 전면적으로 규제하고,[286] 「使行渡江人共別
單」을 통해 사행인원과 마필 수를 엄격히 규정하려 했으며,[287] 「燕貨
禁條物名別單」에서는 수입 금지 玩好物의 목록을 제시하였다.[288]

　「使行時諸條禁飭節目」은 우선 使行時 伴倘·從人 및 마필의 수를

---

284) 『承政院日記』 2417 헌종 9년 윤7월 초10일 119책 542쪽.
　　「而近聞加包之後(20,000斤) 潛越猶前 苟如是則非但變通之無益於禁奸 將使貽
　　害之反歸於元包」
　　『右捕廳謄錄』 3책 癸卯(헌종9) 윤7월 초10일.
285) 『承政院日記』 2357 헌종 4년 7월 30일 117책 690쪽.
　　「曆節行之後市 自有定規 大係邊政 而近來則幾乎蕩然 開撤遂無定限 輒謂彼
　　地商賈不爲趂期出來 致此撤市之遲滯云 而彼人旣知開市也」
286) 『備邊司謄錄』 227 헌종 4년 8월 22일 23책 16~18쪽.
287) 『備邊司謄錄』 226 헌종 4년 8월 22일 23책 18~21쪽.
288) 『備邊司謄錄』 226 헌종 4년 8월 22일 23책 21~22쪽 표] 3-3 참조.

엄격히 통제하여 잠상을 막고자 한 것이다. 사행시 從人의 濫入 현상은 특히 三庫[289]와 상의원과 내의원의 무역 과정에서 심하게 일어나고 있었다. 때문에 조선정부는 「渡江記」의 기재방식을 고쳐 사행에 따른 인원 수와 마필의 수효를 분명히 하고자 하였다.[290] 이를 위해 조선정부는 「使行時諸條禁飭節目」과 함께 「使行渡江人共別單」을 공포하였는데, 다음 표는 이 별단에 명시된 사행시의 인원 및 마필의 수를 옮긴 것이다.[291]

표] 3 - 4 「使行渡江人共別單」에 나타난 使行人員과 馬匹의 數

	上房一行(正使)	副房一行(副使)	三房一行(書狀官)	譯官一行	총수
人	76	52	19	121	268
馬	41	30	9	43	123

자료 : 『備邊司謄錄』 226 헌종 4년 8월 22일 23책 18~21쪽.

표] 3-4에서 보는 바와 같이 조선정부는 正使·副使·書狀官을 각기 1房으로 하여 그에 따른 반당, 종인 마필수를 바로 밑에 적도록 하고 그 수를 사람 268명과 말 123필로 규정하였다. 기존 人馬渡江帳은 사람과 마필을 구분하고, 직급 및 신분의 순서에 따라 작성되었다. 즉 도강장의 맨 처음에는 三使臣 및 그들의 伴倘·軍官·傔從을 적고 이어 행중역관 인원을 적었으며, 각 房의 마부·노자 명색

---

289) 三庫는 17·18세기부터 무역할 수 있는 권리(窠)를 얻었던 運餉庫와 管餉庫 그리고 泉流庫를 지칭하는 것으로 보이나 자세하지 않다. 의주부 및 평안도 재정문제와 더불어 차후에 보다 면밀히 검토하겠다.

290) 『備邊司謄錄』 226 헌종 4년 8월 22일 23책 17쪽.
「一, 無論節別行 從人之雜亂 皆由於三庫成冊及尙方內局貿易載 人去馬還名色 而貿易載 本無進退 易爲懸空 至於三庫立馬多少 年各不同 實入隨以增減 文書眩亂 難以區別 不得不先從渡江記 改定規式 自今爲始 分出上下一行人共各隨序統 一串書來 伴倘傔人之借窠塡名者 亦使直書於該房之下 至於伴倘從人 竝一體直書 俾無虛實相蒙冒弄奸之弊爲白齊」

291) 『備邊司謄錄』 226 헌종 4년 8월 22일 23책 18~21쪽.

을 적은 뒤, 마필 수를 기재하는 방식을 취한 것이다.292) 따라서 기존의 방식으로는 사행 인원의 명색을 빌려 들어간 상인(借窠塡名者)과 사행 인원임을 증명하는 목패를 소지하지 않고 몰래 들어간 자(無牌冒入者) 등을 명확히 구분하여 단속할 수 없었다. 그런데 이번 조치로 이들에 대한 단속은 물론 사행의 정확한 인원과 마필 수를 파악토록 한 것이다.

한편 「使行時諸條禁飭節目」에서는 책문후시에 대한 몇가지 규정을 명확히 하여 漏稅를 방지하도록 하였다. 즉 후시에 대해서는 임의로 오래 머무는 폐단을 없애고 開市의 기한을 준수토록 하였으며,293) 각처 商賈의 교역은 물론 營邑이 官貿를 핑계로 별장을 파견하여 직접 교역하는 것을 금지시켰다.294) 5개 처의 商賈가 무역별장의 명색을 띠고 대청무역에 참여하는 무역별장제는 이미 1728년(영조4) 폐지되었다. 그러나 19세기로 접어들면서 각처 商賈의 비공식적인 무역과 각 營邑의 관속이 官貿를 핑계로 교역하는 사무역이 세도정권을 배경으로 성행하였던 것이다.

이에 조선정부는 赴燕할 수 있는 商人을 경상과 의주상인으로 제한한다는 입장을 재차 천명하고,295) 관속 명색의 무역을 철저히 막

---

292) 『燕轅直指』 권1 出彊錄 11월 21일조 一行人馬渡江數 참조.

293) 『備邊司謄錄』 226 헌종 4년 8월 22일 23책 17쪽.
「一, 後市之習謬遲淹 已成積弊 如無先甲 申令倅使 速去促還 是罔民也 須以啓下辭意 預先布曉於大小商賈 假量其運致物貨 當爲幾日 賣買興成 當爲幾日 量宜分數 的定日字 使無如前任意久留之弊是矣 如當日限 依舊仳泄是去等 雖在市事之未完 即令當日撤還 而不能禁飭之柵外執事 施以重律爲白齊」

294) 『備邊司謄錄』 226 헌종 4년 8월 22일 23책 17쪽.
「一, 各處商賈之防塞 纔已筵禀 申明定式 今無容更議 而近聞營邑之稱以官貿別將亦有種種入去者 果有所貿用 何不貿取於商賈 而必送官屬 使之直貿 與商民爭利 此皆由本府所屬之無難越去 以致防限之蕩然 勢當先從府屬而禁止 以防其源祛除良」
『承政院日記』 2357 헌종 4년 7월 30일 117책 690쪽 참조.

아 압록강을 한 발자국도 넘어가지 못하도록 하였으며, 이를 어길
때에는 잠상의 법률에 의거하여 처벌토록 하였다.[296] 이처럼 책문교
역 기한의 엄수와 후시 참여 상인의 자격 제한 그리고 營邑의 官貿
를 막으려는 일련의 조치는, 모두 後市稅를 보다 철저하게 수취하려
는 조선정부의 의도가 반영된 것이었다.

그러나 각처 商賈의 무역과 官貿를 평계로한 사무역 활동은 계속
되었다. 이에 절목 반포 바로 이듬해에 조선정부는 후시의 기한을
철저히 지킬 것과, 사사로이 물건을 가지고 넘어가는 자는 바로 境
上에서 법을 집행하고, 지방관과 差使員은 모두 찬배할 것을 정식으
로 삼는다는 결정을 내렸다.[297]

「使行時諸條禁飭節目」에 이어 1840년(헌종6)에는 使行房卜의 수에
도 제한이 가해졌다. 즉 使行房卜에 定數가 없었던 것은 외교적 임
무를 우대하려는 의도에서 였다. 그러나 실제로 使行房卜은 사행의
짐이 아니라 역관들이 운송의 이익을 보기 위하여 방복에 가탁하였
기 때문에 그 수가 늘어났던 것으로 燕路馬弊의 원인이 되었다. 이
에 사신의 馬駄數를 정하고 한치라도 이를 넘기지 말 것이 강조되
었다.[298] 그러나 馬弊는 결코 수그러들지 않았다. 오히려 철종대에

---

295) 『承政院日記』2357 헌종 4년 7월 30일 117책 690쪽.
「雖以商賈言之 英廟戊申 有五處防塞之受敎定式 而近忽法弛 各處商賈 挾帶
物貨 混同入去 無難交易云 邊禁之解弛 事事皆然 此亦一體申飭 京灣外以商
爲名者 一切嚴防 更無有如前亂入之弊 如何」
296) 『備邊司謄錄』226 헌종 4년 8월 22일 23책 17쪽.
「此後段 以官屬爲名 一竝枳塞 使不得越鴨江一步 而如是之後 更或有以此入
聞 卽爲捉上京司 依潛商律 施行爲白齊」
297) 『承政院日記』2369 헌종 5년 7월 25일 118책 74쪽.
「而後市開撤 終有不能恪遵之慮 更爲別般嚴飭 使之定其期限 而無或進退 明
其約束 而到底糾察 如是而猶復有私挾冒越之弊 則犯者 直於境上用律 地方官
及差使員 竝爲卽其地竄配事 永爲定式施行何如 大王大妃殿 答曰 依爲之」
298) 『承政院日記』2397 헌종 6년 5월 25일 118책 391쪽.

들어서면서는 行中의 여러 짐들이 使行房卜이라고 혼칭되면서 심지
어는 民馬와 農牛까지 책립하여 失農의 폐단까지 우려되었으며, 수
레와 말발굽에서 나는 먼지가 먼 거리에까지 이어질 지경이었다.299)
방복에 混托하면 세납을 면할 수 있었기에 譯員과 商賈는 계속되는
금령에도 불구하고 사행방복을 이용하였던 것이다.300)

潛商과 漏稅를 막기 위한 조치와 함께 1840년대에는 의주상인의
潛越과 개성상인의 潛造를 구조적으로 막고, 포삼세를 안정적으로
수취하려는 정책이 시행되었다. 특히 이 시기에는 포삼의 무역 규모
가 크게 늘고 있었으므로, 포삼세 수취에 관심을 가진 중앙정부로서
는 홍삼 잠조·잠월의 고리를 구조적으로 끊으려 하였다.

개성상인과 의주상인의 잠조·잠월은 지방관과의 결탁하에 일어
나고 있었다. 따라서 조선 중앙 정부가 이들의 잠조·잠월을 구조적
으로 차단하는 길은 지방관이 홍삼의 잠월을 눈감아 주는 대신 거
두는 세금, 이른바 闇眼稅를 혁파하는 것이었다. 私蔘의 잠월이 年
增歲加하였던 구조적 원인은 "기강의 해이가 아니라 관에서 私稅를

「寅永曰 燕路馬弊 日加月增 …… 盖緣使行房卜 初無定數故也 此雖朝家優假
出疆之意 不行細瑣之政 而實非使行所携之包 所知之數 眞箇若是也 特象胥輩
爲渠運輸之利 圖踏印紙 混托房卜 以致貽害於沿道也 自今回來三使馬駄之數
量定幾匹 永爲式例 無敢一毫違越之意 行關知委於西路何如 大王大妃殿答曰
依爲之」

299) 『承政院日記』 2500 철종 원년 2월 25일 122책 47쪽.
「使行時卜刷馬 本有定數 近來則三使房卜之外 行中諸駄 混稱房卜 官馬不足
責立民馬及農牛 校吏四出 閭里騷援 往往有蕩産失農之弊 違法擾民 莫此爲甚
見今來輪去蹄 接塵於長程 此弊若不痛禁 則又添民憂之一端」

300) 『備邊司謄錄』 245 철종 9년 2월 20일 25책 204~205쪽.
「夫使行非裨販之行 則安有許多房卜乎 不過爲譯員商賈輩所鑽囑 混稱房卜 圖
免稅納而然矣」
한편 이때 회환사행 복쇄마는 상방·부방 각 15필, 서장관방 10필로 한다는
舊式을 申明하고 印紙는 灣府에서 첩을 만들어 入送하되 이외 더 가지고 들
어오는 짐은 한결같이 운향고에 운반하여 법에 따라 수세하도록 하였다.

받는 데 있다"301)는 지적은 문제의 핵심을 찌른 것이었다.

합안세는 地方官에 蔘稅를 낸 것이므로 엄격한 의미에서 잠월은 아니었다. 그러나 "금해야 할 것이라면 어찌하여 세를 거두는 것이 며 세를 거둘만 하다면 어찌 사적으로 거두게 하는가"302)라는 주장에서 보듯 합안세는 公稅가 아니라 私稅로 인식되었다. 따라서 지방관 차원에서 행해지는 합안세를 혁파하지 않으면 중앙정부가 인정한 包商이 이익을 잃게 되고, 이는 곧바로 재정적 위축으로 이어질 것이었다.

이에 중앙 정부는 1847년(헌종13)「包蔘釐正節目別單」을 통해 홍삼의 잠조·잠월을 구조적으로 막기 위한 대책을 내 놓았다. 우선 조선 정부는 松營의 濫採·濫造을 철저히 규제함으로써 잠월의 근원을 막도록 하였다. 원포의 수에서 한 뿌리의 삼도 더캐지 않고 증조하지 않는다면 합안세는 자연히 없어질 것이며 잠월도 막을 수 있다고 보았다.303) 潛採·潛造를 막음으로써 潛越을 막겠다는 의도였다.

松營과 灣府 校吏의 침학도 넓은 의미에서는 합안세의 일종이었다. 松營의 校吏가 潛商에게 情債를 받고 이들의 행위는 비호해 주는 반면 情債를 내지 않은 官包에는 갖은 토색을 부렸으며, 灣府의 校吏는 搜驗을 칭하고 멋대로 侵漁함으로써 商民이 모두 敗業할 지경에 이르렀다. 이를 규제하기 위해「包蔘釐正節目別單」에서는 지방에서 관행처럼 이루어지던 합안세를 혁파하고 송영과 만부의 校吏

---

301) 『承政院日記』 2459 헌종 13년 3월 20일 120책 862쪽.
　　「盖近來私蔘潛越 年增歲加 莫可禁止者 非但紀綱解紐 專由於官捧私稅」
302) 『備邊司謄錄』 233 헌종 12년 12월 22일 23책 764쪽.
303) 『備邊司謄錄』 234 헌종 13년 8월 초1일 23책 836쪽.
　　「大抵潛蔘之永祛 閭眼之自破 不過一轉移間事 而比一款 不得不專責於松·灣兩處 苟自松營 使之無得濫採濫造 初無一角蔘加多於元包之數 則塞源之政 莫過於此」

層 침학을 금지시킴으로써, 官과 결탁된 개성상인과 의주상인의 잠조·잠월 구조를 근본적으로 차단하려 한 것이다.304)

따라서 沿路의 搜驗도 강화되어야 했으며, 搜檢의 효과를 높이기 위한 방안도 마련되어야 했다. 이에 兩西의 監營과 兵營은 大路와 夾路에 모두 把守를 두어 帖文이 없고 印이 찍히지 않은 포삼 꾸러미는 샅샅이 잡아내도록 하였다. 특히 의주부는 잠월을 철저히 막아 용서가 없도록 하고 몰래 북경으로 들어가는 것은 사행이 일절 엄금토록 하였다. 또한 沿路와 彼地에서 붙들린 물건은 절반은 속공시키고 나머지 절반은 賞給하도록 하여 기찰의 효과를 높이려고 하였다.305)

홍삼은 중국측의 수요가 상당히 높았던 물품으로 수출에 따른 이익이 큰 상품이었다.306) 이익이 있는 곳에 奸僞는 百出할 수 밖에 없었다. 「포삼이정절목별단」이 반포되었음에도 불구하고 潛商에 의한 잠조·잠월 행위가 계속되자 조선정부는 潛蔘의 기찰에 營邑이 적극적으로 나설 수 있도록 발각된 홍삼의 절반은 예전과 같이 상급하되 사역원으로 속공시키던 절반을 영읍에게 주도록 하였다.307)

그러나 개성상인과 의주상인에 의한 홍삼의 潛造·潛越은 계속되었다. 조선정부의 계속되는 규제속에서도, 이들은 포삼별장과 포주의 지위를 역이용하여 잠무역을 행할 수 있었기 때문이다.308) 홍삼의 잠월이 치성하자 이에 대한 반작용으로 1849년(헌종15)에는 2만근의 포삼이 감소되기도 하였으나, 불과 2년만에 포삼수는 다시 4만근으로 늘어났다. 潛造·潛越을 막기 위한 증액 조치였던 것이다.309)

---

304) 『備邊司謄錄』 234 헌종 13년 8월 초1일 23책 836~837쪽.
305) 『承政院日記』 2459 헌종 13년 3월 30일 120책 862쪽.
　　『備邊司謄錄』 234 헌종 13년 8월 초1일 23책 836~837쪽.
306) 이 책의 3장 1절 참조.
307) 『承政院日記』 2488 헌종 15년 7월 13일 121책 639쪽.
308) 『備邊司謄錄』 238 철종 2년 8월 23일 24책 322쪽 참조.
309) 『承政院日記』 2520 철종 2년 8월 28일 122책 843쪽.

결과적으로 1851년(철종2) 「包蔘申定節目」도 궁극적인 목표는 禁
潛商에 있었던 것이다. 의주상인이 담당했던 포삼별장 선출에 천거
자의 성명을 같이 적어 두어, 범법 행위가 들어나면 천거자도 같이
처벌한다든지, 개성상인이 맡던 포주가 이익을 탐하여 법을 어긴다
면 잠상의 율로 처벌한다는 등의 내용은 「절목」의 목표가 무엇인지
를 보여주는 구체적인 예라 하겠다.310)

이상에서 살핀 바와 같이, 조선정부는 19세기 前半을 통해 紅蔘의
잠조·잠월을 막기 위한 구체적인 대책을 마련하는 한편 사행과정
에서 일어날 수 있는 潛商 活動 全般을 규제하고자 하였다. 그러나
19세기 세도정권기로 접어들수록 사행과 결탁된 잠상 및 京·外 衙
門, 營邑과 각처 商賈들의 잠상행위는 극성하였다. 조선정부는 이에
나름대로 대처하였다.311) 하지만 潛商은 언제나 京·外 衙門 및 각

「今此原包之加定 出於必禁其潛之意也」

310) 『備邊司謄錄』 238 철종 2년 윤8월 23일 24책 321~323쪽.

311) 1850년대 "近古初有"라는 표현이 나올 정도로 사행이 빈번하였다. 이에 사
행이 인솔하는 군관 명색 이외에 私人으로 채워지는 伴倘 명색에 대한 감액
조치가 취해졌다. 그 결과 上房, 副房은 각 2인, 서장관은 1인씩의 伴倘만을
데리고 가도록 되었다 (『備邊司謄錄』 237 철종 원년 2월 25일 24책 127쪽 ;
『備邊司謄錄』 237 철종 원년 8월 21일 24책 200쪽). 그러나 이 조치도 효과
를 거두지 못하였다. 반당의 인원에 대한 규제조치가 있은 지 불과 1년만에
燕行從人에 대한 濫入의 문제가 다시 표면화되고 있기 때문이다. 이에 1851
년(철종2)에는 사행이 데리고 가는 군관·반당·고직 등의 명색 가운데 이
미 정수가 있는 군관을 제외한 반당·겸인·고직의 수를 정하였다. 이때 규
정된 인원수를 살펴 보면 上房과 副房이 반당 1인 겸인 2인 고직 1인 奴子
1인을 합쳐 5인을, 3방인 서장관은 노자까지 합해 4인을 데리고 갈 수 있도
록 하고, 이외에는 인솔치 못하게 하였다 (『承政院日記』 2521 철종 2년 윤8
월 초5일 122책 851쪽). 그렇지만 伴倘·奴子가 규정된 수를 넘겨 들어가고,
刷驅名色의 換錄은 그치지 않았다. 1851년(철종2)의 인원 규정이 있은지 불
과 2년만에 동지사행을 따라간 從人이 천진 근처까지 가는 일이 벌어져 문
제가 되고 있었으며,(『承政院日記』 2543 철종 4년 6월 28일 123책 482쪽)
1863년(철종14)에는 역관 卞恒淵과 伴倘 金仁赫이 저쪽에서 은을 사사로이
빌렸다가 갚지 않아 淸人들이 소란을 일으킨 사건이 발생하고 있었다 (『承

212 朝鮮後期 對淸貿易史 硏究

지역 官府와 결탁되어 있었으므로 이를 철저히 차단하지 않는 한 중앙정부의 禁潛商 정책은 제기능을 발휘할 수 없었다.[312]

政院日記』 2662 철종 14년 3월 15일 126책 731쪽).
312) 京·外 衙門 및 營邑과 각처의 富商大賈가 결탁된 私貿易은 19세 후반 극성 해진다. 여기에 대해서는 이 책의 4장 1절 참조.

제4장 19세기 후반 紅蔘貿易의 전개와 潛造·潛越의 새로운 양상

19세기 前半 조·청간에는 다양한 물품이 합법·비합법의 형태를 띠며 활발하게 교역되었다.[1] 그 중 홍삼은 조선의 대청무역을 특징 지울 수 있는 수출품이었다. 따라서 조선정부는 紅蔘 對淸交易을 중심에 두고 貿易政策 및 禁潛商 對策을 마련해 왔다.

그런데 19세기 후반에는 京司·各衙門·各宮房·營邑의 私貿易이 크게 성행하였다. 이렇듯 京·外의 官衙가 행한 私貿易은 官貿易임을 핑계로 교역품에 稅를 내지 않았다. 이에 교역품에 課稅하여 사행시 경비를 마련해 온 의주부 管稅廳은 크게 피폐하였다. 조선정부는 이러한 京·外 官衙의 漏稅 현상을 막고자 1854년(철종5) 監稅官이란 관원을 管稅廳에 파견하여 탈세를 막고 의주상인을 보호하려는 정책을 취하였다. 그리고 같은 해 조선정부는 19세기 전반 포삼무역에 관철시켜 왔던 증액·감세 정책을 감액·증세 정책으로 바꾸었다.

---

1) 이 책의 3장 3절 참조.

214 朝鮮後期 對淸貿易史 研究

본 장에서는 종전의 포삼무역체제를 정비한 1851년(철종2) 「包蔘
申定節目」의 내용과 이 시기 京司·各衙門·各宮房·營邑에 의한
私貿易의 성행 및 「灣府管稅廳捄弊節目」의 頒布와 포삼무역의 감액
·증세 정책이 어떠한 상관관계에 있는 것인지를 고찰하고자 한다.
이를 바탕으로 19세기 後半 홍삼 잠조·잠월의 새로운 양상을 설명
하고 그 의미도 파악하고자 한다.

1. 包蔘貿易 政策 변화와 京·外 官衙의 私貿易

1) 包蔘 貿易體制의 정비와 監稅官의 파견

1847년(헌종13) 4만근까지 증가한 포삼무역량은 1849년(철종 즉
위)에는 2만근으로 감액되었으며, 1851년(철종2)에는 다시 4만근으로
환원되었다. 포삼무역량이 크게 변동하고 있었던 것이다.

포삼 무역량 증감에는 조선 정부와 역관·경상·의주상인·개성
상인의 이해관계가 복잡하게 얽혀 있었다. 1847년(헌종13) 포삼 증
액 결정과정에서 보인 사역원·의주부·개성부·중앙정부의 미묘한
입장의 차이와 1849년(헌종15) 2만근 감액 이후 곧바로 개성부에서
일어난 1만 1천여 근의 潛造事件은 포삼 무역량을 둘러싼 各 세력
간의 갈등에서 빚어진 것이다.[2]

1851년(철종2)의 「包蔘申定節目」도 이러한 이해관계와 사정을 배
경으로 등장하였으며, 19세기 전반 조선정부의 증액·감세 정책의
정점이었다.

_____

2) 이 책의 3장 2절 참조.

　(비변사에서) 또 啓하여 말하기를 (중략) 근래 松民의 생업은 전적
으로 家蔘栽培에 의지합니다. (그런데) 4만근을 반으로 감한 이후 包數
에 구애되어 (포수외에) 캐내 놓은 家蔘이 오히려 많으니, 규정된 포삼
액수 이외에 濫蒸하는 일이 없지 않았습니다. 閑雜牟利하려는 부류는
사사로이 매매하는 것을 이롭게 여기고 가격을 싸게하여 더불어 화응
하니, 잠상이 더욱 심해지는 것 또한 여기에서 말미암지 않은 것이 없
습니다. 지금 만약 포삼무역량을 4만근으로 다시 환원한다면 松民이
실업에 이르지 않을 것이며, 의주상인은 禁潛하기 쉬울 것이며, 세액은
늘어나길 기다리지 않아도 저절로 늘 것인 즉 나라 재정의 남고 모자
람과 관계됩니다. 事勢를 생각컨대 편하고 마땅한데 모두 들어 맞습니
다.3)

　1849년(철종 즉위) 2만근의 포삼 무역량 감액은 松民에 의한 潛造
와 潛商들의 潛越을 크게 유발하였다. 이에 비변사는 홍삼 무역량의
증액은 潛造를 막고 禁潛에 효과적이며 조선정부는 안정적인 포삼
세 수입을 기할 수 있다는 점을 들어 홍삼 무역량의 증액을 요구하
였다.
　이에 감액 조치 후 불과 2년만에 「包蔘申定節目」이 반포되면서
포삼무역액은 재차 4만근으로, 稅錢은 1847년(헌종13)의 5냥보다 1
냥이 준 매근당 4냥으로 결정되었다.4) 따라서 여기서 거두는 포삼
세는 총 16만냥이 되는 바, 사역원에서 10만냥을 사용하고, 6만냥은

---

3) 『承政院日記』 2520 철종 2년 8월 28일 122책 842쪽.
　「又啓曰 …… 近來松民生業 專靠種蔘 而自從四萬半減以後 拘於包數 餘採尙多
不無額外濫蒸之事 而閑雜牟利之類 利其私販 價歇與之和應 潛商之尤甚 亦未必
不由於此 今若還復四萬之數 使松民無至失業 灣商易於禁潛 而稅額不期增而自
增 則國計贏絀 亦有關係 揆以事勢 俱合便宜」
4) 『承政院日記』 2520 철종 2년 8월 28일 122책 842쪽.
　「今此擧措 初非專爲其稅入 則因其斤數之加定 特許包稅之量減 不害爲薄斂之實
惠 自今年曆節行爲始 包蔘更以四萬斤 復舊定式 稅錢則每斤各減一兩 而所收當
爲十六萬兩 就其中十萬兩 依前區劃 六萬兩 使度支收捧 添錄別置 外他雜稅雜費
之存拔加減 各隨其宜 略加釐正 先作松·灣兩商矯弊之需」

호조에 부쳐 經用으로 사용토록 하였다.5) 결국 1851년(철종2) 「포삼 신정절목」은 19세기 전반을 통해 계속된 조선정부의 증액·감세 정책의 연장선상에서 이루어진 것이었다.

그런데 이 때 반포된 「포삼신정절목」은 다음과 같은 몇 가지 점에 주의를 기울일 필요가 있다. 첫째는 4만근 포삼에 대한 프삼세의 하한을 규정하고 있다는 점이다. 즉 포삼무역은 본래 사역원에서 設始한 것으로 혹 세액이 감축되는 때를 당하더라도 사역원으로 구획하는 原稅 10만냥에 대한 감축은 거론치 않는다는 것이다.6) 사역원의 세입 10만냥은 포삼수의 증감에 관계없이 고수하겠다는 중앙정부의 입장 표명이었다.

둘째 別將과 包主의 선발에 京中雜類의 간섭을 배제시키고, 義州 別將과 開城 包主를 사역원 소속하에 두면서, 이들을 중심으로 포삼 무역을 운영하겠다는 방침을 세웠다는 점이다.7)

1810년(순조10) 이후 別將은 의주상인이 그리고 包主는 개성상인이 맡아왔다. 그런데 포삼무역액과 포삼세가 증가하자 별장의 수는 계속 늘어났던 것으로 보인다.8) 포삼별장은 開城 包主와 더불어 포

---

5) 『備邊司謄錄』 238 철종 2년 윤8월 23일 24책 321쪽.
「一 包蔘以四萬斤爲定 每斤稅以四兩爲定 稅錢十六萬兩內 十萬兩 依前區劃 六萬兩 付之經用爲白齊」

6) 『備邊司謄錄』 238 철종 2년 윤8월 23일 24책 321쪽.
「包蔘本爲譯院設始 則原稅十萬之數 實是減不得者也 日後雖或値稅額減縮之時 此則勿爲擧論爲白齊」

7) 『備邊司謄錄』 238 철종 2년 윤8월 23일 24책 322쪽.
「一, 灣商之別將 松人之包主 卽古規也舊例也 并以此兩處人差定 無或違越 俾京中雜類 更不得如前干涉矣 若或暗相締結 復蹈前習 該包主與別將 并爲汰去爲称」
한편, 별장과 포주의 차정에 의주상인과 개성상인 이외의 京中雜類를 배제시켰다는 점을 강조하기 위하여, 義州 別將과 開城 包主라는 용어를 사용하기로 한다. 이는 의주상인과 개성상인에 대한 구체적인 분화상이 나타나지 않기 때문에 쓰는 임시적인 용어이다.

8) 『備邊司謄錄』 234 헌종 13년 8월 초1일 23책 836~837쪽.

삼무역량 만큼의 홍삼을 만들어 무역할 수 있는 무역권자임과 동시에 포삼세 및 거간명색의 돈을 부담하고 징수하는 책임도 부여된 자였다.9) 이에 포삼 별장은 예전부터 서로 차지하려고 다투는 자리였으며, 이 다툼에는 경중모리배들도 끼어 있었다.10) 이런 까닭에 조선정부는 「포삼신정절목」을 통해 별장과 포주의 차정에 경중잡류가 끼어드는 폐단을 금지하고,11) 포삼별장은 訓上과 蔘句管이 함께 회동하여 천거한 의주상인 가운데 모두 19인을 선정토록 하였다. 이 가운데 포삼 별장직을 수행하는 實差는 17명이었다. 나머지 2인은 預差로 實差에 궐액이 있으면 차례로 승차되도록 하였다.12) 포삼별

「一 包蔘斤數及公稅 比前倍多 則別將數額 亦不可不從以加增 有願入者 量宜許施爲乎矣」

포삼별장의 정원은 1810년(순조10)의 6명에서 1851년에 19명 그리고 高宗代에 이르러서는 30명에서 40명까지 증가하는 것으로 보인다. (『備邊司謄錄』253 고종 8년 정월 19일 26책 419~420쪽 참조).

9) 『備邊司謄錄』234 헌종 13년 8월 초1일 23책 836~837쪽.
「一, 二十萬稅錢 別將輩 擔當擧行」
『備邊司謄錄』234 헌종 13년 8월 초1일 23책 836~837쪽.
「一, 松包貿蔘之初 有居間名色 紅蔘一斤 別將輩例出錢爲七錢五分 今此官蔘爲四萬斤 則其數拾爲三萬兩」
주 13) 및 주 23) 참조.

10) 『備邊司謄錄』253 고종 8년 정월 20일 26책 419~420쪽.
「又所啓 臣以譯院事 有所仰達者矣 本院所屬包蔘別將 由來奔競 常多淆雜 …… 大院君深燭此弊 年前以三十人 劃定其數 舊瘼旣除 新效且多 而近聞柵商輩 凋殘太甚 大小公用 動輒葛藤 此不可不一番矯捄 使各安業 就別將原額外 加出十窠 柵商中另擇擧行 俾爲燕柵廣貿之地 而四十窠定額之後 如非身故罪汰 更不得進退之意 分付何如 上曰 此窠本是灣柵之人爲之者 近以京中牟利輩圖差 灣上甚蕭條」
『高宗實錄』권8 고종 8년 정월 20일.
「(金炳學)又曰 …… 本院所屬包蔘別將 由來奔競 常多淆雜 …… 敎曰 此窠本是灣柵之人爲之者 近以京中牟利輩圖差 灣上甚蕭條」

11) 주 7) 참조.

12) 『備邊司謄錄』238 철종 2년 윤8월 23일 24책 322쪽.
「一, 包蔘別將差出時 訓上與蔘句管 一齊會同 各薦一人 各其名下 亦書薦主姓

장 자리에 대한 의주상인의 지위를 보장해 준 것이다.

包主는 홍삼 제조권자였다. 이들은 사역원에서 차출하지 않고 별장이 개성인 가운데서 정하도록 하였다.13) 別將 두 사람이 개성에 하나의 包所를 정하여 그들이 가지고 갈 蔘穴을 증포하였다.14) 즉 開城 包主는 家蔘栽培와 증포소를 통해 별장의 홍삼 뿐 아니라 불법적인 잠조를 행할 수 있는 여건을 갖추고 있었다.15) 開城 包主는 홍삼의 생산자로서 포삼무역을 지배하는 실력자였던 것이다.

이와 같이 의주별장과 개성포주는 포삼무역권자와 홍삼생산자로서 包蔘貿易을 움직여 간 핵심적 존재였다. 그러나 별장과 포주는 공식적인 포삼무역에만 종사한 것이 아니라 의주와 개성을 연결하는 상인과 연결되어 잠조·잠월도 감행했다. 즉 개성상인이었던 包主는 包蔘別將과의 직·간접적인 결탁하에 공식적인 포삼무역액 이외의 홍삼을 만드는 潛造를 감행하였던 바,16) 이는 잠월의 근본이 되고 있었다.17)

名 而其中如有作奸犯科者 竝與薦主 一體嚴勘爲稱 毋論曆節行不赴燕之別將 一切汰去爲白齊」

「一, 今此會薦之別將十九人內 依前以十七人定額 其餘二人爲預差 若實差有闕 則以次陞差爲白齊」

13) 『備邊司謄錄』238 철종 2년 윤8월 23일 24책 322쪽.
「包主本非譯院差出者也 今亦依舊例 使別將輩任其自擇 定爲主人 而別將二人 以一包所磨鍊 包主名下亦書該別將姓名及所帶蔘穴 以備雜察爲稱」

14) 『松營日記』咸豊 5년(1855 ; 철종6) 8월 26일.
「禁盜行首禀內 包所主人 崔錫命 秦聖瑞 許敬 帖文昨日下來 而秦聖瑞包 六十 次 合八百四十六片 許敬包 一千九百七十六次 片合二萬五千五十九片 金亨烈 包蔘一千三百五十次 合一萬五千三百十八片 今日并爲蒸造」

15) 19세기 개성상인의 잠조·잠월에 대해서는 이 책의 4장 2절 참조.

16) 『備邊司謄錄』238 철종 2년 윤8월 23일 24책 322쪽.
「大抵潛造之弊 專由於包主之貪利也 如是申禁之後 又或有售奸濁亂之事 則犯 者與該包主 俱以潛商律論 而該別將 亦難勉知情不告之罪 一竝汰去爲白齊」

17) 이 책의 3장 3절 참조.

또한 별장은 포삼무역을 책임지고 포삼세를 거두는 임무를 띠고 있었다. 그러나 이들 중에는 자신의 蔘穴을 다른 이에게 팔아 버리고 애초에 부연치 않는 자들도 있었다.[18] 별장이 팔아넘긴 蔘穴은 별장의 差定에 간섭했던 京中雜類나 자본력을 갖춘 개성상인에 의해 팔렸을 가능성이 매우 컸다.[19] 그런데 별장이 그들의 蔘穴을 팔아 넘기는 것은 단순히 포삼무역권을 매도한데 그치는 것이 아니라, 별장직을 이용하여 다른 무역을 할 수 있는 기회를 넘기는 것이기도 했다.[20] 이와 같이 별장과 포주는 홍삼무역을 이끄는 핵심적 존재였으나 동시에 각종 폐단의 근원이 되기도 하였다. 이 때문에 「포삼신정절목」에서는 별장과 포주 중심의 홍삼 무역체제를 마련하면서 그들의 선발과 책임 및 처벌 규정을 분명히 했던 것이다.[21]

「포삼신정절목」의 세번째 특징은 포삼무역을 별장과 포주에게 일임시키면서도 역관 自帶條와 별장 담당의 포삼수를 구분하여 명기하였다는 점이다. 포삼무역이 실시된 19세기 전반기에는 원포는 自帶條로 역관이 담당하고 包外는 경상과 의주상인이 담당토록 하였다. 그러나 1830~40년대에는 원포와 포외에 대한 구분이 의미를 잃어 가고 있었다.[22] 그런데 이번 절목에서는 역관 自帶條와 別將蔘穴을 명확히 구분하였다.

---

18) 『備邊司謄錄』 238 철종 2년 윤8월 23일 24책 322쪽.
   「一, 近來別將輩 盡賣名下蔘穴 初不赴燕者甚多」
19) 『備邊司謄錄』 253 고종 8년 정월 20일 26책 419~420쪽 및 姜萬吉, 위 논문, 123~128쪽 참조.
20) 19세기 후반까지도 대청무역에 공식적으로 참여할 수 있는 상인은 경상과 의주상인으로 제한되어 있었다. 따라서 포삼별장직을 얻으려고 노력한 상인은 자본력을 갖춘 개성상인 및 무역의 기회를 보다 확대하고자 했던 경상이었을 가능성이 가장 높으며, 이들은 이 기회를 통해 포삼무역 이상의 교역을 행했을 것으로 생각된다.
21) 이에 대해서는 이 책의 4장 2절 참조.
22) 이 책의 3장 2절 참조.

「포삼신정절목」에 나타난 포삼무역상의 구조를 표로 나타내면 다음과 같다.

표] 4 - 1   「包蔘申定節目」에 의한 包蔘貿易 構造

포삼 액수	사행원역 (27員 기준)			
	句管包蔘	1인당 包蔘	1인당 負擔稅額	1인당 尾蔘
	10,800근	400근	1,600량	24근
	포삼별장 (17명 기준)			
	句管包蔘	1인당 包蔘	1인당 負擔稅額	1인당 尾蔘
	29,200근	약 1,717근	약6,868량	약103근

자료 : 『備邊司謄錄』 238 철종 2년 윤8월 23일 24책 321~323쪽.
       「包蔘申定節目」 참조.

이를 살펴보면 「포삼신정절목」에 규정된 총 4만근의 포삼은 사행원역 1인 당 400근씩 모두 10,800근의 포삼을 배정하고, 포삼별장 17명이 29,200근의 포삼을 가져가 팔도록 하고 있었다.[23] 사행원역의 自帶條와 別將蔘穴이 약 1 : 3의 비율을 띠고 있었던 것이다. 세액은 포삼 1근당 4냥으로 정해져 있었으므로 1인당 포삼세 부담액은 사행원역 自帶條가 1,600냥, 포삼별장이 6,886냥이었다.

한편 이번 포삼무역 규정에는 새로이 포삼 100근 당 6근의 尾蔘을 가지고 갈 수 있도록 되었다. 미삼은 우리 나라에서는 버리지만 중국에서는 사용하고 있는 것이었다.[24] 따라서 미삼은 이전부터 포삼액수와 상관없이 중국으로 가져 갈 수 있었다. 그러나 미삼의 명색을 이용하여 잠조·잠월이 행해졌으므로[25] 「포삼신정절목」에서는

─────────────

23)『備邊司謄錄』 238 철종 2년 윤8월 23일 24책 322쪽.
  「一, 包蔘四萬斤內 一萬八百斤 付之行中譯官 二萬九千二百斤 付之包蔘別將是
  矣 行中則每員四百斤 而或値增額之時 則依數除出於別將蔘穴中爲白齊」
24)『承政院日記』 2519 철종 2년 7월 13일 122책 791쪽.
  「仍敎日 雖以尾蔘事言之 彼人則用之 我國則棄之 此亦酌定以給好矣」
25)『承政院日記』 2520 철종 2년 8월 28일 122책 842쪽.

원삼 100근에 6근의 미삼, 총 2,400근의 미삼만을 가져갈 수 있도록
하였다.26)

또한 역관조의 包蔘은 같이 동행하는 역관 가운데서 推移하는 것
만을 허락하고 軍官·伴倘에게 매매하여 넘기는 것은 철저히 엄금
하였다.27) 19세기 전반을 통해 京商은 의주상인과 같이 포삼무역권
자로서 일정한 지위를 차지했으며, 역관과의 결탁하에 軍官·伴倘
등의 명색을 띠고 부연하여 왔다.28) 따라서 위와 같은 규정은 별장
의 차정에 京中雜類가 간섭하는 것을 막은 규정과 더불어 그간 포
삼무역상 일정한 지위를 차지해 왔던 경상을 크게 위협하는 것이었
다. 또한 자본의 부족으로 상인세력과 결탁하지 않을 수 없었던 역
관에게도 이는 불리한 규정이었다.

넷째 이번의 「포삼신정절목」은 의주부 관세청과 개성부의 폐막을
시정해 주는 의미를 띠고 있다는 점이다. 즉 別將處에서는 1근 당 1
냥을 거두어 義州府 管稅廳에 내고 包主處에서는 가공하는 홍삼 1
근 당 7錢 5分씩 3만량을 거두어 개성부에 납부토록 하였다. 관세청
은 2년, 개성부는 1년 동안 이 재원을 이용하여 폐단을 바로잡는 경
비로 활용할 수 있게 되었다.29) 이때 의주부 관세청과 개성부의 폐

「至於尾蔘一款 造蔘百斤 尾出六斤 自是定規 而間因斤數之稍增 或以原蔘而混
稱尾蔘 或以尾蔘而暗包原蔘 挾伴影射 弊端轉滋 甚至於灣商輩寧納空包稅錢
不欲尾蔘加數 則其爲亂興之痼瘼 不問可知 此則依前以定規 六斤施行」

26) 『備邊司謄錄』 238 철종 2년 윤8월 23일 24책 323쪽.
「尾蔘卽潛造之淵藪也 潛越之蹊逕也 此若闊狹 原蔘之失利 可以推知 而原蔘百
斤所附尾蔘六斤 自是定規 則四萬斤所附尾蔘 合爲二千四百斤 此外若有加帶者
施以潛商之律爲白齊」

27) 『備邊司謄錄』 238 철종 2년 윤8월 23일 24책 322쪽.
「一, 譯官只於同行譯官中 從便推移 而亦不許軍官伴倘等處 潛相賣買爲称 若以
此現發則該譯官 施以永削之典 其名下蔘穴 盡爲推納爲白齊」

28) 이 책의 3장 3절 참조.

29) 『備邊司謄錄』 238 철종 2년 윤8월 23일 24책 323쪽.

막이 구체적으로 무엇인지 밝힐 수는 없다. 그러나 1813년(순조13) 의주상인 구폐책의 경우와[30] 이어 서술하게 될 「灣府管稅廳捄弊節目」의 경우를 미루어 보면, 경상들과 의주부 및 개성부 관속에 의한 폐해가 심각했던 것으로 생각된다. 어떻든 조선정부는 이번의 조치를 관세청과 개성부의 폐막을 구제하는 '大變通之意'에서 나왔다고 표현할 정도였다.[31] 결국 「포삼신정절목」은 경상과 역관의 이해와는 상반되는 정책이었던 것이다.

이상과 같이 「포삼신정절목」은 조선정부가 증액·감세라는 포삼무역의 기본 정책을 유지하면서도, 義州 別將과 開城 包主를 중심으로 포삼무역을 운영하겠다는 의도를 표출한 것이었다. 포삼을 4만근으로 증액하여 松民의 실업을 막고, 포삼세를 5냥에서 4냥으로 감해 의주상인의 부담을 덜어주며, 譯官 自帶條에 3배에 달하는 포삼을 별장의 몫으로 맡겼는가 하면, 의주부 관세청과 개성부 폐막을 바로잡기 위한 재원을 마련해 준 것도 같은 의도였다. 그리고 이러한 포삼무역체제를 통해 조선정부는 사역원 10만냥, 호조 6만냥, 총 16만냥의 수입을 기대하였다.

그러나 이는 상대적으로 19세기 前半 의주상인과 같이 포삼무역에 참여했던 京商에게는 그들의 지위를 위협하는 것으로 받아들여지기에 충분한 상황을 만들고 있었다. 포삼무역상의 실질적 운영권은 의주 별장과 개성 포주에게 주어졌던 반면, 京商은 포삼별장직에는 물론 역관의 自帶條 무역에 참여하는 길도 원칙적으로 봉쇄되었기 때문이다.[32]

「別將處 每斤收稅一兩 付之管稅廳 包主處 造工中每近收稅七錢五分 合三萬兩 付之松營 而稅廳限二年 松營限一年 以爲補弊之地爲白齊」

30) 이 책의 3장 2절 참조.

31) 『備邊司謄錄』 238 철종 2년 윤8월 23일 24책 323쪽.
「今此稅廳松營之捄弊 實出於大變通之意也」

역관에게도 4만근 포삼무역액과 그들의 自帶條에 軍官이나 伴倘의 참여가 봉쇄된 것은 결코 이롭지 않았다.

　　철종이 즉위한 처음에 譯人은 포삼이 많은 것을 병통으로 여겼다. …(중략)… 대개 開城人은 인삼을 파는 데 급급하기 때문에 오직 근수가 많지 않은 것을 두려워 하였고, 역인은 그 값이 낮아질 것을 두려워 하는 까닭으로 근수가 지나치게 많은 것을 원치 않았다 …(중략)… 이때 역인은 인삼의 이익에 만족하여 貴戚에게 뇌물을 주면서 위세를 믿고 온갖 방법으로 조종하여 포삼의 수량을 감하기를 청하였다.33)

즉 포삼무역액이 줄어들면 역관은 국내 인삼을 헐값으로 살 수 있을 뿐 아니라 청쪽에서의 포삼무역 이익도 보장받을 수 있었다. 이에 1849년(헌종15) 역관들은 사행원역이라는 그들의 지위를 이용하여 포삼의 수를 줄이려는 노력을 하였고 한때 2만근의 감액을 이끌어내기도 했던 것이다. 그러나 「포삼신정절목」으로 불과 2년만에 감액 조치는 곧바로 복구되면서 의주상인과 개성상인 중심의 4만근 포삼체제가 수립되었다. 역관들의 포삼 무역량 감액 노력이 다시 진행될 여건이 조성되고 있었던 것이다.

　　대왕대비전에서 말하기를 홍삼이 매년 잠입되는 것은 정말로 걱정되는 일이다. 사행에 진실로 난잡한 폐단이 없다면 잠상배가 어찌 간사함을 부릴 수 있겠는가. 포삼에 冒入하는 것이 사행 때마다 뒤따라 일어나 혼잡한데, 사행의 짐과 행장에 가탁하니 혹 의주부가 따로이 검사하고 탐문하면, 三使臣이 진실과 거짓을 분별하지 못하고 도리어

32) 주 27)과 같음.
33) 『中京誌』 권2 土産條.
　「哲宗卽位初 以譯人病包蔘之多 …… 盖開城人急於售蔘故 惟恐斤數之不多 譯人恐其價低故 不欲斤數之過多也 … 時譯人厭飫蔘利 賄貴挾勢百端操縱 旣請減包蔘額 因欲以賤價買蔘」

만윤과의 갈등이 크게 일어나니 이 무슨 꼴인가. 이는 처리하기 어려운 일이 아니다. 우리의 사신 일행이 이미 부정한 물건을 쥐고 있지 않다면 어찌 만부의 搜探을 걱정하겠는가. 이번 사행 중 上使로부터 그 이하까지 일일이 짐과 행장을 내보여 전과 같이 어지럽고 난잡한 폐가 없도록 하라. 또한 事體로 말하건대 원포에 규정된 수량의의 잠입이 어렵지 않으니, 저들이 우리를 보고 또한 나라에 기강이 있는가 라고 말할 것이다. 근래 새로이 반포한 절목이 있으니, 三使臣은 모두 그것을 알 것이다. 한결같이 절목을 쫓아 惕念擧行함이 마땅할 것이다.[34]

대왕대비전의 전교는 사행 원역과 商人이 짜고 홍삼을 몰래 숨겨 넘어들어 가는 것을 철저히 막아 공인된 포삼무역을 보호하라는 지시였다. 그리고 그 방안은 「포삼신정절목」을 철저히 준수하는 것이었다. 「포삼신정절목」이후 사행과 결탁된 商人들의 홍삼 잠월 행위가 많아질 것을 예측하고 있었던 것이다. 이 때문에 사역원을 맡았던 김좌근은 潛蔘의 잠월은 商譯 및 行中帶往人을 물론하고 境上에서 一律로 논해야 한다는 점을 강조했다.[35]

여기서 行中帶往人은 사행시 正使·副使·書狀官·譯官이 데리고 가는 軍官·伴倘·傔人 등 사행시 從人 名色으로 추측된다. 使行時 從人이 규정을 어기고 濫入하여 상행위를 하는 폐단은 이미 1830년

---

34) 『承政院日記』 2523 철종 2년 10월 20일 122책 933쪽.
「大王大妃殿曰 紅蔘之每年潛入 誠甚可憫 使行中苟無雜亂之弊 則潛商輩何以售奸乎 冒入包蔘者 每於使行時 跟隨混雜 假托以使行中卜裝 或自灣府別般搜探 則三使臣莫辨眞贋 反與灣尹 大生葛藤 此何景色耶 此非難處之事 在我一行旣無執贓之物 則何患灣府之搜探乎 今番行中 自上使以下 一一出示卜裝 俾無如前淆雜之弊 而且以事體言之 元包數外 無難潛入 則彼之視我 亦曰國有紀綱乎 近有新頒節目 三使臣 皆已見知矣 一遵節目 惕念擧行可也」

35) 『承政院日記』 2533 철종 3년 8월 29일 123책 201쪽.
「(金)左根曰 潛蔘防禁之屢煩朝飭 便成課歲不可廢之事 …… 至於犯潛人 毋論商譯及行中帶往人 境上一律 自有不易之關和」

대부터 문제가 되었다. 이에 1838년(헌종4)에는 「使行時人共別單」으로 사행과 역관이 인솔할 수 있는 인원의 명색과 마필 수가 정리된 바 있었다.36) 그렇지만 使行 從人의 濫入 문제는 1850년대에 접어들면서 더욱 심각해 졌다.37) 使臣·譯官 및 이들이 인솔하는 行中帶往人이 청으로 몰래 들여간 중요 수출품은 위 자료에서 보듯이 홍삼이었다. 1851년 「包蔘申定節目」에 불만을 지닌 역관 및 경상이 공식적인 포삼무역보다는 사행일원에 가탁한 紅蔘의 密貿易에 나선다면, 「포삼신정절목」의 포삼무역 체제는 오래 지속되기 힘들었다.

그런데 1850년대에는 公認된 包蔘貿易 이외에도 京司·各衙門·各宮房·營邑이 주체가 된 私貿易이 성행하고 있었음이 주목된다. 이는 세도정권기 왕권이 약화되고, 몇몇 가문이 권력기관을 장악해 가는 것과 밀접한 관련이 있었다고 생각되며,38) 같은 시기 京·外의 官衙와 서울 및 지방의 富商大賈들이 결탁하여 金·銀·銅鑛이 '私自設店'되는 것과도 같은 맥락에 서 있었다.39) 특히 京·外 官衙에 의한 私貿易은 官貿易을 빙자하여 무역물품에 대한 세를 내지 않고 있었다. 이것은 곧 사행의 경비를 마련하려는 조선정부와 무역세 수취의 책임을 맡은 의주상인의 이해와는 상반되는 것이었다.

이 때문에 중앙정부는 의주상인을 보호한다는 명분하에 교역품에 철저한 과세를 목적으로 하는 정책을 지속적으로 펴 왔다. 이는 세도정권기 사행원역이나 경·외 관아의 사무역이 의주상인과는 이해를 달리하는 다른 상인들에 의해서 활발히 이루어졌음을 의미했다. 예컨대, 1813년(순조13) 조선정부는 公用 마련을 어렵게 하고 의주

---

36) 『備邊司謄錄』 226 헌종 4년 8월 22일 23책 18~21쪽.
37) 이 책의 3장 3절 참조.
38) 한국역사연구회, 『조선정치사』 (상) (하), 청년사, 1990, 참조.
39) 柳承宙, 「18세기말 19세기 전반기 '物主'制下의 資本制的 民營鑛業實態」 『朝鮮時代 鑛業史硏究』, 고려대학교 출판부, 1993, 366~397쪽 참조.

상인을 피폐케 한 8가지의 폐단을 지적하였다.40) 그 중에는 사행원
역의 짐에 가탁하여 세를 면하려는 商人들의 행위41)는 물론 京商으
로 파악되는 京馬主42)와 都卜主43)의 弄奸과 侵漁 그리고 官貿와 의
주부 官屬의 불법적 행위가 크게 擧論되고 있다. 조선 정부는 이러
한 폐단을 바로잡아 公用을 마련하고 의주상인을 보호한다는 명분
하에 이듬해인 1814년(순조14)에는 의주부에 관세청을 세웠다.44)

管稅廳은 1814년(순조14) 의주부윤 吳翰源이 帽子 1천척의 稅錢이
감축되자 出柵物貨에 대한 課稅를 요청하면서 창설한 기관이었다.45)
이후 관세청은 의주상인의 책임하에 모세·포삼세·후시세 등 이른
바 商稅를 거두어 사행시 公用을 담당하고 있었다.46) 公用을 管稅廳

---

40) 여덟 가지 폐단은 다음과 같이 지적되고 있다. 「凡所說弊 其目爲八 員役卜之
   減稅也 京馬主之弄奸也 都卜主之侵索也 官貿之本色執用也 訓譯之籠卜潛貿也
   府各屬之情債也 搜檢行之糜費也 巡營錢之定限備納也」(『承政院日記』 2029 순
   조 13년 6월 초5일 106책 402쪽)

41) 『承政院日記』 2029 순조 13년 6월 초5일 106책 403쪽.
   「一則員役雖異於私商 而有貨則有卜 有卜則有稅 乃是元定之法 而未嘗區別於
   譯商 則今何可譯卜則免稅 商卜則徵稅 以致公稅之不均乎 此後雖卜 無論入
   去出來 必依商卜例 一體收稅」

42) 경마주는 사행원역의 물건과 짐을 모아 실어나르는 서울지역의 상인들이었다
   (今村鞆『人蔘史』 제3권 人蔘經濟篇 210쪽).
   『承政院日記』 2029 순조 13년 6월 초5일 106책 403쪽.
   「二則所謂京馬主 都執貨卜 惟意作用 潛將商卜 假托譯卜 圖爲免稅之計 而利
   竇所歸 稅摠自縮 今若無論譯商 必爲逐卜徵稅 則奸無所容 弊當自祛也」

43) 『承政院日記』 2029 순조 13년 6월 초5일 106책 403쪽.
   「三則所謂都卜主 則兜攬商權 頭會箕斂者 而聞自官出 一任其藉賣舞弄 固有
   紀極云 今若永革官差之規 使諸商都中 另擇最富實者 從物議差定 則自前像弄
   之習 自可以痛革也」

44) 『龍灣志』 官廨條;『朝鮮時代私撰邑誌』 49, 平安道 5, 韓國人文科學院編.

45) 『龍灣志』 官廨條;『朝鮮時代私撰邑誌』 49, 平安道 5, 韓國人文科學院編.

46) 『承政院日記』 2531 철종 3년 7월 14일 123책 157쪽.
   「又啓曰 …… 則以爲灣府管稅廳 每於使行時 公用擔當」
   『承政院日記』 2545 철종 4년 8월 27일 123책 532쪽.
   「灣府管稅 卽收稅捧公之處也」

이 담당할 수 없을 때, 그 경비는 따로이 마련되어야 했다. 관세청
수입의 감축은 곧 경상비의 지출을 의미했다. 이 때문에 관세청은
호조의 外庫라고 인식되었던 것이다.[47]

  그러나 1850년대로 접어들면서 의주부 관세청의 세수입은 크게
줄어들었다. 그 원인은 의주상인의 이해와는 상반되는 사행원역과
결탁된 상인 및 경·외 관아의 사무역 때문이었다. 즉 중앙의 京司
와 各衙門은 公貿라 칭하고 稅를 내지 않았다. 지방 營邑幕冊은 私
用을 公用이라고 핑계대고는 세를 면하거나 혹은 그들이 사용할 것
이 아니면서도 부탁을 받아 세를 면하게 해주고는 그 대가를 받아
챙기기도 하였다. 이런 관계로 사행시 들어오는 책화의 절반은 각처
에서 이익을 탐하는 자들의 需用으로 들어갈 지경이었다.[48] 이에 조
선정부는 公貿는 비록 호조의 經用이라도 직접 關文을 행할 수 없

『承政院日記』2558 철종 5년 8월 초10일 123책 836쪽.
  「夫稅廳 卽度支之外庫也 如或商稅見縮 公用自在 則經費中不可不隨處辦出」
47) 『承政院日記』2558 철종 5년 8월 초10일 123책 836쪽 참조.
  의주부 관세청 연구는 필자의 박사학위 논문에서 다루어진 이후 延甲洙, 『大
  院君 執權期(1863-1873) 西洋勢力에 대한 대응과 軍備增强』, 서울대 박사학위
  논문, 1998과 李姬俊, 「19세기 中·後半 管稅廳에 대한 정책과 그 성격」, 서
  울여자대학교 석사학위 논문, 1999 등에서 구체성을 띠며 연구되었다. 연갑수
  의 연구는 대원군 집권기 군비증강과 포삼세의 상관관계를 설명하기 위한 것
  이었다. 이항준의 연구는 필자의 19세기 후반 포삼무역의 減額·增稅 정책이
  란 논지를 수용한 위에 1880년대까지의 管稅廳에 대한 조선정부의 정책과 성
  격을 규명하려 한 논문이다. 그러나 의주부 관세청에 대한 연구는 대청무역
  에 참여했던 상인계층의 역학관계는 물론 의주부 재정 및 관서 재정구조의
  특징 그리고 중앙정부와 관서 재정과의 관계 등이 종합적으로 들어날 때 총
  체적인 이해가 가능할 것으로 생각된다. 이런 점에서 의주부 재정 및 관세청
  에 대한 연구는 보다 더 심도있게 연구되어야 할 과제이다.
48) 『承政院日記』2545 철종 4년 8월 27일 123책 532~533쪽.
  「又啓曰 灣府管稅 卽收稅捧公之處也 大小公用 依辦於此 而近來百弊蝟集 莫
  可支保 其中漏稅一款 無此廳乃己之痼瘼 內而京司各衙門 稱以公貿而免稅 外
  而營邑幕冊 或以私用 憑公免稅 或非其所用 而干囑圖免 因以其稅 爲肥己之資
  每當門市 柵貨一半 盡入於各處牟利之需」

도록 하며, 비변사에 轉報한 뒤에 비변사가 關文을 보내 면세해 주
도록 하였다.[49]

또한 이 시기 私貿易은 使行房卜을 통해서도 행해졌다. 원래 房卜
은 사행 왕래에 필요한 行具에 불과했으나, 면세가 된다는 점을 이
용하여 방복에 가탁한 불법적 교역이 이루어진 것이다.[50] 사행 방복
을 규제하려는 노력은 1830년(순조30)에 이어 1840년(헌종6)에도 행
해진 바 있었다.[51] 그러나 사행 房卜을 이용해 세를 피하려는 폐단
은 줄지 않았다.[52] 이에 방복은 정사·부사·서장관 3房 모두 각기
7駄를 정식으로 하고, 행중의 軍官·醫官·譯官·畵員·寫員이 혹
방복을 빙자하여 면세하려는 자는 定配의 律을 베푼다는 것을 使臣
과 灣府에 분부토록 하였다.[53] 이렇듯 京·外 官衙 및 사행원역의

---

49) 『承政院日記』 2545 철종 4년 8월 27일 123책 532~533쪽.
「自今冬節行爲始 公貿則雖度支經用 使不得直關 轉報本司 自本司行關後 始許
免稅 其餘各司及本道營邑之如前襲謬者 一切嚴禁 …… 傳曰允」 이는 1831년
(순조31)의 정식을 재차 강조한 것이다.
50) 『承政院日記』 2545 철종 4년 8월 27일 123책 533쪽.
「又啓曰 …… 雖以使行回卜言之 稱以房卜 無數踏印 一切以免稅爲主 所謂房
卜 不過往來行具而已 安有許多卜駄 苟非房卜 而踏許多印紙 不顧兩國經費耗
縮之如何者 以使臣體國之義 寧有是也」
51) 『承政院日記』 2397 헌종 6년 5월 25일 118책 391쪽.
「寅永曰 燕路馬弊 日加月增 …… 盖緣使行房卜 初無定數故也 此雖朝家優假
出疆之意 不行細瑣之政 而實非使行所携之包 所知之數 眞箇若是也 特象胥輩
爲渠運輸之利 圖踏印紙 混托房卜 以致貽害於沿道也 自今回來三使馬駄之數
量定幾匹 永爲式例 無敢一毫違越之意 行關知委於西路何如 大王大妃殿答曰
依爲之」
52) 『承政院日記』 2500 철종 원년 2월 25일 122책 47쪽.
「使行時卜刷馬 本有定數 近來則三使房卜之外 行中諸駄 混稱房卜 官馬不足
責立民馬及農牛 校吏四出 閭里騷擾 往往有蕩産失農之弊 違法擾民 莫此爲甚
見今來輸去蹄 接塵於長程 此弊若不痛禁 則又添民憂之一端」
『備邊司謄錄』 245 철종 9년 2월 20일 25책 204~205쪽.
「夫使行非裨販之行 則安有許多房卜乎 不過爲譯員商賈輩所鑽囑 混稱房卜 圖
免稅納而然矣」

방복에 가탁한 사무역이 灣府 管稅廳의 세입을 크게 떨어 뜨리고 의주상인의 처지를 어렵게 하였던 것이다.[54]

그런데 使行時 從人濫入이나 방복에 가탁한 사무역 그리고 京·外 官衙의 사무역 행위는 1851년(철종2) 「包蔘申定節目」을 전후하여 심각해졌던 바, 결국 1854년(철종5)에는 의주상인이 담당하던 灣府 管稅廳에 대한 제도개편을 이끌어 내고 있었다. 즉 조선정부는 1854 년(철종5) 중앙에서 監稅官을 파견하여 漏稅와 脫法을 막고 철저한 수세를 행하려는 의지를 담은 「灣府管稅廳抹弊節目」을 반포하였다.

監稅官은 사역원이 차출해 보내지만, 반드시 비변사에서 關文을 발급함으로써, 감세관으로서의 지위가 확고해졌다. 그러므로 감세관은 관세청과 관련된 일로 보고할 것이 있으면 의주부를 경유할 필요없이 바로 중앙에 문서를 보낼 수 있는 권한을 가졌다.[55] 監稅官은 8월에 내려가 다음해 5월에 올라왔는데,[56] 그 임무는 관세청의 사무를 專管하고 '三門의 무역세'[57]가 탈루되지 않도록 하는 것이었

---

53) 『承政院日記』 2545 철종 4년 8월 27일 123책 533쪽.
「(備邊司)又啓曰 …… 房卜則通三房 各以七駄爲定 行中軍官·醫譯·畵·寫 如或有 一張印紙憑藉免稅者 施以定配之律事 分付使臣及灣府處 …… 傳曰 允」

54) 『承政院日記』 2545 철종 4년 8월 27일 123책 533쪽.
「(備邊司)又啓曰 …… 夫四萬之維正之供 缺一分不可 而所謂收稅 去頭裁尾 年 減歲縮 而小大責應 依舊浩穰 於是乎剝膚刮毛 以充不足 哀彼商民 何以支保 乎」

55) 『備邊司謄錄』 241 철종 5년 8월 14일 24책 686쪽.
「一, 監稅官 雖自譯院差出起送 關文必自本司成給 下去後 或有事關該廳 不得 不仰請者 不必經由本府 直爲手本 俾無惹滯之地爲白齊」

56) 『備邊司謄錄』 241 철종 5년 8월 14일 24책 686쪽.
「一, 監稅官 以周年交遞爲定 而每年八月下去 翌年五月上來 則三門之稅 可以 統察 而稅入與用下 雖分錢一從監稅官區劃」

57) 三門의 실체는 아직 분명히 규명되지 않고 있다. 다만 二門 曆行과 冬至行의 책문교역을 의미하는 것은 확실한 듯 하다. 그러나 나머지 한 一門의 실체와 이해 방식에는 이견이 있다.(이항준, 앞의 논문, 19쪽 참조) 三門의 실체와 관세청과의 상관 관계 규명 작업은 앞으로의 과제로 남겨 둔다.

다.58)

그 가운데서도 감세관에게 부여된 주요 임무는 역시 三門의 무역세를 빠짐없이 거두는 것이었다. 즉 감세관은 호조의 鑛錫으로부터 營邑의 官貿物種에 이르기까지 세를 철저히 거두어야 했다.59) 특히 의주부가 官의 需用이라 칭하는 것은 稅가 쉴사이 없이 새는 구멍과도 같아, 위로는 官府의 幕冊으로부터 아래로는 吏校僕隷에 이르기까지 官用을 칭하고 사오는 물건은 대부분이 세를 면하기 위한 것이었다. 따라서 이후부터는 관용이라 하더라도 일일이 세를 내도록 하였다.60) 조선정부의 이와 같은 조치는 경사·각아문·영읍·의주부에서 행해진 면세의 명색을 막고 무역세를 직접 중앙에서 관리하려 했다는 점에서 근대적 關稅制度의 단초마저 엿보인다 하겠다.61)

이와 더불어 「灣府管稅廳捄弊節目」은 의주상인을 피폐케 하는 원인을 엄히 금단하도록 규정하고 있다. 관세청 운영이 柵商과 불가분의 관계에 있었기 때문이다.62) 이에 商卜에 添稅하여 한 물건의 稅

---

58) 『備邊司謄錄』 241 철종 5년 8월 14일 24책 686쪽.
「一, …… 今自廟堂 差送監稅官 一廳事務 使之專管 三門稅斂 期於不漏 ……
一, 監稅官 以周年交遞爲定 而每年八月下去 翌年五月上來 則三門之稅 可以統
察 而稅入與用下 雖分錢一從監稅官區劃」
59) 『備邊司謄錄』 241 철종 5년 8월 14일 24책 686쪽.
「一, …… 從今以後 先自戶曹鑛錫之屬 以至營邑官貿之物 一竝依例捧稅 俾無
纖毫見漏爲白齊」
60) 『備邊司謄錄』 241 철종 5년 8월 14일 24책 687쪽.
「本府官頉名色 最是漏稅之尾閭也 上自官府幕冊 下至吏校僕隷 凡有購來之物
貨 則輒稱官用 擧皆免稅 稅額之日就零星 職由於此 從今以後 雖定布尺帛 名
以官用者 一一出稅 以爲防徵杜漸之地爲白齊」
61) 管稅廳에 대한 監稅官의 파견문제는 중앙정부 차원에서 사행과 관련되는 ‘三
門貿易稅’를 전반적으로 관리하려 했다는 점에서 근대적 關稅制度의 단초를
보이고 있다고 생각된다.
62) 『備邊司謄錄』 241 철종 5년 8월 14일 24책 686쪽.

가 원가의 배에 달하기도 했던 폐단을 바로 잡도록 하였으며,[63] 관세청이 별행시 비용을 「引用」이라는 명색으로 商民에게 끌어다 쓰는 폐단을 없애도록 하였다. 원래 관세청은 1년 公納 4만 냥 가운데 曆·節行의 公用과 의주부·사역원에 例納하는 것을 제외한 3,690냥 그리고 蔘稅 중 별행 공용조 8,300냥을, 別行時의 비용을 위해 매년 銀으로 바꾸어 비축해야 했다. 그런데 혹 비축된 재정을 다 쓴 상태에서 별행이 있을 때에는 「引用」이라 칭하고 의주부 상인에게 돈을 끌어다 썼던 것이다. 이는 끌어다 썼을 뿐 갚지 않아 의주상인에게 큰 피해가 되고 있었는데, 그 규모만도 30만 냥에 달했던 것이다. 이에 조선정부는 별행시 사용할 재원이 없을 경우 公用은 廟堂에서 구획해 주는 것으로 하고 「引用」의 수단은 사용치 말도록 하였다.[64] 이밖에도 절목에서는 의주부 관세청의 부담을 줄이는 여러 가지 방책을 내놓고 있는데,[65] 이는 결국 의주상인에 대한 배려로 역시 京·外의 官衙의 私貿易을 행한 사상들의 이해와는 상치되는 조치였다.[66]

「稅廳興潛 專係於柵商 而挽近以來 稅上加稅 斂上加斂 以致商業凋殘 將抵渙散之於釐正之初 先捄商弊然後 稅廳可以支存 此則監稅官 這這糾察 隨事庇護 凡所以貽害於商民 一切禁斷 期有實效爲白齊」

[63] 『備邊司謄錄』 241 철종 5월 8월 14일 24책 686쪽.
「一, 本府各倉各庫之許多捄弊 輒皆添稅於商卜 甚至於一物之稅 倍於元價 此實商民切骨之瘼也 自今以後 更或有添稅之弊 監稅官具由論報於本司 以爲待處分施行之地爲白齊」

[64] 『備邊司謄錄』 241 철종 5월 8월 14일 24책 687~688쪽.
「一, 該廳一年公納四萬兩內 除出曆節行公用及本府本院例納 其餘錢三千六百九十兩 作銀幾兩 蔘稅中別行公用條八千三百兩 作銀幾兩 合銀幾兩幾錢 年年措備 是爲別行之需 而或値遺在盡用 則輒稱引用 收斂於商民 …… 況今商民處所負 殆近三十萬兩 而還報無期 …… 自今爲始 別行時 若無遺在 則公用一款 自廟堂別般區劃 更勿擧論於引用二字爲白齊」

[65] 『備邊司謄錄』 241 철종 5월 8월 14일 24책 687~689쪽.

[66] 「灣府管稅廳捄弊節目」에서는 金, 貂皮(담비가죽), 獺皮(수달가죽)을 包物로 인

요컨대 1851년(철종 2) 조선정부는 「包蔘申定節目」을 통해 義州 別將과 開城 包主를 포삼무역의 중심에 두고, 4만근 포삼무역을 통해 사역원 10만냥, 호조 6만냥의 재정 수입을 기대하는 무역체제를 공포하였다. 그러나 「포삼신정절목」은 그동안 포삼무역 구조속에 포함되었던 京商을 배제시키는 문제를 안고 있었으며, 역관의 계속되는 포삼 무역량 감액 기도에도 反하는 정책이었다.

그런데 1850년대에는 사행방복에 가탁하거나, 京司・各衙門・各宮房 및 營邑이 주체가 된 私貿易이 활발히 전개되었다. 이러한 私貿易은 의주 상인과는 이해관계가 다른 역관과 경상에 의해 주도될 가능성이 많았다. 이를 반증해 주는 것이 灣府管稅廳의 피폐였다. 즉 灣府 管稅廳은 包稅를 비롯해 책문 무역 물종 全般에 과세하여 사행에 따른 공용을 마련하는 관청으로, 그간 의주상인이 책임지고 있었다. 하지만 의주상인으로는 합법을 가장하여 이루어지는 京司와 各衙門 그리고 사행원역의 무역에 과세할 수 없었다. 때문에 의주상인의 상황은 크게 어려워지고 있었다.

이를 극복할 방책으로 조선정부는 중앙에서 監稅官이라는 관리를 파견하여 한편으로는 京司와 各衙門 그리고 사행원역에 의해 이루어지는 무역물품에 과세하도록 하고 다른 한편으로는 添稅와 引用의 폐단을 엄금하면서 의주상인을 보호하려 했다. 무역물품에 대한 과세를 통해 재정을 확충하려는 조선정부의 의지를 보인 것이다.

그런데 바로 이 시기 조선정부의 포삼무역 정책에 변화가 일어나기 시작하였다. 즉 조선 정부는 1854년(철종4) 포삼무역액을 1만 5

정하고 관세청에서 과세할 것을 명시하고 있다. 이는 전통적인 수출금지 품목으로 향후 금의 대청무역 전개와 더불어 시사하는 바가 크다고 하겠다 (「金貂獤三種 今旣爲包物 則春門之稅 自當屬之於稅廳 曆節行入北者 無論譯官 與商賈 亦當依例執稅 而加稅銀一兩代 錢四兩式收捧 若有潛越現捉者 本物屬公爲白齊」『備邊司謄錄』241 철종 5년 8월 14일 24책 689쪽).

천근으로 감액하면서도 세액은 오히려 늘려가는 감액·증세 정책을
펴나갔던 것이다. 포삼무역의 정책변화와 그 의미 대해서는 다음 절
에서 밝히고자 한다.

2) 包蔘貿易의 減額·增稅 政策과 그 意味

京司·各衙門·各宮房·營邑에서의 불법적 무역 행위가 1850年代
에 이르러 灣府 管稅廳에 심각한 타격을 주고 있을 무렵 포삼무역
에도 큰 변화가 있었다. 즉 1853년(철종4) 포삼무역액이 4만근에서
2만 5천근으로 감액 조정된 것이다. 그 이유는 작년에 의주상인이
포삼무역에서 蕩敗하였다는 것이었다.[67]

하지만 어떤 원인으로 의주상인이 포삼무역에서 이익을 잃게 되
었는지에 대해서는 자세히 알 길이 없다. 다만 1851년(철종2) 「包蔘
申定節目」 이후 역관과 行中帶往人에 의한 홍삼밀무역에 대한 처벌
이 재천명되는[68] 가운데 사행원역 및 京司·各衙門·各宮房 및 營
邑의 사무역이 성행하고 있었다는 점 그리고 이것이 종국에는 의주
상인이 담당하던 의주 管稅廳의 피폐로 어어지고 있었던 점[69] 등을
생각하면, 이 때의 포삼무역량 감소는 그간 포삼의 감액을 주장해온
역관과 「包蔘申定節目」 이후 포삼무역에서 그들의 지위를 위협받게
된 경상의 반발과 밀접한 관계가 있지 않나 추측된다. 즉 1851년 의
주 별장과 개성 포주 중심의 4만근 포삼무역체제에 불만을 가진 역

---

67) 『承政院日記』 2545 철종 4년 8월 초9일 123책 512쪽.
　「備邊司啓曰 包蔘之昨年失利後 灣商擧皆蕩敗 將有收拾不得之慮 言念公私 俱
　爲可悶 第其矯捄之方 不過減數減稅 俾爲紓力之地 …… 今年包蔘以二萬五千
　斤 更爲減定 其外雜稅 亦爲量宜減給 以示朝家軫念之意何如 傳曰 允」
68) 『承政院日記』 2523 철종 2년 10월 20일 122책 933쪽.
　『承政院日記』 2533 철종 3년 8월 29일 123책 201쪽.
69) 『承政院日記』 2531 철종 3년 7월 14일 123책 157쪽.

관·경상의 반발이 감액의 배경이 되었을 가능성을 생각할 수 있는 것이다.[70]

1853년(철종4) 포삼무역량 감액으로 조선정부는 첫째 家蔘栽培를 생업으로 삼는 개성부민의 강한 반발을 감수해야 했으며, 둘째 포삼 무역을 통해 얻어지는 세수입의 감소를 해결해야 하는 문제를 안게 되었다. 개성부는 포삼액수의 증감을 둘러싸고 사역원과 ㄱ장 예민 하게 대립해 왔으며, 이에 종종 대규모의 潛造事件이 일어나기도 했 다.[71] 하지만 포삼 감액의 문제는 무엇보다도 감액에 따른 세입의 감소를 조선정부가 어떻게 흡수하는가 하는 것이 관건이었다. 그간 조선정부는 포삼세를 통해 사역원 경비 10만냥과 더불어 적어도 6 만냥에 이르는 포삼세를 호조 재원으로 활용해 왔기 때문이다.

이에 1853년(철종4)에는 減額에 따른 減稅가 논의되었으나, 이듬 해인 1854년(철종5)에는 다시 '減斤加稅' 즉 減額·增稅의 입장이 표 명되었다.

(비변사에서) 또 계하여 말하기를 포외잠삼은 법령에서 반드시 금하 는 바입니다. 해마다 살피고 힘쓰도록 하나 문득 文具에 그치니, 이 책 임은 오로지 개성부와 의주부에 있습니다. 대개 蒸造의 땅에서 탈원하 여 搜檢의 땅에서 받아 맡으니, 만약 兩府가 마음을 같이 하여 (포외잠 삼을) 없애려 한다면 이것은 주머니나 상자에 든 물건을 열어보지 않 고도 아는 것과 같습니다. 그것을 행하지 못하는 것은 반드시 그러한 까닭이 있는 것이니 부끄러움이 극에 달해 말하고 싶지 않습니다. 그 런데 금년 포삼 근수를 줄이고 세를 더한(減斤加稅) 조치는 이미 상고 배가 부득이 살을 깎아 부스럼을 치료하는 계책에서 나온 것인 즉 비 록 한 뿌리의 홍삼이라도 包外로 몰래 넘겨간다면 이는 백성을 속이는

---

70) 물론 包蔘의 減額에는 병해로 인한 家蔘 생산량의 감소와 경작면적의 축소 및 중국측 수요의 감소 등 국내외적 요인도 있었을 것으로 생각된다.
71) 이 책의 3장 2절 참조.

것입니다.[72)]

1854년(철종5) 포삼액수는 1만 5천근으로 결정되어 있었다.[73)] 그러나 이번에는 감액·감세가 아닌 감액·증세의 입장을 밝혔던 것이다. 조선정부는 감액에 따른 포삼세의 감소 부분을 증세로 보충하려 한 것이다.

이번의 감액·증세 정책은 같은 해 조선정부가 灣府 管稅廳에 監稅官을 파견하여 무역세를 빠짐없이 수취하려던 의도와 동일선상에 있었다고 파악된다. 역관과 경상의 반발 그리고 조선정부의 강한 수세 의지가 19세기 후반의 포삼무역을 감액·증세의 범주에서 이루어지도록 한 것이다.

표] 4 - 2는 19세기 후반 포삼 무역액과 그에 따른 포삼세액의 규모 변화를 나타낸 것이다. 이를 보면 우선 포삼액수는 1853년(철종4) 2만 5천근으로 감액된 후, 1866년(고종3) 3만근 포삼을 제외하면, 대체로 2만근 수준에서 변동하였음을 알 수 있다. 따라서 1851년(철종2)「포삼신정절목」의 근당 세액 4냥이 그대로 적용되었다면, 19세

---

72) 『承政院日記』 2558 철종 5년 8월 초10일 123책 836쪽.
「又啓曰 包外潛蔘 法令所必禁也 課歲提防 便成文具 此其責 專在於松·灣兩府 盖發源於蒸造之所 受委於搜檢之地 苟使兩府同心 期於熄絶 則此如囊篋之物 不待探肹而知之者也 其不能行之者 必有所以然 羞汚之極 不欲索言 而今年之減斤加稅 旣出於商賈輩萬不獲已剜肉醫瘡之計 則雖一角蔘 潛越於包外之數 則是罔民也」

73) 『承政院日記』 2558 철종 5년 8월 초5일 123책 832쪽.
「包蔘增減 輒以産蔘多少 隨時變通 曾有己例 而昨年之數 猶爲過多 至於空穴之境云 今年以一萬五千斤 更爲減定 稅錢量宜磨鍊 以爲一分紓力之地何如 傳曰 允」
필자는 본인의 박사학위 논문에서 1853년(철종4) 포삼 무역량과 1854년(철종5) 포삼 무역량이 같은 것으로 혼동 서술하였다. 그러나 1853년(철종4) 포삼무역량은 2만 5천근이었다. 바로잡는다. 이항준은 앞의 논문, 7쪽에서 이 사실을 지적하였다.

기 후반 포삼세의 총 규모는 최저 6만냥에서 최고 12만냥 수준에
머물렀을 것이다.

그러나 포삼세의 총 규모는 4만근 포삼 때의 20만냥 수준을 유지
하고 있었던 것으로 판단된다.

(金)좌근이 말하기를 역관들의 말을 들어보면 포삼에 대한 수세가
21만냥은 된다고 합니다. 사역원의 공용조 6만냥을 除하더라도 그 나
머지 15만냥은 경비에 보태어 쓸 수 있을 것이니 경비를 유족하게 할
방법으로 이것보다 좋은 것은 없을 것입니다.[74]

(조)두순이 또 말하기를 蔘政이 경비에 보탬이 되는 것은 소스한 세
금이 들어오는 것에 비할 바가 아닙니다. …… 이렇듯 나라의 경비가
궁색한 때에 매년 이십여 만냥의 돈꿰미가 어찌 쉽게 얻어낼 수 있는
재물이겠습니까.[75]

인용된 자료는 1860년대의 기록이지만, 1만 5천근 수준의 포삼에
서 거두는 포삼세의 규모가 20여 만냥이라는 점에서 감액·증세 조
치의 실상을 볼 수 있다. 포삼 1만 5천근 수준에서 대략 21만냥의
포삼세를 거두어 들였다면,[76] 포삼 1근당 세액은 약 14냥 정도로 추
산된다.[77]

---

74) 『高宗實錄』 권1 고종 원년 정월 20일.
「左根日 聞象胥之言 則包蔘收稅 恰爲二十萬兩 而譯院公用條六萬兩除之 其餘
十五萬兩 補用於某樣經費 則其於裕財之道 莫過於此矣」
75) 『高宗實錄』 권2 고종 2년 7월 30일.
「又曰 蔘政之爲經費之補 非小小稅 入之比也 …… 當此國用窘匱之時 每年二
十餘萬緡 豈易辦之物也」
76) 『六典條例』 권3 戶典 版籍司 雜稅
「司譯院 包蔘稅 錢十五萬兩(包蔘一萬五千斤 稅錢二十一萬兩內 六萬兩 付之
司譯院 十五萬兩 割付經費 而尙方燕貿捄幣條 錢一千五百兩 倭學廳單蔘價 錢
四萬五千兩 就此中除來」
77) 1斤 당 包蔘稅 14냥은 水田直昌이 전한 포삼세액과도 일치한다. 주 84) 참조.

표] 4 - 2 19세기 후반 包蔘貿易額과 包蔘稅 規模 變化表

연대	포삼수		근당세액	총세액	비 고
	元包	貿銀			
1847(헌종13)	40,000근		5냥	23만냥	
1849(헌종15)	20,000근				
1851(철종2)	40,000근		4냥	16만냥	
1853(철종4)	25,000근				
1854(철종5)	15,000근				
1855(철종6)	20,000근				
1857(철종8)	20,000	5,000	6냥	15만냥	
1858(철종9)	12,000	3,000			
1860(철종11)	10,000근				
1861(철종12)	13,000근				*貿銀條 加定
1864(고종 1)	8,000	7,000		21만냥	
1866(고종 3)	30,000근				강화·개성·옹진
1867(고종 4)	15,000근		14냥	21만냥	『六典條例』
1880(고종17)	22,500근				
1881(고종18)	25,200근				

* 이 표는 『承政院日記』·『議政府關牒謄錄』(奎15135) 및 비고에서 밝힌 자료 해당 부분에서 추출하여 작성하였다.

그러나 이 시기에 일률적으로 포삼세의 총규모를 20여 만냥으로 산정해 놓고 1근당 세액을 14냥으로 추산하는 데에는 무리가 따른다. 1857년(철종8) 조선정부는 赴燕譯員에게 포삼 5,000근을 加定해 주면서 포삼세로 銀을 바꾸어 와 호조에 비축해 두도록 하였다. 이때 그 규례를 밝혀 적은 것이 「包蔘加定節目」이다. 이 절목에서 조선 정부는 稅額의 多寡는 반드시 원포와 더불어 함께 계산할 필요는 없다는 단서를 달면서도, 蔘 1근에 稅銀 1냥 5전씩을 마련하여

銀을 바꾸어 오도록 규정하였다.[78] 그런데 2년전에 반포된 「灣府管稅廳捄弊節目」에서는 貿銀時 銀價를 銀 1냥에 錢 4냥으로 규정하고 있다.[79] 이에 따르면 銀 1냥 5전은 錢 6냥으로 환산되기 때문이다. 그럴 경우 포삼의 총세입은 크게 줄었을 가능성도 있다.[80]

또한 1858년(철종9)에는 家蔘의 생산량이 급격히 떨어짐으로 인해 포삼을 다시 1만 5천근 규모로 감액하였는데,[81] 이에 조선정부는 호조로 보내는 포삼세를 3만냥으로 줄이는 조치를 취하였다.[82] 일시적인 조치나마 감세의 조치도 있었던 것이다. 호조로 보내는 세전을 감하는 예는 1860년(철종11)에도 보인다. 原包와 貿銀을 합해 1만근으로 포삼을 감액하면서 호조로 보내는 3만냥의 세입 중 2만냥을 감하도록 하였던 것이다.[83]

---

78) 『備邊司謄錄』 244 철종 8년 6월 초7일 25책 110쪽.
   「一, 包蔘加增變通 專爲經費之補縮 則稅額多寡 不必與原包通共相計也 今此五千斤段 蔘一斤稅銀一兩五錢磨鍊施行爲白齊」
79) 『備邊司謄錄』 241 철종 5년 8월 14일 24책 687쪽.
   「一, 稅廳設施後 收斂多寡及貿銀等節 一切委之於該廳 故銀價增減 亦不得不隨時定給 而近年之例以銀一兩 錢四兩酌定施行矣」
80) 물론 貿銀條의 1근당 세입이 원포의 세액보다 적게 잡혔을 가능성을 생각해 보면 평균 20여 만냥 규모의 세입은 유지했던 것으로 추측할 수도 있다.
81) 『承政院日記』 2604 철종 9년 6월 초5일 125책 3쪽.
   「備邊司啓曰 包蔘斤數 每以産蔘多寡 爲增減 而近年産蔘甚少 價隨以貴 彼之售賣 未免狼狽 我境藥用 亦多苟艱 今年則姑以一萬五千斤 減數酌定 一萬二千斤 屬之原包 三千斤屬之貿銀 而原包稅錢 量宜磨鍊 以爲成節目施行地何如 傳曰允」
82) 『備邊司謄錄』 245 철종 9년 6월 초9일 25책 249쪽.
   「司啓曰 諸凡收稅與物相稱 始乃無寃 包蔘今旣減數 則稅錢亦不可不用濶狹之政 度支所送 明年條 姑爲三萬兩酌定 以待原包復舊後 依前輸送之意 分付何如 答曰 允」
83) 『承政院日記』 2631 철종 11년 8월 14일 125책 819쪽.
   「趙㻿 以備邊司言啓曰 包蔘數爻之隨時增減 曾有定式矣 今年以一萬斤施行 分排於原包及貿銀 而然則稅錢 亦不得不隨而見減矣 度支所送三萬兩中 二萬兩姑爲權減 一萬兩則依前收納之意 分付該曹該院何如 傳曰允」

이처럼 무역량 감액에 따라 포삼세의 전체 규모 축소는 불가피한 것일 수도 있다. 그럼에도 1851년(철종2) 포삼세가 근당 4냥이었던 데 비해, 이 시기에는 최소한 6냥 이상이었다는 사실에서 감액을 보충하기 위한 증세의 추세만은 분명히 감지할 수 있다. 또한 貿銀條의 세입이 원포의 세액에 비해 적게 잡혔을 가능성을 생각하면 포삼세의 규모는 4만근 당시에 비해 크게 떨어지지 않았으리라는 추측도 가능하다. 따라서 정확한 포삼 1근당 세액은 알 수 없지만, 1850년대는 대체로 6냥을 전후한 세액을 유지했으며, 1860년대에 접어들면서는 1근당 14냥까지 증가했던 것으로 생각된다.

이상과 같이 19세기 후반 포삼무역은 감액·증세 정책의 범주에서 이루어지고 있었다. 그런데 이 감액·증세 정책과 관련하여 우리는 다음과 같은 사실에 주목해 볼 필요가 있다고 생각된다. 첫째 포삼무역액의 감소가 對淸紅蔘貿易의 위축으로 이어진 것은 아니라는 점이다. 즉 19세기 후반 포삼무역의 감액·증세 정책은 무역량을 줄이려는 역관과 京商의 이해관계를 반영하며 이루어졌음에도 불구하고,[84] 규정된 포삼액은 모두 曆行과 冬至行을 통해 청으로 수출되었

---

84) 예컨대 1851년(철종2) 4만근 포삼에서 삭감된 2만여 근의 포삼액 가운데 상당 부분은, 「포삼신정절목」에서 별장이 관리하던 포삼이 줄어들었을 가능성이 가장 높다. 「포삼신정절목」에서는 4만근 포삼을 譯官自帶條와 別將蔘穴로 나누어 약 1:3의 비율로 배분하였다. 그리고 만약 사행원역이 늘어날 경우에는 포삼별장의 삼혈에서 제출할 것을 명시하였기 때문이다. 19세기 후반 감액·증세 정책하 역관 自帶條와 包蔘別將의 蔘穴이 어떻게 나뉘었는지에 대한 구체적인 자료는 확보하지 못하였다. 단지, 水田直昌의 『李朝時代の財政』(友邦協會, 1929)에서는 확실한 전거 없이 19세기 후반 포삼무역의 상황을 다음과 같이 전하고 있다. 즉 '1853년(철종4) 의주상인 및 통역관의 취급 근수를 정하였는데, 통역관은 5천근 의주상인은 1만근으로 한정하였으며, 공히 1근에 14냥의 세금을 과세하였다'는 것이다. 아울러 그는 통역관이 취급한 포삼을 官穴 의주상인이 취급한 포삼을 商穴이라고 한다는 부언까지 달았다 (水田直昌, 위의 책, 238쪽). 이와 같은 기록을 믿는다고 가정할 때 역관과 포삼별장이 관리하는 포삼액수의 비율은 1:2로 추정할 수 있다. 여전히 포삼별장 소관

다.85)

표] 4 - 3은 1875년(고종12) 포삼액 2만 2백근의 무역 상황을 나타 낸 것으로 규정된 포삼이 액수대로 모두 넘어갔음을 보이고 있다.

표] 4 - 3   1875년(고종12) 包蔘 運營의 實例

	역행	동지행	계
체삼	2,825근	3,000근	5,825(A)
직삼	8,520근	5,855근	14,375(B)+(A)=20,200
미삼	1,612근	1,975근	3,587

자료 :『義州府關牒謄錄』(奎 15135의 2-1)

이러한 상황은 1874년(고종11)과 1876년(고종13) 모두 마찬가지였 다.86) 증액된 포삼세에도 불구하고 규정된 포삼이 전액 수출된다는 것은 홍삼의 교역이 여전히 많은 이익을 보장해 주었다는 사실을 반증하며, 이는 동시에 19세기 후반 京司 · 各衙門 · 各宮房 · 營邑의 私貿易과 密貿易에서도 상당량의 홍삼이 수출되었으리라는 추측을 가능케 한다.

둘째 조선정부는 포삼 무역량의 감액에도 불구하고, 포삼무역을 재정 확충기능으로 십분 활용하고 있었다는 점이다. 예컨대 조선정 부는 1857년(철종8) 호조에 은을 비축해 두고자, 包外의 형태로 赴

의 무역액수가 역관 자대조에 비해 2배에 이르고 있다. 그러나 이는 1851년 (철종2) 1:3의 비율로 나뉘어지고 있었던 것에 비추어 보면, 포삼별장 소관의 포삼액이 줄고 있다고 보아도 좋겠다.

85)『義州府關牒謄錄』(奎 15135의 2-1) 을해 정월 초10일.
「義州府尹爲牒報事 卽到司譯關據 冬行包蔘六千四百三十九斤中 體蔘三千二百 十九斤 直蔘三千二百二十斤 尾蔘一千三百二十七斤 搜檢越送 而曆門未到 體 蔘三百五十斤 尾蔘三百七十三斤 亦爲下來 故一體搜送是乎乙遣」

86)『義州府關牒謄錄』(奎 15135의 2-1) 갑술 11월 초9일 ;『義州府關牒謄錄』(奎 15135의 2-1) 병자 10월 29일 참조.

燕譯員에게 元包 2만근 외 5천근을 더해 주고, 그 包蔘稅로 은을 바꾸어 오도록 하였다.[87] 호조의 銀 확보를 위해 包外 홍삼무역이 시작된 것이다. 貿銀條의 包蔘貿易 규모는 高宗代에는 더욱 확대되어, 조선의 재정에 중요한 역할을 하였다.

> (김)좌근이 말하기를 연전에 비용이 모자라 원포삼 8,000근외에 5천근을 더 정해주어 은으로 바꾸어 재정에 보태었습니다. 지금 형편이 이전에 비해 더욱 궁색하니 2천근을 다시 더해 주면 7천근이 되어 원포와 더불어 총 1만 5천근이 됩니다. …(중략)… 대왕대비가 말하기를 만약 國用에 이롭다면 지금 변통하는 것은 도리어 늦은 감이 있다. 아뢴 바에 따라 시행함이 좋겠다.[88]

年前이 구체적으로 언제를 지칭하는지는 분명치 않다. 그러나 貿銀條 포삼을 7,000근으로 늘려, 8,000근 원포와 함께 1만 5천근의 포삼무역액을 결정하고 있다. 貿銀條 포삼이 원포와 불과 1천근 밖에 차이가 나지 않게 된 것이다.

조선 정부는 19세기 후반으로 갈수록 原包외 포삼 加定을 통해 재정을 확충하려는 정책을 보다 분명히 하였다. 이는 병인양요를 겪는 과정에서 분명히 드러난다.[89]

---

87) 『承政院日記』 2592 철종 8년 윤5월 25일 124책 716쪽.
「斗淳曰 近來銀貨磬乏 日甚一日 公無橫石之儲 市絶銖兩之存 國中日用 雖曰 無待於此 而南北交接 不恒之數 不容不先事備預矣 包蔘旣是土地所出 而逐年 貿遷 項背相續矣 包蔘二萬斤外加定五千斤 出付赴燕譯員 以其稅貿銀以納 使 之逐年封椿於戶曹 而諸般條件 成節目啓下 以爲永遵之地何如 上曰 依爲之」
88) 『高宗實錄』 권1 고종 원년 정월 20일.
「左根曰 年前以經費不足 原包蔘八千斤外 加定五千斤 以爲作銀補用矣 見今 支調 比曩時 尤爲窘紐 二千斤 更爲添付 則當爲七千斤 而與元包總計之 爲一 萬五千斤矣 …… 大王大妃曰 苟利於國用 則今始變通 尙云晩矣 依所奏施行 可也」
89) 大院君 집정기 포삼세를 군사비용으로 이용한 것에 대해서는 李旭, 「大院君

(의정부에서) 또 계하였다. 매번 경비가 부족할 때에는 원포삼외 포
삼을 加定하여 보태어 썼습니다. 지금 변란에 대비하는 것이 당장 급
하니, 1만 5천근을 내년부터 다시 첨부하되 강화영에서 1만근, 송영에
서 3천근, 옹진영에서 2천근을 稅로 받아 나눌 것입니다. …(중략)…
윤허하였다.[90]

병인양요 직후 군사 비용의 확대를 포삼세를 이용하여 보충하려
한 것이다.[91] 그런데 이 例는 조선 정부가 포삼무역을 외교비와 관
련없이 순수히 각 기관의 재정 확보책으로 이용하기 시작했음을 보
여 주는 것이다.[92]

1867년(고종4)에 간행된 『六典條例』는 포삼세가 사역원의 경비 차
원을 지나 호조 재정 보충의 기능을 띠어갔다는 사실을 분명히 드
러내고 있다. 즉 『육전조례』에서는 '포삼 1만 5천근에 대한 稅錢은
21만냥인데, 6만냥은 사역원에 교부하고 15만냥은 호조의 경비로 교
부한다'라고 명문화하였다.[93] 사역원보다 호조로 전입되는 포삼세액

執政期 三軍府의 設置와 그 性格」『軍史』32, 1996, 183쪽 및 延甲洙,『大院君
執權期(1863~1873) 西洋勢力에 대한 대응과 軍備增強』서울대 박사학위 논문,
1998, 4장 3절 참조.
90) 『高宗實錄』권3 고종 3년 11월 초4일.
「又啓 每於經費不足之時 原包蔘外 有加定補用矣 見今陰雨之備 一時爲急 一
萬五千斤 自明年更爲添付 沁營一萬斤 松營三千斤 甕營二千斤 收稅排劃 ……
允之」
91) 이때 加定된 1만 5천근의 포삼을 누가 담당하였는가에 대해서는 분명치 않
다. 그러나 그 추세로 보아 역관이 담당했을 가능성이 높다.
92) 大院君 執政期(1863~1873) 포삼세를 군비증강에 활용한데에 관해서는, 延甲
洙,『大院君執政期(1863~1873) 西洋勢力에 대한 대응과 軍備增強』, 서울대
博士論文, 1998, 228~241 참조.
93) 『六典條例』권3 戶典 版籍司 雜稅.
「司譯院 包蔘稅 錢十五萬兩(包蔘一萬五千斤 稅錢二十一萬兩內 六萬兩 付之
司譯院 十五萬兩 劃付經費 而向方燕貿捄幣條 錢一千五百兩 倭學廳單蔘價 錢

이 많게 되었던 것이다. 1851년(철종2) 「包蔘申定節目」 당시 16만냥 세전 가운데 10만냥은 사역원에 6만냥에 호조에 획부하도록 한 규정이 완전히 역전된 것이다. 또한 1874년(고종11)에는 강화의 鎭撫營에 管稅廳의 蔘稅錢 10만냥이 보내지기도 하는 등, 포삼세는 적극적으로 각 軍門내지는 호조의 재정으로 轉用되기 시작하였다.[94]

요컨대 19세기 後半 조선의 포삼무역은 前半과는 달리 감액을 통한 증세의 범주에서 이루어지고 있었다. 그러나 對淸紅蔘貿易은 위축되지 않았다. 규정된 포삼은 모두 청으로 넘어갔으며, 다음 절에서 밝히는 바와 같이 홍삼의 잠조·잠월도 그 어느 때보다 성행하였다.

조선정부는 포삼무역에 이익이 많고 그에 따라 포삼세의 수취가 쉽게 이루어질 수 있음을 잘 알고 있었다. 이 때문에 조선정부는 감액으로 인한 재정상의 손실을 증세로 벌충하는가 하면 호조에 은을 저축하기 위해 그리고 군사비를 마련하기 위해 포삼무역을 적극적으로 활용하였다. 조선 정부가 이처럼 財政補用策으로 포삼무역을 적극 활용한 데에는 包蔘이 토지에서 생산되어 이익을 창출한다는 인식에 기반하고 있었다.[95] 또한 국내 생산품인 홍삼으로 銀의 貿入을 기도했던 것은, 당시 중국의 銀 흡수력을 생각할 때, 조선 홍삼

四萬五千兩 就此中除來」
94) 『高宗實錄』 권 11 고종 11년 3월 19일.
　「敎曰 鎭撫營劃送 近十二萬兩 其中十餘萬兩 卽管稅廳蔘稅錢移去者也」
　한편 이 시기 조선정부는 재정보용책의 일환으로 무역세를 적극 활용하려는 면을 보인다. 즉 대원군 시기에는 책화 뿐 아니라 북화에도 과세하기 시작하였다. 이는 무역세의 수취와 관련하여 별도의 고찰이 필요하다고 생각된다 (『備邊司謄錄』 251 고종 3년 10월 11일 26책 251쪽).
95) 『承政院日記』 2592 철종 8년 윤5월 25일 124책 716쪽.
　「斗淳曰 近來銀貨罄乏 日甚一日 公無橫石之儲 市絶銖兩之存 國中日用 雖曰無待於此 而南北交接 不恒之數 不容不先事備預矣 包蔘旣是土地所出 而逐年貿遷 項背相續矣」

무역의 위치를 새삼 부각시킨다고 하겠다.

그러나 조선정부의 감액·증세 정책은 19세기를 통해 감액을 주장해 오던 역관과 경상의 이익을 보장해 주는 방향에서 수립된 정책이었다. 이에 따라 19세기 후반에는 개성상인과 의주상인을 중심으로 홍삼의 잠조·잠월이 구조화되고 있었다. 種蔘을 業으로 삼고 있던 개성부민에게 減額은 치명적인 타격이었으며, 증세 또한 의주상인에게 이롭지 않았다.

결국 조선정부는 19세기 후반에도 포삼제 수취를 통한 재정확충 노력은 지속하였으나, 포삼무역에 대한 감액·증세 정책을 고수함으로써 종국에는 역관과 경상의 이익을 보장해 주는 결과를 낳고 있었다. 따라서 홍삼의 생산자이며 대청무역을 주도했던 개성상인과 의주상인은 자연히 잠상으로 변화할 수 밖에 없었다. 개성부와 의주부 및 西路의 각 영읍도 각기 그들의 재정을 마련키 위해 이들의 잠조·잠월을 눈감아 주는 대신 세를 받아들였다. 19세기 후반 홍삼의 잠조·잠월은 이러한 구조적 모순 속에서 새로운 양태로 확산되고 있었다. 다음 절에서는 19세기 후반 감액·증세 정책 아래서 성행한 홍삼 밀무역의 새로운 전개 양상에 대해 살펴 보도록 한다.

2. 潛造·潛越의 形態와 貿易路의 多變化

1) 開城商人과 義州商人에 의한 潛造·潛越의 構造化

1851년(철종2) 「包蔘申定節目」은 조선정부가 의주 별장과 개성 포주를 중심축으로 삼아 포삼무역을 운영하려 한 것이었다. 그러나 그만큼 이들에 의해 일어날 수 있는 잠조·잠월도 우려되었다. 따라서

「包蔘申定節目」에서는 의주 별장과 개성 포주의 권리를 보장해 주는 동시에 이들에 의해 일어날 수 있는 잠조·잠월을 막기 위한 방책과 처벌 규정도 마련하였다. 즉 京中雜類가 별장과 포주의 차정에 간섭하지 못하도록 하여[96] 의주상인과 개성상인의 이익을 보장해 주면서도, '잠조·잠월의 폐단이 모두 별장과 포주를 제대로 얻지 못한 데서 나왔다'[97]는 인식하에 이들에 의한 잠조·잠월을 엄단하려 하였다. 이에 별장 2인이 하나의 包所를 정하되 포주의 이름 아래 해당 별장의 성명과 그들이 가져 갈 蔘穴을 적어 조사에 대비케 함으로써, 禁潛에 대한 연대 책임을 부여하려 했다.[98] 그리고 이들의 잠조·잠월을 막기 위해 兩西의 監營과 兵營이 큰 길과 작은 길은 물론 山店과 野店까지 정탐할 것을 규정했으며,[99] 특히 송영과 만부는 상인을 회유하고 校吏를 단속하여 잠조·잠월을 막도록 하였다. 송영은 造蔘하는 곳이요, 만부는 잠월의 길목이니 潛造·潛越의 有無多少를 모를리 없었기 때문이었다.[100] 또한 禁潛의 효과를

---

96) 주 7)과 같음.

97) 『備邊司謄錄』238 철종 2년 윤 8월 23일 24책 321~323쪽.
「大抵包蔘擧行 專靠於別將 別將利害 亦係於包主 則潛造·潛越之弊 未必不由於別將與包主之不得其人」

98) 『備邊司謄錄』238 철종 2년 윤8월 23일 24책 322쪽.
「包主本非譯院差出者也 今亦依舊例 使別將輩任其自擇 定爲主人 而別將二人 以一包所 磨鍊包主 名下亦書該別將姓名及所帶蔘穴 以備雜察爲称 大抵潛造之弊 專由於包主之貪利也 如是申禁之後 又或有售奸濁亂之事 則犯者與該包主 俱以潛商律論 而該別將 亦難勉知情不告之罪 一並汰去爲白齊」

99) 『備邊司謄錄』238 철종 2년 윤8월 23일 24책 322쪽.
「禁潛諸條 旣有辛丑丁未節目 今不必架疊 而其中沿路搜驗一節 最是防禁之要道 則際此更張之時 合有申明之擧也 並以此意 關飭於兩西監兵營 使之別立科條 大路夾路 俱設把守 山店野店 皆令偵察 期於必捉 無或潛漏爲白齊」

100) 『備邊司謄錄』238 철종 2년 윤 8월 23일 24책 321~323쪽.
「松營係是造蔘之所 灣府亦爲咽喉之地 …… 況潛造潛越之有無多少 必無不知者乎 然則禁潛一款 自不得不專責於松·灣兩處也 並以此關飭 使之洞諭衆商 嚴督校吏 別般團束 俾有實效爲白齊」

높이기 위해 潛蔘으로 발각된 것은 국내에서 잡혔건 청국에서 잡혔
건 그 물건을 잡아낸 사람에게 주도록 하였다.101)

　그러나「包蔘申定節目」 반포 이후에도 홍삼의 잠조·잠월은 계속
되었다. 이에 1851년(철종2) 대왕대비는 사신 일행의 짐꾸러미에 가
탁하여 홍삼을 밀반출하는 것을 철저히 단속하라고 지시하였다. 上
使 이하 사행의 卜裝을 일일이 검사함으로써 잠삼의 冒入을 막으라
는 것이었다.102) 의주부의 搜檢에 대해 三使臣과 灣尹사이에 갈등을
일어났던 것으로 미루어, 使臣의 卜裝에 가탁하여 잠월을 기도한 층
은 역관과 연결된 상인세력이었던 것으로 생각된다.

　　(김)좌근이 말하기를 잠삼을 막고 금한다는 것은 여러 번의 조칙이
　있었는데, 문득 여러 해를 지나 廢止할 수 없는 일이 되었습니다. (중
　략) 間路와 僻路를 정탐하는 등의 일은 모두 양서·관북의 감영에 措
　辭行會하여 이들이 列邑을 操束하도록 하고 …(중략)… 犯潛人은 商譯
　및 行中帶往人을 막론하고 境上에서 사형에 처한다는 것이 바뀔 수 없
　는 법규이니 아울러 申明하여 지시함이 어떠합니까103)

---

101)『備邊司謄錄』238 철종 2년 윤8월 23일 24책 323쪽.
　　「潛蔘見捉之物 毋論我境與彼之 謹依今番飭敎 一竝官庭剉折 全數出給於捕捉
　　之人爲白齊」
102)『承政院日記』2523 철종 2년 10월 20일 122책 933쪽.
　　「大王大妃殿曰 紅蔘之每年潛入 誠甚可憫 使行中苟無雜亂之弊 則潛商輩何以
　　售奸乎 冒入包蔘者 每於使行時 跟隨混雜 假托以使行中卜裝 或自灣府別般搜
　　探 則三使臣莫辨眞贗 反與灣尹 大生葛藤 此何景色耶 此非難處之事 在我一
　　行 旣無執贓之物 則何患灣府之搜探乎 今番行中 自上使以下 一一出示卜裝
　　俾無如前淆雜之弊 而且以事體言之 元包數外 無難潛入 則彼之視我 亦曰國有
　　紀綱乎 近有新頒節目 三使臣 皆已見知矣 一遵節目 惕念擧行可也」
103)『承政院日記』2533 철종 3년 8월 29일 123책 210쪽.
　　「(金)左根曰 潛蔘防禁之屢煩朝飭 便成課歲不可廢之事 …… 今日廷論 雖極寥
　　寥 事過後安能無繩糾之擧耶 外此間路僻路偵察等節 幷措辭行會於兩西·關北
　　監兵營 使之操束列邑 毋或自底論勘之地 至於犯潛人 毋論商譯及行中帶往人
　　境上一律 自有不易之關和 幷申明知委何如」

즉 이 시기 潛蔘을 가지고 犯越 하는 사람은 商譯과 行中帶往人으로 인식되었다. 商譯과 行中帶往人으로서 홍삼 밀무역을 감행한 상인의 범주에는 포삼무역에 참여한 모든 사상층이 포함되었을 것이다. 그러나 특히 의주부 관세청 구폐절목 반포를 전후한 시기에는 사행원역 및 그들과 관련된 각종 명색의 인원에 의한 무역이 문제시 되었고,[104] 사행의 짐으로 가장하여 면세를 꾀함으로써 의주상인이 맡고 있던 관세청이 피폐 하였다.[105] 역관과 쉽게 결탁할 수 있었으며, 그들의 행위가 의주상인이 책임맡은 관세청의 이해와 상반된다는 점에서, 상역 및 行中帶往人 가운데는 서울지역의 경상이 다수 포함되었을 가능성이 높았다.

그런데 1854년(철종5) 조선정부의 포삼정책이 감액·증세 정책으로 전환되자, 홍삼의 잠조·잠월은 이제 개성상인과 의주상인을 중심으로 구조화되었다. 조선정부의 감액·증세 정책은 증액·감세 정책에 비해 역관의 이익을 보호하는 결과를 낳았다. 역관에게 감액은 국내에서 싼 가격에 홍삼을 구입하고 중국에서 높은 가격으로 판매할 수 있는 기회를 제공하였다. 반면 家蔘栽培를 生業으로 하는 開城府民에게는 심각한 타격이었다. 포삼수가 줄어듦에 따라 家蔘의 가격이 하락하고 失業이 발생할 것이기 때문이었다. 한편 포삼세의 증액은 세의 관리와 수세를 맡았던 의주상인에게도 유리할 것이 없었다. 19세기 후반의 감액·증세 정책은 의주상인과 개성상인에 의한 잠조·잠월을 구조적으로 발생시키는 여건을 조성하고 있었던 것이다.

---

104) 『承政院日記』 2521 철종 2년 윤8월 초5일 122책 851쪽.
   『承政院日記』 2543 철종 4년 6월 28일 123책 482쪽.
   『承政院日記』 2552 철종 5년 3월 25일 123책 712쪽.
105) 『承政院日記』 2531 철종 3년 7월 14일 123책 157~8쪽.
   『承政院日記』 2545 철종 4년 8월 27일 123책 532~3쪽.

이에 조선정부는 감액·증세로 선회한 바로 그 해부터 西路에 대한 기찰을 강화하여 잠조·잠월을 막고자 하였다. 西路의 기찰은 개성에서 가까운 금천으로부터 시작하였으며, 그 대상은 개성상인과 의주상인이었다.

沿路의 기찰은 계속되는 定式이 있습니다. 그런데 이번은 서쪽 金川부터 시작하여 만약 (潛商 및 潛蔘을) 잡아들이는 것이 있으면 한결같이 절반으로 나눈 후 절반은 기찰한 포교에게 출급하여 그 노고에 보답하고 절반은 民庫에 부쳐 科斂의 폐단을 보충하도록 하십시오. 또한 그 (잠삼의) 출처를 좇아 白蔘의 매매인 및 증조인도 아울러 기한을 정하지 말고 절도에 정배하며, 操察하지 못한 松都와 灣府의 守臣도 아울러 草記論勘토록 하십시오. 근래 잠월은 전과 같이 西路에서뿐 아니라 北路의 開市, 海西의 唐船과도 이루어집니다.[106]

비변사에서 계하여 말하기를 潛蔘을 금하라는 칙교가 전후에 얼마나 있었습니까. 그러나 근래 오히려 蕩弛해져 금하는 것을 무릅쓰는 폐단이 일어났다 하니 듣는 바가 놀랍고 미혹됩니다. …(중략)… 이는 단지 奸商이 혼자 처리할 수 있는 일이 아니라 실로 관부의 장난(玩揭)과 校屬의 비호가 있는 데서 말미암은 것입니다.[107]

즉 奸商에 의한 潛蔘의 폐단이 크게 일어났던 바, 이는 상인 혼자할 수 있는 것이 아니라 官과의 결탁하에 이루어진다는 것이다. 이러한 潛蔘을 막고 적발해야 할 책임은 灣府와 松營에 부여되었다.

---

106) 『義州府狀啓謄錄』 甲寅(1854 ; 철종5) 8月 19日條.
　「沿路譏捉 自有年來定式 而今番則西自金川爲始 如有執捉現納者 一幷刌折後 折半出給譏校 以酬其勞 折半付之民庫 以補科斂之弊 而隨其所從來 刌蔘賣買人及蒸造人 並減死絶島 勿限年定配 不能操察之松灣守臣 幷草記論勘」 近來潛越 非向西一路而已 北路開市也 海西唐船也」
107) 『備邊司謄錄』 243 철종 7년 7월 28일 24책 910쪽.
　「司啓曰 潛蔘飭禁 前後何如 而近來猶復蕩弛 其所冒禁之弊 聽聞駭愍矣 …… 此不但奸商之獨辦 實由官府玩揭 校屬庇護之致」

사행에 숨어 들어가는 잠상 및 잠삼에 대한 규찰도 이 두 지역의 관장이 책임지고 있었으므로,[108] 의주부와 개성부에 부여된 임무를 곧바로 개성상인과 의주상인의 잠조·잠월을 막으라는 것으로 일치시켜 이해할 수는 없다. 그러나 의주부의 搜檢이 사행과 갈등을 일으키고 있었던 점[109] 그리고 京別將과 京捕校와 같은 명색이 있어 잠삼 죄인을 체포하고 있었다는 사실에서[110] 의주부와 개성부가 비호했던 상인은 역시 의주상인과 개성상인이었다고 생각된다. 의주부와 개성부는 이들을 보호해 주는 대신 私稅를 받았던 것이다.[111]

실제 19세기 후반 포삼무역의 감액·증세 정책하에서는 개성상인이 중심이 된 잠조 행위가 특히 많았다. 개성상인은 홍삼의 생산자로서 감액·증세정책의 최대 피해자였기 때문이다. 1860년(철종11)에는 開城人 朴鼎夏가 홍삼 69근을 潛造하여 몰래 팔다가 기찰하던 포교에게 체포되는 사건이 일어났으며[112] 이듬해인 1861년(철종12)에는 松都 善竹橋 부근 玄鶴洞에 사는 崔文浩의 집에서 洪璋燮·尹萬大, 서울에 사는 崔而卿 등이 서로 모의하여, 홍삼 1만 2천여 근을 몰래 만들었다가 京捕校에게 발각되는 사건이 일어났다.[113] 그런

---

108) 『備邊司謄錄』 244 철종 8년 8월 13일 25책 126~127쪽.
『承政院日記』 2605 철종 9년 7월 11일 125책 28쪽.
『承政院日記』 2618 철종 10년 8월 28일 125책 428쪽.
109) 『承政院日記』 2523 철종2년 10월 20일 122책 933쪽.
110) 『高宗實錄』 권 1 고종 원년 6월 초8일.
「議政府啓 卽見開城留守金永爵所報 則潛蔘罪人孫尙俊·林興哲 現捉於府校京別將處 …… 大王大妃敎曰 …… 居留之臣 是何地望 而不能禁絶 必有京別將捕校等名色然後 始禁此弊乎」
111) 대표적인 예가 눈감아주는 세, 즉 합안세였다. 합안세에 대해서는 이 책의 3장 2절 및 3절 참조.
112) 『右捕盜廳謄錄』 제14책 庚申(1860) 11월 21일.
「爲牒報事 …… 而松都居朴鼎夏爲名人 潛造紅蔘六十九斤暗賣是如可 現捉於譏校處」
113) 『右捕盜廳謄錄』 제15책 辛酉(1861) 9월 28일.

데 이 사건에 연루된 윤만대는 송도 남부에 살았던 燕商이었으나 상업에 致敗한 후, 친분이 있던 서울의 崔而卿과 符同하여 홍삼을 잠조하게 되었다고 자백하고 있다.114) 우리는 여기서 조선정부의 포삼무역 정책이 증액·감세에서 감액·증세로 돌아선 이후, 개성상인이 對淸貿易上에서 失利한 사례와 그에 이어 홍삼의 潛造가 성행했던 당시의 상황을 알 수 있다. 그리고 서울의 崔而卿이란 자를 끌어들여 1만여 근에 달하는 潛造를 행하였던 것으로 보아, 이 시기에는 상대적으로 서울 지역의 상인이 대청무역의 주도권을 지니고 있었음도 엿볼 수 있다.

또한 같은 해(1861년) 11월에는 松都人 孫之日·孫德明과 義州人 金正連이 연루된 홍삼 潛造 사건과 潛商 행위가 발각되어 처벌받는 일도 벌어졌다.115) 그런데 이때 연루된 金正連은 본래 등짐을 지는 것으로 먹고 살던 의주 사람인데, 다년간 책문에 왕래하여 漢語를 알고 있는 자였다. 그러나 그는 1847년(헌종13) 자신의 가족들을 이끌고 송도 남부로 내려와 살면서, 蔘圃의 사환 노릇을 糊口의 방책으로 삼고 살다가 이번 사건에 끼게 된 것이었다.116) 의주인 김정연이 무슨 이유에서 자신의 본거지를 떠나 송도에서 살게 되었는지는 분명치 않다. 추측컨대 의주상인의 일원으로 對淸包蔘貿易에 참여했던 소자본의 상인들은 조선정부의 감액·증세 정책하에서 失業함으로써 그들이 본거지를 떠나지 않을 수 없었고, 이러한 상황에 몰린 이들은 그 간 각별한 관계를 유지했던 개성상인이 있는 곳 즉 개성

---

114) 『右捕盜廳謄錄』 제15책 辛酉(1861) 10월 초8일.
　　「白等尹萬大 矣身段 居生於松都南部是白加尼 燕商致敗之後 所親京居崔而卿
　　互相符同潛造紅蔘 而本府居洪璋燮 給雇役價 使之蒸出造蔘是白遣」
115) 『右捕盜廳謄錄』 제15책 辛酉(1861) 11月 初4日~11月 13日條 참조.
116) 『右捕盜廳謄錄』 제15책 辛酉(1861) 11월 15일.
　　「金正連所告內 本居義州擔負資生之致 多年往來於柵門 則略知漢語是白乎 去
　　丁未正月 分率眷移接於松都南部 使喚蔘圃糊口保身(?)是白加尼」

부로 흘러 들어와 삼포의 사환 노릇을 하면서 살았던 것이 아닌가 생각된다.

이는 어디까지나 추론에 불과하다. 그러나 그 개연성을 인정한다면 이번 사건에 연루된 김정연은 소자본을 지닌 의주상인으로써 致敗한 범주에 드는 사람일 것이다. 그렇기 때문에 그는 개성상인의 잠상행위에 같이 낄 수 있었던 것이다. 특히 그는 이 사건이 있은지 3년 후(1864;고종1)에 다시 임시형·임봉익 형제에 의한 홍삼 밀무역 사건에도 연루된다.[117] 결국 이 시기 개성상인과 의주상인에 의한 홍삼 밀무역은 조선정부의 감액·증세 정책에서 오는 구조적인 문제에서 발생하였던 것이다.

2) 潛蔘 貿易路의 多變化

19세기 후반 포삼무역의 감액·증세 정책 아래서 개성상인과 의주상인에 의한 잠조·잠월은 구조적인 발생요인을 지니게 되었다. 감액은 家蔘 栽培를 생업으로 삼는 개성부민과 개성상인에게는 치명적인 타격이었으며, 增稅는 포삼별장인 의주상인이 부담해야 할 세액이 증가함을 의미했기 때문이었다. 이에 19세기 후반에는 이들에 의해 홍삼 潛造·潛越의 규모가 커지고, 潛蔘의 貿易路도 다변화하였다.

> 또 비변사에서 계하여 말하기를 潛蔘 역시 나라에서 금하는 물건의 하나입니다. 명색이 나라에서 금하는 것이니 금하는 바를 冒犯하는 것은 곧 亂民입니다. …(중략)… 대개 蒸造하는 곳인 松京과 搜驗하는 곳인 만부는 (잠조의) 근원이요 (잠월하는) 길로 서로 관계되어 있습니다. 층층이 일어나는 폐단이 또한 松·灣 兩處에서 말미암는 것입니다.

---

117) 『承政院日記』 고종 원년 8월 초1일 1책 362쪽.

만약 규찰할 뜻을 드러내 법으로써 從事하였다면 어찌 이런 지경에 이르렀겠습니까. 지금 역절행이 서로 이어지는 때를 당하여 전과 같이 답습할 수 없으니 이러한 뜻을 송도유수와 의주부윤처에 措辭關飭하여 일을 마친 후에 加造의 有無와 潛越의 多少를 中外에 傳聞하여 반드시 덮어두는 것이 없도록 하고 비변사가 일절논책하도록 하십시오. 平壤·安州는 歷路의 요충이요 海州의 水路는 근래 (잠삼이) 새는 구멍이니 아울러 평안감사와 黃海監營·水營에 관칙하여 각별히 살피게 하여 실효가 있도록 할 것입니다. 그리고 만약 포외로 몰래 수송하는 것이 있으면 수효의 다소를 막론하고 기찰한 포교에게 특별히 주어 그 노고에 보답해 줄 것을 행회함이 어떠합니까.118)

근래 홍삼의 燕柵 매매가 매번 전과 같지 않습니다. 1만근을 가지고 가는 것이 번번이 다 팔리지 않아 가격이 낮아지는 근심이 있다고 합니다. 변통에 대해서는 비록 논할 수 없으나 잠입을 더욱 嚴禁하여, 만약 松京에서 증조할 때부터 灣府 搜檢의 곳까지 정식과 같이 操飭하여 한 뿌리의 삼이라도 더 증조되거나 잠월되는 폐가 없도록 하면 허다한 폐단이 어떻게 일어나겠습니까. 평양·안주는 (잠월의) 要路요, 해서는 漁船의 捷徑이니 더욱 규찰해야 할 것입니다. 이러한 뜻을 아울러 關西 감사, 海西의 監·水營 및 松都·灣府에 行關하여 각별히 기찰토록 하고, 다소를 막론하고 잡히는 대로 보고하도록 하되 만약 다른 정탐에서 발각되면 책임이 돌아가는 바가 있도록 하여 명심하여 거행토록 할 것을 행회함이 어떠합니까.119)

---

118) 『承政院日記』 2632 철종 11년 9월 28일 125책 861쪽.
「又以備邊司言啓日 潛蔘亦邦禁之一也 名曰邦禁 而冒犯其所禁 則是亂民也 …… 盖蒸造之松京 搜驗之灣府 爲源爲流 動相關係 而百弊之層生 亦由於松灣兩處 而苟或着意糾察 以法從事 豈至於是乎 今當曆節相續之時 不可一向仍循 以此意措辭關飭於松都留守 義州府尹處 而事過後 加造有無 潛越多少 中外傳聞 必無以掩覆 自籌司一切論責 平壤安州 爲歷路要衝 海州水路 爲近來尾閭之穴 並行關於平安藩閫 黃海監水營 使之各別照察 期有實效 而如有包外潛輸者 則毋論數爻多少 特給譏校 以酬其勞事行會 何如 傳日 允」

119) 『承政院日記』 2642 철종 12년 7월 18일 126책 135쪽.
「近來紅蔘之燕柵賣買 每不如前 一萬斤帶去者 往往有見退減價之慮云 變通雖非可論 潛入尤當嚴禁 若自松京蒸造之時 灣府搜驗之處 如式操飭 (若)無一角

위의 두 자료를 검토해 보면 이 시기에는 개성부와 의주부의 잠조·잠월이 극히 심해졌다는 것을 알 수 있다. 이 때문에 淸으로 넘어간 우리측의 공식적인 포삼 가격이 낮아진다는 우려가 나올 정도였다. 개성부, 의주부와 결탁된 개성상인과 의주상인의 잠조·잠월이 공식적인 포삼무역보다 가격 경쟁력을 가지며, 대규모로 넘어가고 있었다는 것을 방증하는 것이다.

그런데 여기서 더욱 주목되는 것은 잠월이 陸路 뿐 아니라 海上을 통한 밀교역의 형태로까지 확대되고 있었다는 점이다. 해상을 통한 밀교역은 이미 19세기 초반부터 보였던 양상이나,[120] 1860년대부터는 '平壤·安州는 歷路의 요충이요 海州의 水路는 근래 잠삼이 새는 구멍'이라는 인식이 나오고, 松都와 灣府 뿐 아니라 평안 監營, 황해 監營과 水營도 潛蔘을 기찰하도록 하는 규정이 나타나고 있었다. '海西 唐船의 소란은 潛蔘으로 인한 것이고, 이는 모두 松蔘이 原數外에 加造되는 데서 말미암는다'[121]는 인식도 같은 맥락에 서 있었다.[122] 松都의 潛造가 陸路 뿐 아니라 唐船과 연결되어 수로를 통한 밀무역의 형태로 진전되고 있었던 것이다.[123]

加造與潛越之弊 則許多弊端 從何而生乎 平壤·安州之爲要路 海西漁船之爲捷徑 尤不可不別加糾察 此意並行關於關西藩閫 海西監水營 及松都灣府 使之各別譏察 毋論多少 隨捉隨報 若或現發於從他廉探 則責有所歸 各別惕念擧行事行會何如 傳曰 允」

120) 『承政院日記』 1932 순조 7년 8월 18일 102책 530쪽.
121) 『承政院日記』 2666 철종 14년 7월 24일 126책 827~828쪽.
    「向來海西唐船之鬧 亦因潛蔘之故 則其本摠由於松蔘之原數外加造也」
122) 『承政院日記』 고종 원년 2월 15일 1책 107쪽.
    「海西沿海 唐船之往來無常 專爲潛蔘之故云」
    『高宗實錄』 권1 고종 원년 2월 15일.
123) 『備邊司謄錄』 251 고종 3년 7월 초1일 26책 197쪽.
    「唐船出沒 專爲交易而然」

高宗代로 접어들면서 해로를 통한 잠월은 더욱 성행하였다. 이에
조선정부는 唐船이 연해에 와서 소란을 피우는 것과 잠삼을 그들과
공모하여 매매하는 것을 철저히 금하며, 아울러 이러한 뜻을 개성유
수와 평안·함경 양도의 감사에게 신칙하도록 명하였다.124) 이어 곧
당선과 교역하는 잠상에 대한 처벌 규정도 마련되었다.

  대왕대비가 또 敎하여 말하기를 매번 듣건데 해서에 唐船이 왕래하
  여 우리나라 民과 화응한다 하니, 이는 곧 인삼을 몰래 팔려는 상인들
  의 계책인 것이다. 다른 나라의 사람이 水路를 이용하여 빈번히 범월
  하는 것 역시 크게 걱정되며, 邊禁이 무너진 것에 대해서는 차라리 말
  하고 싶지 않다. …(중략)… 우선 잠상을 금하고 또 연해 수령과 변장
  에게 지시하여 저들 배와 서로 화응하지 못하도록 하라. 이와같이 엄
  칙한 이후 다시 이를 범하는 民은 사형으로 국법의 엄함을 보일 것이
  다.125)

  그러나 이러한 법령을 비웃기라도 하듯 海路를 통한 홍삼 밀무역
은 더욱 성행하였다. 즉 대왕대비의 전교가 내린지 불과 4개월만에,
개성부의 손상준·임홍철 등이 작년(1863 ; 철종14) 가을 體蔘 15근
과 尾蔘 34근 도합 49근을 潛造하여, 올해(1864 ; 고종1) 봄 이를 배
에 싣고 바다로 나갔다가 개성부의 捕校와 京別將에게 잡힌 사건이
일어난 것이다.126) 개성에서 潛造된 紅蔘이 육로 뿐 아니라 해상을

---

124) 『高宗實錄』 권1 고종 원년 2월 초3일.
  「命唐船之來擾海沿 潛蔘之和應售賣 痛加禁止 並以此意 申飭開城留守 平安
  咸鏡兩道道臣 因備局啓請也」
125) 『承政院日記』 고종 원년 2월 15일 1책 108쪽.
  「大王大妃殿曰 每聞海西唐船往來 與我國民和應云 此是人蔘潛商之計也 他國
  之人 以水路頻數犯越 亦大關慮 而邊禁蕩然 寧欲無言 …… 先禁潛商 又飭沿
  海守令邊將 使彼船更得相和 而如此嚴飭之後 復有犯禁之民 卽施一律 以嚴
  國法也」
  『高宗實錄』 권1 고종 원년 2월 15일.

통해 밀무역되고 있었던 것이다.

그런데 이같은 개성상인의 밀무역은 개성부와의 결탁이 있었기 때문에 가능했다. 즉 이번 사건을 발각해 낸 것은 개성부라기 보다는 京別將과 京捕校였다. 이에 대왕대비는 海防이 이처럼 蕩然하게 되었다는 사실과 더불어 京別將·京捕校의 명색이 있은 연후에야 잠상을 막을 수 있었다는 사실을 더 크게 문제 삼고 있었다.127) 홍삼 잠조·잠월의 확산은 조선정부의 감액·증세정책에 따른 개성상인 및 개성부의 예견된 반작용이었다. 개성상인과 개성부의 潛造는 이러한 구조적인 원인 속에서 발생하고 있었던 것이다.

개성부의 潛造와 海上 밀무역의 실상 및 잠상의 실체를 보여주는 사건은 같은 해 8월에 또 일어났다. 이 사건은 蔘主·居間人·主事人 등 밀무역과 연관된 사람들의 역할과 그들의 출신까지 잘 나타나 있어, 이 시기 잠상의 활동 면모를 살피는 좋은 예가 된다. 표] 4-4는 이 사건과 관련된 인물들의 역할과 출신을 정리한 것이다.

이 사건의 발단은 1864년(고종1) 봄과 여름 사이에 潛商輩가 황해도 옹진의 여러 섬에 배를 타고 왕래하면서 물화를 교역한다는 이야기가 낭자하게 들리면서부터였다.128) 이에 沿邊 각처를 정탐하던 중 인천 포구에서 贓物을 교역하던 잠상을 잡아냄으로써 밀무역 사

---

126) 『承政院日記』 고종 원년 6월 초7일 1책 295~296쪽.
　　「議政府啓曰 卽見開城留守金永爵報譯院辭意 則本府居 孫尙俊·林興哲 昨秋潛造體蔘十五斤·尾蔘三十四斤 合四十九斤 今春載船出海 現捉府校京別將處」

127) 『承政院日記』 고종 원년 6월 초8일 1책 297쪽.
　　「大王大妃殿 傳曰 海防之如此蕩然 寒心極矣 …… 大抵潛蔘一事 何其事權之不一乎 居留之命是何地 望而不能禁絶 必有京別將京捕校等名色 然後始禁此弊乎」

128) 『承政院日記』 고종 원년 8월 초1일 1책 362쪽.
　　「又以右邊捕盜廳言啓曰 今春夏之間 潛商輩 乘船往來於黃海道甕津諸道 貿易物貨之說 浪藉入聞 故沿邊各處 別岐偵探 則仁川浦口 執贓交易 唐物先捉」
　　이하 이 사건에 대한 서술은 위의 『承政院日記』 기록에 의거하였다.

실이 밝혀진 것이다.[129]

표] 4 - 4　　　　 1864년(고종1) 潛造事件 連累 人物表

성 명	역 할	출 신	비 고
洪秉九	蔘主·潛造	송도인·삼포업	
林時衡	居間人	송도인·삼상	
林鳳益	潛商	송도인·삼상	임시형의 동생
金正連	主事人	의주인	중국어 가능
趙寬燮			채권자
金順元	船人	제물포인.船業	
李成三	船人	船業	
朴保卿	潛商	인천인	임시형 형제와 同謀
吳奉吉	潛商	인천인	임시형 형제와 同謀

자료 : 『承政院日記』 고종 원년 8월 초1일 1책 362쪽.

즉 임봉익과 임시형은 형제인데 인천에 사는 박보경·오봉길과 함께 조관섭으로부터 2천 5백 냥의 빚을 얻은 뒤, 임봉익이 주관하여 蔘 118근을 사들였다.[130] 이 때 임봉익이 사들인 홍삼은 송도 북부 堂上橋에 살며, 種蔘을 업으로 삼던 홍병구가 潛造한 것이었다.[131] 홍삼을 사들인 이들은 다시 의주인으로 漢語를 알고 있던 김정연을 꾀어 가담시켰다.[132] 김정연을 가담시킨 이들은 작년 9월 그

---

129) 『右捕盜廳謄錄』 제19책 甲子(1864) 7월 15일, 7월 20일, 7월 25일, 8월 초10일條 참조.
130) 『承政院日記』 고종 원년 8월 초1일 1책 362쪽.
　　「金正連所供內 松都居林鳳益·林時衡兄弟 與仁川居朴保卿·吳奉吉等 得債二千五百兩於趙寬燮後 鳳益自主貿蔘一百十八斤」
131) 『承政院日記』 고종 원년 8월 초1일 1책 362쪽.
　　「洪秉九所供內 居生于松都北部堂上橋 蔘圃資生矣 去年四月分 因林鳳益之所 權 潛蔘一百六十斤斥賣 而外他換賣等事 實所不知云」
132) 『承政院日記』 고종 원년 8월 초1일 1책 362쪽.
　　「金正連所供內 …… 矣身則本以灣人 略知胡語之致 爲保卿·鳳益之甘誘 至於率春來接於仁川地 而去年九月晦間 得船於趙寬燮 與朴保卿·吳奉吉·金順

믐 다시 조관섭에게 배를 얻어 옹진의 창영도로 나갔으나 높은 바람을 만나 唐船을 만나지 못하고 돌아왔다. 이후 금년 6월에 다시 배에 올라 창연도에서 唐船과 교역하는 데 성공하였으나, 船人인 김순원, 이성삼이 인천에서 붙잡힘으로써 밀교역의 전모가 드러났던 것이다.[133)]

이 사건은 주모자였던 임시형·임봉익 형제가 송도인으로서 거간이자 삼상이었다는 점 그리고 蔘圃業을 하는 홍병구가 이들의 권유로 家蔘을 潛造해 주었다는 점 그리고 중국말을 아는 의주사람으로 이 시기에는 개성에 흘러 들어 와 살고 있던 김정연을 끌어들이고 있다는 점에서 조직적인 면을 보인다. 개성상인이 중심이 된 홍삼의 잠상행위였던 것이다.

해상을 통한 潛蔘의 밀매행위가 계속되자 조선 정부는 黃州·平壤·安州 등 沿路에 조선정부가 인정하는 印紙를 붙인 것 이외의 짐을 철저히 검색하는 정식을 재차 강조하고, 이러한 뜻을 개성과 의주·평안감영·양서 병영에 엄하게 신칙하였으며 해안의 방어와 관련된 문제는 황해 감영과 수영에 공문을 내어 신칙토록 하였다.[134)] 그 동안 홍삼밀무역과 관련하여 잠조를 막는 책임은 개성에, 잠월을 막는 책임은 의주에 있었으나, 이 시기에는 平安 監·兵營,

---

元 同爲裝發 而往甕津之滄連島 則時値風高 胡船已歸 狼狽空還矣 又於今年六月初 更爲登船 直向滄連島 逢着唐船 換賣之時 矣身 與朴保卿·金順元交易 而物件則西洋木野藍紬三升疋數及洋皮令鉛斤等物 換出載船而來 卽爲解卜於吳奉吉家 積置後 忽聞順元成三之被捉 旋卽下去德山矣 日前上來仁川之路 至於現捉押來云」

133) 이 사건의 관련자에 대한 처벌은『承政院日記』고종 원년 8월 초10일 1책 381쪽 및『承政院日記』고종 원년 8월 11일 1책 383쪽 참조.
134)『高宗實錄』권2 고종 2년 7월 14일.
「議政府啓 潛蔘之禁 …… 而沿路之黃州·平壤·安州等處 印紙外 許令檢索 酬其譏詗之勞 卽定式也 以此意 竝嚴飭於松·灣及平安監營·兩西兵營 而海防一款 另行關飭於黃海監水營何如 允之」

黃海 監·水營도 潛蔘 搜檢의 책임을 함께 지고 있었던 것이다. 특히 황해 감·수영은 해상 밀무역과 관련하여 禁潛의 책임이 지워지고 있었다.[135) 그러나 唐船과 우리측 상인과의 밀교역은 더욱 심해져갔다.[136)

    (의정부에서) 또 계하여 말하기를 지금 평안도 청북 암행어사 서경순의 별단을 본 즉 …(중략)… 하나는 청천강 이북의 여러 읍에 있는 각 포구들의 바깥 바다에 저 사람들의 배가 때도 없이 오가면서 우리나라의 모리배들과 몰래 장사를 하고 있습니다.[137)

    황해감사 조석여가 초도 앞바다에 경강선 한 척이 당선과 몰래 통상하다가 포민이 소리를 지르며 포를 쏘자 당선과 경강인이 모두 달아나 붙잡지 못한 일을 장계하였다.[138)

위 두 자료를 통해 19세기 후반 唐船과의 교역이 지역적으로는 서해안 전역에 걸쳐 발생하고 있었으며, 밀무역 주체는 개성상인 뿐

---

135) 『備邊司謄錄』 251 고종 3년 7월 초1일 26책 197쪽.
　「府啓曰 昨秋以潛蔘申禁事 …… 至於陸走海越之探形察跡 一律施行 自有年前定式 幷以此嚴飭於松灣及平安監營·兩西兵營 海防疎虞 常所關念 而唐船出沒 專爲交易之迷藏和應 難保其必無 無論某樣物貨 若復嘘嗳接續潛相賣買 則隨現隨捉 先斬後啓之意 一體關飭於黃海監水營何如 答曰 允」
136) 『承政院日記』 고종3년 12월 26일 2책 421쪽.
　「(議政府)又啓曰 卽見右捕廳所報 則唐船交易罪人金鼎燁·劉大有·車錫基·劉濟豊·鄭君明·洪允元·朴俊五·洪致西·金汝之等 次第捉得 …… 潛蔘之爲邦禁 前後朝飭 已是裁嚴 而今其交通唐船 狼藉和賣 尤係必誅無赦之案也」
　『備邊司謄錄』 251 고종 3년 12월 26일 26책 300~301쪽.
137) 『高宗實錄』 권5 고종 5년 11월 초5일.
　「(議政府)又啓 卽見平安道淸北暗行御史 徐經淳別單 …… 其一 淸北列邑各浦外洋 彼船無常往來 與我國牟利輩 潛商和賣」
138) 『承政院日記』 고종 6년 7월 15일 3책 272쪽.
　「以黃海監司曺錫興狀啓 椒島前洋 京江船一隻 潛通唐船 浦民喊聲放砲 則唐船及京江人 俱爲逃遁 不得捕捉事」

아니라 京江人도 있었다는 것을 알 수 있다. 또한 청천강 이북 지역
에서 唐船과 이루어진 교역은 의주상인도 깊은 관련이 있었을 것으
로 추측된다. 19세기 후반으로 갈수록 대청 밀무역의 주체와 범위가
넓어지고 있었던 것이다.

한편 해상 밀무역이 성행하면서, 차츰 조선측 상인과 異船과의 潛
蔘 교역도 나타났다. 異船의 실체가 西洋 배를 의미하는지는 분명치
않다. 그러나 唐船이 아닌 異船, 彼人이 아닌 異類가 강조되는 것으
로 보아 洋人을 의미하는 것이 아닌가 생각된다. 즉 1866년(고종3) 1
월에는 洪化瑞·鄭錫麟·朴冕哲·李仁淳 등이 異船과 몰래 통하여
잠삼을 팔다가 붙들리는 사건이 일어났다.139)

또한 같은 해 8월에는 金道江·朴文浩가 개성인 권사흅·홍인
보·문국보 등과 연결하여 잠삼을 가지고 있다가 잡히는 사건이 일
어났다. 그런데 이들은 심문에서 잠삼을 가지고 安州 혹은 義州로
갔었다고 했으나, 황해 감사는 이 말을 믿지 않았다. 이들이 가까운
바다 길을 두고 먼 육로로 갈 이유가 없다는 것이다. 황해감사는 異
類와 潛通하는 것은 첫째도 潛蔘이요 둘째도 潛蔘 때문이니 이들도
異類와의 潛通 혐의에서 벗어날 수 없다는 추측을 한 것이라 생각
된다.140)

---

139) 『承政院日記』 고종 3년 정월 25일 2책 23쪽.
  「以黃海兵使李鍾承啓本 潛蔘罪人 洪化瑞 等 其所勘斷 令廟堂稟處事 傳曰
  潛通異船物貨之交易 自是邦禁之裁嚴 而今此諸漢 互相和應 其所犯科 若是狼
  藉 究厥罪狀 己極駭痛 而雖以今番獄事觀之 洋人之出來者 多從唐船通路 以
  致滋蔓之境 國綱之解弛 俗習之悖乖 胡之此極」
  『備邊司謄錄』 251 고종 3년 정월 25일 26책 134쪽.
140) 『承政院日記』 고종 3년 8월 초10일 2책 241~242쪽.
  「議政府啓曰 卽見黃海監司李鍾承所報 則潛造罪人金道江·朴文浩 俱爲貿持
  紅蔘 向往安州·義州等處 見捉於譏校 爲先嚴囚 同謀和應之松都居權士洽·洪仁
  甫·文國甫 姑未現捉云矣 …… 今此金道江·朴文浩兩漢所招中 或往安州 或往
  義州云者 都是誣招 黃州旣爲海防咫尺 則渠何必捨近而取遠乎 異類聲氣之潛

한편 19세기 후반 홍삼 잠조·잠월의 또 다른 특징은 潛造는 개성, 潛越은 의주라는 통념을 깨고, 각처에서 홍삼이 潛造되어 潛越되었다는 점이다. 1850년대 초에도 홍삼의 潛越 통로는 의주로 인식되고 있었다. 이에 인삼을 캐낸 우리나라 사람들은 곧장 의주로 달려가 중국으로 넘겼던 것이다.141) 그러나 1851년(철종2)에는 北市 및 甕津 등에도 潛蔘이 있다는 說이 나돌았으며142) 이듬해인 1852년(철종3)에는 잠삼을 막는 책임이 개성·의주, 양서의 감·병영과 함께 관북의 감·병영에까지 지워졌다. 잠삼 범월이 평안·함경 일대에서 널리 행해지고 있었음을 반증하는 것이다.

潛造도 1864년(고종1)의 잠상사건에서 보는 바와 같이 대부분의 경우에는 삼포를 경영하는 개성인에 의해 행해졌다.143) 그러나 개항 직전에는 '개성에서 松蔘을 의주인에게 팔며, 의주인은 조용한 은폐지에서 몰래 쪄서 만듭니다'144)라는 지적과 같이 증조 또한 각 지역에서 널리 행해져 중국으로 넘어갔던 것으로 추측된다.

요컨대 19세기 후반 홍삼의 잠조·잠월이 성행한 데에는, 인삼재배업이 크게 확대된 이유도 있었을 것이다. 그러나 이 시기 家蔘 潛

通 一則潛蔘也 二則潛蔘也 此不嚴防 害有難言」
『備邊司謄錄』251 고종 3년 8월 초10일 26책 216쪽.
『備邊司謄錄』251 고종 3년 8월 18일 26책 218쪽.
141) 『承政院日記』2521 철종 2년 윤8월 초5일 122책 853쪽.
「永元日 蔘貨之潛入他國 本是禁制 犯者之用極律 載於法典矣 …… 而至於我
國人 所採之無問生乾 直走灣上 踰入彼地 卽緣灣府之失於邊禁也」
142) 『備邊司謄錄』238 철종 2년 윤8월 23일 24책 322-323쪽.
「一, 北市及甕津等處 潛蔘之說 藉藉入聞 非一非再」
143) 『承政院日記』고종 원년 8월 초1일 1책 362쪽.
「洪秉九所供內 居生于松都北部堂上橋 蔘圃資生矣 去年四月㘅 因林鳳益之所
權 潛蔘一百六十斤斥賣 而外他換賣等事 實所不知云」
144) 『承政院日記』고종 11년 7월 30일 4책 909쪽.
「松都則以松蔘潛賣於灣人 灣人必於靜僻處 暗自蒸造」

造와 潛越 성행의 구조적 원인은 역시 조선정부의 감액·증세 정책
에 있었다. 19세기 前半 포삼의 증액·감세 정책은 松民의 失業을
막고 의주상인의 포삼세 부담을 줄여 잠조·잠월되는 홍삼을 포삼
의 영역으로 끌어들이려는 것이었음에도 불구하고 홍삼 밀무역을
근절시키지 못하였다. 따라서 19세기 후반 감액·증세 정책은 種蔘
을 생계로 삼았던 개성부민과 늘어난 포삼세를 부담해야 했던 의주
상인에 의한 潛造·潛越을 구조적으로 유발시켰다. 이와 더불어 京
·外 各司를 비롯한 營邑도 각처의 富商大賈들과 홍삼밀무역에 나
서면서 19세기 홍삼밀무역은 더욱 확대되었다.

개성을 중심으로 潛造된 홍삼은 각처의 商賈들에 의해 육로는 물
론 해상 밀교역으로 잠월되고 있었다. 특히 서해상에서는 唐船과 異
船이 수시로 출몰하여 우리측의 諸處 商人과 교역을 벌였다. 이에
조선정부는 개성과 의주 그리고 兩西와 關北의 監營·兵營·水營에
게 기찰을 강화하고, 서해 연해에 砲所를 설치하게 하는 등 海防에
대한 대책을 마련하여 나름대로 대응하였다.145) 그러나 잠조·잠월
은 지방 官長과의 결탁하에 이루어지고 있었기 때문에 조선정부의
대책은 현실성이 없었다.

따라서 포삼무역의 減額·增稅 정책이 계속되는 한, 陸路를 통한
潛造·潛越은 물론 潛蔘의 해상교역도 항시적으로 발생할 수 밖에
없었다. 대원군 집정기 조선 정부는 이전보다 더욱 적극적인 자세로

---

145)『承政院日記』고종 8년 정월 15일 3책 711쪽.
「(三軍府)又啓曰 卽見黃海水使尹睒所報 則以爲本營處所 在海防 唐船·異舶
出沒無常 漁箭商船 恣意奪攘 就各島民中 貫於水性者 抄定砲軍四十名 雖使
分番把守 隨現追捕 恐有未周之歎 沿海九邑 亦皆設砲 則邊圍防守 似當便宜
爲辭矣」
이 시기 조선정부가 洋船과의 교역을 꺼렸던 이유 중의 하나는 邪學의 유입
과 밀접한 관련을 지니고 있었다. 이에 대해서는 별도의 고찰이 필요하다고
생각된다 (『承政院日記』고종 8년 4월 20일 3책 794쪽 참조).

포삼무역을 재정보용의 수단으로 활용하였다.[146] 그러나 조선정부는 예전과 같이 잠삼을 공식적인 부문으로 유도해 내려는 정책을 취하지 않았다. 이는 19세기 후반 포삼무역 정책이 역관 및 경상에게 무게를 실어주는 방향에서 이루어졌기 때문이다. 자연히 18세기 이래 대청무역을 주도해 왔던 西商은 인삼재배와 자본력을 지니고 있었음에도 불구하고 잠상화될 수 밖에 없었다. 상업세력의 전반적 성장이란 차원에서 19세기 후반 조선정부의 무역정책은 분명한 한계를 지니고 있었던 것이다.

결국 19세기 후반 포삼무역의 감액·증세 정책은 조선정부가 폭넓은 상업세력과의 결합에 의한 안정적 재정확보의 가능성을 뒤로 한 채, 역관과 경상을 비롯한 기존 세력들의 이권을 보호하는 한편 상업세의 일종인 포삼세를 적극적으로 중앙 재정화하지 못하는 결과를 낳고 있었다.

---

146) 이 책의 4장 1절 참조.

結 論

開港以前의 對淸貿易이 「朝貢貿易」의 성격에서 벗어나 朝鮮의 사회
경제구조를 변화·발전시키는 근본적 동인으로 작용했는가 하는 물음
에는 의문의 여지가 있다. 그러나 조선후기의 상인 가운데에는 국내
상품의 생산과 유통을 장악하고 이를 對外交易으로 연장시킴으로써
자본을 축적해 가는 세력들도 나타났다. 조선정부는 이들을 대개 지역
상인으로 인식하였는데, 18세기 후반부터는 譯官과 京商이 하나의 세
력을 이루고, 의주상인과 개성상인이 西路의 商人 즉 '西商'으로서 또
다른 세력을 이루며 활발히 대청무역에 종사하였다.

무역상인들이라 할 수 있는 이들은 교역을 통해 朝·淸間 銀貨의
흐름을 주도하면서, 國內物貨의 유통구조를 바꾸고, 후시무역의 공
인을 이끌어냈는가 하면, 後市稅 혹은 包蔘稅를 통해 정부의 재정구
조에도 영향을 미치고 있었다. 또한 對淸貿易上 京商과 西商 간의
경쟁과 대립은 국내 상업계의 성장이란 측면에서도 발전적 양상을
띤 것이었다. 따라서 조선후기의 대청무역이 끝내 「朝貢貿易」의 틀
을 벗지 못했다는 점과 국내 산업발전에는 아무런 영향을 미치지
않는 소비재성 사치품 무역이 주종을 이룬다는 측면을 강조하여, 대
청무역에 대한 의미를 축소 평가하려는 시각은 재고되어야 한다고

생각된다.

이러한 문제 의식의 바탕 위에서 이 책은 주로 18세기부터 개항 직전까지를 연구대상 시기로 하여 조선의 대청무역 발전상을 규명하려 하였다. 이 과정에서 이 책은 우선 대청무역상 중요 교역품과 교역의 관행 및 실상을 밝히고, 무역에 참여했던 상인의 성장과 경쟁의 모습을 살피려 했으며, 나아가 조선정부의 무역정책 및 무역이 조선의 재정구조에 미친 영향 등을 검토하였다.

그리하여 이 책에서는 먼저 18세기 前半까지의 朝·淸間 교역을 '邊境貿易'과 '使行貿易'으로 나누어 설명하였는데, 이는 조선후기 대청무역의 諸形態를 종합적으로 이해하고, 무역의 횟수·규모·참여 인원 및 영향 등을 비교하여, 사행무역이 대청무역상 큰 비중을 차지했음을 밝히려 한 것이다. 이를 바탕으로 2장에서는 18세기 후반 모자 수입무역의 실상을 규명하고, 이것이 官帽制로부터 稅帽法으로 전환되는 과정에서, 私商層이 대청무역의 주도권을 확연히 잡게 되었음을 논증하였다.

1758년(영조34) 官帽制는 조선정부가 역관에게 官銀 4만냥을 출급하여 公用銀을 우선 除하여 쓰고, 남는 銀을 무역자금으로 삼아 중국산 방한용 모자를 수입케 한 것이다. 이렇게 수입된 모자는 帽子 廛民·義州商人·開城商人에게 국내 판매를 위임시키는 대신 이들에게 帽子의 原價와 原價外 일정량의 銀을 받아들임으로써 원금을 재확보하고 이윤을 남겨 별사의 비용으로 저축하는 구조로 운영되었다. 그러나 조선사회는 1720년대 淸·日間의 직교역으로 倭銀의 유입이 두절됨으로써 銀貨의 부족 상태에 빠져 있었다. 따라서 官銀 出給을 통한 官帽의 수입도 힘들었거니와 官帽의 국내 판매를 맡은 상인으로부터 帽價銀을 환수하는 것 역시 원활할 수 없었다. 이에 관모제는 官이 직접 무역에 참여하는 것이라는 명분에 입각한 비판론이 강력하게 대두되면서 1774년(영조50)에 폐지되었다.

官銀 出給이란 문제와 官이 무역을 한다는 명분상의 논란을 극복하는 동시에 公用銀 확보라는 현실적인 요청을 모두 충족시킬 수 있는 방안으로 마련된 것이 1777년(정조1)에 제정 시행된 稅帽法이었다. 稅帽法은 官銀 出給을 전제로 하였던 官帽制와는 달리, 私商層이 직접 그들의 자본으로 모자의 수입과 국내 판매를 전담하는 대신 조선정부는 수입되는 帽子에 課稅함으로써 公用銀을 마련하려는 것이었다. 이런 의미에서 稅帽法은 18세기 이래 사상층의 성장을 인정하고 수용함으로써 가능한 것이었다.

帽子는 요동 中後所의 帽子廠에서 주로 양털을 이용하여 만든 방한용품으로, 사대부가 혹은 부유층이 三冬을 쓰고 버리는 소비재성 사치품이었다. 이에 모자무역은 '천년을 가도 헐지 않는 은을 가지고 三冬을 쓰면 내버리는 물품을 바꾸니 어리석은 짓이며, 經史의 어느 곳에서도 찾을 수 없는 모자를 무역하는 것은 金을 연못에 던지는 것과 같다'는 비판이 쏟아질 만큼 은화의 유출이 심한 물품이었다.

따라서 모자무역은 그것이 조선정부의 자금이든 사상의 자본이든 간에 국내에서 고갈 현상을 보이던 銀貨가 청으로 유출되는 것이었다. 모자무역은 이러한 점에서 가능한 한 빠르게 극복되어야 할 무역형태였다. 또한 역관층은 세모법하에서 모자무역의 이익을 상실하였고, 帽子廛民들은 免稅帽를 이용하여 각종 폐단을 자아내고 있었다. 개성상인과 의주상인이 중심이 된 西商勢力도 통제된 모자무역보다는 후시무역을 통해 보다 많은 이익을 얻고 있었다. 자연히 모자무역은 부진을 면치 못하였다. 이에 조선 정부는 1787년(정조11) 역관무역을 돕고 稅帽貿易을 정상화하기 위해 책문후시를 혁파하였다. 그러나 대청무역을 이미 西商이 주도하고 있는 상태에서 역관부양과 세모무역의 정상화를 기하기 위한 책문후시의 철폐는 효과를 기대하기 어려웠다. 이에 책문후시는 철폐된 지 3년만에 다시 복설되었다.

3장과 4장에서는 18세기 후반 모자 수입무역의 부진으로 譯官 扶養과 公用銀 확보 문제에 직면한 조선정부가 그 해결의 실마리를 包蔘制 즉 홍삼수출무역을 통해 극복해 가는 과정과 포삼무역의 주체, 포삼세 규모, 조선정부의 무역정책 및 밀무역 실태 등을 종합적으로 고찰하였다.

모자 수입무역으로부터 홍삼 수출무역으로의 전환은 경제사적인 의미를 부여받기 어려울지도 모른다. 帽子貿易과 紅蔘貿易 모두 公用銀 마련이라는 목적을 띠고 시행되었기 때문이다. 그러나 銀貨의 흐름이란 관점에서 보면 모자의 수입무역은 국내의 은을 해외로 유출시키는 것이었던 반면 홍삼 수출무역은 銀貨의 국외 유출을 줄이고 홍삼으로써 국내에서 필요한 淸貨를 들여올 수 있었다는 점에서 적극적인 평가가 가능하다고 생각된다. 이런 까닭에 당시 정부의 當局者도 '包蔘은 銀貨가 고갈된 때에 토지에서 산출되는 물품으로서 매년 貿遷될 수 있는 물품'이라는 인식을 표출시켰던 것이다. 당시 중국의 銀 흡수력을 생각할 때 조선 홍삼무역의 위치가 새삼 부각된다고 하겠다.

위와 같은 인식 하에 3장에서는 우선 포삼제의 성립 배경과 19세기 前半 포삼무역의 정책 방향 및 무역주체 그리고 홍삼의 潛造·潛越에 대한 정부의 대책 등을 다루었다. 包蔘은 1797년(정조21) 조선정부가 공식적인 대청무역품으로 인정한 홍삼을 지칭한다 포삼제는 家蔘 栽培가 민간을 중심으로 18세기 중·후반 본격화되고 이를 가공한 홍삼 밀무역이 성행하자, 조선정부가 사행경비 판출의 차원에서 역관의 八包에 홍삼을 채워갈 수 있도록 한 제도이다.

따라서 포삼제는 그 기능상 이전 시기 역관들에게 인정되었던 팔포무역과 다를 것이 없었다. 그러나 포삼제는 첫째 팔포에 채워가는 인삼이 자연삼이 아니라 재배삼이었다는 점, 둘째 당시 역관무역을 압도하던 사상층의 밀무역을 막고 역관무역을 지원하려는 목적에서 실시되었다는 점, 셋째 처음에는 사행경비의 판출 차원에서 거둔 포삼세가 점차 사역원 재정 나아가서는 호조의 재정 보충책으로 확대되고 있었다는 점에서 큰 차이를 보인다.

이에 조선정부는 19세기 前半을 통해 포삼무역 액수를 늘리고 포삼세액을 줄여주는 이른바 증액·감세정책을 폄으로써, 무역주체 간의 이해관계를 조정하고 홍삼의 잠조·잠월을 방지하는 동시에 포삼에 대한 안정적인 세수입을 기대하였다. 이런 배경 하에 포삼무역량은 무역 실시 50여 년만에 120근에서 4만근까지 증가하였으며, 포삼세액은 약 2만 4천냥에서 20만냥까지 늘어났다. 20만냥의 포삼세는 당시 穀 1石을 3냥 정도로 추산할 때 약 6만 6천여 석에 달하는 양으로 단일 세목으로는 대단히 큰 수입원이었다. 따라서 조선정부는 1840년대에 접어들면서 포삼세 일부를 호조의 재정 보용수단으로 활용해 나가기 시작하였다.

포삼제 실시 직후 무역의 주도권은 譯官과 京商에게 주어졌다. 그러나 증액·감세 정책이 본격화되고 譯官 自帶條 보다 包外包蔘의 수량이 크게 늘면서, 포삼 무역의 주도권은 의주상인과 개성상인에게로 돌아갔다. 의주상인과 개성상인은 '西商'으로서 18세기에 이어 19세기 포삼무역에서도 주도권을 행사하며 상호 긴밀히 결합되었던 것이다.

한편 조선정부의 增額·減稅 정책에도 불구하고 홍삼의 潛造·潛越은 그치지 않았다. 사실상 19세기 前半 조선 정부의 包蔘貿易 정책 변화는 이들 潛商의 밀무역 활동과 밀접하게 연관되어 있었다.

이에 조선정부는 증액·감세 정책과 더불어 홍삼의 잠조·잠월에 대한 엄격한 규찰과 처벌 규정을 마련해 나갔다. 이는 특히 포삼세가 호조재정으로 轉用되기 시작한 1830~40년대에 보다 적극화되었는데, 闌眼稅 혁파, 家蔘의 潛採·潛造 금지, 「使行時諸條禁飭節目」 반포 등은 대표적인 예가 될 것이다. 그러나 潛商은 항상 중앙 및 지방의 각급 官衙와 결탁되어 있었으므로 중앙정부의 禁潛商 정책은 실효를 거둘 수 없었다.

4장은 19세기 後半 조선정부의 포삼무역 정책 변화와 京·外 官衙에 의한 私貿易의 성행 및 「灣府管稅廳捄弊節目」의 頒布가 상호 어떻게 연관되며, 또한 그것이 개성상인과 의주상인에 의한 잠조·잠월의 항상화, 구조화 및 해상 밀교역 성행 현상과는 어떻게 연결되고 그 의미는 무엇인지를 규명하였다.

1851년(철종2) 「包蔘申定節目」은 19세기 前半 증액·감세 정책의 연장선상에서 4만근 포삼무역액에 16만냥의 포삼세를 기대하면서, 義州 別將과 開城 包主를 중심으로 包蔘貿易을 운영하려는 조선 정부의 의도를 담은 것이었다. 그러나 「包蔘申定節目」은 포삼무역량의 감축을 줄곧 주장해온 역관의 이해와도 상반된 것이었으며, 별장과 포주 선발에 京中雜類의 참여를 규제함으로써 포삼무역 이권에 참여해 온 京商의 지위도 위협하는 것이었다.

그런데 19세기 後半에는 京司·各衙門·各宮房·營邑에 의한 私貿易은 물론이고 사행과 연계된 불법적 무역도 크게 성행하였다. 이러한 무역은 의주상인 주관하에 帽稅·包蔘稅·後市稅 등을 거두어 公用을 마련하던 灣府 管稅廳을 피폐케 하였고, 이에 조선 정부는 1854년(철종5) 灣府 管稅廳에 대한 捄弊策을 반포하였다. 灣府 管稅廳 捄弊策의 목적은 중앙에서 監稅官을 파견함으로써 三門의 무역세를 빠짐없이 거두려는 데에 있었다.

이같은 조선정부의 철저한 무역세 징수 의지는 같은 해 포삼무역
상 정책 변화로도 드러난다. 즉 조선정부는 역관과 경상의 반발을
의식하여 포삼무역량을 줄였음에도 불구하고 포삼세 확보를 위해
포삼의 근당 세액을 높이는 감액·증세 정책을 펼친 것이다. 이러한
이유로 19세기 後半期 조선의 포삼무역량은 대략 2만근을 전후한
선에서 변동하였으나, 포삼세액의 규모는 19세기 前半期에 비해 크
게 줄지 않았던 것으로 추산된다.

  19세기 후반 조선정부의 감액·증세 정책은 대청무역과 국내 시
장을 연결시켜 자본을 축적해 왔던 개성상인과 의주상인의 입장에
선 것이라기 보다는 역관 및 이들과 결탁된 京商의 이익을 비호하
는 결과를 낳았다. 때문에 19세기 후반기 홍삼 潛造와 潛越은 전반
기에 비해 그 규모가 커졌을 뿐 아니라 해로를 통한 잠상 활동도
극성했다. 松都에서 潛造된 홍삼이 陸路 뿐 아니라 唐船과 연결되어
水路를 통해서도 밀교역되고 있었던 것이다. 1864년(고종1) 개성부
의 송상준·임흥철의 잠삼 밀무역 사건과 같은 해 開城商人인 임시
형·임봉익 형제와 蔘圃業을 하는 홍병구, 漢語를 아는 義州人 김정
연 등이 연루된 해상 밀무역 사건은 이 시기 잠조·잠월의 특징을
보여주는 대표적인 사례라 할 것이다.

  19세기 후반 貿銀條 包蔘의 증가에서 보는 것처럼, 조선정부는 포
삼무역을 재정적 차원에서 이전보다 더 적극 활용하였다. 그러나 조
선정부의 감액·증세 정책은 개성상인과 의주상인의 잠상활동을 구
조화시킴으로써 전국적인 상업세력 성장과 이에 기반을 둔 재정 확
충의 길을 스스로 차단하고 있었다. 이는 19세기 후반 조선정부의
포삼무역 정책이 역관·경상세력에게 무게를 실어주는 방향에서 움
직여 갔기 때문이다.

  상업계의 전반적인 발전과 무역세 수취를 통한 국가재정 확보라

는 차원에서 조선정부의 정책은 분명한 한계를 드러낸 것이었다. 그리고 이는 개항 후 포삼세의 수입이 적극적으로 국가 재정화하지 못하고 宮內府 內藏院 및 기타 재원으로 흘러 들어가는 것과도 무관하지 않았다. 요컨대 조선후기 대청무역은 국내 상업세력의 성장 및 국가 재정과 밀접한 관련을 가지면서 전개되었으나, 조선정부가 譯官·京商 위주의 무역정책을 고수함으로써 폭 넓은 사상층을 잠상의 범주에 머무르게 하는 한계를 내보였던 것이다.

朝鮮의 對淸貿易史는 朝·淸 雙方間 交易에 근거한다. 따라서 대청무역사를 전체적으로 파악하기 위해서는 중국측의 경제적 변화도 함께 검토되어야 할 것이며, 일본의 그것까지도 시야에 넣어야 할 것이다. 그러나 이 책에서는 中國과 日本의 경제적 변동을 시각에 넣지 못하였고, 대외무역과 국내 유통을 긴밀히 연결시켜 이해하지 못한 한계를 갖고 있다. 또한 대청무역의 실상을 대표적 교역품 중심으로 서술함으로써, 京·外 官衙의 私貿易과 이에 참여한 상인세력 규명은 미흡하였다. 아울러 무역세와 관련하여 의주부 재정 구조의 특징과 중앙재정과의 상관관계 등은 재정사적 차원에서 앞으로 천착되어야 할 과제라고 생각된다. 대청무역을 통한 '金流出' 실태도 밝혀야 할 것이다. 이러한 문제는 차후의 과제로 남긴다.

參 考 文 獻

1. 資料

1) 年代記類
『承政院日記』『日省錄』『備邊司謄錄』『朝鮮王朝實錄』

2) 法典類
『續大典』『大典通編』『大典會通』『六典條例』

3) 謄錄類
『議政府關牒謄錄』『松營日記』『海營日記』『關西啓錄』『平安監營啓錄』『義州府狀啓謄錄』『邊例要覽』『備邊司甘結』『關西平亂錄』『右捕盜廳謄錄』『左捕盜廳謄錄』

4) 燕行記
『燕行日記』(金昌業, 1712)『庚子燕行雜識』(李宜顯, 1720)『壬子燕行識』(李宜顯, 1720)『熱河日記』(朴趾源, 1780)『燕行記』(徐浩修, 1790)『燕行錄』(金正中, 1791)『戊午燕行錄』(徐有聞, 1798)『燕臺再遊錄』(柳得恭, 1801)『薊山紀程』(無名氏, 1803)『燕轅直指』(金景善, 1832~?)

5) 文集・農書類
『弘齋全書』『燃藜室記述』『耳溪洪良浩全書』『竹石館遺集』『五洲衍文長箋散稿』『林園經濟志』『山林經濟』『海東農書』『韶濩堂文集』『葦菴文稿』

6) 地誌・其他

『中京誌』『松都志』『龍灣志』『新增東國輿地勝覽』『輿地圖書』『擇里志』
『同文彙考』『度支志』『萬機要覽』『度支田賦考』『通文館志』『曾補文獻
備考』『朝鮮語辭典』

2. 參考論著

1) 著書

姜萬吉, 『朝鮮後期 商業資本의 發達』, 高麗大學校 出版部, 1973
今村鞆, 『人蔘史』, 朝鮮總督府專賣局, 1940.
金東哲, 『朝鮮後期 貢人研究』, 韓國研究院, 1993.
金庠基, 『東方文化交流史論攷』, 乙酉文化社, 1948.
金容燮, 『朝鮮後期 農學史研究』, 一朝閣, 1988.
水田直昌, 『李朝時代の財政』, 友邦協會, 1929.
吳 星, 『朝鮮後期 商人研究』, 一潮閣, 1989.
柳承宙, 『朝鮮時代 鑛業史研究』, 고려대학교 출판부, 1993.
劉元東, 『韓國近代經濟史研究』 一志社, 1976.
全海宗, 『韓中關係史研究』, 1977, 一潮閣.
崔完基, 『朝鮮後期 船運業史 研究』, 一潮閣, 1989.
한국역사연구회, 『조선정치사』(상) (하) 청년사, 1990.

2) 學位論文

姜錫和, 『朝鮮後期 咸鏡道의 地域發展과 北方領土認識』, 서울대 박사논문, 1996.
高東煥, 『18・19세기 서울 京江地域의 商業發達』, 서울대 박사논문, 1993.
高錫珪, 『19세기 鄕村支配勢力의 변동과 農民抗爭의 양상』, 서울대 박사논문, 1991.
高丞嬉, 「18,19세기 함경도지역의 유통로 발달과 상업활동」, 이화여대 석사논문, 1995.

金鐘圓, 「朝淸交涉史硏究 - 貿易關係를 中心으로 -」, 서강대 박사논문, 1983.

延甲洙, 『大院君執政期(1863~1873) 西洋勢力에 대한 대응과 軍備增强』, 서울대 박사논문, 1998.

吳洙彰, 『朝鮮後期 平安道民에 대한 人事政策과 道民의 政治的 動向』, 서울대 박사논문, 1996.

李姮俊, 「19세기 中・後半 管稅廳에 대한 정책과 성격」, 서울여자대학교 석사논문, 1999.

3) 論文

姜萬吉, 「開城商人硏究 - 朝鮮後期 商業資本의 成長 -」, 『韓國史硏究』 8, 1972.

高丞嬉, 「조선 후기 北關開市 연구」, 『조선시대사학보』 1, 1997.

權泰煥・愼鏞廈, 「朝鮮王朝時代 人口推定에 關한 一試論」, 『東亞文化』 14, 1977.

金聲均, 「初期의 朝淸經濟關係交涉略考」, 『史學硏究』 5, 1961.

金聖七, 「燕行小攷 - 朝中交涉史의 一齣 -」, 『歷史學報』 12, 1960.

金容燮, 「우리나라 近代歷史學의 發達 2 - 1930・40년대의 實證主義 歷史學」, 『文學과 知性』 1972년 가을호 참조.

金龍興, 「八包貿易에 대한 一考 - 淸代를 中心으로 -」, 『大邱史學』 10, 1976.

金廷美, 「朝鮮後期 對淸貿易의 전개와 貿易收稅制의 시행」, 『韓國史論』 36, 1996.

金鍾圓, 「朝鮮後期 對淸貿易에 관한 一考察 - 潛商의 貿易活動을 中心으로 -」, 『震檀學報』 43, 1977.

金鍾圓, 「初期朝淸貿易交涉考(天命期)」, 『부산대사회과학논문집』 20, 1981.

金鍾圓, 「初期朝淸貿易交涉考(天聰期)」, 『부산대인문논총』 22, 1982.

延正悅, 「中江後市와 貿易法規에 關한 硏究」, 『漢城大學 論文集』 6, 1982.

吳美一, 「18・19세기 貢物政策의 變化와 貢人層의 變動」, 『韓國史論』 14, 1986.

吳美一,「18·19세기 새로운 貢人權·廛契創設運動과 亂廛活動」,『奎章閣』10, 1987.

吳 星,「朝鮮後期 蔘商에 대한 一考察 – 私商의 擡頭와 관련하여 – 」,『韓國學報』17, 1979 겨울.

吳 星,「朝鮮後期 人蔘貿易의 展開와 蔘商의 活動」,『世宗史學』1, 1992.

柳承宙,「17世紀 私貿易에 관한 一考察 – 朝·淸·日間의 焰硝·硫黃貿易을 中心으로 – 」,『홍대논총』10, 1978.

柳承宙,「朝鮮後期 對淸貿易의 展開過程 – 17·8世紀 赴燕譯官의 貿易活動을 中心으로 – 」,『白山學報』8, 1970.

柳承宙,「朝鮮後期 對淸貿易이 國內産業에 미친 영향」,『亞細亞硏究』37 – 2, 1994.

柳承宙,「朝鮮後期 朝淸貿易 小考」,『國史館論叢』30, 1991.

柳完相,「朝鮮時代 中江開市에 대한 一考 – 특히 仁祖代를 중섭으로 – 」,『現代史學의 諸問題』, 一潮閣, 1977.

李炳天,「朝鮮後期 商品流通과 旅客主人」,『經濟史學』6, 1983.

李榮昊,「19세기 恩津 江景浦의 商品流通構造」,『韓國史論』15, 1986.

李榮昊,「19세기 浦口收稅의 類型과 浦口流通의 性格」,『韓國學報』41, 1985.

李 旭,「18세기말 서울商業界의 변화와 政府의 對策」,『歷史學報』142, 1994.

李 旭,「大院君執政期 三軍府의 設置와 그 性格」,『軍史』32, 1996.

이 욱,「18세기말 싸전[米廛] 구조와 미곡유통」,『韓國史學報』창간호, 1996.

李元淳,「赴燕使行의 經濟史的一考 – 私貿易 活動을 中心으로 – 」,『歷史教育』7, 1963.

李元淳,「赴燕使行의 文化史的 意義」,『史學研究』36, 1983.

李哲成,「18세기 후반 조선의 對淸貿易 實態와 私商層의 성장 – 帽子貿易을 中心으로 – 」,『韓國史研究』94, 1996.9.

李哲成,「19세기 前半 包蔘貿易 전개 과정과 西路商人」,『東西史學』5, 1999.

李泰鎭,「國際貿易의 성행」,『韓國史市民講座』9, 一潮閣, 1991.

李賢淑,「16~17世紀 朝鮮의 對中國 輸出政策에 관한 연구」,『弘益史學』 6, 1997.

張存武,「淸入關前與朝鮮的貿易(1627~1636)」,『東方學志』21, 1979.

全海宗,「淸代 韓中朝貢關係 綜考」,『震檀學報』29 · 30, 1966.

鄭奭鍾,「'洪京來亂'의 性格」,『韓國史研究』7, 1972.

정성일,「조선산 인삼종자와 일본의 인삼수입대체」,『春溪朴光淳博士華甲紀念論文集』, 1993.

정창렬,「조선후기 농민봉기의 정치의식」,『韓國人의 生活意識과 民衆藝術』1984.

鄭亨芝,「朝鮮後期의 貢人權」,『梨大史苑』20, 1983.

趙玧,「朝鮮後期 邊境意識」,『白山學報』16, 1974.

趙璣濬,「人蔘貿易과 蔘政策」,『社會科學論集』4, 高麗大學校 政經大學, 1975.

車守正,「朝鮮後期 人蔘貿易의 展開過程‐18世紀初 蔘商의 成長과 그 영향을 中心으로‐」,『北岳史論』1, 1989.

崔槿默,「朝淸貿易小考」,『論文集』6(忠南大), 1967.

崔韶子,「胡亂과 朝鮮의 對明淸關係의 變遷」,『梨大史苑』12, 1975.

崔承熙,「朝鮮後期 身分變動의 事例研究」,『변태섭박사화갑기념사학논총』, 1985.

河原林靜美,「1811年 平安道における農民戰爭」,『寧樂史苑』19, 1973 ;『봉건사회 해체기의 사회경제구조』, 청아출판사, 1982.

鶴園裕,「平安道農民戰爭における參加層」,『朝鮮史叢』2 1979 ;『傳統時代의 民衆運動』(상) 풀빛, 1981.

韓相權,「18세기말 19세기초의 場市發達에 대한 基礎研究‐慶尙道地方을 中心으로‐」,『韓國史論』7 1981.

洪淳權,「開港期 客主의 流通支配에 관한 研究」『韓國學報』39, 1985.

洪淳權,「한말시기 開城地方 蔘圃農業의 전개양상 (上)‐1896년 ≪蔘圃摘奸成冊≫의 분석을 中心으로‐」,『韓國學報』49, 1987년 겨울.

홍희유,「1811~1812년 평안도 농민전쟁과 그 성격」,『봉건지배계급을 반대한 농민들의 투쟁』과학원출판사, 1963.

索引

이철성(李哲成)

1964년 서울 生
고려대학교 문과대학 사학과 졸업
동대학원 사학과 석사, 박사
현재 건양대학교 교양학부 재직 중

朝鮮後期 對淸貿易史 研究

인쇄일 초판 1쇄 2000년 05월 15일
      2쇄 2018년 04월 03일
발행일 초판 1쇄 2000년 05월 25일
      2쇄 2018년 04월 05일

지은이 이 철 성
발행인 정 찬 용
발행처 국학자료원
등록일 1987.12.21, 제17-270호

서울시 강동구 성내동 447-11 현영빌딩 2층
Tel : 442-4623~4 Fax : 442-4625
www. kookhak.co.kr
E- mail : kookhak2001@hanmail.net
ISBN 978—89-8206-495-1 *93910
가 격 13,000원